TOM WOOD

Cold Killing

GOLDMANN
Lesen erleben

Tom Wood

Cold Killing

Thriller

Aus dem Englischen
von Leo Strohm

GOLDMANN

Die Originalausgabe erschien 2016
unter dem Titel »A Time to Die« bei Sphere,
an imprint of Little, Brown Book Group, London

Dieses Buch ist auch als E-Book erhältlich.

MIX
Papier aus verantwortungsvollen Quellen
FSC® C014496
www.fsc.org

Verlagsgruppe Random House FSC® N001967

1. Auflage
Deutsche Erstveröffentlichung März 2017

Neumarkter Str. 28, 81673 München
Umschlaggestaltung: UNO Werbeagentur, München
Umschlagfoto: Nik Keevil/arcangel
Redaktion: Gerhard Seidl
AB · Herstellung: Str.
Satz: omnisatz GmbH, Berlin
Druck und Bindung: GGP Media GmbH, Pößneck
Printed in Germany
ISBN: 978-3-442-48425-6
www.goldmann-verlag.de

Besuchen Sie den Goldmann Verlag im Netz

Kapitel 1

Einen Mord zu begehen ist nicht weiter schwierig. Die wahre Kunst besteht darin, nicht erwischt zu werden. Und Victor praktizierte das eine wie das andere schon sein halbes Leben lang. Diese Tatsache wurde ihm in einem seltenen Moment der Selbstreflexion bewusst – und genauso schnell wieder verworfen. Den eigenen Gedanken nachzuhängen bedeutete, der Umgebung nicht die nötige Aufmerksamkeit zu schenken. Solange er sich mit der Vergangenheit beschäftigte, konnte er die Menschen in seiner Nähe nicht beobachten, konnte keine Schusswinkel und Sichtfelder abschätzen, sich nicht überlegen, wie er am wirkungsvollsten eventuelle Bedrohungen neutralisieren sollte oder welches die beste Möglichkeit für die anschließende Flucht wäre.

Um einen Mord zu begehen, braucht man kaum mehr zu können, als zu zielen und zu schießen. Das kann im Prinzip fast jeder. Aber um nicht erwischt zu werden, muss man es schaffen, von sich abzulenken und anderen die Schuld in die Schuhe zu schieben. Victor war ein professioneller Killer, er tötete entweder für Geld oder um sich selbst zu schützen, wobei das Zweite immer in direktem Zusammenhang mit dem Ersten stand. Er tötete diejenigen, für deren Tötung er bezahlt wurde, und diejenigen, die er töten musste. Weil er aber zu seinen Opfern praktisch keine direkte Beziehung hatte, wurde er in der Regel nicht mit der Tat in Verbindung gebracht. Damit mussten seine Auftraggeber dann klarkommen. Sie waren schließlich diejenigen, die von Victors Talenten am meisten profitierten.

Während er sich in Gedanken noch mit der Frage nach Schuld und Schuldzuschreibung beschäftigte, musterte er die Männer und Frauen, die mit ihm zusammen im Waggon saßen. Es waren überwiegend Familien oder Paare, und die meisten Einzelreisenden waren entweder zu alt oder zu jung oder trugen die falsche Kleidung. Niemand löste auf seinem Gefahrenradar auch nur die kleinste Zuckung aus.

Es gab nur einen einzigen Mann in Victors Alter. Er saß Victor gegenüber und hielt sich an einem Becher mit kaltem Tee fest. Ohne sich besonders anstrengen zu müssen, sah Victor die braunen Ringe am Becherrand und die dünne Schaumschicht, die sich auf der Oberfläche des Tees gebildet hatte.

Er befand sich an Bord des berühmten Roten Pfeils auf seiner nächtlichen Fahrt von Moskau nach St. Petersburg – neun Stunden nach Norden, quer durch die russische Taiga. Der Rote Pfeil befuhr diese Strecke seit über einem halben Jahrhundert. Moderne Züge schafften sie in der Hälfte der Zeit, aber eben auch nur halb so stilvoll. Victors Einzelkabine in der ersten Klasse war zwar klein, aber üppig ausgestattet, sogar mit Dusche. Es war eine sehr extravagante Art zu reisen, aber aus Victors Sicht jeden einzelnen Penny wert. Seine Privatsphäre war ihm wichtig.

Der Mann, der ihm gegenübersaß, trug eine dunkle, leichte Baumwollhose und ein locker sitzendes, dickes weißes Baumwollhemd. Die Ärmel hatte er bis zu den Ellbogen hoch gerollt. Das Hemd war einen Tag getragen worden und sah entsprechend zerknittert aus. Der Mann wirkte wachsam, sah gleichzeitig aber auch müde aus. Es ging bereits auf Mitternacht zu, und seine Augen waren gerötet und von dunklen Ringen umgeben. Trotzdem war er hellwach und zappelig. Victor sah ihm in die Augen, was der Mann als Einladung zu einem Gespräch auffasste.

»Genau so sollte man reisen.« Er war Engländer, erkennbar an seinem markanten, gepflegten Akzent. »Fliegen? Nein danke.

Das sollen die machen, die es nicht besser verstehen. Mit dem Auto? Das ist ja, als wäre man sein eigener Chauffeur.« Er runzelte die Stirn und zog die Mundwinkel nach unten. »Aber der zivilisierte Mann reist mit dem Zug.«

Er lächelte, um zu signalisieren, dass er das nicht wirklich ernst gemeint hatte, aber Victor wusste, dass das Lächeln ein Test war. Sein Gegenüber wollte die Grenzen seines Gesprächspartners ausloten, auf der Suche nach Gemeinsamkeiten, die womöglich die Basis für ein paar kurzweilige Stunden bilden konnten.

Victor blieb stumm. In Bezug auf Konversation – so lautete die Summe seiner Erfahrungen – war weniger mehr.

»Ich bin diese Strecke schon öfter gefahren«, sagte der Engländer. »Ich kann Ihnen genau sagen, wann Sie wo aus dem Fenster schauen müssen. Wenn es wieder hell ist, meine ich. Wie ein Reiseführer. Sie müssen mich natürlich nicht dafür bezahlen. Es sei denn, Sie haben das Bedürfnis.«

Dieses Mal war sein Lächeln echt.

»Ich mag die Eisenbahn, eigentlich schon immer«, sagte Victor. »Oder besser gesagt: Ich habe sie in meiner Kindheit gemocht.«

»Fahren Sie zum ersten Mal mit dem Roten Pfeil?«

Victor nickte.

»Dann genießen Sie's.« Er streckte Victor die Hand entgegen. »Ich heiße Leonard Fletcher.«

Victor gab nur ungern anderen Menschen die Hand. Er hielt ganz generell nicht viel von Körperkontakt. Menschen, die ihn berühren wollten, wollten ihm in der Regel etwas antun. Er nahm die angebotene Hand trotzdem an, weil der Mann für ihn keine Gefahr darstellte und Victor solche zwischenmenschlichen Kontakte nutzen musste, um die Fassade der Normalität aufrechtzuerhalten.

»Ich heiße Jonathan.«

»Sehr erfreut, Jon. Ich hatte schon Angst, dass bloß Pärchen oder alte Leute mitfahren würden. Manchmal ist das so. Dann hat man niemanden zum Reden. Die Landschaft ist ja schön und gut, aber bei Nacht nützt einem das nichts, stimmt's? Und früh schlafen zu gehen hat auch keinen Sinn, weil ich eine Nachteule bin. Ich störe Sie doch nicht, oder?«

»Keineswegs«, erwiderte Victor.

»Das habe ich mir gedacht. Sie sehen aus, als würden Sie sich auch langweilen. Ich hoffe, Sie haben nichts dagegen, dass ich mich einfach zu Ihnen gesetzt habe.«

»Keineswegs«, wiederholte Victor.

Jetzt ertönte eine Lautsprecherdurchsage. Der Speisewagen wurde in Kürze geschlossen.

»Haben Sie den kroatischen Rotwein schon probiert?«

Victor schüttelte den Kopf. »Ich bin kein großer Weintrinker. Es sei denn, es ist ein guter Dessertwein.«

Der Engländer machte unverzagt weiter. »Sollten Sie aber. Der Merlot ist ein Gedicht. Und billig noch dazu. Das kann ja nie schaden.«

»Ich werd's mir merken.«

Danach saßen sie eine Zeit lang schweigend da. Je länger das Schweigen dauerte, desto nervöser wurde der Engländer. Er hätte gerne weitergeplaudert, aber es bereitete ihm Mühe, das Gespräch in Gang zu halten. Da Victor nur einsilbige Antworten gab, musste er die ganze Arbeit machen.

Der Mann ließ sich alles bisher Gesagte noch einmal durch den Kopf gehen und fand schließlich einen Anknüpfungspunkt: »Sie haben gesagt, dass Sie als Kind Züge gern gehabt haben. Waren Sie vielleicht einer von diesen Außenseiter-Typen, die endlose Listen anlegen und Fahrpläne auswendig lernen?«

Er grinste. Die kleine Spitze sollte eine Antwort provozieren, ganz egal was für eine.

Victor schüttelte den Kopf. »Damals hatte ich praktischere Hobbys. Ich habe zum Beispiel gerne irgendwelche Sachen gebastelt. Ich kann gar nicht genau sagen, wieso ich Züge gemocht habe. Ich habe sie immer von meinem Zimmerfenster aus gesehen, auf der Fahrt zum Bahnhof und wieder weg. Manchmal habe ich den ganzen Tag über nichts anderes gemacht, als ihnen zuzuschauen. Vielleicht war es ja das Geräusch. Das gleichmäßige Rumpeln kann sehr beruhigend sein, fast wie Musik.«

»Moment mal, haben Sie wirklich gerade gesagt, dass Sie den ganzen Tag lang Züge beobachtet haben? Ist das Ihr Ernst?«

Victor nickte.

»Hatten Sie keinen Fernseher zu Hause?«

Victor schüttelte den Kopf.

Der Mann sagte: »Donnerwetter, Sie müssen ja eine stinklangweilige Kindheit gehabt haben. Sie tun mir leid.«

»Was wir nie hatten, können wir auch nicht vermissen, nicht wahr?«

»Kann ich nicht beurteilen. Ich war ein verzogener Fratz. Wir hatten alles, jedes Spielzeug, jeden Mist. Mutter hing an der Flasche und hat uns dem Kindermädchen überlassen, und Vater hatte keine Ahnung, was er mit uns reden sollte. Darum hat er uns lauter Zeug gekauft, das wir nicht gebraucht haben. Komisch, dass Sie so eine Vorliebe für Züge gehabt haben. Er hatte nämlich eine Modelleisenbahn im Dachgeschoss. Ich schätze mal, das war sein Spielzeug. Eine prima Ausrede, um nichts mit den Blagen zu tun zu haben und sich zurückziehen zu können. Er hat oft viele Stunden da oben verbracht. Einmal hat er versucht, mich dafür zu begeistern, aber ich konnte damit nichts anfangen. Wenn der Zug einmal im Kreis gefahren ist, dann hat man alles gesehen. Dann passiert nichts Neues mehr. Ich habe keine Ahnung, was daran Spaß machen soll. Das ist Schwachsinn hoch drei, wenn Sie mich fragen.«

»Die Sache ist die«, sagte Victor und beugte sich vor. »Es geht gar nicht nur um den Zug, der immer im Kreis fährt. Es geht um die ganze, winzig kleine Welt. Die Einzelheiten. Die Perfektion. Es geht um die Grashalme und die sorgfältig aus kleinen Zweigen und gefärbten Flechten gebastelten Bäume. Es geht um die winzigen Menschen, die in einer zeitlosen, idyllischen Landschaft ihr winziges Leben leben. Darin liegt wirklich eine unglaubliche Schönheit, aber man muss bereit sein, sie zu sehen.«

Fletcher sog zwischen zusammengebissenen Zähnen die Luft ein. Er fühlte sich unwohl. »Oh, ach so. Tut mir leid, ich wollte Ihnen nicht zu nahe treten. Ich wusste nicht, dass Sie auch eine hatten. Hätte ich mir aber denken können, stimmt's? Schließlich haben Sie ja selbst gesagt, dass Sie als Kind auf Züge abgefahren sind.«

Victor schüttelte erneut den Kopf und ließ sich gegen die Lehne sinken. »Nein, ich hatte nie eine Modelleisenbahn. Ich hätte sehr, sehr gerne eine gehabt, das war mein allergrößter Wunsch. Aber wir hatten keinen Fernseher. Keine Modelleisenbahn. Nur das Fenster, zu dem ich hinausschauen konnte, wenn ich mich auf die Kommode gestellt habe. Und ansonsten nichts weiter als ein Bild von einer Modelleisenbahn, das ich aus einer Zeitschrift ausgerissen habe. Wenn es draußen dunkel war, sodass ich die Züge nicht mehr sehen konnte, dann habe ich mit einer selbst gebastelten Taschenlampe das Bild angeschaut und mir vorgestellt, wie der Zug über die Schienen gleitet, während ich am Regler sitze.«

Fletcher starrte ihn an. »Wollen Sie mich verscheißern?«

»Kein bisschen. Ob Sie's glauben oder nicht, aber dieses Bild war mein wertvollster Besitz.«

»Na ja. Das sehen Sie mal, was Kinder für eine blühende Fantasie haben können. Über alle Grenzen hinweg, was? Aber bei mir war in dieser Hinsicht Fehlanzeige, ich hatte dafür einen

Nintendo. Wenn man eine Fantasiewelt auf dem Bildschirm geboten kriegt, dann muss man sich keine eigene zusammenbasteln, stimmt's? Ich glaube, ich war siebzehn, als ich zum ersten Mal ein Buch gelesen habe, und das auch nur, um irgendeinem Mädchen am College zu imponieren.« Er lachte und schlug mit der flachen Hand auf den Tisch. »Eine ganze Woche habe ich damit verschwendet, diesen dicken, zähen, langweiligen Schinken zu lesen, und was hat es mir gebracht? Nicht mal einen Kuss. Was wir alles für die Frauen machen, was? Und, was ist aus diesem Bild geworden? Tragen Sie es immer noch in der Brieftasche mit sich herum?« Er machte einen Scherz.

Victor erwiderte: »Nicht ganz. Es liegt in einer luftdicht verschlossenen Tasche in einem Schließfach im Hochsicherheitstrakt einer Schweizer Bank.«

Fletcher lachte erneut, lauter und lauter, und als er sich wieder im Griff hatte, musste er sich die Tränen aus den Augen wischen. Erst dann sah er, dass Victor nicht gescherzt hatte.

»Das ist doch nicht Ihr Ernst, oder?«, brachte er keuchend hervor. »Das muss Sie doch ein kleines Vermögen kosten.«

Victor zuckte mit den Schultern. »Ich habe es jahrelang vor den anderen versteckt. Die älteren Jungen hätten es mir weggenommen, entweder um es selbst zu behalten oder um es kaputt zu machen, nur zum Spaß. Ich bin eigentlich kein Nostalgiker. Ich denke so wenig wie möglich an die Vergangenheit. Aber dieses Bild von der Modelleisenbahn ist das eine Verbindungsglied zu dem Menschen, der ich einst gewesen bin, das ich einfach nicht begraben konnte. Schon damals war es für mich sehr, sehr wertvoll, aber heute ist es absolut unbezahlbar. Man könnte fast sagen, dass ich nie aufgehört habe, es zu hegen und zu pflegen.«

»Ich muss schon sagen«, erwiderte Fletcher und rieb sich mit dem Finger über das Kinn, »Sie sind wahrscheinlich der eigenartigste Mensch, der mir in diesem Zug je begegnet ist. Und ich bin schon einer ganzen Menge Menschen begegnet. Das ist keineswegs negativ gemeint«, fügte er hastig hinzu.

»So habe ich es auch nicht aufgefasst«, erwiderte Victor. »Ich bin da ziemlich unempfindlich.«

»Erzählen Sie doch mal. Wie kommt es, dass Sie alleine in diesem unfassbar kostspieligen Nachtzug sitzen?«

»Arbeit«, erwiderte Victor. »Und Sie?«

»Wie gesagt, ich fliege nicht gerne. Na ja, um ehrlich zu sein, ich *kann* nicht fliegen. Meine Kanzlei findet es zum Kotzen, aber sie können es nicht ändern, weil meine Flugangst als Krankheit anerkannt ist. Der Arbeitnehmerschutz im Vereinigten Königreich kann sich sehen lassen. Ein Hoch auf den Sozialismus, was?«

»Für wen arbeiten Sie?«

Fletcher zögerte, nur für einen kurzen Moment, aber Victor registrierte es trotzdem. »Für eine Wirtschaftsprüfungsgesellschaft in London.«

»Sie sind Wirtschaftsprüfer?«

Fletcher nickte.

Victor ebenfalls. »Also, ich habe ja die Erfahrung gemacht, dass Leute, die nicht über ihre Arbeit sprechen wollen, sich gerne als Wirtschaftsprüfer ausgeben. Schließlich hat kein Mensch Lust, sich über irgendwelche Prozentangaben oder Bilanzen zu unterhalten, nicht wahr?«

Fletcher lachte erneut, obwohl Victor eine neutrale Miene aufgesetzt hatte.

»Ich weiß das deshalb so genau«, fuhr Victor fort, »weil ich mich manchmal selbst als Wirtschaftsprüfer ausgebe.«

Das Lachen wurde zu einem Lächeln, während der Mann Victor forschend ins Gesicht blickte, auf der Suche nach Antworten auf Fragen, die noch gar nicht ausgesprochen worden waren.

Victor blieb stumm und ließ ihm die Zeit, die er brauchte.

Es dauerte nicht lange, dann sagte Fletcher: »Sie wissen, wer ich bin, stimmt's?«

»Ja«, lautete Victors Antwort.

Fletcher dachte nach. Er tippte mit den Fingern auf die Tischplatte. »Die St. Paul's Cathedral …«

»War früher dreißig Meter höher«, vollendete Victor den Satz.

»Hochwürden?«, sagte Fletcher in fragendem Ton.

Victor nickte. »Der erste Turm ist 1666 dem Großen Feuer von London zum Opfer gefallen. Das geschmolzene Blei vom Dach hat sich damals wie ein Fluss aus Metall durch die Straße gewälzt.«

Fletcher starrte ihn eine ganze Weile lang an, ließ sich verschiedene Begegnungen und Ereignisse durch den Kopf gehen und erkannte, dass Victor genug über ihn wusste, um zu ahnen, dass er sich einen gelangweilt wirkenden Mitreisenden als Gesprächspartner suchen würde.

»Über dieses Feuer weiß ich gar nichts«, sagte Fletcher. »Ich kenne nur den Code. Ich hätte Sie doch eigentlich in Helsinki treffen sollen.«

»Die Pläne haben sich in letzter Sekunde geändert.«

Fletcher zog die Stirn kraus. »Die Pläne werden doch nie geändert. Haben Sie überhaupt eine Ahnung, wie viel Mühe das kostet? Wie viel Papierkram dafür notwendig ist?«

Victor blieb stumm.

»Sie sehen anders aus, als ich dachte«, fuhr Fletcher fort. »Ich meine, in Ihrer Akte gibt es keine Angaben zu Ihrem Aussehen und kein einziges Foto.«

»Das war eine der Bedingungen zu Beginn meiner Knechtschaft.«

»Knechtschaft? Klingt das nicht ein bisschen zu schäbig?«

»Ist es das denn nicht?«

»Ich habe Etliches über Sie gelesen, zum Teil ganz unglaubliche Dinge. Ich habe Sie mir … nun ja … furchterregend vorgestellt. Aber Sie sehen so … verdammt normal aus. Wie irgendein Niemand.«

»Ich tue sehr viel dafür.«

»Tja, es funktioniert, das muss man Ihnen lassen. Ich hätte niemals gedacht, dass Sie Hochwürden sind, wenn Sie mich nicht mit der Nase drauf gestoßen hätten. Aber vermutlich ist das genau der Grund dafür, dass man Sie so gut bezahlt.«

»Aber nicht der einzige Grund.«

Fletcher lachte leise, um seine Nervosität zu überspielen. »Warum haben Sie sich überhaupt auf den Small Talk eingelassen? Warum haben Sie den Code nicht schon früher ins Spiel gebracht?«

»Ich wollte sichergehen, dass Sie mich wirklich nicht erkennen. Um mich zu versichern, dass tatsächlich keine Fotos in meiner Akte sind.«

»Wollen Sie damit sagen, dass ich nicht in der Lage gewesen wäre, zu bluffen?«

In Fletchers Stimme lag ein Hauch von Kränkung.

»Ja«, erwiderte Victor. »Das will ich damit sagen.«

Fletcher presste für einen Moment die Lippen aufeinander und blickte Victor starr an, doch dann beschloss er, nicht auf dessen Spitze einzugehen, und entspannte sich wieder. »Und warum nun diese Begegnung im Zug und nicht in Helsinki, wie geplant?«

»Weil der chinesische Geheimdienst sich auf Ihre Fersen setzen wird, sobald wir in St. Petersburg sind.«

»Verdammt«, erwiderte Fletcher. »Die lassen mich seit meiner Stationierung in Hongkong nicht in Ruhe.«

»Hartnäckigkeit ist eine chinesische Tugend.«

»Nicht wahr? Nun ja, wir können Ihren nächsten Auftrag genauso gut auch hier besprechen. Ich gehe davon aus, dass Sie den Waggon gründlich überprüft haben?«

Victor nickte. »Niemand lauscht oder beobachtet uns.«

»Natürlich nicht. Sonst hätten Sie bestimmt nicht so offenherzig über Ihre Kindheit gesprochen, stimmt's?«

»Das ist richtig.«

»Aber es könnte auch alles gelogen sein. Schließlich enthält Ihre Akte keinerlei persönliche Angaben.«

»Ich versichere Ihnen, dass ich die Wahrheit gesagt habe.«

Fletcher nahm das zur Kenntnis und kratzte sich am Nacken. Wie zuvor ließ Victor ihm auch dieses Mal die Zeit, die er brauchte, um seine Schlüsse zu ziehen. Es dauerte etwas länger als beim ersten Mal, weil Fletcher der unausweichlichen Wahrheit nicht ins Gesicht sehen wollte.

»Ihre Akte enthält keinerlei persönliche Angaben«, sagte Fletcher jetzt zum zweiten Mal.

»Anderenfalls würde das schwerwiegende Konsequenzen nach sich ziehen.«

»Die Fotos und die Beschreibung Ihrer äußeren Kennzeichen wurden gelöscht, genau wie Sie es verlangt haben. Abgesehen von Ihrer Arbeit für uns und dem bisschen, was wir über Ihre Tätigkeit für die CIA zusammengetragen haben, steht darin gar nichts, weil wir nämlich nichts über Sie wissen.«

»Gut«, meinte Victor.

Fletcher starrte ihn an. »An eine Zeile kann ich mich noch erinnern, so etwas wie: *schätzt seine Anonymität und verteidigt sie mit allen Mitteln …*«

»Das ist korrekt. Es ist eine notwendige Schutzmaßnahme gegen gegenwärtige und zukünftige Bedrohungen.«

»Das verstehe ich. Sie wollen nicht, dass wir mehr über Sie wissen als unbedingt nötig, für den Fall, dass wir uns einmal gegen Sie wenden sollten.«

Victor nickte.

»Aber ich weiß jetzt, dass Sie ein Bild von einer Spielzeugeisenbahn in einem Schweizer Schließfach aufbewahren.«

Victor sagte nichts.

»Es spielt keine Rolle, dass ich das weiß«, fuhr Fletcher fort, betont und mit Gewissheit in der Stimme. Er blickte Victor starr an. Links von seinem Adamsapfel brachte sein wummernder Puls die Haut zum Flattern. »Es spielt keine Rolle, was ich über Sie weiß, weil ich nämlich niemals zur Bedrohung werden kann. Weil Sie mich töten werden, habe ich recht?«

»Ja«, sagte Victor.

Kapitel 2

Fletcher reagierte gefasst. Er sprang nicht auf und versuchte auch nicht, Victor anzugreifen. Er saß einfach nur da und starrte Victor an, fast eine Minute lang, während er die Tatsache verarbeitete, dass er seinem Mörder gegenübersaß. Schließlich räusperte er sich und fragte: »Darf ich erfahren, wieso?«

»Ihre Geliebte aus Hongkong hat Ihr Bettgeflüster nach Peking weitergeleitet.«

Er überlegte kurz und sagte dann: »Das kann nicht der Grund sein. Das ist kein Grund, mich umzubringen.«

»London glaubt, dass Sie darüber Bescheid wissen«, erläuterte Victor. »Man hält Sie für mitschuldig. Man hält Sie für einen Verräter.«

Fletcher blickte auf seine Hände, die mit weit gespreizten Fingern auf dem Tisch lagen. Er holte tief Luft und ließ sich mit dem Ausatmen Zeit.

»Zu Anfang nicht«, gestand er. »Nicht, als ich sie kennengelernt habe. Da war ich ein Narr, der dachte, dass diese schöne junge Frau sich tatsächlich für mich interessiert. Im Rückblick ist das alles so offensichtlich. Nicht zu fassen, dass ich auf so einen simplen Trick hereingefallen bin. Sie hat mich angesprochen. In meiner Stammkneipe! Können Sie sich vorstellen, dass ich ihr tatsächlich auf den Leim gegangen bin? Sie hat sogar denselben Whisky bestellt wie ich. *Was für ein Zufall.* Die Chinesen bilden ihre Spione immer noch nach dem Handbuch der Sechzigerjahre aus, aber ich habe es nicht gemerkt, weil ich immerzu nur ihre Lippen angestarrt habe. Sie hat die schönsten Lippen, die ich je gesehen habe. Irgendwann habe ich natürlich gemerkt, was los war. Sie war nicht ganz so vorsichtig, wie sie hätte sein müssen, als sie sich nach meiner Arbeit und meinen Reisen erkundigt hat. Aber das hätte mich angesichts der Dampfwalzenmethode, mit der sie mich kennengelernt hat, eigentlich nicht weiter verwundern dürfen. Hat es aber doch. Ich konnte es nicht glauben, weil ich mich schon in sie verliebt hatte. Na ja, oder zumindest in die Lust. Ist ja ohnehin dasselbe, stimmt's?«

»Das kann ich nicht beurteilen«, erwiderte Victor. »Aber ich muss das alles nicht wissen.«

»Also, ich erzähl's Ihnen, dann müssen Sie wohl oder übel zuhören. Es sei denn, Sie haben vor, mir an Ort und Stelle das Licht auszuknipsen, vor aller Augen.«

»Das habe ich nicht vor«, gab Victor zu.

»Na, bitte.« Fletchers triumphierender Unterton machte deutlich, dass er fest entschlossen war, jeden noch so kleinen Sieg auszukosten, solange dies möglich war. »Als ich jedenfalls dahintergekommen bin, dass sie eine Spionin war, konnte ich mich einfach nicht mehr von ihr trennen. Ich konnte nicht, auch wenn mir tief im Innersten vollkommen klar war, dass sie nur an Informationen interessiert war. Ich habe trotzdem weitergemacht. Ich musste diese Lippen auf meinen spüren, koste es, was es wolle. Scheiße, ich bin so ein Vollidiot.«

Victor war ganz seiner Meinung, aber es wäre unhöflich gewesen, dieser Zustimmung Ausdruck zu verleihen. Genau so unrichtig kam es ihm vor, einen zum Tode Verurteilten zurechtzuweisen und aufzufordern, keine Fäkalsprache zu benützen.

Fletcher ließ sich gegen die Rückenlehne sinken. »Aber auch wenn London das mit mir und Ling rausgekriegt hat, das kann nicht der einzige Grund sein, dass sie Sie geschickt haben. Das kann nicht sein. Nicht nur deswegen. Nicht *Sie*.«

»Das hat man mir gesagt.«

»Dann hat man Sie angelogen.«

»Das ist mir gleichgültig«, sagte Victor.

Fletcher runzelte die Stirn. »Es ist Ihnen gleichgültig, dass Sie getäuscht und manipuliert werden?«

»In diesem Geschäft sagt kein Mensch die Wahrheit. Damit kann ich mich arrangieren.«

Fletcher verzog den Mund zu einem wütenden Grinsen. »Dann sind Sie also nichts anderes als ein Jasager?«

»Ja.«

Das Grinsen verwandelte sich langsam in ein trauriges Seufzen. »Wird es wehtun?«

»Kein bisschen.«

»Wahrscheinlich müsste ich Ihnen für diese kleine Gnade dankbar sein«, meinte Fletcher. »Wie wollen Sie es machen?«

»Möchten Sie das wirklich wissen?«

Fletcher überlegte kurz, und Victor sah ihm an, wie er hin und her überlegte. Schließlich nickte er. »Ja. Ich muss es wissen.«

»Sie begehen Selbstmord«, erläuterte Victor. »Sie ziehen sich in Ihre Kabine zurück und nehmen eine Überdosis Schmerztabletten. Sie dämmern langsam weg und wachen nicht wieder auf. Still. Friedlich. Keine Schweinerei. Kein Chaos. Keine Schmerzen.«

Er stellte ein Röhrchen mit verschreibungspflichtigen Schmerztabletten auf den Tisch.

Fletcher starrte es an. »Das sind meine. Die hat mir der Arzt verschrieben, für meinen kaputten Rücken.«

Victor nickte.

»Da sind jetzt Ihre Fingerabdrücke drauf«, sagte Fletcher und ließ den Blick von dem Röhrchen zu Victors Händen gleiten.

»Sind sie nicht.«

Fletcher zog das Röhrchen ein Stück näher zu sich heran. »Ich möchte keinen Selbstmord begehen. Ich will so nicht sterben.«

Victor entgegnete: »Sie haben keine große Wahl. Ich begleite Sie zurück in Ihre Kabine. Und Sie können mir wirklich glauben, dass es in Ihrem ureigenen Interesse liegt, die Tabletten freiwillig zu schlucken.«

Fletcher schluckte. »Nein, Sie haben mich missverstanden. Ich werde mich nicht wehren und auch nicht versuchen wegzulaufen.«

»Was das angeht, mache ich mir keine Gedanken«, erwiderte Victor. »Selbst wenn Sie es versuchen sollten, es würde nicht den geringsten Unterschied machen.«

Fletcher seufzte. »Ich weiß. Wie gesagt, ich habe Ihre Akte gelesen. Ich habe die Berichte gelesen. Ich habe sogar ein Video von einem Massaker gesehen, das Sie in Minsk angerichtet haben. Ich bin ein Büroangestellter mit Bandscheibenvorfall und Flugangst. Mir ist vollkommen klar, dass ich gegen den Mann, der Hochwürden genannt wird, keine Chance habe. Aber mir geht es um Folgendes: Ich möchte nicht, dass meine Frau denkt, dass ich Selbstmord begangen habe. Sie ist ein herzensguter Mensch. Sie hat es nicht verdient, dass sie gleichzeitig um mich trauern und mich hassen muss, weil ich sie allein gelassen habe. Nur, weil ich zu einer schönen Frau nicht nein sagen konnte, heißt das noch lange nicht, dass ich sie nicht liebe. Im Gegenteil, ich liebe sie von ganzem Herzen, ganz egal, was Sie davon halten mögen.«

»Es ist mir gleichgültig, ob Sie Ihre Frau lieben oder nicht.«

»Und meine Tochter.« So langsam taten sich die ersten Risse in Fletchers gefasster Fassade auf. »Ella, die Süße. Sie ist noch zu jung, um das alles zu begreifen, aber eines Tages wird sie herausfinden, was ihrem Dad zugestoßen ist, und dann wird sie glauben, dass meine Liebe zu ihr nicht groß genug war, um weiterleben und sie aufwachsen sehen zu wollen.«

Victor blieb stumm.

Fletcher sagte: »Können Sie mich nicht erschießen oder mir das Genick brechen? Alles, nur kein Selbstmord.«

»Nein. Peking darf unter keinen Umständen erfahren, dass die undichte Stelle entdeckt worden ist. London will Ihre Geliebte für seine Zwecke einspannen, ohne dass sie es mitbekommt. Es darf keinen Täter geben.«

»Dann eben ein Unfall, in Gottes Namen.« Fletcher redete jetzt, ohne nachzudenken. »Ich könnte im Bahnhof vor einen Zug stürzen. Ich könnte mir die Schnürsenkel zubinden und ausrutschen und ...«

»Nein«, wiederholte Victor ruhig und unerschütterlich. »Auf den Aufnahmen der Überwachungskameras wird man Ihnen ansehen, dass Sie unter Druck handeln. Davon würde sich niemand täuschen lassen.«

»Da muss es doch noch eine andere Möglichkeit geben. Es muss einfach. Ich bin zu allem bereit.«

Victor überlegte kurz. War es nicht ein Gebot der Höflichkeit, die Bitte einer Zielperson, die den Tod bereits als unausweichlich akzeptiert hatte, nach einer anderen Todesart zumindest in Betracht zu ziehen? In all den Jahren seiner Profikillerkarriere hatte er noch nie vor dieser Frage gestanden. Viele hatten ihn vergeblich angefleht, sie zu verschonen, aber niemals hatte jemand um einen anderen Weg in den Tod gebeten. Einen Unfall zu arrangieren, der keinen Verdacht erregte, das war alles andere als einfach – daher die Überdosis, entweder einvernehmlich oder aber mit Gewalt –, aber ein Unfall, bei dem das Opfer bereit war mitzuhelfen, das war etwas anderes.

»Gehen Sie in den Speisewagen, bevor er endgültig schließt«, sagte er zu Fletcher, nachdem er das Ganze gründlich durchdacht hatte, »und bestellen Sie sich etwas zu essen.«

»Essen?«

Victor fuhr fort. »Der Speisewagen hat nicht mehr lange geöffnet. Bestellen Sie sich das Steak.«

»Ich verstehe nicht.«

»Sobald wir unser Gespräch beendet haben, bleibe ich hier sitzen und Sie gehen in den Speisewagen und bestellen sich ein schönes, dickes Rindersteak. Gut durchgebraten. Dann schneiden Sie sich ein großes Stück davon ab und schlucken es hinunter, ohne allzu lange zu kauen. Um den Rest müssen Sie sich dann keine Gedanken mehr machen.«

»Oh, ich verstehe. Ich soll ersticken. Scheiße.«

Fletcher wurde kreidebleich, als sei ihm seine Situation erst jetzt in diesem Augenblick bewusst geworden. Er blies die Backen auf und atmete nur noch stoßweise. Dann fasste er sich an die Kehle. Kurz darauf stellte er die unausweichliche Frage: »Wie lange wird es dauern?«

Victor hatte die Antwort bereits parat. »Sie sind Mitte dreißig und in schlechter Verfassung. Ich schätze etwa neunzig Sekunden, bis Sie bewusstlos werden und nie wieder aufwachen.«

»Das erscheint mir nicht besonders lange.«

Victor verriet ihm nicht, dass es ihm wie eine Ewigkeit vorkommen würde, während seine Lungen brüllend nach dem Sauerstoff verlangten, den sie nicht bekommen würden.

Dann schüttelte Fletcher den Kopf. »Meine Frau hat mir rotes Fleisch verboten. Wir versuchen, uns gesund zu ernähren.«

»Kein Problem«, erwiderte Victor. »Dadurch wird es noch glaubwürdiger. Sie sind es nicht gewöhnt.«

»Mein Gott, wenn ich an diese ganze verdammte Hirse denke, die ich ertragen musste, und wofür das alles? Ich hätte mein ganzes Leben lang gebratenen Speck essen sollen. Das hätte dann auch keinen Unterschied mehr gemacht, stimmt's?«

»Wahrscheinlich nicht.«

»Sie macht sich womöglich Vorwürfe, oder? Meine Frau denkt vielleicht, dass es ihre Schuld war, dass ich keine Steaks mehr gewöhnt war.«

»Das kann sein«, gab Victor zu. »Zumindest am Anfang. Aber die Leute werden ihr helfen, darüber wegzukommen. Und statistisch gesehen kommen fast so viele Menschen durch Ersticken ums Leben wie durch Verbrennen.«

»Das ist doch jedenfalls sehr viel besser, als wenn sie denken würde, dass ich mich umgebracht habe, stimmt's? Das wäre ja, als würde ich nicht nur sterben, sondern sie gleichzeitig auch noch verlassen. Und so sterbe ich nur.«

Das konnte Victor nicht beurteilen. Er verstand Fletchers Beweggründe nicht, aber er nickte trotzdem, weil er sah, dass Fletcher Bestätigung brauchte.

»Und denken Sie daran, den Kellner bei der Bestellung anzulächeln«, sagte Victor noch.

»Mir ist aber nicht nach einem Lächeln zumute. Lächeln ist so ungefähr das Letzte, was ich möchte. Na ja, das Vorletzte.«

»Deshalb sage ich es ja. Das Ganze wird nicht funktionieren, wenn Sie aussehen wie ein zum Tode Verurteilter.«

Fletcher nickte zum Zeichen seines Einverständnisses. Dann verstummte er für einen Augenblick.

»Tut es ...?«

»Ja«, erwiderte Victor. »Es tut weh. Nach fünfundvierzig Sekunden ohne Sauerstoff wird es schmerzhaft, sehr, sehr schmerzhaft, darum denken Sie fest daran, warum Sie das tun. Stellen Sie sich Ihre Frau und Ihre Tochter vor. Der Schmerz wird nicht allzu lange anhalten, das verspreche ich Ihnen. Er geht bald vorbei, und dann haben Sie auch keine Angst mehr. Der Sauerstoffmangel versetzt Sie in einen Zustand der Euphorie. Sie gleiten in die Bewusstlosigkeit und fühlen sich gut dabei.«

»Da soll es doch so eine Sexualpraktik geben«, erwiderte Fletcher monoton, während sein Blick starr auf einen Punkt hinter Victors Kopf gerichtet war. »Ich habe nie geglaubt, dass das wirklich stimmt. Ich habe immer gedacht, das wäre so einer von diesen Großstadtmythen. Aber jetzt wünschte ich, ich hätte es ausprobiert. Ich wünschte, ich hätte alles ausprobiert. Und ich wünschte, ich hätte meiner Frau öfter gesagt, dass ich sie liebe.«

Victor blieb stumm. Er beobachtete Fletcher genau. Der Mann war innerhalb von zehn Minuten um zehn Jahre gealtert.

»Sind Sie jemals stranguliert worden? Wissen Sie, wie sich das anfühlt?«

»Ja«, bekannte Victor. »Etliche Male. Aber das Euphorie-Stadium habe ich nie erreicht, sonst würde ich jetzt nicht hier sitzen.«

»Wie können Sie dann wissen, dass ich mich mit einem guten Gefühl von dieser Welt verabschieden werde?«

»Weil es eine der Grundbedingungen meines Jobs ist, zu verstehen, wie der menschliche Körper funktioniert«, erläuterte Victor. »Und es kommt tatsächlich immer wieder vor, dass ich jemanden erdrossele und derjenige dann ganz am Schluss beinahe glücklich aussieht.«

Kapitel 3

Victor sah zu, wie Fletcher aufstand und den schmalen Gang entlangging. Er sagte kein Wort mehr, aber bevor er sich umgewandt hatte, hatte er eine Miene aufgesetzt, aus der Entschlossenheit und Schicksalsergebenheit zugleich sprachen. Er wollte sich seine Angst nicht anmerken lassen und bemühte sich erhobenen Hauptes um einen aufrechten Gang. Das Röhrchen mit den Schmerztabletten hatte er auf dem Tisch stehen lassen. Das brauchte er nicht.

Victor steckte es wieder ein.

In wenigen Minuten würde Fletcher im Speisewagen ankommen. Es war schon spät, und er würde schnell bedient werden. Alles in allem würde von der Bestellung bis zu seinem tödlichen Erstickungsanfall höchstens eine Viertelstunde vergehen. Falls nicht spätestens in zwanzig Minuten eine Durchsage kam, dass im Speisewagen ein Arzt benötigt wurde, würde Victor nachsehen. Der Zug fuhr in einem Stück bis zum Zielbahnhof durch, aber auch ein außerplanmäßiger Halt hätte Fletcher nicht das Leben retten können.

Dass Fletcher sein Schicksal so klaglos akzeptiert hatte, machte Victor nachdenklich. Er war froh darüber, dass der Auftrag sich wie gewünscht abwickeln ließ, aber er konnte nicht verstehen, wieso. Er wusste genug über Psychologie und Fatalismus, um zu verstehen, dass Fletcher sich selbst töten würde, weil er glaubte, keine andere Chance zu haben, aber Victor konnte es trotzdem nicht begreifen. Sein eigener Überlebenstrieb war so stark und so tief in seiner Persönlichkeit verankert, dass er sich gar nichts anderes vorstellen konnte. Die Normalbürger lebten tagtäglich ihr Leben und dachten dabei an die Arbeit, die Familie, Sex oder ihre Lieblingssendung im Fernsehen, während es für Victor an jedem einzelnen Tag darum ging zu überleben. Ein Fehler, ein nicht überprüfter Winkel, eine nicht aus Sicherheitserwägungen, sondern aus Bequemlichkeit getroffene Entscheidung würde schon reichen. Das eigene Überleben zu sichern war für ihn schon vor langer Zeit eine unverzichtbare Angewohnheit geworden.

Fletcher trat durch die hintere Tür und verschwand im nächsten Waggon. Zehn Minuten später öffnete sich die Tür erneut, und ein Mann betrat den Waggon.

An diesem Mann war alles falsch.

Er schwitzte aus allen Poren Ärger aus und erfüllte jedes einzelne Kriterium auf Victors Liste der bedrohlichen Signale. Er hatte mit Anfang vierzig das richtige Alter für einen erfahrenen Kämpfer. Er war fit und stark, aber nicht übermäßig aufgepumpt. Er trug die Art von Ausstattung, die auch Victor gewählt hätte: Schuhe mit einem vernünftigen Profil, um laufen oder auch klettern zu können, dazu ordentliche, unauffällige Kleidung, die ein klein wenig zu weit geschnitten war, um die Beweglichkeit nicht einzuschränken: eine dunkle Hose und eine schwarze, hüftlange Lederjacke. Sie war nicht zugeknöpft, sodass auch der dünne Pullover aus brauner Wolle gut zu sehen war. Victor trug keine Handschuhe, weil er seine Hände mit Silikonlösung eingerieben hatte. Der Mann aber hatte dünne, graue Lederhandschuhe übergestreift. Sie sahen weich und geschmeidig aus, vermutlich Kalbsleder. Der Zug war gut geheizt und hatte vor fast zwei Stunden den kalten Bahnhof verlassen. Es gab also keinen vernünftigen Grund, hier drin Handschuhe zu tragen.

Der Mann hatte die Waggontür mit der linken Hand geöffnet, war aber Rechtshänder. Das ergab sich aus der Tatsache, dass sein linkes Bein eindeutig das dominante war. Victor tat so, als hätte er ihn nicht gesehen, so wie auch der Mann vorgab, Victor nicht gesehen zu haben. Er konnte nicht wissen, dass Victor ihn bereits enttarnt hatte, weil er in einem Punkt entscheidend im Nachteil war: In diesem Waggon saßen Dutzende von Reisenden, die alle von ihm gemustert werden mussten. Als er seine Zielperson endlich erfasst hatte, hatte Victor ihn bereits gesehen, eingeschätzt und seine Schlussfolgerungen gezogen, um anschließend den Blick abzuwenden.

Die erste Reaktion auf eine Bedrohung war, ihr aus dem Weg

zu gehen. Aber in einem Zug war eine Flucht nicht praktikabel. Nicht unmöglich, weil Victor natürlich die Notbremse ziehen, aussteigen und dann in der Dunkelheit verschwinden konnte. Aber das wäre keine sinnvolle Lösung gewesen, weil sein Anzug keinen ausreichenden Schutz gegen den russischen Winter bot.

Manchmal war einfaches Abwarten die zweitbeste Option. Eine Bedrohung war nicht unbedingt gleichbedeutend mit einem unmittelbaren Risiko. Die Umstände konnten sich ändern. Mit einer verfrühten Reaktion gab man womöglich das Überraschungsmoment aus der Hand, das zu einem späteren Zeitpunkt noch einmal nützlich sein konnte.

Der Mann kam näher.

Er hatte kurze, grau melierte Haare und einen fein säuberlich gestutzten, dunklen Bart. Seine Haut war blass, was bei einem Weißen ebenfalls auf eine Bedrohung hindeuten konnte – er bekam nicht viel Sonne ab, weil er meist bei Nacht aktiv war.

Bei den vielen Sitzen, die sich zwischen ihnen befanden, musste der Mann noch ein ganzes Stück näher kommen, falls er Victor erschießen wollte. Und mit einem Messer oder einer anderen Nahkampfwaffe hätte er sich noch dichter heranwagen müssen. Gegen einen Gegner mit einer Schusswaffe zu kämpfen war immer eine komplizierte Angelegenheit, besonders, da Victor, wie üblich, unbewaffnet war. Er war schon sehr viel öfter durch Metalldetektoren gegangen und von Leibwächtern oder Sicherheitsbeamten abgetastet oder durchsucht worden, als dass er irgendwelchen bewaffneten Gegnern über den Weg gelaufen war. In diesem Fall wäre die Tür Victors einzige Fluchtmöglichkeit gewesen, aber um sie zu erreichen, musste er die Deckung der Sitze verlassen und den Gang entlanglaufen, was wiederum bedeutete, dass er sich niemals würde in Sicherheit bringen können, weil kein Attentäter dieser Welt auf diese Entfernung seinen Rücken verfehlen konnte.

Doch Victor sah, dass der Attentäter nicht vorhatte, seinen Auftrag hier und jetzt durchzuführen. Er wusste, wie er sich zu kleiden hatte, und das bedeutete, dass er nicht dumm war. Und nur ein Dummkopf würde in einem gut gefüllten Eisenbahnwaggon voller Überwachungskameras einen Mordanschlag begehen. Was er hier machte, war Aufklärung. Er lokalisierte seine Zielperson.

Auch wenn er versuchte, es zu verbergen, aber in dem Moment, als er Victor sah, spreizte er automatisch für einen Moment die Schultern. Sein Gang blieb unverändert, und er schob sich weiter. Dazu musste er die Hüften und die Schultern ein wenig zur Seite drehen und sich mit leicht schlurfenden Schritten vorwärtsbewegen, weil der Platz zwischen den Sitzen für einen Mann seiner Statur zu schmal war.

Als er näher kam, blieb Victor regungslos sitzen, den Kopf leicht schräg geneigt und den Blick zum Fenster hinaus in die dunkle Nacht gerichtet. Dabei galt seine volle Konzentration der Gestalt, die sich in der Fensterscheibe spiegelte und die er aus den Augenwinkeln beobachten konnte.

Der Mann ging an ihm vorbei, und Victor lauschte auf seine Schritte, bis sie vom Geräusch des fahrenden Zuges verschluckt wurden und die Tür am hinteren Ende des Waggons sich zischend öffnete.

So, wie die Dinge lagen, wäre Abwarten keine kluge Strategie gewesen. Die Fahrt nach St. Petersburg dauerte noch sieben Stunden. In dieser Zeit würde sich Victors Situation nicht verbessern, sondern lediglich verschlechtern, während der Killer ausreichend Gelegenheit hatte, seine Pläne in die Tat umzusetzen.

Victor wartete zwei Minuten, dann stand er auf und folgte dem Mann.

Wenn die Flucht nicht praktikabel und Abwarten unvernünftig war, dann war Angriff immer noch die beste Verteidigung.

Kapitel 4

Victor durchquerte den schmalen Durchgang über der Kupplung und gelangte in den nächsten Waggon. Die Tür glitt zischend auf, und er spürte die leichte Veränderung des Luftdrucks im Gesicht. Der Attentäter hatte einen Hauch seines Deodorants in der Luft hinterlassen. Dieser Waggon sah genauso aus wie der, in dem er mit Fletcher gesessen hatte. Allerdings verteilten sich nur wenige Reisende auf den Sitzplätzen. Bei einer schnellen Zählung kam Victor auf insgesamt neun Personen. Alles Nachtschwärmer, so wie er und Fletcher.

Am anderen Ende des Waggons trat der Mann mit den grau melierten Haaren gerade durch die Tür.

Victor ging ihm hinterher und führte sich dabei den Aufbau des Zuges vor Augen – sieben Waggons, davon ein Speisewagen, drei mit Sitzplätzen, und am Schluss schließlich die drei Schlafwagen. Der Attentäter hatte jetzt den ersten Schlafwagen betreten. Victors Kabine lag in der ersten Klasse, also ganz am Ende des Zuges.

Die genaue Kabine zu finden war vielleicht nicht ganz einfach, aber mit Sicherheit nicht schwieriger, als ihm überhaupt auf die Spur zu kommen. Victor musste also davon ausgehen, dass ein Attentäter, der wusste, dass er hier in diesem Zug war, auch wusste, wo seine Kabine lag.

Der Gang durch den Zug hatte demnach nicht nur die Frage beantwortet, ob Victor tatsächlich an Bord war, sondern auch bestätigt, dass er sich gegenwärtig nicht in seiner Kabine aufhielt. Der Attentäter konnte also ohne Probleme eindringen und auf Victors Rückkehr warten. Damit schlug er zwei Fliegen mit einer Klappe: Er konnte Victor überrumpeln, und es gab keine unliebsamen Augenzeugen.

Ein ganz einfacher Hinterhalt, aber sehr wirkungsvoll, wenn er gut gemacht war. Hätte Victor die Bedrohung erst bei der Rückkehr in seine Kabine erkannt, seine Überlebenschancen wären erheblich geringer gewesen als jetzt.

Als er den schmalen Gang auf der rechten Seite der Schlafkabinen erreicht hatte, verlangsamte er seine Schritte. Er wollte dem Attentäter noch etwas mehr Zeit zur Vorbereitung gönnen. Der Mann würde sich in trügerischer Sicherheit wiegen, und das war ein Vorteil für Victor. Zu viel Selbstbewusstsein war tödlich.

Victors Kabine war die dritte von insgesamt vieren in der ersten Klasse. Es wäre ihm lieber gewesen, nicht zu beiden Seiten Nachbarn zu haben, aber allzu viele Optionen hatte er bei der Buchung nicht mehr gehabt.

Er führte sich das Innere der Kabine vor Augen: ein angenehmer Raum, um zu reisen, aber mit relativ wenig Spielraum, um jemanden in einen Hinterhalt zu locken. An der Wand gleich rechts von der Tür stand eine gepolsterte Sitzbank, die sich zum Schlafen in eine Liege umwandeln ließ. Darunter war der Stauraum für das Gepäck. Gegenüber befand sich eine Tür, die in eine separate Toilette führte und nach innen geöffnet wurde. Die Kabinentür hingegen ging nach außen auf, mit dem Anschlag rechts.

In dem Stauraum unter der Bank hätte sich ein Mensch problemlos verbergen können. Das wäre auch Victors bevorzugtes Versteck gewesen, aber nur, wenn die Zielperson Zivilist gewesen wäre. Ein Profi hätte vor dem Schlafengehen natürlich unter der Liege nachgesehen.

Der andere naheliegende Standort war die Toilette. Da die Tür nach innen aufging, war der Raum eigentlich zu eng für einen Angriff, aber diese Luxuskabinen verfügten auch über eine separate Duschkabine. Sie waren zwar winzig, selbst für jemanden mit Victors schlanker Figur, aber der Attentäter hatte dadurch den Vorteil, dass er aufrecht stehen konnte und zudem genau mitbekam, wann die Zielperson die Kabine betrat und wann sie die Toilettentür öffnete. Gegen eine überraschende Messerattacke hätte Victor in der Enge der Kabine so gut wie keine Chance gehabt. Und gegen eine Schusswaffe, die man in aller Ruhe bereit machen konnte, war auf diese kurze Entfernung ohnehin kein Kraut gewachsen.

Aber auch ohne das Überraschungsmoment war die Gefahr keineswegs gebannt. Eine Pistole hätte Victor zur Not mit der ausgestreckten Hand durch die Toilettentür schieben können. Aber wie hätte er die Schweinerei sauber machen oder die Leiche beseitigen sollen? Außerdem hätte ein erschossener Profikiller die Legende von Fletchers Unfalltod nachhaltig erschüttert. Der chinesische Geheimdienst hätte jedenfalls sofort nach dem Zusammenhang zwischen diesen beiden Vorfällen gesucht.

Victor öffnete seine Kabinentür und trat ein. Links von ihm, höchstens einen Meter entfernt und hinter fünf Zentimetern Aluminium und Gipskarton verborgen, stand ein Mann, der ihn töten wollte.

Er machte die Tür hinter sich zu, sodass das Rumpeln des Zuges, das in dem engen Gang besonders laut zu hören war, dumpfer wurde. Er wusste, dass der Attentäter, der in der Duschkabine auf der Lauer lag, gehört hatte, wie die Tür auf- und wieder zugegangen war. Vielleicht konnte er sogar Victors Schritte hören. Hier drin war es etwas wärmer als draußen, und die Luft war vollkommen unbewegt.

Er sah unter der Bank nach, weil er ein gründlicher Mensch war, und stellte wie erwartet fest, dass der Platz darunter leer war. An der gegenüberliegenden Wand, unter dem Fenster, stand ein kleiner Tisch, darauf ein paar Naschereien, Teebeutel und Besteck. Victor wickelte Messer und Gabel aus der Serviette und nahm die Gabel in die rechte und das Messer in die linke Hand, die Spitze nach unten gerichtet wie bei einem Eispickel.

Dann stellte er sich vor die Toilettentür.

Der Attentäter mit den grau melierten Haaren war einen Meter zweiundachtzig groß. Wenn er in der Duschkabine stand, dann war er ungefähr einen Meter von der Tür entfernt. Wenn er eine Pistole in der Hand hatte, dann war der Arm nicht ausgestreckt, weil die Waffe sonst viel zu dicht in die Nähe der Zielperson geraten wäre. Der Schuss wäre weitaus schwieriger geworden, und es hätte die Gefahr bestanden, dass Victor ihn entwaffnete. Die Waffe würde also in der Nähe des Attentäters sein, im Beidhandgriff, wobei die zweite Hand den Kolben von unten stützte. Auf so kurze Entfernung musste er nicht genau zielen, darum konnte er die Waffe auf Brusthöhe halten. Victor war größer als der andere, darum würde der Lauf etwas nach oben zeigen, um ihn in die Brust oder in den Schädel zu schießen. Victor ging eigentlich davon aus, dass der Attentäter das Herz anvisieren würde. Das minderte das Risiko eines vollständigen Durchschusses. Selbst eine Kugel aus einer relativ schwachbrüstigen Handfeuerwaffe konnte unter gewissen Umständen einen Schädelknochen zweimal durchschlagen, um dann womöglich ein Fenster zu zerschmettern oder sich in eine Wand zu bohren und dadurch zusätzliche Indizien zu hinterlassen … von dem Blut, den Knochensplittern und der Gehirnmasse einmal ganz abgesehen.

Wenn der Angreifer auf das Herz zielte, dann bedeutete das, dass der Bereich bis zu einem guten Meter über dem Boden halbwegs sicheres Gebiet sein musste.

Victor ging in die Knie und drückte mit der Gabel die Klinke nach unten.

Dann duckte er sich noch ein Stückchen tiefer, holte kräftig Luft, stieß den Atem wieder aus und stürmte los. Er rammte die Tür mit der linken Schulter auf und drehte sich um die eigene Achse, schlängelte sich, während er noch weiter in die Hocke ging, um die Toilettenschüssel. Warf die Gabel mit einer ruckartigen Bewegung weg, zur Ablenkung, um noch einen Sekundenbruchteil mehr Zeit zu gewinnen und dem Attentäter das Messer in den Hals zu rammen.

Die Gabel prallte gegen die geflieste Wand und landete klappernd auf dem Boden der Duschkabine, wo sie gegen den Abfluss stieß.

Kein Attentäter mit grau melierten Haaren.

Victor erhob sich und sah sich um. Gleichzeitig erkannte er, dass er einen Fehler gemacht hatte. Der Gang des Attentäters durch den Zug, den er als Aufklärung interpretiert hatte, war keineswegs Aufklärung gewesen. Sondern eine Falle. Der Mann mit den grau melierten Haaren hatte sich mit voller Absicht sehen lassen. Er hatte gewollt, dass Victor ihm folgte.

Victor hatte ihm den schwierigsten Teil der Arbeit abgenommen. Er war freiwillig in die Falle gegangen.

Mit einem Satz sprang er durch die Toilettentür nach draußen und sah gerade noch, wie der Attentäter die Kabine betrat, die Tür hinter sich ins Schloss zog und eine Pistole hob.

Kapitel 5

Der Attentäter mit den grau melierten Haaren war schlau genug gewesen, Victor auszutricksen, aber mit seiner Waffe hatte er einen Fehler begangen. Es war eine Glock Automatik mit langem Lauf, der durch den aufgeschraubten Schalldämpfer noch länger geworden war. Auf so engem Raum erschwerte das die Zielerfassung. Je kürzer der Lauf einer Waffe, desto schneller konnte man zielen.

Als die Mündung schließlich auf Victor zeigte, war er bereits nahe genug an seinen Angreifer herangekommen, um dessen Handgelenk mit einem kräftigen Schlag auf die Innenseite zu schwächen und ihm die Waffe aus der Hand zu schlagen. Sie fiel auf die gepolsterte Bank und rutschte dann unter den Tisch.

Der Attentäter wich Victors anschließendem Messerstoß aus und nutzte seinen Schwung, um ihn gegen die Kabinentür zu stoßen. Das Gewackel des Zuges leistete ebenfalls seinen Beitrag, sodass Victor ins Straucheln geriet und das Messer fallen lassen musste, um sich mit der Handfläche abzustützen. Aber schon im selben Moment begann er, sich umzudrehen, und konnte dadurch gerade noch den Ellbogenschlag abwehren, der für seinen Hinterkopf gedacht gewesen war.

Obwohl der Attentäter etwas kleiner und etwas älter war als Victor, war er der Stärkere der beiden. Seine linke Faust landete krachend in Victors Flanke, presste ihm die Rippen zusammen und drückte ihm sämtliche Luft aus den Lungen. Die Schmerzen und die Wucht des Schlages ließen Victor keine andere Wahl, als einen Schritt zur Seite zu weichen.

Er hatte jedoch nicht genügend Raum, um sich wenigstens für einen Augenblick Luft zu verschaffen, und dazu drohte das ununterbrochene Ruckeln des Waggons ihm ständig die Balance zu rauben. Der Attentäter nutzte diese Schwäche aus und überzog ihn mit einer ganzen Serie von Faustschlägen.

Victor duckte sich und legte gleichzeitig die linke Hand an den Nacken. So konnte er mit dem Ellbogen sein Gesicht schützen. Gleichzeitig umklammerte er mit der rechten Hand sein linkes Handgelenk, sodass der rechte Unterarm seine untere Gesichtshälfte abschirmte. Der Attentäter versuchte, diesen Schutzwall zu durchbrechen, aber er traf nur den harten Schädelknochen und fügte seinen Fingerknöcheln dabei mehr Schmerzen zu als Victors Kopf.

Dann versuchte er es mit einem Aufwärtshaken – die einzige Möglichkeit, Victors Deckung zu umgehen –, aber genau deshalb war Victor darauf vorbereitet. Er blockte den Schlag ab, indem er die Ellbogen zusammenschlug und die Faust einklemmte, ließ aber sofort wieder los, um nicht von der anderen Hand des Angreifers getroffen zu werden.

Dieser machte jedoch keine Anstalten zuzuschlagen. Stattdessen griff er nach dem Buttermesser, das auf das Sitzpolster der Bank gefallen war.

Vor einem Kampfmesser mit ultrascharfer Klinge wäre Victor sofort in Deckung gegangen, aber dieses stumpfe Ding konnte ihm höchstens eine harmlose, oberflächliche Verletzung zufügen. Nur ein direkter, mit großer Wucht ausgeführter Stoß hätte ihm tatsächlich gefährlich werden können, und genau diese Option wählte der Attentäter. Er zielte auf Victors Unterleib.

Die blitzende Klinge sauste im Bogen nach oben. Ohne den Hauch eines Zögerns riss Victor seinen Unterarm in die Bahn des Messers, um den Angriff abzuwehren … nur um festzustellen, dass auch das eine Finte gewesen war, damit er seine Deckung auflöste. Der Attentäter stürmte mit voller Wucht auf ihn los und rammte ihn nach hinten.

Victor stieß mit dem Steißbein gegen den kleinen Tisch, aber sein Oberkörper wurde durch den Schwung noch weiter nach hinten geschleudert, bis er mit dem Kopf gegen das Kabinenfenster prallte. Er sah jede Menge Sterne und war benommen. Dennoch … seine Instinkte waren noch intakt. Er trat um sich und traf den Angreifer mit dem Absatz an der Innenseite des Oberschenkels, bevor der sich Victors Wehrlosigkeit zunutze machen konnte.

Ein Stöhnen drang über die Lippen des Attentäters – das erste Geräusch überhaupt aus seinem Mund – und verlieh Victor zusätzliche Energie. Er schnellte nach vorn und landete einen Ellbogenschlag.

Der Ellbogen traf den Kiefer des Attentäters, der erneut aufstöhnte, als sein Kopf zur Seite gerissen wurde.

Obwohl Victor nur verschwommen sehen konnte, wollte er seinen Vorteil ausnützen und verpasste dem Angreifer ein paar kräftige Schläge.

Es gelang ihm tatsächlich, den Attentäter in die Defensive zu drängen, bis er ihn da hatte, wo er ihn haben wollte – in einer Ecke und voll auf die Verteidigung konzentriert, sodass er den Würgegriff erst bemerkte, als es bereits zu spät war.

Vier Waggons entfernt hatte Leonard Fletcher gerade ein Stück von seinem gut durchgebratenen Steak verschluckt. Es war viel zu groß, um eine realistische Chance zu haben, durch seine Speiseröhre zu rutschen. Zwanzig Sekunden später löste ein besorgter Speisewagengast, der Fletchers ersticktes Röcheln bemerkt hatte, den Notalarm aus. Der Fahrer ging sofort in die Eisen. Der Zug war alt und die Mechanik teilweise nicht mehr auf dem neuesten Stand der Technik, aber er war sorgfältig gewartet worden und funktionierte einwandfrei. Metall kreischte auf Metall, Funken sprühten in die Nacht und mehrere hundert Tonnen fahrendes Eisen wurden ruckartig langsamer.

Das plötzliche Bremsmanöver riss Victor von den Beinen, und er fiel durch die offene Tür auf die Toilettenschüssel, prallte gegen das Waschbecken und ging zu Boden.

Der Attentäter landete auf den Knien in der Türöffnung. Er beachtete Victor nicht, der der Länge nach auf dem Fußboden der Toilette lag, und griff nach der Pistole, die, nachdem sie mehrfach unter dem Tisch hervor- und dann wieder zurückgerutscht war, jetzt ganz in seiner Nähe liegen geblieben war.

Dazu wandte er Victor den Rücken zu. Victor stürzte sich auf ihn und landete auf dem Rücken des Angreifers. Sie kippten gemeinsam nach vorn, der Attentäter drehte sich um und versuchte, die Waffe auf Victor zu richten.

Victor griff nach dem Schalldämpfer, bevor die Mündung auf sein Gesicht zeigte, und dann lagen sie einen Augenblick lang ineinander verkrallt auf dem Boden der Kabine. Jeder versuchte, die Waffe in seine Gewalt zu bekommen. Der Attentäter war vielleicht stärker, aber Victor lag oben und hatte die Schwerkraft auf seiner Seite.

Kein Patt konnte ewig dauern, und Victor spürte, wie der Attentäter unter ihm schwächer wurde. Während er selbst angestrengt atmete, war der Attentäter bereits schwer am Keuchen.

Jetzt fing der Arm des anderen an zu zittern. Sein Gesicht rötete sich. Bald, dachte Victor.

Sein Gegner wusste das auch, und seine Augen, die Victor bis jetzt wütend angestarrt hatten, huschten suchend nach links, dann nach rechts.

Sie weiteten sich. Der Attentäter ließ die Pistole los und streckte die Hand zur Seite aus, sodass Victor die Waffe an sich reißen konnte. Er drehte sie um, nahm den Griff in die Hand, legte den Zeigefinger auf den Abzug, richtete die Mündung auf das Gesicht des Attentäters und ...

Ein brutaler Schmerz explodierte in seinem Inneren, als der Attentäter das Buttermesser in sein Bein trieb. Die stumpfe Klinge drang nicht allzu tief in das Fleisch ein, aber der Mann hatte gut gezielt und den Oberschenkelnerv getroffen.

Der Schock und die unbeschreiblichen Schmerzen zwangen Victor, seinen Gegner loszulassen. Sein zentrales Nervensystem wurde von einer Lawine elektrischer Impulse überflutet. Der animalische Fluchttrieb löschte jeden Gedanken an die Waffe oder die Ermordung seines Gegners einfach aus.

Der brutale Schmerz war aber nur von kurzer Dauer und ließ schnell nach. Aber erst, als Victor wieder auf die Füße kam, merkte er, dass er die Pistole hatte fallen lassen.

Aufgrund seiner Erschöpfung war auch der Attentäter nicht

schneller auf den Beinen, und so standen sie sich in der engen Kabine gegenüber und starrten einander an, als die Ansage im Lautsprecher ertönte. Der Abstand zwischen den beiden Männern betrug keine zwei Meter. Der Attentäter hielt immer noch das Messer in der Hand, an dessen Klinge Victors Blut klebte.

Die Pistole lag zwischen ihnen auf dem Fußboden, etwas dichter bei Victor. Er konnte sie eher erreichen als sein Gegner, aber ob er auch schnell genug zielen und schießen konnte, bevor er erneut das Messer zu spüren bekam?

Er sah, dass der Attentäter sich dieselbe Frage stellte.

Der Zug wurde immer langsamer.

»Sprichst du Russisch?«, wollte Victor wissen.

Der Attentäter antwortete nicht, aber seine Augen sagten ja.

»Dann hast du die Ansage also verstanden. Sie suchen jemanden mit medizinischen Kenntnissen, für den Speisewagen. Da scheint jemand in Schwierigkeiten zu stecken. Sie brauchen Hilfe.«

Der Attentäter zeigte keine Reaktion. Er ließ den Blick von der Waffe zu Victor und wieder zurück gleiten.

»Darum hält der Zug hier an«, fuhr Victor fort. »Die Behörden sind alarmiert. Die Polizei. Willst du etwa in einem russischen Gefängnis landen? Also, ich nicht.«

»Was willst du damit sagen?«

Das Russisch des Attentäters war hervorragend, aber Victor hörte einen leichten deutschen Akzent heraus.

»Ganz egal, wie du dir deinen Rückzug vorgestellt hast, du hast bestimmt nicht damit gerechnet, dass die Polizei im Zug mitfährt. Und falls du vorher verschwinden willst ... da draußen gibt es nichts als Schnee und Wildnis in alle Richtungen. Es hat Minusgrade. Du würdest erfrieren, bevor du auch nur ansatzweise in Sicherheit wärst.«

»Was geht es dich an, ob ich erfriere oder im Gefängnis lande?«, wollte der Deutsche wissen.

»Du bist Profi«, erwiderte Victor. »Du hast nichts gegen mich. Irgendjemand bezahlt dich dafür, dass du mich umbringst. Ich bin ein Auftrag, nichts weiter.«

»Und?«

»Und der Auftrag ist vorbei. Weil du nirgendwo hinkannst, selbst wenn du derjenige sein solltest, der die Kabine hier lebend wieder verlässt. Ich bin es nicht wert, dass man wegen mir lebenslang ins Gefängnis wandert oder erfriert. Du hast versagt, also gib auf, dann kommen wir hier beide unbeschadet raus.«

Es gab keinen Grund, länger darüber nachzudenken, weil Victor recht hatte und sie beide das wussten.

»Was schlägst du vor? Wie sollen wir weiter verfahren?«, erkundigte sich der Deutsche höflich und korrekt – zwei Kollegen, die eine geschäftliche Angelegenheit zu besprechen hatten.

»Ich greife jetzt hinter mich und mache die Tür auf«, sagte Victor. »Und keiner von uns unternimmt irgendwas. Wir wollen ja keine Zeugen haben.«

»Richtig.« Der Deutsche nickte.

»Dann gebe ich der Pistole einen Tritt mit dem Fuß, sodass sie unter die Bank rutscht, und gehe nach draußen. Du kannst sie dir natürlich schnappen und mich verfolgen. Aber dann bin ich schon draußen im Gang, dort, wo auch die Überwachungskameras sind.«

Er sah, wie der Deutsche kurz darüber nachdachte und dann achselzuckend anerkannte, dass er seinen Auftrag zwar erfüllen konnte, allerdings ohne Aussicht auf ein unbemerktes Entkommen.

»Und? Sind wir uns einig?«, wollte Victor wissen.

»Einverstanden, ich akzeptiere deinen Vorschlag«, erwiderte der Deutsche. »Es gibt keinen Grund, weshalb wir uns nicht wie Gentlemen verhalten sollten. Wie Profis.«

»Genau so sehe ich das auch.«

Ohne den Deutschen aus den Augen zu lassen, schob Victor die linke Hand hinter seinen Rücken und machte die Tür auf. Kühle Luft und Lärm drangen herein.

Victor hielt inne. Ganz egal, was der Attentäter gesagt hatte, er hatte nicht vor, seinen Worten zu trauen. Als Victor im Gang die Stimmen anderer Passagiere hörte, die als Reaktion auf die Durchsage jetzt neugierig aus ihren Kabinen kamen, versetzte er der Pistole einen Tritt, und sie rutschte unter die Sitzbank.

Ein Lächeln umspielte die Lippen des Deutschen. Vielleicht hatte er ja mit dem Gedanken gespielt, Victor trotzdem zu erschießen und sein Glück mit den Überwachungskameras zu versuchen, aber zusätzliche Augenzeugen wollte er auf keinen Fall riskieren.

Er sagte: »Wir sehen uns bestimmt bald wieder.«

»Zweifellos«, erwiderte Victor und huschte auf den Gang hinaus.

Kapitel 6

Krieger sah zu, wie seine Zielperson nach draußen ging und verschwand. Er dachte gar nicht daran, den Kerl zu verfolgen. Da draußen gab es Kameras und Augenzeugen und eine Menge anderer Hindernisse, die einer erfolgreichen Durchführung seiner vertraglich festgelegten Pflichten im Weg standen. Der Auftrag war ein Misserfolg, und der Deutsche wusste, wann er eine Schlacht verloren hatte. Dem losfahrenden Bus hinterherzurennen, so etwas war unter seiner Würde. Aber was noch schwerer wog: Sie hatten eine Absprache getroffen. Krieger war ein Mann, der zu seinem Wort stand. Angesichts seiner beruflichen Tätigkeit wog diese Tugend sicherlich eher gering, das war ihm auch klar, aber Menschlichkeit war eben keine mathematische Formel.

Er wartete also in der Kabine der Zielperson, bis der Zug an einem kleinen Dorfbahnhof anhielt, um ein paar Sanitäter aufzunehmen. Dann verabschiedete er sich.

Krieger warf seine Glock weg und starrte fragend hinauf zum Mond, der hell am klaren Nachthimmel hing. Als Antwort erntete er nur Schweigen. Eine weise Entscheidung, selbst für einen Himmelskörper.

Um die Pistole tat es ihm nicht leid. Eine zweckmäßige Waffe mit vielen Einsatzmöglichkeiten, sicher, aber er fühlte sich durch ihre bloße Existenz beleidigt. Russland war nicht sein bevorzugtes Operationsgebiet. Er hatte die Waffe bei einem Hehler in einem Vorort von Moskau erstanden. Er hatte eine kompakte Pistole verlangt, da der Auftrag in einem Bahnwaggon durchgeführt werden sollte, also auf engstem Raum. Der Hehler hatte ihm versichert, dass das kein Problem sei, aber entweder hatte er gelogen oder er war unfähig. Krieger wusste nicht, was davon zutraf, weil er ihn zur Strafe erdrosselt hatte. Er selbst hielt immer sein Wort, und genau das erwartete er auch von anderen.

Das Versagen des Hehlers war Krieger jedenfalls teuer zu stehen gekommen, da der Auftrag gescheitert war. Mit einer brauchbaren Waffe hätte er die Zielperson in jenem genau kalkulierten ersten Überraschungsmoment erschossen, glatt und sauber. Stattdessen hatte die winzige Verzögerung, dieser eine Sekundenbruchteil, dem anderen das Leben gerettet.

Es fiel Krieger, der an die Macht des Schicksals glaubte, schwer, den Sinn hinter alledem zu erkennen, aber er reagierte nicht wütend, sondern sah auch den tröstlichen Aspekt. Wenn das sein Weg sein sollte, dann konnte er wenig daran ändern.

Er wusste, dass es noch mehr Gelegenheiten geben würde. Und bis dahin hatte er noch einen anderen Auftrag zu erledigen.

Dann registrierte er den süßlich-bitteren Geschmack in seinem Mund. Salz. Glukose. Eisen. Er legte die Zungenspitze an seinen Handrücken und hinterließ darauf ein paar orangefarbene Speichelfäden. Blut. Von einer Schnittwunde im Mundraum.

Krieger war fassungslos.

Er wusste genau, wie Blut schmeckte, aber es war immer das Blut seiner Opfer oder Feinde gewesen. Noch nie zuvor hatte er sein eigenes geschmeckt. Vielleicht war er als kleiner Junge einmal gestürzt und hatte sich dabei geschnitten, aber selbst wenn, dann lag das so weit zurück, dass er keinerlei Erinnerung an den damit verbundenen Geschmack mehr hatte.

Er musste zugeben, dass er sein Blut mochte – das reiche Aroma der Blutplättchen, den intensiven Mineraliengeschmack.

Krieger war stolz darauf, keinerlei Ego zu haben. Dass ihm bisher noch niemand eine solche Verletzung zugefügt hatte, war schlicht und einfach eine Tatsache. Gewaltsame Auseinandersetzungen liefen immer nach seinen Bedingungen ab. Andere Menschen konnten ihn nicht verletzen. Es war immer umgekehrt. Das war ein Naturgesetz, unverrückbar, unabänderlich. Und dieses Gesetz war nun gebrochen worden. Er war alles andere als erfreut darüber, dass diese Gegebenheiten sich verändert hatten.

Doch als begeisterter Kenner der germanischen Mythologie führte er sich vor Augen, dass Odin, der König der nordischen Götter, der Herrscher über die Gottheiten, sein eines Auge gegeben hatte, um die wertvollste aller Gaben zu erlangen: die Weisheit.

Dagegen, dachte Krieger, waren ein paar Tropfen Blut ein vergleichsweise kleiner Preis.

Kapitel 7

»Ich kann es immer noch nicht glauben«, sagte Banik leise. »Fletcher ist an einem Stück Fleisch erstickt, und zwar in einem voll besetzten Speisewagen, während sämtliche Zeugen Stein und Bein schwören, dass er die ganze Zeit alleine war. Und im ganzen Waggon war niemand, der Ihnen auch nur ansatzweise ähnlich sieht. Die Aufnahmen der Überwachungskameras sind ein unumstößlicher Beweis. Keinerlei Hinweise auf irgendwelche Manipulationen. Kein Täter.« Banik hatte die Augen weit aufgerissen. »Im Bericht des Gerichtsmediziners heißt es ›Unfalltod‹. Wie zum Teufel haben Sie das hingekriegt?«

Flirrende Schatten tanzten über das Gras. Lärm erfüllte die Luft.

Victor hob eine Augenbraue. »Ein Zauberer behält seine Tricks immer für sich.«

Banik schüttelte den Kopf, um zu signalisieren, dass er sich keinerlei Erklärung vorstellen konnte, und nahm einen kräftigen Bissen von seiner Fleischpastete. Sie dampfte in der kühlen Luft, und Banik kaute mit offenem Mund, damit die überschüssige Hitze nach draußen entweichen konnte. »Gefällt mir, dass es einfach nur Fleischpastete heißt«, sagte er zwischen zwei Bissen. »Nicht Schweinefleisch oder Rind mit Zwiebeln oder Hühnchen mit Pilzen. Einfach nur Fleisch. Es ist irgendwie tröstlich, dass es theoretisch auch Dachs sein könnte.«

Banik war sechsunddreißig Jahre alt und als Sachbearbeiter im britischen Secret Intelligence Service tätig. Er sprach mit einem kultivierten Akzent, der zu seiner Privatschulbildung und seinen Oxford-Zeugnissen passte. Victor kannte seinen beruflichen und persönlichen Werdegang ebenso gut wie den einer Zielperson, zum Teil aufgrund seiner eigenen Recherchen, zum überwiegenden Teil jedoch aus der Personalakte des SIS, die Banik ihm ausgehändigt hatte.

»Ich möchte, dass Sie mir vertrauen«, hatte Banik bereits vor ihrer ersten persönlichen Begegnung betont. »Ansonsten würde unser Arrangement nicht funktionieren.«

Die Übergabe der Akte war eine Demonstration des guten Willens gewesen. Sie besagte: *Wenn ich etwas gegen Sie im Schilde führen würde, würde ich Ihnen diese Papiere gar nicht geben.* Victor vertraute ihm trotzdem nicht, weil jeder Mensch, mit dem er aus beruflichen Gründen zu tun hatte, per Definition nicht vertrauenswürdig war. Aber bis jetzt hatte Victor nicht den Eindruck, als könnte Banik zu einem unlösbaren Problem werden.

Er war der Sohn indischer Einwanderer und das älteste von sieben Geschwistern. Außerdem war er ein leidenschaftlicher West-Ham-United-Fan. Aus diesem Grund saßen sie jetzt inmitten von über dreißigtausend Zuschauern, denen eher von der Wintersonne als vom Spiel ihrer Mannschaft warm ums Herz wurde. Bis hierhin war es eine langweilige, lustlose Partie gewesen. Eine Viertelstunde vor Schluss stand es immer noch null zu null. Aber Banik, als treuer Fan, hatte nach wie vor Hoffnung.

»Die haben doch noch keinen vernünftigen Schuss auf unser Tor zustande gekriegt«, sagte er zwischen weiteren Bissen. »Wir müssen bloß endlich mal entschlossener angreifen.«

»Wenn Sie das sagen«, erwiderte Victor.

»Sie interessieren sich wirklich nicht für *Soccer*, stimmt's?«

Victor hob eine Augenbraue, als er das amerikanische Wort und den miserabel nachgemachten Akzent hörte, und spielte mit, gab den Undurchsichtigen, weil er wusste, dass auch Banik ihm etwas vorspielte. Der SIS-Beamte gab vor, Victors wahre Herkunft erschlossen zu haben, und mimte zugleich den naiven Tollpatsch. Das war alles Teil seines Versuchs, deutlich zu machen, dass er keinerlei Bedrohung darstellte. Victor war sich jederzeit darüber bewusst, dass Loyalität eher mit Bequemlichkeit als mit wirklichem Vertrauen zusammenhing, und darum gestattete er Banik zu glauben, dass er mit seiner kleinen Vorstellung Erfolg gehabt hatte. Dass er ihn unterschätzte.

Angesichts der lauthals singenden und brüllenden Fans im Stadion brauchten sie sich jedenfalls keine Sorgen zu machen, von irgendjemandem belauscht zu werden, aber nachdem Banik seine Pastete aufgegessen hatte, beugte er sich trotzdem noch etwas dichter zu Victor, der diese Verletzung seiner Privatsphäre notgedrungen ertragen musste. Und obwohl er dem Drang, Banik auf der Stelle zum Krüppel zu schlagen, widerstehen konnte, ließ sein Gehirn sich nicht daran hindern, immer wieder die Schläge und Tritte durchzuspielen, die dazu erforderlich gewesen wären.

»Also«, sagte Banik, der keine Ahnung hatte, was Victor gerade durch den Kopf ging. »Wie haben Sie das angestellt?«

Victor blieb stumm.

»Ach, komm schon!«, brüllte Banik, aber nicht an Victor gerichtet.

Ein West-Ham-Spieler hatte den Ball aus achtzehn Metern volley Richtung gegnerisches Tor gedroschen, doch die Kugel zischte so weit über die Latte, dass der Torwart ihr, ohne einen Finger zu rühren, nachstarren konnte. Die gegnerischen Fans johlten.

»Was soll denn das? Wann geht so ein Ding schon mal rein?«

Victor saß vollkommen ausdruckslos daneben.

Banik sah ihn an. »Interessieren Sie sich überhaupt für Sport?«

»Wie meinen Sie das? Ob ich Spaß daran habe, anderen bei einer organisierten körperlichen Aktivität zuzuschauen, die keinem anderen Zweck dient als einer niemals endenden Gewinnmaximierung?«

»Und da heißt es immer, wir Engländer seien eingebildet.«

Banik beugte sich vor, um sich auf das Spiel zu konzentrieren.

Er hatte die Ellbogen auf die Knie und das Kinn in die Hände gestützt. »Die drei Punkte zu Hause waren eigentlich einkalkuliert. Jetzt müssen wir uns wohl mit einem zufriedengeben.«

Victor gab keine Antwort. Er kannte die Regeln und wusste durchaus auch über das Geschehen in der Premier League Bescheid, aber es ließ ihn vollkommen kalt. Er ließ Banik zuschauen und wartete ab. Sie waren hier, um den letzten Auftrag abschließend zu besprechen und den nächsten vorzubereiten. Zwar würde Victor alle notwendigen Details auf elektronischem Weg erhalten, aber Banik war ein Freund der direkten Begegnung, wie er es nannte. Victor vermied nach Möglichkeit jeden Kontakt mit Auftraggebern, aber wenn er für den SIS arbeitete, ließ es sich nun einmal nicht vermeiden.

»Wenn unser Arrangement funktionieren soll, dann geht das nicht online«, hatte Banik erklärt. »Da sind wir beim MI-6 noch ein bisschen altmodisch.«

»Oder anders ausgedrückt«, hatte Victor geantwortet. »Sie können nicht verhindern, dass die NSA Ihre E-Mails liest.«

Als Banik von der fruchtlosen Bolzerei auf dem Rasen endlich genug hatte, sagte er: »Ehrlich gesagt, ich hatte ja meine Zweifel, ob das Ganze tatsächlich so geschmeidig ablaufen würde.«

»Ich bin wirklich gut«, erwiderte Victor.

»Wie bescheiden. Na ja, jetzt haben Sie drei Aufträge für mich abgewickelt, und ich kann Ihnen nicht widersprechen. Aber ich habe eigentlich etwas anderes gemeint: Nach dem Drama in London im letzten Jahr hatte ich nicht damit gerechnet, dass Sie sich an die Abmachung halten würden.«

»Ich gebe ja nicht Ihrer ganzen Organisation die Schuld am Fehlverhalten eines Einzelnen.«

Banik nickte. »Das ist sehr liebenswürdig.«

Victor hob eine Augenbraue. »Liebenswürdigkeit ist nicht meine einzige Tugend.«

Banik grinste, dann sagte er. »Wie steht es eigentlich um Ihre Serbischkenntnisse?«

»Nije loše, ali moglo biti bolje«, erwiderte Victor.

»Was haben Sie gerade gesagt? Ich verstehe nur Güterbahnhof.«

Victor schüttelte den Kopf. »Ja ne znam srpsku reè za Güterbahnhof.«

»Na gut, wenn Sie sprachlich so weit gerüstet sind, dann brauche ich Sie in Belgrad. Dort lebt ein widerlicher Kerl namens Milan Rados, und wir wären Ihnen außerordentlich verbunden, wenn Sie dafür sorgen könnten, dass er vom Antlitz unserer geliebten Mutter Erde verschwindet. Rados wird wegen diverser Kriegsverbrechen im Verlauf eines kleinen Tête-à-Tête gesucht, das wir den Zusammenbruch Jugoslawiens nennen. Er war eine der Führungsfiguren in einer paramilitärischen Organisation der Serben, deren Spezialität darin bestand, unschuldige Zivilisten in ihren eigenen Häusern zu verbrennen.«

»Und warum läuft er dann immer noch frei herum?«

»Vor sechs Jahren hat eine Spezialeinheit des SAS versucht, ihn gefangen zu nehmen. Der Versuch ist gescheitert, und seitdem hält er sich versteckt.«

Victor dachte kurz über Baniks Worte nach und sagte dann: »Das sieht dem Special Air Service aber gar nicht ähnlich. Was ist da passiert?«

»Nun ja, das kommt darauf an, ob Sie das Glas eher als halb voll oder aber als halb leer bezeichnen würden.«

»Ich würde sagen, dass die Kapazität des Glases zu fünfzig Prozent ausgeschöpft ist. Was wollen Sie mir damit sagen?«

Banik erwiderte: »Als Zyniker könnte man vielleicht mutmaßen, dass Rados von nationalistischen Sympathisanten aus dem Umfeld des serbischen Geheimdienstes einen Tipp bekommen hat. Wenn man etwas gutgläubiger gestrickt ist, dann hat er eben zufälligerweise eine Stunde vor dem Eintreffen der sechzehn hervorragend ausgebildeten Elitesoldaten im Dienst Ihrer Majestät sein Versteck verlassen.«

»Ich verstehe«, sagte Victor.

»Seither hat er sich nie wieder irgendwo blicken lassen, was, wie Sie sich sicherlich denken können, niemanden überrascht hat. Die meisten der öffentlich bekannten Kriegstreiber, die für die vielen Massenmorde damals verantwortlich waren, hat man ja nach Den Haag geschickt und zu viel zu kurzen und viel zu angenehmen Gefängnisstrafen verurteilt, aber jeder dieser Widerlinge hatte ein Dutzend Untergebene, die für die Durchführung all der befohlenen Grausamkeiten gesorgt haben und sich letztendlich der Strafverfolgung entziehen konnten. Rados ist einer von ihnen – einer der allerschlimmsten, um genau zu sein –, aber genau wie all die anderen von seiner Sorte wird er von vielen mächtigen serbischen Ultranationalisten als Held verehrt. Diese Leute glauben tatsächlich immer noch, dass damals ihre Existenz als Volk auf dem Spiel gestanden hat. In diesem Zusammenhang sollten wir auch nicht vergessen, dass die NATO wie verrückt Bomben auf Serbien abgeworfen hat und dass die Einheimischen immer noch ziemlich sauer darüber sind. Da braucht man sich nicht zu wundern, dass manche sich nur schwer davon überzeugen lassen wollen, dass auch ihre eigenen Leute Kriegsverbrechen begangen haben. Und jetzt, wo die bekanntesten Schlächter verurteilt sind, würde Serbien den Rest des ganzen Schmutzes am liebsten einfach unter den Teppich kehren. Aber bei den vielen tausend Todesopfern ist das nicht so einfach.«

»Wenn Rados von der Bildfläche verschwunden ist, was soll ich dann tun?«

Banik meinte: »Dass Rados unauffindbar ist, ist die offizielle Haltung der serbischen Regierung. Ich hege da gewisse Zweifel. Auch ohne die Einzelheiten zu kennen, wissen wir, dass er, wie viele seiner ehemaligen Kollegen, zum organisierten Verbrechen gewechselt ist. Er führt in Belgrad ein ziemlich großes Netzwerk an, auch wenn er sich selbst immer im Hintergrund hält. Aber wir wissen, dass er nach wie vor im Land ist, höchstwahrscheinlich sogar in Belgrad selbst oder in einer großen, alten Villa am Stadtrand. Und wenn unsere Vermutung stimmt und er sich auf den Schutz mächtiger Freunde verlassen kann, dann wird er sich gar nicht so tief in den Untergrund zurückgezogen haben.«

Jetzt bekam Banik von hinten einen Stoß, als ein Zuschauer von seinem Sitz aufstand. »Tschuldigung, Kumpel.«

Banik hob die Hand, sagte: »Alles in Ordnung«, und der andere schlurfte davon. Er hatte genug von der Vorstellung der Hammers.

»Und?«, wandte Banik sich dann an Victor. »Nehmen Sie den Auftrag an?«

»Bevor ich mich dazu äußere, möchte ich mir erst noch das Kleingedruckte durchlesen.«

»Genau deshalb habe ich das Dossier bereits an Ihre E-Mail-Adresse geschickt.«

Victor ging nicht auf Baniks unverschämte Voreiligkeit ein. Er musste an Fletchers Worte denken: *Dann sind Sie also nichts anderes als ein Jasager?*

»Warum wollen Sie Rados tot sehen? Warum schicken Sie keine Spezialeinheit los und schleppen ihn vor den Internationalen Gerichtshof?«

Banik zuckte mit den Schultern. »Welchen Sinn hätte das? Die Serben würden nicht mit uns kooperieren, also wäre jede Aktion von vorneherein zum Scheitern verurteilt. Oder aber sie geben offiziell ihr Einverständnis, nur damit Rados inoffiziell wieder einen Tipp bekommt. Und wenn wir ihnen vorher nicht Bescheid sagen, würden sie das als kriegerischen Akt betrachten. Darum brauchen wir dafür eben jemanden wie Sie.«

Victor nickte. Die Erklärung leuchtete ihm ein. »Und was hat der britische Geheimdienst davon? Der Krieg ist schließlich schon lange vorbei. Und Rados' Ermordung würde Ihnen keinerlei Vorteile bringen, oder? Also wieso machen Sie sich die Mühe?«

Banik sah ihn gekränkt an. »Wieso? Dieser Mann ist durch und durch böse, so einfach ist das. Ganz zu schweigen von unseren Verpflichtungen gegenüber der NATO, dem Internationalen Gerichtshof und der gottverdammten Gemeinschaft der zivilisierten Staaten. Bitte entschuldigen Sie meine Ausdrucksweise.«

»Entschuldigung angenommen. Dieses eine Mal.«

»Wenn wir Rados nicht in die Hände der Gerechtigkeit übergeben können, dann müssen wir die Gerechtigkeit eben zu ihm bringen, und zwar in Gestalt eines hübsch glänzenden Neun-Millimeter-Hohlspitzprojektils. Sie können natürlich auch jederzeit ein Vollmantelgeschoss benützen, ganz, wie es Ihnen beliebt.«

»Finden Sie nicht, dass das eine ziemlich skrupellose Maßnahme ist? Immerhin kennt Ihr Land keine Todesstrafe.«

»Wir haben die Welt nicht mit Nettigkeit beherrscht.«

»Sie beherrschen die Welt schon lange nicht mehr.«

Banik seufzte. »Und sehen Sie sich das Chaos an, das seither überall tobt.«

Danach saßen sie einen Augenblick lang schweigend da.

»Es gibt noch einen zweiten Grund, weshalb ich Sie persönlich sprechen wollte«, fuhr Banik fort. »Seit Fletchers bedauerlichem Ableben haben wir herausgefunden, dass er nicht nur seiner Mätresse alle möglichen süßen Geheimnisse zugeflüstert hat, um sich ihrer Zuneigung zu versichern. Erst vor Kurzem hat er damit angefangen, Informationen auch an andere Parteien weiterzugeben, und zwar gegen harte Währung.«

»Wieso habe ich plötzlich das Gefühl, dass diese Informationen zum Teil mit mir zu tun hatten?«

»Weil Sie ein aufmerksamer Beobachter sind.«

»Sprechen Sie weiter«, entgegnete Victor.

»Allem Anschein nach ist auf Ihren Kopf eine Prämie ausgesetzt. Fletcher hat davon erfahren, ich weiß allerdings nicht genau, wann. Aber anstatt mir seine Entdeckung mitzuteilen, hat er beschlossen, das, was er über Sie wusste, weiterzuleiten.«

»An wen?«

»Einen unabhängigen Makler. Bis jetzt kennen wir seine Identität nicht, nur seinen Decknamen: Phoenix. Er ist schon lange im Geschäft und versteht sich hervorragend darauf, den richtigen Mann für den jeweiligen Job zu suchen. Aber noch besser versteht er sich darauf, unerkannt zu bleiben. Niemand weiß, wer er ist, wo er ist oder wer seine Klienten sind.«

Victor musste an einen bestimmten Auftrag denken, seinen letzten, bevor er für Banik tätig geworden war. Er hatte, wie viele andere zuvor, Victors Beliebtheit unter den Mächtigen und Rachsüchtigen keineswegs gesteigert. Vielleicht war dieses Kopfgeld ja eine unmittelbare Folge davon. Es konnte aber auch von jedem anderen der zahlreichen Feinde stammen, die er sich während seiner Tätigkeit als Auftragsmörder im Lauf der vergangenen zehn plus x Jahre erworben hatte.

»Von Phoenix habe ich schon gehört«, sagte Victor.

»Haben Sie auch schon mal für ihn gearbeitet? Na ja, warum stelle ich Ihnen diese Frage überhaupt. Sie würden es mir doch nicht sagen, oder?«

»Richtig«, bestätigte Victor. »Aber ich würde Ihnen auch nicht sagen, ob ich noch nicht für ihn gearbeitet habe. Was, genau, hat Fletcher weitergegeben?«

»Das weiß ich nicht. Es könnte nichts, es könnte aber auch alles sein.«

»Mit so einer breiten Palette an Möglichkeiten kann ich nichts anfangen.«

»Ich melde mich bei Ihnen, sobald ich mehr weiß«, sagte Banik, »aber im Augenblick kann ich nur diese Warnung weitergeben.«

»Das heißt also, Sie fürchten, ich könnte getötet werden, bevor ich Rados für Sie getötet habe.«

Banik lachte. Es wäre lächerlich gewesen, etwas anderes zu behaupten. »Wobei ich Sie auch als Freund betrachte.«

»Selbstverständlich.«

Ohne auf Victors Ironie einzugehen, sagte Banik: »Es scheint Sie nicht allzu sehr in Sorge zu stürzen, dass jemand Ihren Kopf will.«

Victor zuckte mit den Schultern. »Das ist nichts Neues. Sich Feinde zu machen ist ein fester Bestandteil meiner Arbeitsplatzbeschreibung. Immerhin bedeutet das, dass ich nicht alles falsch mache.«

»Komisch. Ich persönlich finde ja, dass Freundschaften die Lebensqualität erhöhen.«

»Ah«, erwiderte Victor. »Aber Freunde kann man kaufen. Feinde muss man sich verdienen.«

Kapitel 8

Banik hatte nicht zu viel versprochen. Als Victor sich in das E-Mail-Postfach einloggte, das er ausschließlich zur Kommunikation mit seinem SIS-Auftraggeber verwendete, wartete das Dossier über Rados bereits auf ihn. Trotz seiner spöttischen Bemerkung wusste Victor genau, dass der britische Geheimdienst sehr wohl in der Lage war, eine sichere elektronische Kommunikation zu führen. Wenn nicht, wäre er das Risiko niemals eingegangen. Außerdem hatte er von seiner Seite aus umfangreiche Sicherheitsmaßnahmen installiert, die allerdings ständige Änderungen und Aktualisierungen notwendig machten, was ihn viel Zeit und Geld kostete. Aber sie waren notwendig, zum Schutz vor seinen Auftraggebern ebenso wie vor seinen Feinden. Es konnte schließlich leicht passieren, dass der eine zum anderen wurde.

Jetzt saß er in seinem Zimmer im *Covent Garden Hotel* und beschäftigte sich mit dem umfangreichen, elektronischen Dokument, in dem alles zusammentragen worden war, was der SIS über Rados wusste – Fotos und Videodateien, Listen mit Geschäftspartnern und Familienverhältnissen, seine Karriere im Krieg, die illegalen Aktivitäten, in die er mutmaßlich verstrickt war, Gerüchte und Vermutungen. Informationen konnte man nie genug bekommen, aber da Rados seit sechs Jahren abgetaucht war, war das Dossier an den meisten Stellen veraltet, und in dem kümmerlichen Rest, der dann noch übrig blieb, gab es kaum wirklich gesicherte Tatsachen zu entdecken.

Rados war jetzt fünfzig Jahre alt und einen Meter achtundsiebzig groß. Er wog zweiundsiebzigeinhalb Kilogramm. Er hatte dunkle Augen und dunkles, kurzes, lockiges Haar. Doch abgesehen von der Altersangabe – die durch eine Kopie seiner Geburtsurkunde belegt wurde – besaß die ganze Liste wenig Aussagekraft. Niemand wusste besser als Victor, dass ein begabter Schönheitschirurg die äußere Erscheinung eines Menschen deutlich verändern konnte. Schließlich hatte er selbst diese Möglichkeit schon so oft genutzt, dass er sich an sein ursprüngliches Gesicht nicht einmal mehr erinnern konnte. Wenn er versuchte, sich mit geschlossenen Augen ein Bild von sich selbst zu machen, dann sah er nur unklare, verschwommene, stetig wechselnde Züge vor sich. Das Gesicht, das ihn aus dem Spiegel anstarrte, war eine Maske, die er nie wieder abnehmen konnte.

Vor sechs Jahren war Rados muskulös und trotzdem schlank gewesen. Aber was, wenn das Alter und mangelnde Aktivität ihm seine Kraft geraubt hatten? Vielleicht setzte das Leben im Untergrund und in ständiger Furcht vor den Konsequenzen seiner vergangenen oder gegenwärtigen Verbrechen ihn unter Stress, und er war abgemagert und schwach. Oder aber er hatte das süße Leben als einer von Belgrads Unterweltkönigen so sehr genossen, dass er aufgeschwemmt und träge geworden war. Sogar seine Körpergröße konnte sich verändert haben. Vielleicht hatte sich das Knorpelgewebe seiner Wirbelsäule infolge einer Krankheit verdichtet, vielleicht waren seine Beine krumm und er dadurch kleiner geworden, oder aber die eins achtundsiebzig hatten von vornherein nicht gestimmt. Seine dunklen, kurzen Locken konnten jetzt grau oder blond, abrasiert oder ausgefallen sein. Womöglich trug er die Haare mittlerweile lang und glatt. Seine dunklen Augen konnten mithilfe von Kontaktlinsen eine andere Farbe bekommen haben.

Als der SAS sein Versteck gestürmt hatte, war er verheiratet und vierfacher Vater gewesen, und seither war nicht nur er, sondern seine ganze Familie wie vom Erdboden verschwunden, so unglaublich sich das auch anhörte.

Der Schwerpunkt seiner kriminellen Aktivitäten, so mutmaßte das Dossier, lag in den Bereichen Betäubungsmittel und Erpressung. Vor sechs Jahren war er noch kein Mafiaboss gewesen, doch nach Angaben des SIS hatte er die letzten fünf Jahre dazu genutzt, seinen Einflussbereich auszudehnen, und war zu einem der gefürchtetsten Bosse in Belgrad aufgestiegen. Ziemlich gewagt für einen Mann, der angeblich im Untergrund lebte. Allerdings lag das Tagesgeschäft vollständig in der Hand seines Ersten Offiziers, der sich überall ungehindert bewegen konnte und zudem eine große Schar Krimineller befehligte, die ihrem Boss gegenüber eine rückhaltlose Loyalität an den Tag legten. Die Informationen über diese Leute waren sehr spärlich, da das Dossier sie nur als Randfiguren betrachtete, doch da sie sichere

Verbindungsglieder zu Rados waren, hätte Victor gerne mehr über sie gewusst.

Nachdem er das Dossier durchgearbeitet hatte, setzte er sich in den holzgetäfelten Salon des Hotels, der seine Gäste mit antiken Sesseln und Sofas verwöhnte. Er nickte einem ungefähr sechzig Jahre alten Mann im Anzug und seiner weiblichen Begleitung, die ungefähr Mitte zwanzig war, zu und goss sich an der Bar einen Bourbon ein. Dann trug er den Drink und seine Zimmernummer mit einer Handschrift, die nicht seine eigene war, in eine Liste ein und setzte sich auf einen Platz, von wo er den Eingang aus den Augenwinkeln im Blick behalten konnte. Er nahm sich eine Zeitung von einem Couchtisch und schlug sie auf. Dabei dachte er über Baniks Angebot nach.

Rados war eine schwierige Zielperson. Den Anführer einer weitläufigen kriminellen Organisation zu ermorden, das barg viele unterschiedliche Gefahren. Zudem gab es kaum belastbare Angaben über ihn. Es war ja nicht einmal klar, wo und wie er zu finden war. Victor würde ihn erst einmal suchen müssen. Gleichzeitig musste er so viel über seine Aktivitäten in Erfahrung bringen, dass er einen sinnvollen Plan zu seiner Ermordung schmieden konnte. Aber das war nichts Ungewöhnliches. Jeder, der den Abzug einer Waffe betätigen konnte, konnte ein professioneller Attentäter werden, aber so einfach waren Victors Aufträge nie. Sonst hätte er auch niemals diese außergewöhnlich hohen Honorare berechnen können.

Sie ermöglichten ihm zum Beispiel, dass er in Häusern wie dem *Covent Garden* absteigen konnte, das wahrscheinlich sein Lieblingshotel in London war. Er war zum zweiten Mal hier. Der letzte Aufenthalt lag fünf Jahre zurück, und er hatte nicht vor, innerhalb der nächsten fünf Jahre noch einmal hier abzusteigen, einfach um sicherzugehen, dass alle alten Aufnahmen aus den Überwachungskameras gelöscht waren und die Mitarbeiter sich auf keinen Fall an ihn erinnern konnten. Sonst wäre es schwierig gewesen, den anderen Namen und die andere Nationalität zu erklären. Bei anderen Hotels erschienen ihm vier Jahre lang genug, um solchen Problemen aus dem Weg zu gehen. Aber im *Covent Garden* wollte er besonders vorsichtig sein, um auf keinen Fall in Schwierigkeiten zu geraten. Dazu schätzte er das liebenswürdige Personal viel zu sehr.

Victor hatte sein zweites Glas Bourbon halb geleert und las gerade einen Artikel über West Hams Heimniederlage, ein niederschmetterndes 0:1, da betrat eine Frau den Raum. Ihr Gang ließ sich am ehesten als schwereloses Gleiten beschreiben. Der Sechzigjährige folgte ihr mit starrem Blick, während sie sich einen Platz suchte, und bekam daraufhin den Ellbogen seiner Begleiterin zu spüren.

Die Frau hatte braune Haare, auf halber Strecke zwischen blond und schwarz. Victor wusste nicht, ob diese spezielle Schattierung einen bestimmten Namen hatte, aber er wusste, wo sie im Farbenspektrum angesiedelt war. Und solche Details waren wichtig, genau wie ihre Körpergröße: ein Meter fünfundsechzig. Ihre Gliedmaßen waren schlank, aber muskulös. Ihr Gewicht schätzte er auf etwa fünfundfünfzig Kilogramm, den Körperfettanteil auf durchtrainierte siebzehn Prozent. Vielleicht lag er mit seinen Schätzungen um ein, zwei Prozent oder ein, zwei Kilogramm daneben, aber mehr nicht. Bei ihrem Alter war das schon deutlich schwieriger. Im Raum herrschte gedämpftes Licht, außerdem bot die Kosmetikindustrie immer bessere Cremes, Make-ups und Lotionen an, von den chirurgischen Möglichkeiten einmal ganz abgesehen. Sie sah aus wie dreißig, aber Victor schätzte, dass sie etwas älter war als er selbst. Er sah auch jünger aus, als er war, sogar schon bevor sein Gesicht unzählige Male verändert, aufgefüllt und konturiert worden war, und zwar von denselben Ärzten, die auch zahlreichen Hollywoodstars ihr altersloses Äußeres bescherten. Nur, dass er diese Dienste nicht aus Eitelkeit in Anspruch genommen hatte, sondern um seinen Feinden und der immer umfangreicheren Überwachung durch Kameras und Gesichtserkennungssoftware ein Schnippchen zu schlagen.

Victor registrierte die Blicke, die sie ihm zuwarf, und erwiderte sie. Sie war attraktiv, und sie war alleine. Sie trug keinen Ehering, aber sie war sonnengebräunt, und Victor konnte trotz der Entfernung die etwas blassere Stelle an ihrem Ringfinger erkennen. Ihr Anzug und die Schuhe, die schätzungsweise mehr gekostet hatten als sein kompletter Anzug, ließen darauf schließen, dass sie auf Geschäftsreise war.

Er nahm sein Glas und ging quer durch den Raum zu ihr hinüber. »Darf ich mich zu Ihnen setzen?«

Sie ließ sich Zeit mit der Antwort, wollte zumindest so tun, als würde sie es sich überlegen. »Wieso denn das?«

»Weil ich lieber rede als lese.«

Damit hatte sie nicht gerechnet. »Sie mögen keine Zeitungen?«

»Die Nachrichten sind deprimierend.«

»Sie sehen aber nicht besonders traurig aus.«

»Das ist der Bourbon.«

Sie machte eine Handbewegung. »Bitte, nehmen Sie Platz.«

»Danke.« Er setzte sich ihr gegenüber. »Ich heiße Leonard.«

»Abigail.«

Sie reichte ihm die Hand, und er ergriff sie. Ihre Fingernägel waren gepflegt und poliert. Ihre Haut fühlte sich kühl und unglaublich weich an.

»Ich bin froh, dass Sie einen so normalen Namen haben, Leonard.«

»Wieso denn das?«

»Ich habe da eine Theorie über Menschen mit ungewöhnlichen oder exotischen Namen. Nach meiner Erfahrung sind sie allesamt unfassbar langweilig.«

»Das müssen Sie mir etwas genauer erklären«, erwiderte Victor. »Ich habe nämlich eine richtige Leidenschaft für Namen.«

»Eine sehr ungewöhnliche Leidenschaft, Leonard. Meine Theorie lautet, dass Menschen mit interessanten Namen deshalb so langweilig sind, weil sie jedes Mal, wenn sie sich jemandem vorstellen, in ein Gespräch über ihren Namen verstrickt werden. *Oh, was für ein ungewöhnlicher Name. Sie müssen mir unbedingt verraten, wo der herkommt …*«

»Ich verstehe«, erwiderte Victor. »Dadurch läuft jedes Gespräch immer gleich ab, und diese Leute üben sich nie in der Kunst des Small Talks.«

»Die meines Erachtens sehr wohl eine hohe Kunst ist.«

»In diesem Punkt würde ich gerne widersprechen. Small Talk ist vielmehr eine Wissenschaft, weil sie erlernt und beherrscht werden kann, während die Kunst stark von einem angeborenen Talent abhängt.«

Sie ließ sich seine Worte durch den Kopf gehen. »Hmm. Da ich grundsätzlich davon ausgehe, immer recht zu haben, bin ich über Widerspruch nicht gerade erfreut, aber ich muss zugeben, dass an Ihrer Argumentation durchaus etwas dran sein könnte.«

»Und schon haben wir eine gewisse Übereinstimmung erreicht, können uns weiter dem Small Talk widmen und müssen nicht anfangen, uns zu streiten.«

»Zumal wir ja immer noch die Möglichkeit hätten zu verhandeln«, erwiderte Abigail lächelnd. »Aber zugegeben, ich hatte gehofft, dass Sie mein kleines Friedensangebot bemerken, vor allem angesichts der Tatsache, dass ich Autodidaktin bin.« Sie lächelte stolz, und er schenkte ihr ebenfalls ein kleines Lächeln. »Sind Sie jetzt nicht froh darüber, dass Ihre Eltern Ihnen keinen interessanteren Namen gegeben haben, Leonard?«

»Ich muss Ihnen etwas gestehen: Mein richtiger Name ist gar nicht Leonard.«

»Und meiner ist nicht Abigail. Dann haben wir also bereits etwas gemeinsam, abgesehen von der Tatsache, dass wir gleich gut plaudern können.«

»Ich frage mich, was wir sonst noch alles gleich gut können.«

Sie spitzte für einen kurzen Moment die Lippen. »Ich hoffe doch, Sie wollen jetzt nicht anzüglich werden, Leonard.«

»Zumindest noch nicht.«

Sie betrachtete ihre Fingernägel. »Wie war Ihr Tag bis jetzt? Meiner war unglaublich langweilig. Ich kann nur hoffen, dass Sie nicht genauso leiden mussten.«

»Ich habe Überstunden gemacht.«

»Ts, ts, ts, Leonard. Sie kennen doch bestimmt das Sprichwort: Arbeit allein macht auch nicht glücklich.«

»Das kenne ich, aber ich habe ein Jobangebot bekommen, über das ich nachdenken muss.«

»Was für ein Luxus. Sie müssen ein sehr gefragter Mann sein. Was gibt es denn noch zu überlegen? Ich gehe davon aus, dass man Ihnen ein angemessenes Gehalt geboten hat?«

»Absolut«, erwiderte Victor. »Aber ein ehemaliger Angestellter hat mich gewarnt, dass die Firma ihre Leute unfair behandelt.«

Sie hob eine Augenbraue. »Und Sie? Sind Sie fair zu Ihren Arbeitgebern?«

Er schüttelte den Kopf: »Niemals.«

Sie zwinkerte ihm zu. »Wo ist dann das Problem?«

»Die Firma geht davon aus, dass ich den Job annehme. Sie glaubt, dass ich nicht ablehnen kann.«

Sie erwiderte: »Aha, ich verstehe. Dann hält also nur Ihr Ego Sie davon ab, ja zu sagen. Ist das wirklich ein vernünftiger Grund, um das Angebot abzulehnen?«

»Ich bin nicht gerne berechenbar.«

»Das sind Sie ja auch nicht, ganz allein dadurch, dass Sie sich überlegen, ob Sie zu- oder absagen sollen. Und wenn die Firma Sie trotzdem für berechenbar hält, umso besser. Sollen sie das doch ruhig glauben.«

»Interessiert es Sie, was ich beruflich mache?«

»Eigentlich nicht. Ich lerne nur ungern jemanden über seinen Lebenslauf kennen. Ich will doch sehr hoffen, dass Sie mehr sind als nur Ihr Beruf, Leonard.«

»Ich bin mir nicht einmal sicher, ob ich das weiß.«

Sie lächelte ein wenig, als hätte sie ihm eine Falle gestellt, in die er dann aus freien Stücken getappt war. »Gehen Sie gerne Risiken ein, Leonard?«

»Nein.«

»Das klingt überraschend aufrichtig.«

Victor nickte. »Weil es das ist.«

»Ich würde annehmen, dass die meisten, wenn nicht sogar alle Männer auf diese Frage aus dem Mund einer Fremden, die sie in einem Hotel angesprochen haben, mit einem Ja antworten würden. Was meinen Sie?«

»Ich hatte das Gefühl, es sei der richtige Zeitpunkt für ein wenig Aufrichtigkeit.«

»Es gefällt mir, wie Sie die Sprache benutzen, Leonard. Ein Mann unter vierzig mit einem breit gefächerten Wortschatz ist, wie ich festgestellt habe, eine Rarität. Warum gehen Sie nicht gerne Risiken ein? Nein, sagen Sie nichts: Sie haben gern die Kontrolle. Oder wäre die Formulierung, dass Sie gerne die Federführung innehaben, womöglich etwas … präziser?«

»Und wer von uns beiden ist jetzt anzüglich?«

»Ich habe nie behauptet, eine Lady zu sein. Ist das für Sie ein Problem?«

»Ganz im Gegenteil.«

»Ausgezeichnet. Dann haben Sie sicherlich auch nichts dagegen, wenn ich mich hiermit auf Ihr Zimmer einlade.«

Sie starrte ihn aufmerksam an.

»Gehen wir doch lieber zu Ihnen.«

Er musterte sie mit derselben Aufmerksamkeit wie sie ihn.

»Gern«, sagte sie nach einem Augenblick der Überlegung und stand auf. »Gehen wir.«

Kapitel 9

Ihr Zimmer sah genauso aus wie Victors, lag aber ein Stockwerk höher. Es war ein bisschen klein, weil das Hotel schon hundert Jahre oder mehr auf dem Buckel hatte, aber sehr geschmackvoll ausgestattet und eingerichtet, fast schon extravagant, aber eben nur fast, und dabei gleichzeitig sehr unaufdringlich.

Auch Abigails Zimmer wirkte, genau wie seines, so gut wie unbewohnt. Das Bett war unbenutzt, und ihre Sachen lagen entweder noch in dem Rollkoffer, der in einer Ecke stand, oder bereits im Schrank und der Kommode. Der Koffer und ein Hauch ihres Parfüms waren, abgesehen von einem zerknüllten Kissen auf dem riesigen Doppelbett, die einzigen sichtbaren Zeichen dafür, dass das Zimmer bewohnt war.

Sie legte ihm eine Hand auf den Arm, während sie von einem Bein auf das andere wechselte, um ihre Schuhe abzustreifen. Dann stellte sie sie neben die Tür.

»Möchtest du vielleicht etwas aus der Minibar?«, fragte sie ihn.

»Ein Mineralwasser, bitte.«

»Nichts Stärkeres?«

Er schüttelte den Kopf. »Ich habe schon ziemlich viel getrunken.«

Sie blickte ihn forschend an. In dem schummerigen Salon hatte er ihre markanten dunklen Augen, so voller Freude und Energie, gar nicht bemerkt. »Du wirkst aber gar nicht so.«

»Man kann nie vorsichtig genug sein.«

Sie lächelte spielerisch. »Wie weise.«

Sie ging in die Hocke und holte eine Flasche Wasser und für sich ein kleines Fläschchen Wodka aus der Minibar.

»Könntest du uns vielleicht einschenken, während ich mich ein bisschen frisch mache?«

Victor sagte: »Gerne.«

Sie nahm ihre Handtasche mit ins Badezimmer und ließ Victor fast vier Minuten lang allein. Als sie zurückkam, hatte er den Wodka in ein Glas mit ein paar Eiswürfeln gekippt und nippte an der Wasserflasche.

»Du nimmst kein Glas? Wie ungezogen!«

»Ich bin immer noch ein Barbar.«

»Das klingt wirklich ausgesprochen vielversprechend.«

Er reichte ihr das Glas, und sie leerte es in einem Zug. Dann nahm er ihr das Glas wieder ab und stellte es auf den Tisch, während sie ihr Kleid zu Boden gleiten ließ. Sie sah ihn an.

»Lass mich nicht warten«, sagte sie.

Er gehorchte.

Anschließend zog er sich an und wartete auf sie, während sie unter der Dusche stand. Es dauerte nicht lange, da trat sie, in einen flauschig weichen und leuchtend weißen Hotel-Bademantel gehüllt, wieder ins Zimmer. Sie hatte sich die braunen Haare gewaschen und am Hinterkopf zu einem Knoten zusammengebunden.

»Möchtest du nicht auch duschen?«, fragte sie, als sie feststellte, dass er bereits wieder den Anzug trug.

»Ich dusche grundsätzlich nicht.«

Sie lachte verblüfft, fast ein wenig angewidert. »Nein?«

»Aber ich nehme nachher ein Bad, sobald ich wieder in meinem Zimmer bin.«

Mit gerümpfter Nase ging sie durch das Zimmer und steckte den Föhn, den sie in der Hand hielt, in eine Steckdose auf der rechten Seite des Betts. Dann setzte sie sich, nahm den Föhn in die linke Hand und schaltete ihn ein, während ihre rechte Hand gleichzeitig aus Victors Blickfeld verschwand.

Der Föhn röhrte los, und sie wandte sich ihm zu. Einen Augenblick später tauchte ihre rechte Hand wieder auf, zusammen mit einer Automatik-Pistole. Es war eine kleine, kompakte SIG, Kaliber zweiundzwanzig, mit Schalldämpfer.

Sie richtete die Waffe auf seine Brust und drückte ab.

Victor hörte das Klicken nicht, weil der Föhn alle anderen Geräusche übertönte, genau, wie sie beabsichtigt hatte. Nicht einmal eine kleine Zweiundzwanziger ließ sich vollkommen lautlos abfeuern.

Während des nun folgenden Augenblicks der Verwirrung stellte er eine einzelne Zweiundzwanzigerpatrone auf den Schreibtisch. Sie enthielt ein konisch geformtes Projektil mit Stahlkern, damit es auch Schutzkleidung durchdringen konnte. Ansonsten hätte die Kugel nicht einmal die leichtesten Kevlarwesten auf dem Markt überwinden können. Die spezielle Form der Kugel bedeutete zwar, dass einem menschlichen Körper beim Eindringen weniger Schaden zugefügt wurde als mit einem normalen Geschoss, aber ein Schuss ins Herz war und blieb ein Schuss ins Herz.

Sie schaltete den Föhn aus. »Ich bin nicht an das Gewicht gewöhnt«, sagte sie und zeigte auf die SIG. »Ich habe nicht gemerkt, dass sie leer ist.«

Victor sagte nichts.

»Solange ich in der Dusche war?«, wollte sie wissen.

Er nickte.

»Also darum hast du mich zuerst duschen lassen. Und ich dachte, du wärst ein Gentleman.«

»Ich bin ein Gentleman.«

»Wie hast du es gemerkt?«

Victor sah keinen Grund, warum er mit der Erklärung hinter dem Berg halten sollte. »Du hattest das Bett noch nicht benutzt, aber das rechte Kissen war ein bisschen zerknüllt. Und in einem Hotel wie diesem ist immer alles perfekt.«

»Ich dachte, ich hätte es genau so wieder hingelegt, wie ich es vorgefunden hatte.«

»Du bist eben kein Zimmermädchen. Du hättest die Pistole nicht zwischen Matratze und Kopfbrett verstecken sollen.«

»Ich wollte sie in der Nähe haben.«

Victor gab keine Antwort. Er war schließlich kein Lehrer.

»Willst du wissen, wer mich beauftragt hat? Es muss ja nicht gleich unangenehm werden. Wir können jederzeit verhandeln, nicht wahr?«

»Ich weiß schon Bescheid: Der Auftrag ist über Phoenix gekommen.«

»Die größte Prämie, auf die ich mich je beworben habe. Da müssen einige Killer auf dich angesetzt sein. Was hast du gemacht, dass der Kunde so dermaßen sauer auf dich ist?«

»Ich weiß ja nicht einmal, welcher Kunde es dieses Mal ist.«

»Dieses Mal?«

»Du bist nicht die Erste, die mich umbringen soll. Du bist nicht einmal die Erste in dieser Woche.«

»Das erklärt auch den üblen Schnitt auf deinem Oberschenkel. Du hast eine große Fangemeinde, stimmt's?«

»Das liegt an meiner einnehmenden Persönlichkeit.«

Dann sagte sie: »Hast du schon vorher einen Verdacht gehabt? Bei unserer anfänglichen Plauderei im Salon?«

»Du hast nichts falsch gemacht.«

»Das ist keine Antwort auf meine Frage.«

Victor entgegnete: »Ich gehe bei jedem Menschen, den ich kennenlerne, davon aus, dass er mich töten will.«

»Und dass eine hübsche Frau im Hotel dich einfach nur süß findet, das kannst du dir gar nicht vorstellen?«

»Nennen wir es professionelle Paranoia.«

Sie grinste schwach. »Aber wenn sie wirklich hinter dir her sind, dann ist es keine Paranoia, oder?«

Er nickte. »Sie hat mir schon mehrfach das Leben gerettet.«

»Wieso bist du dann überhaupt mitgekommen, wenn du gewusst hast, dass ich eine Gefahr bin?«

»Ich war mir nicht sicher. Aber ich habe im Lauf der Zeit festgestellt, dass ich im privaten Rahmen am besten feststellen kann, ob meine Paranoia berechtigt ist oder nicht.«

»Dagegen lässt sich wenig sagen.« Dann runzelte sie kurz die Stirn, überlegte. »Aber wenn du das Kissen gesehen hast, wieso hast du dann noch mit mir geschlafen?«

»Ich bin ein Mann.«

»Ein Mann, der das Risiko scheut. Das hast du doch selber vorhin gesagt.«

»Ich scheue das Risiko, weil mein Leben davon abhängt«, erläuterte Victor. »Aber hin und wieder vergesse ich das einfach und werde zum Spieler. Um mich lebendig zu fühlen.«

Das nahm sie mit leichtem Nicken zur Kenntnis. »Jetzt ist mir auch klar, wieso du nicht wolltest, dass wir auf dein Zimmer gehen. Du wolltest nicht, dass ich dort irgendwelche Spuren hinterlasse.«

»Das ist richtig.«

Mit monotoner, leiser Stimme fuhr sie fort: »Du wirst mich nicht laufen lassen, stimmt's?«

Er erwiderte im selben Tonfall: »Stimmt.«

Sie holte einmal tief Luft und sah ihn an. Ihre ungewöhnlichen Augen wirkten in dem gedämpften Licht wie poliert. »Dann lass mich nicht warten.«

Und wieder gehorchte er.

Als alles erledigt war, legte er ihren Leichnam in die Badewanne und hängte das BITTE-NICHT-STÖREN-Schild an die Tür. Um diese Uhrzeit waren die Geschäfte nicht einmal mehr in London geöffnet, also setzte er sich in den Sessel, bis er sich am Morgen schließlich auf den Weg machen konnte, um Hartschalenkoffer, eine Säge und wasserdichte Müllsäcke zu besorgen.

Kapitel 10

Es fiel kein Regen, aber die Wolken über London machten den Eindruck, als könnten sie die Stadt jederzeit überfluten. Victor spulte seine routinemäßigen Manöver gegen eventuelle Beschatter ab. Dabei wurde er kreuz und quer durch die Stadt getrieben, in Bussen und U-Bahnen, zu Fuß und mit dem Taxi. Er hatte kein bestimmtes Ziel, sodass er sich ganz dem Zufall überlassen konnte – bei der vierten Haltestelle den Bus verlassen, weil er mit vier anderen Fahrgästen eingestiegen war, einen schwarzen Taxifahrer nach neun Minuten und sieben Sekunden Fahrt bitten anzuhalten, weil der eingestellte Radiosender 97 FM hieß, und so weiter. Schließlich fand er sich in einer Gegend wieder, in der er früher einmal zu tun gehabt hatte.

Nicht ideal, aber auch kein großes Problem, da Victor relativ schnell gefunden hatte, was er suchte. Auf einem gepflasterten Platz im Schatten eines Glockenturms waren ein paar Marktstände zu sehen. Hier wurden gefälschte Designerklamotten, verblasste und zerknitterte Taschenbücher, raubkopierte Filme, billige Schuhe und Nahrungsmittel verkauft. Es war ein Markt, wie man ihn in jeder ärmeren Gegend jeder europäischen Großstadt findet. Die Händler versuchten, sich gegenseitig zu übertönen, und die Einwohner des Viertels schoben sich stöbernd und feilschend an den Ständen vorbei. An zwei Stellen gab es das, was er wollte. Er beachtete die viel zu hohen Preise nicht und nahm die Handys unter die Lupe, die entweder von ihren vorigen Besitzern verkauft und gegen ein neueres Modell ausgetauscht oder aber gestohlen worden waren. Die Auswahl war riesig, angefangen bei Geräten, die aussahen, als kämen sie aus der Steinzeit und würden sogar das Jüngste Gericht unbeschadet überstehen, bis hin zu glänzenden Smartphones, die nur wenige Monate alt waren und schon kaputtgingen, wenn man sich einmal darauf setzte.

Victor erstand das billigste Gerät, das er finden konnte. Er wollte ein Telefon, das nichts anderes war als ein Telefon. Je mehr verschiedene Funktionen, desto größer die Gefahr einer Störung. Das Ladegerät, das mit Isolierband zusammengeklebt war, kostete extra, und dann kaufte er sich in einem Kiosk in der Nähe eine Prepaidkarte, setzte sich in ein Café, lud den Akku seines neuen Handys auf und genoss, umgeben von jungen Leuten mit Laptops, einen heißen, doppelten Espresso.

Als er ihn ausgetrunken hatte, hatte auch der Akku genügend Ladung für das, was Victor vorhatte. Er verließ das Café und wählte die internationale Vorwahl für Deutschland und anschließend eine Nummer in Hamburg, die er vor einer gefühlten Ewigkeit einmal auswendig gelernt hatte.

Sofort nach Ende des Gesprächs würde er das Handy wegwerfen, aber ein gebrauchtes Gerät mit Prepaidkarte war praktisch nicht zurückzuverfolgen. Victor hatte nur dann ein Telefon bei sich, wenn er dafür einen ganz bestimmten Grund hatte. Im besten Fall waren Handys tragbare Peilsender, im schlimmsten Fall tragbare Aufnahmegeräte. Selbst wenn man das GPS-Signal irgendwie abstellen und sich absolut sicher sein könnte, dass die Firmware hackersicher war, hätte Victor niemals freiwillig ein Handy benutzt. Er sah ja tagtäglich, was für Auswirkungen das hatte. Irgendwann würden sich die Nackenmuskeln der Menschheit so weit zurückgebildet haben, dass die Augen nicht mehr geradeaus, sondern Richtung Boden zeigten.

Victor hatte keine Freunde und nur wenige Bekannte. Aber überall auf der Welt gab es Menschen, die bestimmte Dienstleistungen anboten. Manche waren für Victor nützlich, manche sogar lebensnotwendig. Zum Teil hatte er diese Dienstleistungen im Verlauf seiner beruflichen Karriere regelmäßig genutzt, zum Teil wusste er nur von der Möglichkeit, ohne jemals davon Gebrauch gemacht zu haben. Mit einigen wenigen dieser Menschen hatte er während eines Auftrags oder im Lauf der Vorbereitungen zu tun gehabt und sich die Kontaktdaten sorgfältig eingeprägt, nur für den Fall, dass er wieder einmal Bedarf haben sollte.

Es klingelte sieben Mal, dann wurde der Hörer abgenommen.

»Wer ist da?«

Victor erkannte die Stimme sofort. Sie gehörte einer Frau Mitte fünfzig, hörte sich, bedingt durch jahrzehntelanges Zigarettenrauchen, jedoch an wie das unwirsche Knurren eines sehr viel älteren Menschen.

»Jemand, dem du was schuldig bist«, entgegnete Victor.

Die Frau reagierte mit einem Schnauben. »Da muss ein Irrtum vorliegen. Ich schulde niemandem etwas, ganz im Gegenteil. Da draußen laufen jede Menge Gestalten rum, die *mir* was schuldig sind.«

»Wenn das so ist, dann muss ich mir ernsthaft Sorgen um dein Gedächtnis machen. Vielleicht solltest du einen Neurologen aufsuchen.«

»Ich habe keine Zeit für so was«, sagte sie. »Ich lege jetzt auf, dann kannst du jemand anderem auf die Nerven gehen.«

»Nein, das machst du ganz bestimmt nicht. Du bleibst in der Leitung und hörst dir an, was ich zu sagen habe.«

Sie legte tatsächlich nicht auf. »Und warum sollte ich das tun?«

»Weil ich am Klang deiner Stimme hören kann, dass in deinem Gehirn ein Funke der Erinnerung glimmt, der Düsternis und Leid, Lärm und Angst bedeutet, eine Erinnerung, die langsam, aber sicher Wurzeln schlägt.«

Sie gab keine Antwort.

Er fuhr fort: »Es gibt jemanden, dem du alles zu verdanken hast. Jeden einzelnen Atemzug. Weil dieser Jemand dir einmal, als du im Sterben lagst, ein Telefon in die Hand gedrückt hat.«

Er sah das blutverschmierte Plastikgehäuse deutlich vor seinem geistigen Auge.

Es folgte ein kurzer Augenblick des Schweigens, begleitet von hastigen Atemzügen, dann sagte sie ein einziges Wort: »Du.«

»Hallo, Georg.«

»Diesen Namen benütze ich nicht mehr.«

Victor erwiderte: »Für mich bist du Georg und wirst es immer bleiben.«

»Es ist lange her. Ich habe nicht damit gerechnet, noch einmal von dir zu hören. Ich habe *gehofft*, nie wieder von dir zu hören.«

»Du hast eine sehr eigentümliche Art und Weise, dich dafür zu bedanken, dass ich dir das Leben gerettet habe.«

Sie stöhnte. »Du hast mir das Leben gerettet, das stimmt. Aber wieso kommt es mir mit einem Mal so vor, als hättest du das nur deshalb getan, damit ich in deiner Schuld stehe? Damit du sie zu einem späteren Zeitpunkt einlösen kannst?«

»Es wäre ein Irrtum zu glauben, dass die Menschen von Grund auf gut sind.«

Sie stöhnte noch einmal, nur lauter als zuvor. »Was willst du? Wieso meldest du dich nach so langer Zeit wieder bei mir?«

»Ich wollte mich nur erkundigen, wie es dir geht.«

»Deinen seltsamen Sinn für Humor hatte ich schon wieder vergessen«, erwiderte Georg. »Aber falls du dich auch nur ansatzweise für meinen Zustand interessierst, dann solltest du wissen, dass ich fast schon wieder ohne fremde Hilfe gehen kann. Ich bin nicht tot, und das habe ich dir zu verdanken, aber ich brauche immer noch Physiotherapie.«

»Ich benötige eine Lieferung nach Belgrad, und zwar schnell.«

»Pizza kann man heutzutage auch online bestellen. Dafür braucht man kein Telefon mehr.«

»Ich bin laktoseintolerant.«

Georg meinte: »Woher willst du wissen, dass ich überhaupt noch im Geschäft bin?«

»Physiotherapie ist nicht billig und Zigaretten auch schon lange nicht mehr.«

»Vielleicht könntest du mir eine Einkaufsliste zukommen lassen?«

»Genau daran habe ich auch schon gedacht. E-Mail-Adresse?«

Sie nannte ihm eine, und er speicherte sie im Gedächtnis ab. »Wie willst du bezahlen? Ich kann mir kaum vorstellen, dass du nach allem, was beim letzten Mal passiert ist, bald wieder nach Hamburg kommen willst. Und ich selbst kann zurzeit nur schlecht verreisen.«

»Ich dachte eigentlich, dass die Rechnung schon bezahlt ist.«

»Ach, tatsächlich?«

Victor blieb stumm.

Dann waren die Atemzüge wieder zu hören. »Na gut, nehmen wir rein theoretisch mal an, dass ich tatsächlich in deiner Schuld stehe und du das Recht hast, diese Schuld einzufordern.«

»Rein theoretisch«, bestätigte er.

Georg fuhr fort: »Aber ich weiß immer noch nicht, was du willst. Ich bin ja nicht die Heilsarmee.«

»Das verstehe ich«, erwiderte Victor. »Du bist nicht die Heilsarmee, und ich lasse mich bei einem Handel nur sehr ungern über den Tisch ziehen.«

»Ja, ja, ich verstehe. Sehr dezent, wie immer. Aber wenn du in einem einigermaßen vernünftigen Rahmen bleibst, dann sehe ich da keine großen Probleme. Kannst du dich damit arrangieren?«

»Kann ich«, erwiderte Victor. »Bitte sorg dafür, dass die Ware möglichst schnell bei mir ankommt.«

»Für besonders geschätzte Kunden habe ich sogar einen Kurierdienst im Angebot.«

Er ging nicht auf ihren Sarkasmus ein. »Ich weiß deine Liebenswürdigkeit wirklich zu schätzen.«

»Und wenn meine Liebenswürdigkeit groß genug war, kann ich dann davon ausgehen, dass wir quitt sind?«

Victor legte auf.

Kapitel 11

Victor reiste mit leichtem Gepäck. Je weniger Dinge er bei sich hatte, desto weniger Rückschlüsse konnten andere über ihn ziehen. Ein kleiner Handgepäckkoffer oder eine Aktentasche waren ihm am liebsten. Eine Ersatzgarnitur, ein paar Toilettenartikel sowie sein Silikon-Handgel, mehr brauchte er nicht. Er wechselte immer möglichst rasch die Kleidung und kaufte sich dort, wo er arbeiten musste, neue Sachen, um sich möglichst wenig von den Einheimischen zu unterscheiden. Ausländische Etiketten hätten etwas über seine Reiserouten preisgegeben, und abgeschnittene Etiketten nährten den Verdacht, dass er etwas zu verbergen hatte. Wenn er nur wenig Zeit hatte oder wusste, dass er an seinem Zielort kaum das Richtige finden würde, dann schaffte er sich internationale Markenartikel an, die überall auf der Welt erhältlich waren.

Im Flugzeug schlief er, weil er davon ausgehen konnte, dass er auf einem normalen Linienflug einigermaßen sicher war. Zwar war es durchaus denkbar, dass das ganze Flugzeug abgeschossen würde, nur um diesen Mordauftrag zu erfüllen, aber kein Auftragskiller, der gut genug war, um eine reale Bedrohung darzustellen, wäre so verwegen, an Bord ein Attentat zu versuchen. Und falls das Flugzeug tatsächlich abstürzen sollte, dann war es ihm sowieso am liebsten, das Ganze zu verschlafen.

Unmittelbar bevor der Schatten auf sein Gesicht fiel, wachte er auf. Vor ihm stand eine Frau im Anzug, und für einen Sekundenbruchteil glaubte er, die Attentäterin, die sich Abigail genannt hatte, vor sich zu haben. Er blinzelte einmal, und ihre Züge wandelten sich, wurden weicher und jünger.

»Hallo«, sagte sie zaghaft und nervös. »Dürfte ich mich vielleicht neben Sie setzen? Ich habe gesehen, dass der Platz noch frei ist, und der Idiot, der hinter mir sitzt, tritt ständig gegen meine Rückenlehne. Tut mir leid, dass ich Sie aufgeweckt habe.«

»Kein Problem«, erwiderte Victor. »Ich habe sowieso nur gedöst.« Er setzte sich auf. »Bitte, setzen Sie sich.«

Die junge Frau war übergewichtig und ungeschickt. Sie zwängte sich an seinen verdrehten Knien vorbei. Er ließ ihre Hände keine Sekunde aus den Augen. Die Frau hielt eine Mineralwasserflasche aus Plastik in der einen Hand, die andere hatte sie zur Faust geballt. Doch dann musste sie sie öffnen, um sich irgendwo abzustützen, und Victor sah keine Notwendigkeit mehr, sie zu beobachten. Sie fiel mehr auf ihren Platz, als dass sie sich setzte.

Zuerst war er misstrauisch. Warum hatte sie ausgerechnet den Platz neben ihm haben wollen? Schließlich gab es noch andere freie Sitzplätze, und er hatte seine Körperhaltung und seine Mimik absichtlich so gewählt, dass die meisten Menschen ganz unbewusst jeden Kontakt vermieden. Aber wenn er schlief, hatte er darüber keine Kontrolle. Dann schien er wohl zugänglicher zu wirken.

Die junge Frau plauderte munter weiter, und obwohl sie einigermaßen nett zu sein schien, war die Erinnerung an die Ereignisse im *Covent Garden Hotel* noch so frisch, dass er niemandem trauen würde, ganz egal, wie harmlos die andere Person auch wirken mochte. Selbst wenn diese Frau keine professionelle Mörderin war, eine Bedrohung konnte sie trotzdem sein – Polizistin, Spionin, Beschatterin.

»Wo ist denn Ihr Handgepäck?«, erkundigte er sich, weil er noch nie erlebt hatte, dass eine Frau ohne Handtasche oder anderes Gepäck an Bord eines Flugzeugs gestiegen war.

»Im Fach über meinem Sitz. Das hole ich raus, wenn wir gelandet sind. Wenn ich nicht sofort vor diesem Treter da drüben geflüchtet wäre, hätte ich vielleicht was gemacht, was ich dann hinterher hätte bereuen müssen. Zumindest angeblich.«

Victor nickte. Sie machte einen authentischen Eindruck, und nachdem er sich eine weitere halbe Stunde lang alle möglichen Geschichten über ihren Tibetmastiff angehört hatte, hatte er sie endgültig als redselige Zivilistin abgespeichert. Sie hinderte ihn zwar am Schlafen, aber wenigstens war sie nicht langweilig.

Nach dem Aussteigen verabschiedeten sie sich voneinander, und Victor musterte die Gesichter der Wartenden in der Empfangshalle.

Im Terminal war es heiß und stickig. Draußen herrschte tiefer Winter, aber die Klimaanlage war auf tropische Hitze eingestellt. Reiche Frauen trugen ihre Pelzmäntel über dem Arm, und ihre Männer schwitzten. Victor stellte seine Armbanduhr auf die neue Zeitzone um. Er hatte zwar vor, sie zu Bargeld zu machen – es war eine Zehntausend-Dollar-Rolex –, aber er wollte dem Juwelier oder Pfandleiher keinen Anhaltspunkt geben, wo er vorher gewesen war.

Achtlos ging er an den Schaltern der Autovermieter vorbei. Belgrad war keine allzu große Stadt, und die öffentlichen Verkehrsmittel waren für seine Bedürfnisse vollkommen ausreichend. Ein Mietwagen hinterließ immer irgendwelche Spuren, die er lieber vermeiden wollte. Er nahm ein Taxi ins Zentrum und ließ sich in der Nähe des Trg Republike, des bekanntesten Platzes der Stadt, absetzen, wo er inmitten der Touristenmassen untertauchen konnte.

Es war kalt und windig in der Stadt. Er hatte gegen unangenehme Witterung gar nichts einzuwenden, da sie ihm auf der anderen Seite gewisse Vorteile einbrachte. Außerdem ... so kalt war es gar nicht. Jedenfalls konnte er seine Hände noch fühlen. Die meisten anderen trugen hingegen Handschuhe, was den zusätzlichen positiven Effekt hatte, dass Gefährdungen leichter zu identifizieren waren. Kein halbwegs kompetenter Attentäter würde jedenfalls Handschuhe tragen, wenn er eine Schusswaffe benutzen wollte.

Bevor Victor überhaupt etwas unternehmen konnte, musste er herausfinden, wo Rados sich aufhielt. Das würde eine unbestimmte Zeit in Anspruch nehmen – Tage, vielleicht sogar Wochen, je nachdem, wie tief der Serbe sich in den Untergrund zurückgezogen hatte. Victor brauchte einen Ort, wo er sein Haupt betten konnte, wenn er nicht gerade auf der Jagd nach seiner Zielperson war.

Hotels waren immer seine erste Wahl. Sie boten Sicherheit und eine zumindest einigermaßen intakte Privatsphäre sowie einen gewissen Grad an Bequemlichkeit. Aber für diesen Auftrag brauchte er etwas anderes. In den vergangenen Tagen war er zweimal einem Anschlag auf sein Leben entgangen, und das konnte er nicht einfach ignorieren. Er konnte sich nicht mehr auf seine Anonymität als quasi ersten Schutzwall verlassen. Es war klar, dass er sich mit jedem Auftrag ein wenig angreifbarer machte, aber jetzt hatte es den Anschein, als hätte Fletchers Verrat einen unermesslichen Schaden angerichtet. Er verfügte zwar über zahlreiche unterschiedliche Identitäten, Tarnexistenzen und Legenden, aber keine davon war narrensicher, wie die beiden Killer, die auf ihn angesetzt gewesen waren, eindrucksvoll belegten.

Victor wollte also keine Hinweise auf seinen Aufenthaltsort hinterlassen, und das war in einem Hotel schlechterdings unmöglich. Aber einen privaten Vermieter aufzutreiben, der Bargeld akzeptierte und keine weiteren Fragen stellte, wenn er das Geld drei Monate im Voraus bekam, war sicherlich kein Problem. Zwar gab er sich so als vermögender Mann zu erkennen und blieb dem Vermieter dadurch vermutlich im Gedächtnis hängen, aber dieser Nachteil ließ sich verschmerzen, da er zum Ausgleich keinerlei Papiere vorlegen musste.

Die Wohnung lag im obersten Stockwerk einer Stadtvilla innerhalb der Mauern der Altstadt. Sie war größer als nötig – hier hätte eine ganze Familie Platz gefunden –, aber es gefiel ihm, dass seine Schritte auf den Holzdielen in den Fluren und auf den Holztreppen laut und deutlich zu hören waren. Der andere Vorteil war der Keller, der – sehr zum Bedauern des Vermieters – nicht vermietet werden konnte, da er zu feucht war. Victor pflichtete ihm bei und registrierte gleichzeitig, dass er das Vorhängeschloss in weniger als fünfzehn Sekunden würde überlisten können.

Das vierstöckige Gebäude stammte aus dem späten 18. Jahrhundert und stand in einem Viertel, das damals überwiegend von reichen Kaufleuten und niedrigem Adel bevölkert gewesen war. Hundertfünfzig Jahre später bot es einem professionellen Attentäter eine vollkommen ausreichende, vorübergehende Unterkunft. Der Vermieter besaß mehrere Wohnungen und vermietete sie für jeweils wenige Tage an Touristen und Geschäftsreisende, von denen er dann Spitzenmieten kassieren konnte. Victor gefiel das. So hatte er weniger Nachbarn. Die leichte Schneedecke und die Außentemperaturen um den Gefrierpunkt sorgten zudem dafür, dass viele Wohnungen im Haus leer standen. Aus diesem Grund hatte der Vermieter auch nichts für den Winter übrig, schilderte aber mit unverhohlenem Triumph in der Stimme, wie er sich im Sommer dafür schadlos hielt, wenn er die Preise parallel zu den steigenden Temperaturen erhöhte.

Die Wohnung war als teilmöbliert ausgeschrieben, das heißt, sie hatte ein Sofa, einen Couchtisch und ein Bett. In einem schimmeligen Karton in der Küche befand sich Geschirr, das der Vormieter hinterlassen hatte, aber ansonsten gab es hier vor allem Staub. Der Vermieter versicherte ihm, dass die Wohnung von einer Reinigungsfirma geputzt worden sei. Victor nickte.

Er überreichte dem Vermieter einen Briefumschlag mit Geldscheinen, woraufhin dieser sich hocherfreut die Lippen leckte. Er war so beschäftigt damit, sich seinen Gewinn auszurechnen, falls er vergaß, das Finanzamt zu informieren, dass er keinen Gedanken an die Möglichkeit verschwendete, dass sein neuer Mieter womöglich keine schriftlichen Spuren hinterlassen wollte. Victor zahlte immer am liebsten bar, aber wenn er am Flughafen ohne Schwierigkeiten durch die Kontrollen kommen wollte, konnte er immer nur eine bestimmte Menge an Scheinen bei sich haben. Darum trug er gerne auch teure Uhren oder anderen Schmuck, die er am Zielort zu Geld machen konnte. Da sich aber nicht alle Transaktionen mit Bargeld abwickeln ließen, hatte er zur Sicherheit immer auch ein paar Prepaidkreditkarten dabei. Die vier, fünf sauberen Identitäten, mit denen er seine Bankkonten führte und als Direktor diverser Offshore-Briefkastenfirmen fungierte, benutzte er niemals während der Arbeit. Trotzdem wurde es immer schwieriger, sie aufrechtzuerhalten, und er hatte ihre Anzahl in den letzten Jahren deutlich reduziert.

»Was haben Sie denn vor während Ihres Aufenthalts in Belgrad?«, erkundigte sich der Vermieter, nachdem sie das Geschäftliche geregelt hatten.

»Ich schreibe ein Buch. Und hier werde ich wohnen und arbeiten. Ich muss mich komplett von der Welt zurückziehen, damit ich endlich einen Abschluss finde.«

»Oh.« Es klang enttäuscht. Vielleicht hatte der Mann sich einen aufregenderen Mieter gewünscht. »Worum geht es denn in Ihrem Buch?«

»Es ist ein Roman, der sich vor allem mit dem Attentat auf Erzherzog Ferdinand beschäftigt.«

»Ein historischer Roman also. Wie interessant. Dann wissen Sie bestimmt eine Menge über dieses Attentat.«

»Nun ja«, erwiderte Victor. »Wie heißt es so schön: Schreib über das, womit du dich auskennst.«

Kapitel 12

In der ersten Nacht in seiner neuen Wohnung machte Victor kein Auge zu. Er blieb wach, bis die Dämmerung einsetzte, und vertrieb sich die Zeit mit der serbischen Übersetzung eines Romans, den er schon einmal gelesen hatte. Das trug zur Verbesserung seiner Sprachkenntnisse bei. Er saß die ganze Nacht auf dem Sofa und lauschte auf jedes Geräusch, das durch das alte Gebäude schallte. In der praktisch leeren Wohnung wurde jedes Klicken der Rohre, jeder Schuhabsatz auf der Treppe noch zusätzlich verstärkt. Er hatte sämtliche Türen weit geöffnet, damit er noch besser hören und kein Feind sich dahinter verstecken konnte.

Victor hatte schon seit Jahren nicht mehr geschlafen wie ein normaler Mensch. Die Nacht war die gefährlichste Tageszeit. Attentäter waren vornehmlich nachts unterwegs, einerseits um selbst ungesehen zu bleiben, andererseits, um ihre Zielpersonen zu überrumpeln. Da Victor Attentäter und Zielperson in einem war, schlief er am liebsten morgens. Wenn das nicht möglich war, dann nachmittags, und wenn es gar nicht anders ging, eben abends. Aber die Stunden zwischen Mitternacht und Tagesanbruch waren die beste Zeit, um zu jagen und gejagt zu werden.

Als die Sonne so viel Licht in die Wohnung schickte, dass er die Härchen auf seinem Handrücken sehen konnte, legte er das Buch auf den Fußboden neben das Sofa, machte es sich bequem und schlief ein.

Kurz nach zwölf Uhr mittags wachte er auf. Falls er geträumt hatte, dann hatte er keine Erinnerung daran. Er blieb noch einen Augenblick lang liegen, konnte aber weder Geräusche feststellen, die auf die Anwesenheit eines Gegners schließen ließen, noch irgendwelche körperlichen Symptome, die darauf hindeuteten, dass sein Unterbewusstsein eine Gefahr gewittert hatte, solange sein Bewusstsein nicht aufnahmefähig gewesen war.

Zufrieden setzte er sich auf und atmete die kalte Luft ein, rubbelte sich zitternd die Arme. Er hatte ohne die angenehme, aber einengende Wärme einer Decke geschlafen, und sein Anzug bot bei diesen Temperaturen keinen ausreichenden Schutz.

Er fühlte sich wach und frisch, weil er seinen Körper kannte und wusste, wie viel Ruhe er benötigte. Außerdem hatte er sich schon längst an diesen Schlafrhythmus gewöhnt. Trotzdem kochte er sich einen Kaffee, weil auch das schon lange zur Gewohnheit geworden war und er den Geschmack mochte, ganz egal, ob er das Koffein nun nötig hatte oder nicht. Kleine Laster machten das Leben erst lebenswert. Kaffeetrinker leben länger, hatte er vor einiger Zeit einmal gelesen, während einer Erholungsphase, nachdem ein handgefertigtes Kampfmesser zahlreiche Schnitt- und Stichwunden in seinem Körper hinterlassen hatte.

Vorsichtig schob er die Jalousie ein Stück beiseite und spähte nach draußen. Der Blick ging nach Norden, auf die Donau und das gegenüberliegende Ufer. Irgendwo zwischen den grauen, winterlichen Schleierwolken zog ein Flugzeug über ihn hinweg. Ein Frachtkahn, auf dem sich ausgebleichte, rostige Frachtcontainer türmten, arbeitete sich langsam den Fluss entlang und dem Hafen entgegen. Möwen hockten auf den Containern und putzten sich die Flügel. Nur mit bloßem Auge war es nicht ganz einfach festzustellen, aber der nächste mögliche Standort für einen Scharfschützen musste ungefähr siebenhundert Meter entfernt sein. Wenn er Glück hatte und das Mündungsfeuer sah, dann blieben ihm ungefähr sechs Zehntelsekunden, bevor das Projektil das Fenster durchschlug und ihm das Leben nahm. Wenn nicht, dann war er tot, bevor die ersten Glassplitter auf dem Boden aufgetroffen waren.

Victor rieb die Handflächen aneinander und atmete aus, sah zu, wie der Wasserdampf auf der kalten Fensterscheibe kondensierte. Er machte das Fenster nicht auf. Jede seiner Vorsichtsmaßnahmen, so klein und unbedeutend sie auch sein mochte, stand in Verbindung mit anderen. Alle zusammen bildeten ein Verhaltensmuster, das ihm schon öfter das Leben gerettet hatte und es möglicherweise noch öfter tun würde.

Er blieb nur kurz stehen, dann zog er sich wieder zurück, nur für den Fall, dass am anderen Flussufer ein Scharfschütze gerade das Gewehr angelegt hatte.

Er wusch sich und legte dann einen frischen Verband um seinen Oberschenkel. Das alte Verbandsmaterial verbrannte er in der Spüle. Die Wunde verheilte gut. Sie schmerzte zwar immer noch, behinderte ihn aber kaum.

Die Wohnungstür besaß zwei qualitativ hochwertige Schlösser, aber der Vermieter hatte garantiert noch einen Ersatzschlüssel in petto, auch wenn er Victor versichert hatte, dass das nicht der Fall sei. Darum hatte er das Sofa zum Schlafen vor die Tür gestellt. Nach dem Anziehen suchte er einen Schlosser auf und ließ die beiden Türschlösser gegen das sicherste verfügbare Modell austauschen. Der Vermieter würde sich bestimmt nicht darüber freuen, wenn er in einem Monat vorbeikam, um nach seiner Wohnung zu sehen, aber bis dahin war Victor entweder spurlos verschwunden, oder er würde die Originalschlösser am Morgen des Besuchs wieder einbauen.

Kaum war er mit den Schlössern fertig, begann er, auch den Rest der Wohnung zu sichern. Die Fensterscheiben gegen Panzerglas auszutauschen, war keine realistische Option, aber durch die Lage im vierten Stock war mit einem Einbruch durch eines der Fenster ohnehin nicht unbedingt zu rechnen. Völlig ausschließen ließ es sich allerdings nicht, weil Victor wusste, dass er selbst die Fassade hätte überwinden können. Er war zwar sicherlich ein herausragender Kletterer, aber garantiert nicht der einzige von diesem Kaliber. Die vielen unter seiner Kleidung verborgenen Narben sprachen eine deutliche Sprache.

Die Wohnung zeigte nach Norden. Das war nicht ideal. Victor wäre die Südseite lieber gewesen, damit die Sonne sich die meiste Zeit des Tages in den Fenstern spiegelte und eventuellen Beschattern oder Scharfschützen das Leben schwer machte. Er hatte sie trotzdem genommen, weil Kompromisse eben auch dazugehörten und die Wohnung so viele andere Vorteile bot.

Der Vermieter hatte vorgeschlagen, Victor solle sich ein paar dicke Teppiche besorgen, da es durch den Holzfußboden sehr fußkalt sei, und obwohl Victor ihm durchaus recht gab, hatte er nicht die Absicht, ein so gut funktionierendes Abwehrsystem durch dämpfende Maßnahmen außer Kraft zu setzen. Vor Jahren einmal hatte er sogar die alten japanischen Kriegsherren kopiert und den Fußboden einer Wohnung mit sogenannten »Nachtigallenbrettern« ausgestattet, die bei jedem Fußtritt anfingen zu singen. So hatte er sich auf die gleiche Art und Weise vor seinen Feinden geschützt wie die Daimyôs. Ein polierter Dielenboden war da ein akzeptabler Mittelweg. Darauf waren Schritte laut und deutlich zu hören, es sei denn, der Eindringling zog die Schuhe aus. Aber auf Socken oder barfuß würde er an Standfestigkeit einbüßen.

Victor legte sich also mit seinen neu erstandenen Werkzeugen auf den Fußboden und begann, an strategisch günstigen Stellen die Bodendielen anzuheben – hinter der Wohnungstür, unter den Fenstern und auf den Türschwellen. Er konnte zwar den Fußboden nicht komplett neu verlegen, aber er konnte dafür sorgen, dass er unterschiedliche Töne von sich gab, sodass er allein am Geräusch erkennen konnte, wo der Feind sich gerade befand. Das war immer noch deutlich besser, als überhaupt nicht gewarnt zu werden.

Gute Kameras waren überall erhältlich, darum installierte er so viele, dass sämtliche Fenster und Türen der Wohnung abgedeckt waren. Sie ließen sich, genau wie die Schlösser, problemlos abmontieren, bevor der Vermieter sich sehen ließ. Um die Kameras zu verstecken, hätte er einen erheblichen Aufwand treiben und zahlreiche Löcher in die Wände und Decken bohren müssen, aber wozu? Bis auf irgendwelche Einbrecher würde sie sowieso niemand zu sehen bekommen, und dann spielte es keine Rolle, weil die Eindringlinge entweder ihn töten oder von ihm getötet werden würden.

Die Überwachungskameras waren mit sehr starken Funksendern ausgestattet. Trotz der dicken, altserbischen Wände schickten sie pro Sekunde fünfundzwanzig scharfe Bilder an den Laptop, den Victor sich gekauft und zu seiner Sicherheitszentrale gemacht hatte. Er stand immer neben dem Sofa. Um gegen Stromausfälle gerüstet zu sein, hatte er sich für das Modell mit der größten Akkukapazität entschieden. Die Kameras wurden durch Bewegungsmelder aktiviert und verbrauchten dadurch so gut wie keinen Strom. Sie würden sehr viel länger funktionieren, als er sie brauchte.

Der Keller des Hauses war feucht und schimmelig, genau wie der Vermieter gesagt hatte, doch der Raum ließ sich trotzdem nutzen. Darum bewahrte der Vermieter hier alle möglichen Sachen auf, denen die Feuchtigkeit nichts anhaben konnte: Farbeimer, Synthetikpinsel, Walzen, Zementsäcke und anderes Baumaterial. Aber Victor entdeckte auch etliche Stapel mit fauligen Kartons, dazu Bauholz und diverse Holzmöbel.

Mit einer Taschenlampe durchstreifte er den Keller, suchte nach einem Versteck für den wasserdichten Rucksack auf seinem Rücken. Er hörte das leise Tropfen einer undichten Leitung, ganz regelmäßig, in einem Drei-Sekunden-Rhythmus. Tropf. Eins. Zwei. Drei. Tropf.

Die Farbeimer boten vermutlich den besten Schutz, aber er wusste nicht, wie es in den anderen Wohnungen aussah. Er wusste nicht, was der Vermieter vorhatte. Gut möglich, dass morgen schon der Maler vorfuhr, um eine kürzlich leer gewordene Wohnung zu renovieren. Darum entschloss er sich, den Rucksack in einen schmalen Spalt zwischen ein paar gammeligen Kartons und einem alten Esstisch mitsamt Stühlen zu stopfen. Ein aufmerksamer Beobachter, der genau wusste, wonach er suchte, würde das Versteck womöglich entdecken, aber wer hier nur Farbe und Werkzeug abholen wollte – und die Wahrscheinlichkeit war größer –, dem würde es nicht weiter auffallen.

Der Rucksack war Victors Notfallausrüstung für den Fall, dass er nicht mehr in seine Wohnung zurückkehren konnte und Belgrad überstürzt verlassen musste. Daher enthielt der Rucksack einen Reisepass sowie andere Papiere, die ihm die Ausreise ermöglichen sollten, fünftausend Dollar in Plastikfolie, eine Uhr der Marke Tag Heuer aus Titan, die er zu Geld machen konnte, sowie Rasierzeug, Deo und ein paar Papiertücher. Die Letzteren würden ihm zwar nichts nützen, falls er blutverschmiert war, aber in einem solchen Fall würde er sich ohnehin nicht in die Nähe von Flughäfen mit ihren vielen Kontrollen wagen. Mithilfe der Toilettenartikel konnte er aber wenigstens Körpergeruch und Schweißbildung vermeiden, da beides ihm nur unliebsame Aufmerksamkeit eingetragen hätte. Zwischen zwei Aufträgen ließ er sich normalerweise einen Bart wachsen, damit er sich rasieren konnte, falls er sein äußeres Erscheinungsbild verändern musste. Ein Bart verlieh einem Gesicht ganz andere Umrisse und minderte das Risiko, von Feinden oder Behörden erkannt zu werden, entscheidend. *Wir suchen einen Mann – groß gewachsen, dunkle Haare, Vollbart.*

Eine Waffe lag nicht im Rucksack, weil er noch keine Gelegenheit gehabt hatte, sich eine zu besorgen. Außerdem war der Notfallrucksack für die Flucht gedacht und nicht für einen Kampf. Wenn er damit der Polizei in die Hände lief, hatte er nichts zu befürchten. Der Inhalt würde ihnen zwar verdächtig vorkommen, aber mit einer Schusswaffe hätte er ungleich größere Probleme bekommen.

Nachdem er die Wohnung gesichert und seinen Notfallrucksack gepackt und verstaut hatte, konnte er sich jetzt dem nächsten Teil der Vorbereitungen widmen.

Es war Zeit, Informationen zu sammeln.

Kapitel 13

Victor kannte sich in Belgrad nicht aus, kannte weder die einzelnen Viertel noch die allgemeinen Besonderheiten der Stadt. Aber er wusste, wie Kriminelle tickten, ganz egal, an welchem Ort der Welt. Sie wollten mit minimalem Einsatz maximalen Profit erzielen, genau wie alle anderen auch. Sicherlich unterschieden sie sich bei der Wahl ihrer Mittel von den normalen Bürgern, aber der Kapitalismus war in jeder Stadt der gleiche.

Die richtigen Fragen zu stellen fiel ihm nicht schwer, darin hatte er genügend Übung. Die eigentliche Schwierigkeit bestand darin, die richtigen Personen anzusprechen. Am Ende des ersten Tages hatte er immerhin einige Namen im Kopf, die er zuvor noch nie gehört hatte. Manche hatten ihn Geld gekostet, andere hatte er im Tausch gegen eine Zigarette oder eine Anekdote bekommen. Unterschiedliche Menschen hatten unterschiedliche Bedürfnisse.

Nach dem zweiten Tag auf der Straße hatte er fünf Namen aus dem halben Dutzend wieder gestrichen.

Den Träger des sechsten Namens fand er in einer Gasse hinter einem traditionellen Kafana – einem kleinen Bistro, in dem Getränke und einfache Speisen angeboten werden. Dort saß er auf einer umgekehrten Bierkiste und spielte Karten mit einem vielleicht elf Jahre alten Jungen.

Als Victor sich den beiden näherte, scheuchte der Mann den Jungen weg. Er huschte widerspruchslos durch die offene Küchentür ins Haus.

Der Mann sah nicht aus wie ein Mittelsmann. Er sah aus wie ein Niemand. Seine Kleider waren entweder zu klein oder zu groß und mussten dringend gewaschen werden. Die kurz geschnittenen Haare waren erkennbar ausgedünnt. Und obwohl er die schmutzigen Fingernägel gar nicht sehen konnte, wusste Victor allein durch den Geruch, dass dieser Kerl schon eine ganze Weile nicht mehr geduscht hatte. Aber alles das ließ keine Rückschlüsse auf seine Fähigkeiten zu, das war Victor klar. Er hatte etliche ausgesprochen leistungsfähige und sehr zuverlässige Männer kennengelernt, die sich einen Dreck um Aussehen und Körperhygiene geschert hatten.

»Ich habe schon gehört, dass sich jemand nach mir erkundigt«, sagte der Mittelsmann.

»Ich habe gehört, dass du alles über Belgrad weißt«, erwiderte Victor. »Man sagt, du weißt, wie die Stadt tickt.«

Statt einer Antwort atmete der Mittelsmann deutlich hörbar aus. Sein Gesicht war blass – Eisenmangel und zu wenig Sonne. Seine Augen waren blutunterlaufen. Seine Wangen wurden durch Akne und geplatzte Äderchen verunstaltet. Seine Lippen waren schmal und rissig, und als er den Mund aufmachte, war Victor nicht weiter überrascht, als er völlig ruinierte Zähne zu sehen bekam.

»Wenn du mir hilfst«, sagte Victor, »dann bezahle ich dich sehr gut.«

»Was brauchst du?«

»Eine ganze Menge. Aber ich hoffe, dass du mir wenigstens bei ein paar Dingen weiterhelfen kannst.«

Der Mittelsmann musterte ihn von oben bis unten. »Nein, ich glaube nicht, dass ich das kann.«

»Kein Problem«, entgegnete Victor. »Dann gebe ich mein Geld eben einem anderen.«

Der Mittelsmann zuckte mit den Schultern, als sei ihm das gleichgültig, und sah Victor hinterher. Als Victor das Ende des Blocks erreicht hatte, hörte er in seinem Rücken hastige Schritte.

Er drehte sich um und sah, wie der Mittelsmann in seinen heruntergekommenen Turnschuhen die Gasse entlanglief. Er bewegte sich ungeschickt, fast so, als hätte er Schmerzen dabei – schwer zu sagen, ob infolge einer Verletzung oder aufgrund seines miserablen körperlichen Zustands. Erst, als der Mann näher kam, war er sich sicher, dass das Zweitere der Grund war. Victor hatte dafür kein Verständnis. Ein Auto konnte doch auch nicht richtig funktionieren, wenn es keinen Treibstoff bekam und nie gewartet wurde.

Keuchend blieb der Mittelsmann vor Victor stehen. Er spuckte einen langen Speichelstreifen auf den Bürgersteig und fuhr sich mit dem Handrücken über den Mund.

»Musst du dich gleich übergeben?«, wollte Victor wissen.

Der Mittelsmann schüttelte den Kopf, war aber nicht zu einer Antwort in der Lage. Er suchte in seiner Tasche nach einer Zigarette, die er sich vorhin schon gedreht hatte.

»Damit wird es bestimmt gleich besser«, bemerkte Victor sarkastisch.

Der Mittelsmann beachtete ihn gar nicht, sondern bog die krumme, zerknitterte Selbstgedrehte wieder einigermaßen gerade. Dann zündete er sie mit einem Wegwerffeuerzeug an.

»Lass dir ruhig Zeit«, sagte Victor.

»Ich kann dir helfen«, stieß der Mittelsmann nach ein paar tiefen Zügen hervor. Er musste husten, Rauchwolken quollen zu seinen Nasenlöchern heraus. »Ich kenne mich aus in der Stadt. Ich kann dir alles besorgen, was du brauchst.«

»Und wieso hast du dann erst etwas anderes behauptet?«

Er zuckte mit den Schultern. »Falls du ein Bulle bist.«

»Sehe ich etwa aus wie ein Polizist?«

Der Mittelsmann betrachtete ihn, als sähe er Victor zum ersten Mal. Er schüttelte den Kopf, und zwar eine ganze Weile. Doch wenn Victor kein Bulle war, was war er dann? Aber wenigstens stellte er keine Fragen. Das war ein gutes Zeichen.

»Wie soll ich dich nennen?«, erkundigte sich Victor.

»Hector. Und wie heißt du?«

»Achilles.«

Der Mittelsmann zeigte keine Reaktion. Victor wusste nicht, ob er tatsächlich Hector hieß oder ob das ein Deckname war, aber er fand, dass er so oder so eine ziemlich witzige Erwiderung parat gehabt hatte. Na ja … manchen Leuten konnte man es eben niemals recht machen.

Hector streckte ihm die Hand entgegen, doch Victor schlug

nicht ein. Da die Handfläche seines Gegenübers vermutlich einer Petrischale voller Mikroorganismen glich, hatte Victor keine Lust, sein Standardvorgehen über Bord zu werfen, nur um soziale Kontakte zu pflegen.

Hector wirkte nicht beleidigt. »Hat dich jemand verfolgt?«

Selbst jemand mit Victors Erfahrung und Fähigkeiten konnte nicht völlig ausschließen, dass ein Team aus professionellen Beschattern ihn womöglich auf dem Weg hierher beobachtet hatte. Trotzdem lautete seine Antwort »Nein«, weil Hector sowieso nicht mit Profis zu tun hatte. Seine Sorgen beschränkten sich auf die Polizei und andere Kriminelle.

»Was brauchst du?«, wollte Hector wissen.

»Das, was jeder braucht: Liebe.«

»Ich kann dir eine Frau besorgen, kein Problem«, erwiderte der Mittelsmann. »Blond? Titten. Egal. Oder einen Jungen, falls dir das lieber ist. Oder beides? Ich bin kein Moralapostel.«

»Das war bloß ein Witz«, gab Victor zurück. »Ich brauche ein Auto.«

Hector wirkte wie vom Donner gerührt.

»Du weißt doch, was ein Auto ist, oder?«

Hector schüttelte seine Erstarrung ab und nickte. »Natürlich. Kannst du dir denn keines mieten?«

»Ich habe keine Lust auf den Papierkram.«

Diesmal hatte Victor sich für eine saubere, ungarische Identität entschieden, und wenn es irgend möglich war, dann wollte er, dass sie auch sauber blieb. Albert Bartha war fünfunddreißig Jahre alt und wohnte in Taksony, einer kleinen Stadt im Süden von Budapest. Er war mit einem Nabelschnurvorfall auf die Welt gekommen, der zu einem schwerwiegenden Sauerstoffmangel und erheblichen Hirnschäden geführt hatte. Albert Bartha war ein Pflegefall, der nie zur Schule gegangen war oder gearbeitet hatte. Und einen Reisepass hatte er erst, seit Victor mithilfe seiner Geburtsurkunde und etlicher gefälschter Dokumente einen beantragt hatte. Victor hatte Barthas Identität schon öfter benutzt und würde es wieder tun, vorausgesetzt, dieser Auftrag hier ging ohne größere Komplikationen über die Bühne. Real existierende Identitäten waren schwierig zu bekommen, deshalb behielt er sie in der Regel länger. Aber sollte irgendwann ein Schatten auf Albert Bartha fallen, dann würde auch er, wie so viele andere im Lauf der Jahre, still und leise in die ewigen Jagdgründe Einzug halten.

Daneben hatte Victor noch eine zweite Identität zur Verfügung, als Ersatz. Die Papiere hatte er schon Tage vor seiner Abreise aus London abgeschickt und an sich selbst adressiert. Das war die sicherste Möglichkeit, wenn man mit mehreren Identitäten unterwegs war. Victor kannte zwar auch den einen oder anderen Trick, wie sich die Wahrscheinlichkeit einer Durchsuchung am Flughafen reduzieren ließ, aber hundertprozentige Sicherheit gab es da nicht. Das Risiko, mit den gefälschten Papieren erwischt zu werden, war einfach zu groß, vor allem dann, wenn man gar keinen echten Ausweis bei sich hatte. Der Ersatzpass lag jetzt in seinem Notfall-Rucksack.

»Du weißt nicht, wie man ein Auto klaut?« Hector war immer noch ratlos.

Victor erwiderte: »Willst du mein Geld jetzt oder willst du es nicht?«

Der Mittelsmann zuckte mit den Schultern. »Na, klar. Wenn du ein Auto willst, dann besorge ich dir ein Auto.«

»Außerdem bin ich auf Jobsuche.«

Bis hierhin hatte Hector ihn noch für dämlich gehalten, aber jetzt hielt er ihn für komplett verrückt. »Glaubst du etwa, ich habe Angestellte? Wozu denn? Um mein Imperium am Laufen zu halten?«

»Dich habe ich doch gar nicht gemeint«, erläuterte Victor.

»Aber vielleicht kennst du ja ein paar Leute. Vielleicht kannst du die Information weitergeben.«

»Was für Leute meinst du denn damit?«

Victor erwiderte: »Du weißt genau, was für Leute ich damit meine.«

»Die stellen aber keine Anzugträger ein.«

»Dann kennst du also tatsächlich welche.«

Der Mittelsmann gab keine Antwort.

»Besorg mir ein Auto«, fuhr Victor fort. »Irgendeine Kiste, die niemand vermisst. Und dabei könntest du dich doch gleich ein bisschen für mich umhören. Ich wäre auch bereit, dir einen beträchtlichen Finderlohn zu bezahlen.«

»Wie beträchtlich?«

»So beträchtlich, dass du dir damit die Zähne richten lassen kannst. Mindestens.«

Hector sagte: »Was kannst du denn? Also, ich finde, du siehst aus wie ein Rechtsanwalt.«

»Ich bin ein Mann mit vielen Talenten. Wenn es Arbeit gibt, dann kann ich das. Du weißt ganz genau, wovon ich rede.«

Der Mittelsmann schluckte, dann nickte er. »Ich höre mich um. Mal sehen, was ich tun kann.«

Victor zog eine Rolle Geldscheine aus der Tasche. »Du kannst den Leuten sagen, dass ich nicht billig bin. Aber ich bin jeden Penny wert.«

Kapitel 14

Das Taxi setzte ihn einen knappen Kilometer von seinem Ziel entfernt ab. Victor wollte nicht, dass der Fahrer die genaue Adresse erfuhr. Außerdem wollte er dort nicht auftauchen, ohne die Umgebung vorher sorgfältig auszukundschaften. Es war kalt und nass, und der Innenraum des Taxis warm und gemütlich, aber manche Regeln waren absolut unumstößlich.

Victor vertraute niemandem. Er war immer darauf eingestellt, hintergangen zu werden. Selbst wenn die Logik und die Vernunft einen Betrug für unwahrscheinlich hielten, blieb er vorsichtig. Dafür sorgten seine Disziplin, die Notwendigkeit und das Wissen, das kein Mensch hundertprozentig verlässlich war. Ein freundlicher Mann hatte ihm einmal gesagt, dass er niemals Bösartigkeit vermuten solle, wenn auch Unfähigkeit dahinterstecken konnte. In der normalen Welt ergab diese Philosophie, wie viel andere auch, sehr viel Sinn, aber ein professioneller Attentäter wäre damit in Rekordzeit ein toter Attentäter gewesen.

Georg war, genau wie Hector, eine Mittlerin für die Unterwelt. Aber während Hector so ungefähr alles vermittelte, was gerade im Angebot war, hatte Georg sich auf den Handel mit verbotenen Gütern spezialisiert. Das erste Mal hatte Victor mit ihr zu tun gehabt, als er für einen Auftrag einen ganz bestimmten Sprengstoff gebraucht hatte, den nur sie damals hatte liefern können. Sie hatte zwar mehrere schwergewichtige und schwer bewaffnete Leibwächter bei sich gehabt, aber wenn Victor nicht ebenfalls vor Ort gewesen wäre, als die Leute ihres ehemaligen Geschäftspartners sie überfallen hatten, dann wäre sie jetzt gar nicht mehr am Leben. Er war sich ziemlich sicher, dass sie sich noch gut daran erinnern konnte – und darüber hinaus auch an die Tatsache, dass er an jenem Abend der Einzige gewesen war, der den Schauplatz der Auseinandersetzung unverletzt verlassen hatte. Selbst wenn sie Victor als ernsthafte Bedrohung betrachtete – was durchaus nahelag, denn genau das war er ja –, besaß sie weder die Mittel noch die Dummheit, um einen Versuch zu starten, diese Bedrohung zu neutralisieren. Wenn sie am Leben bleiben wollte, dann war es sehr viel einfacher und effektiver, einfach das zu tun, was er verlangte.

Dafür war jedoch irgendwo da draußen ein deutscher Attentäter unterwegs, der ihm schon einmal auf die Spur gekommen war. Dazu kam eine unbekannte Zahl anderer Jäger, die das gewaltige Kopfgeld kassieren wollten, das auf seinen Tod ausgesetzt war. *Die größte Prämie, auf die ich mich je beworben habe*, das waren Abigails Worte gewesen. Vielleicht hatte ja irgendjemand von seiner Verbindung zu Georg erfahren. Die Wahrscheinlichkeit war nicht besonders groß, aber ein bisschen Vorsicht konnte nie schaden.

Es war still in der Gegend, einem Industriegebiet am Flussufer. Zwischen einem Schrottplatz und einem Kampfkunst-Dojo lag eine Brachfläche, umgeben von einem hohen, mit Stacheldraht gekrönten Maschendrahtzaun. Eine schwere Kette zwischen zwei Zaunpfosten bildete eine Art Tor. Victor stieg darüber hinweg. Verlassene Schiffscontainer, alte Autoreifen und rostige Karosserien unter einem dunklen Himmel setzten sich zu einem unruhigen Bild zusammen.

Rissige Betonstücke auf dem Boden deuteten an, dass hier vor langer Zeit ein Gebäude gestanden hatte, aber nach seinem Abriss war das Land einfach dem Verfall überlassen worden, war als wilde Müllhalde missbraucht und zur Zufluchtsstätte für Junkies und Obdachlose geworden. Victor setzte seine Schritte sorgfältig, um nicht auf zerbrochene Flaschen und gebrauchte Spritzen zu treten. Jetzt, mitten im Winter und ohne jeden Wetterschutz, war hier weit und breit kein Mensch zu sehen. Genau deshalb hatte Victor sich dieses Gelände ausgesucht. Der eisige Wind, der vom Fluss herüberwehte, hätte jedem Junkie den Spaß verdorben.

Trotzdem ließ er sich Zeit. Zwar waren hier weder Penner noch Drogensüchtige zu sehen, aber trotzdem war klar, dass er selbst sich durch die Kälte nicht hätte davon abhalten lassen, einen Auftrag auszuführen. Also würde sich jemand, der ihm ähnlich war, auch nicht daran hindern lassen.

Da kaum Umgebungslicht auf das Grundstück fiel und der Wind ihm heulend um die Ohren pfiff, kam er nur langsam voran. Er konnte sich nicht nur auf seine Augen oder Ohren verlassen, um einen möglichen Feind zu entdecken. Daher umrundete er die Container und die ausgeschlachteten Autos und überprüfte die Stellen, die am besten für einen Hinterhalt geeignet waren. Und die am schlechtesten geeigneten überprüfte er auch, weil er schließlich nicht wissen konnte, wer da womöglich auf ihn wartete. Und die Vorstellung, getötet zu werden, weil er seinen Gegner überschätzt hatte, war unerträglich demütigend.

Als er sich sicher war, dass außer ihm niemand hier war – hundertprozentige Gewissheit gab es nicht –, suchte und fand er den abgefahrenen, ausgefransten Reifen, in den er schon früher am Tag ein G geritzt hatte, sobald er erfahren hatte, dass die Lieferung kurz bevorstand. Der Reifen lag einsam neben einem ganzen Stapel anderer, die hier abgeladen und vergessen worden waren. Ein aufmerksamer Spaziergänger hätte das G vielleicht sogar bemerkt, aber die Wahrscheinlichkeit, dass in den vergangenen Stunden so jemand hier vorbeigekommen war, konnte man getrost vernachlässigen.

Er sah sorgfältig nach, ob der Reifen in irgendeiner Weise manipuliert worden war, konnte aber keinerlei Hinweise darauf entdecken. Der Kurier hatte ihn, genau wie von Victor verlangt, wieder an seinen Platz zurückgelegt. Hinter dem Reifenstapel lag ein etwa zwei Meter langer, leicht angefaulter Holzbalken. Den hatte Victor dort platziert, nachdem er das G in den Reifen geritzt hatte. Jetzt nahm er ihn in die Hand und drehte damit aus sicherer Entfernung den Reifen um.

Anschließend wich er noch ein Stück zurück und wartete zehn Sekunden, für den Fall, dass eine Sprengladung mit einem Verzögerungszünder angebracht worden war. Als keine Explosion ertönte, ließ Victor den Balken fallen und trat näher.

Er hatte dort, wo der Reifen gelegen hatte, ein Loch gegraben. Die steinige Erde hatte er weit weggebracht, um keine unnötige Aufmerksamkeit zu erregen. Das Loch war ausreichend für einen mittelgroßen Koffer, und genau den fand er jetzt dort vor.

Es handelte sich um einen geriffelten Hartschalenkoffer aus einer Aluminium-Magnesium-Legierung. Das Preisschild und die beiden Schlüssel hingen immer noch am Griff. Er holte den Koffer aus dem Loch. Selbst im leeren Zustand wog er an die drei Kilogramm, und dazu kam noch der Inhalt, der nach Victors Schätzung rund zwanzig Kilo schwer war.

Er zog den Teleskopgriff heraus und rollte den Koffer aus dem Schatten der Schiffscontainer. Gut, dass das Behältnis diese großen, drehbaren Rollen hatte. Damit ließ es sich auf dem unebenen Untergrund problemlos manövrieren, und Victor musste das Ding nicht schleppen. Er legte den Koffer flach auf den Boden und untersuchte ihn gründlich nach irgendwelchen Anzeichen für eine Manipulation. Anschließend öffnete er mit der vierstelligen Zahlenkombination, die er erhalten hatte, die beiden Schlösser und klappte den Deckel auf.

Georg hatte es nicht geschafft, ihm seine erste Wahl zu besorgen, ja nicht einmal seine zweite oder dritte, aber immerhin war es ein Präzisionsgewehr geworden: eine Nornico EM-351, der chinesische Nachbau der russischen Dragunov, um die er eigentlich gebeten hatte. Müsste gehen, dachte er. Die chinesische Kopie würde für seine Zwecke ausreichen. Beide Waffen waren für den Scharfschützeneinsatz im Krieg konstruiert worden und nicht für ein städtisches Umfeld, aber Victor brauchte eine Waffe, die in der Lage war, auf fünfhundert Meter einen Menschen zu töten, und das war mit diesem Gewehr durchaus zu schaffen.

Der Koffer enthielt außerdem ein Parabol-Richtmikrofon und ein kleineres Kästchen aus schwarzem Polycarbonat. In diesem Kästchen lag, in Schaumstoff eingebettet, eine Pistole. Es handelte sich um eine Five-seveN aus der Produktion der belgischen Fabrique Nationale. Eine bessere Handfeuerwaffe konnte es aus Victors Sicht gar nicht geben. Normalerweise hatten die Umstände einen entscheidenden Einfluss darauf, welche Waffe er benützte, aber er konnte sich nur wenige Situationen vorstellen, in denen er nicht auf die Five-seveN zurückgegriffen hätte. Ihre unkonventionellen 5,7-Millimeterpatronen waren winzig im Vergleich zu den gängigen, fast doppelt so großen Pistolenkalibern, doch der kleine Durchmesser und die kräftige Pulverladung zusammen machten daraus ein Überschallprojektil mit außergewöhnlicher Reichweite, Präzision und Durchschlagskraft.

Er holte das Magazin hervor und war ein wenig enttäuscht, als er feststellen musste, dass es nur zehn statt der maximal möglichen zwanzig Patronen aufnehmen konnte. Aber das größere Magazin war den Strafverfolgungsbehörden und dem Militär vorbehalten, selbst in Ländern, in denen das Tragen von Handfeuerwaffen grundsätzlich erlaubt war. Schön war, dass Georg ein zweites Magazin beigelegt hatte. Zehn in der Waffe und zehn als Ersatz waren eine Menge Munition, wenn man nur eine einzige Kugel brauchte, um zu töten.

Im Koffer fanden sich dann noch ein dazupassender Schalldämpfer und ein paar Schachteln mit Munition, sowohl die Standard- als auch Unterschallpatronen.

Die Waffe und die Patronen waren unvorstellbar teuer und darum ausgesprochen selten. Seltene Waffen waren schwieriger zu bekommen und zu schmuggeln. Victor bezweifelte stark, dass Georg solche Stücke einfach herumliegen hatte. Sie musste sich ordentlich angestrengt haben, um Victor dieses Exemplar zu besorgen. Er wusste die Geste zu schätzen. Die Five-seveN sagte genau das, was sie am Telefon nicht ausgesprochen hatte: *Danke, dass du mir das Leben gerettet hast.*

Er lächelte. *Gern geschehen.*

Kapitel 15

An seinem fünften Tag in Belgrad nahm Victor Kontakt zu Banik auf. Er schickte die Nachricht über das Gratis-WLAN-Netz eines Bahnhofs von einem Tablet ab, das er gebraucht bei einem Pfandleiher erstanden hatte, und benutzte einen E-Mail-Account, der ausschließlich dem Kontakt mit diesem einen Mitarbeiter des MI-6 vorbehalten war. Bevor sie in dessen Postfach landete, wurde die Nachricht über zahlreiche andere Konten mit automatischen Weiterleitungen zweimal um den Globus gejagt. Außerdem nutzte Victor mehrere anonyme Umleitungsserver, um seinen Standort zu verschleiern. Elektronische Kommunikation, ohne dass die Supercomputer der Geheimdienste dieser Welt etwas davon mitbekamen, war mittlerweile so gut wie unmöglich geworden, aber wenn geheimdienstliche Erkenntnisse ohne strafrechtliche Folgen blieben, dann waren sie ohne Bedeutung. Victor benützte bestimmte, vorher festgelegte Codes, die zunächst einmal entschlüsselt werden mussten, um überhaupt als verdächtig eingestuft zu werden, und bis die E-Mails dann zu ihrem Ausgangsort zurückverfolgt worden waren, war Victor schon längst wieder weitergereist.

Die verschlüsselte E-Mail an Banik besagte, dass Victor den Auftrag annehmen und ernsthaft mit den Vorbereitungen beginnen würde. Ein kleiner Vorsprung konnte nicht schaden, und da er jetzt bewaffnet war, eine sichere Wohnung und einen Notfallrucksack hatte, entsprach es fast der Wahrheit.

Der Hafen von Belgrad lag unweit der Panèevo-Brücke im Stadtzentrum, im Schatten des Festungshügels. Er war, wie die Stadt auch, übersichtlich und kompakt und zog sich, kaum mehr als einen Kilometer lang, am südlichen Ufer der Donau entlang. Lagerhallen mit einer Kapazität von insgesamt knapp zwanzigtausend Quadratmetern sowie rund sechzigtausend Quadratmeter Freifläche dienten der Versorgung der Schiffe, Boote und Frachtkähne, die jahrein, jahraus hier verkehrten.

In dem MI-6-Dossier über Rados wurde vermutet, dass er hier eine Lagerhalle besaß, auch wenn sein Name in den Papieren nirgendwo auftauchte. Offizieller Mieter war eine kroatische Handelsgesellschaft. Sie bezahlte auch die Hafengebühren. Rados war weder Vorstandsmitglied dieser kroatischen Briefkastenfirma, noch besaß er irgendwelche Anteile daran, aber sein Erster Offizier, Ilija Zoca, wurde als Finanzvorstand geführt.

Um neun Uhr abends verließ Victor seine Wohnung. Die Fahrt zum Hafen dauerte eigentlich dreißig Minuten, aber durch seine umfangreichen Vorsichtsmaßnahmen brauchte er neunzig Minuten. Damit blieben ihm immer noch anderthalb Stunden für die Vorbereitungen. Das war mehr als ausreichend – schließlich hatte er es mit Kriminellen und ungeschultem Wachpersonal zu tun und nicht mit Profis.

Im Hafen wurde rund um die Uhr gearbeitet, auch wenn es nachts etwas ruhiger zuging. Um nicht aufzufallen, trug er einen blauen Arbeitsoverall und einen Schutzhelm. Beides hatte er sich an einem der vorangegangenen Tage besorgt. Eine Sicherheitsweste hätte seine Verkleidung noch perfekter gemacht, aber dann wäre es sehr viel schwieriger geworden, unbemerkt wieder zu verschwinden.

Er besaß keinen Ausweis und auch sonst nichts, womit er sich identifizieren konnte, aber das bereitete ihm kein Kopfzerbrechen. Auf dem Hafengelände waren viele verschiedene Firmen ansässig. Dazu kamen noch die ständig wechselnden Schiffsbesatzungen und Lieferanten. Man sah unentwegt bekannte und unbekannte Gesichter. Die fest angestellten Hafenarbeiter hatten keinen Grund, die Anwesenheit anderer infrage zu stellen, und die Wachleute waren dazu da, Kriminelle einzuschüchtern, und nicht, um Ausweise zu kontrollieren. Sie alle würden davon ausgehen, dass jeder, der sich auf der richtigen Seite des Zauns befand, auch dort hingehörte.

Als zusätzliche Sicherheitsmaßnahme hatte Victor ein Klemmbrett in die Hand genommen. Er benutzte es als psychologische Waffe, die ihm eine gewisse Autorität verlieh und gleichzeitig die Aufmerksamkeit von seiner Tasche ablenkte. Jeder, der ihn sah, würde als Erstes denken: *Was will der kontrollieren?*, und nicht: *Was hat er in der Hand?* Später dann würde es heißen: *Hast du den Typen mit dem Klemmbrett gesehen?*, und nicht: *Hast du den Typen mit der Tasche gesehen?*

Vorbeugen statt heilen, so lautete das Motto, und es funktionierte tadellos. Niemand wollte seinen Ausweis sehen, niemand versuchte, ihn in ein Gespräch zu verwickeln, niemand schenkte ihm einen zweiten Blick. Er machte einen beschäftigten und wichtigen Eindruck, und das reichte.

Die Lagerhalle war alles andere als eine Festung. Und da die Bewachung allein in den Händen der Hafen-Security lag, wurde nicht mehr als das Nötigste getan. Die moderne und solide gebaute Halle war mit zahlreichen Überwachungskameras ausgestattet, aber um das ganze Gebäude zu erfassen, wären mindestens doppelt so viele nötig gewesen. Und es war kaum anzunehmen, dass Rados die Aufnahmen rund um die Uhr sichten ließ. Die Kameras dienten vor allem der Abschreckung, und vielleicht waren sie nicht einmal eingeschaltet.

Die robuste, moderne Bauart bedeutete, dass die Regenrinnen aus galvanisiertem Stahl und sehr stabil waren. Die Außenwände bestanden aus geriffeltem Stahl, eigneten sich also hervorragend zum Klettern. Victor suchte sich einen Bereich auf der dem Fluss zugewandten Seite aus, der nicht von den Kameras abgedeckt wurde. Hier war das Risiko, entdeckt zu werden, minimal. Keine zwei Minuten später hatte er das Dach erreicht.

Es war nicht besonders stark geneigt, sodass er sich ohne Mühe darauf bewegen konnte, und bestand aus lichtdurchlässigem Polycarbonat, damit Tageslicht in die Halle fallen konnte. Aber da das Polycarbonat nicht durchsichtig und klar war, sondern matt, war er jetzt, bei Nacht, von innen kaum zu erkennen. Er betrachtete die stabile Edelstahltür, hinter der die Klimaanlagen und Lüftungsschächte des Gebäudes lagen. Um das hochwertige Schloss zu knacken, brauchte er länger als für die Kletterpartie auf das Dach.

Als er sich sicher sein konnte, dass kein Alarm ausgelöst worden war, schlüpfte er ins Innere und landete auf einem Eisensteg, der unterhalb der Hallendecke verlief. Er bildete zusammen mit anderen Stegen und Leitern ein dichtes Netz, welches das Dach und die erhöht liegenden Büros miteinander verband.

Als Erstes zog Victor seine Schuhe aus. Selbst wenn er sehr vorsichtig gewesen wäre, hätte sonst jeder Schritt in dem riesigen Raum ein lautes Echo hervorgerufen. Da es so gut wie keinen Umgebungslärm gab, der seine Tritte hätte übertönen können, und da die Stege nicht abgedeckt waren, hätte ihn von unten jeder, der den Blick nach oben wandte, sofort gesehen.

Aber die Lagerhalle war leer. Niemand würde ihn sehen, und keine einzige Kamera würde Aufnahmen von ihm machen. Hier wurden weder Drogen noch legale Waren gelagert. Es gab keine Angestellten, keine Wachleute, ja, es gab nicht einmal Büroausstattung.

Wie immer Rados seine Geschäfte führen mochte, es war garantiert nicht von hier aus.

Zoca war, laut Grundbuch, auch Besitzer eines Grundstücks vor den Toren der Stadt. Der dort befindliche Schrottplatz – oder »Autobruch«, wenn man das dazugehörige Schild wörtlich übersetzte – hatte eine Dreiecksform. Die nördliche Spitze grenzte an einen Gebrauchtwagenhandel an, im Westen verliefen Bahngleise.

Ein Maschendrahtzaun aus Edelstahl umschloss den Schrottplatz. Er war dreieinhalb Meter hoch, die Zaunpfähle standen in einem Abstand von knapp zwei Metern. Die Spitze der Pfähle war im Fünfundvierzig-Grad-Winkel nach außen geneigt und in zwei Zinken geteilt. Zwischen diesen Zinken hingen Rollen aus galvanisiertem, scharfkantigem Stacheldraht. Die Zaunabschnitte entlang der umgebenden Straßen waren zudem mit einer bunten Mischung aus geriffelten Stahlplatten gesichert, teils verschraubt, teils verschweißt, teils zusammengepresst. Jedenfalls war Passanten dadurch der Blick auf das Grundstück versperrt. Gelegentlich war zwischen all dem Stahl auch eine Sperrholzplatte zu sehen. Wahrscheinlich waren nicht immer genügend Stahlplatten zur Hand gewesen, oder aber die ursprünglich dort montierten Platten waren so verrostet, dass sie ihren Zweck nicht mehr erfüllt hatten.

Etliche Schilder priesen das schnelle Geld an, das sich mit dem Verkauf alter Autos, weißer Ware oder anderem Schrott erzielen ließ. Auto-Ersatzteile waren auf Nachfrage ebenfalls erhältlich. Ob der Schrotthandel tatsächlich Ertrag abwerfen sollte oder nur als Fassade, womöglich sogar als Operationsbasis für eine kriminelle Organisation diente, war schwer zu sagen. Aber es lag auf der Hand, dass solch ein Standort für das organisierte Verbrechen viele Vorteile bot.

Der Schrottplatz war ein riesiger, hässlicher Schandfleck direkt am Ufer der Donau. Aber hinter all den aufgetürmten verrosteten Karosserien, den Press-Würfeln, die früher einmal Autos gewesen waren, und einer Unmenge undefinierbarer Teile war der Fluss nicht einmal zu sehen. Das Büro war nur während der üblichen Geschäftszeiten geöffnet, darum wartete Victor bis zum Anbruch der Nacht. Im Gegensatz zu der Lagerhalle, die immerhin von der Hafen-Security bewacht worden war, gab es hier keinerlei Sicherungsmaßnahmen. Keine Wachmänner, keine Überwachungskameras, keine umherschleichenden Hunde. Es war allein dem Zaun überlassen, eventuelle Eindringlinge abzuschrecken. Victor fand das interessant.

Der Maschendrahtzaun mit den Stacheldrahtrollen wäre für jeden Durchschnittsbürger eine nahezu unüberwindliche Barriere gewesen, aber Victor hatte solche und ähnliche Hindernisse schon ein Dutzend Mal mühelos bezwungen, einmal sogar mit gefesselten Händen. Er warf einen alten Teppich über den Stacheldraht und kletterte an einem der Zaunpfähle hinauf.

Sein Pulsschlag erhöhte sich nur kurz ein wenig, als er über den Stacheldraht kletterte, dann wartete er geduckt auf der anderen Seite, bis seine Augen sich an die Dunkelheit gewöhnt hatten. Der hohe Zaun und die Schrottberge warfen tiefe Schatten, die das schwache Umgebungslicht nicht durchdringen konnte.

Die fehlenden Sicherheitsmaßnahmen konnten bedeuten, dass es hier nichts gab, was sich zu stehlen lohnte – obwohl der Metallschrott ja zumindest einen gewissen Wert darstellte, anderenfalls hätte es den Handel nicht gegeben. Oder es bedeutete, dass die einheimischen Diebe genau wussten, wer der Besitzer des Schrottplatzes war, und dass die unheilvollen Konsequenzen eines Diebstahls weit schwerwiegender waren als der zu erwartende Gewinn. Oder aber es bedeutete, dass das, was hier angeliefert und abtransportiert wurde, nicht von Überwachungskameras, sondern von Rados' Leuten persönlich beobachtet wurde.

Nirgendwo war ein Hinweis auf menschliches Leben zu entdecken, aber Victor ließ sich trotzdem Zeit. Wachsam schlich er über den Platz, setzte behutsam einen Fuß vor den anderen, wollte nichts aufschrecken, was seine Anwesenheit verraten könnte. Ein Nebelhorn tutete in der Ferne, als ein Frachtkahn den Fluss entlangtuckerte.

Es stank nach Eisen und Motoröl und etwas anderem. Etwas Organischem. Gut möglich, dass in diesen Stahlwürfeln und unter den Schrottstapeln der eine oder andere Rivale begraben lag. Victor stellte sich vor, wie im Verborgenen Ratten hin und her huschten und ihn aus dem Schatten heraus beobachteten.

Gewundene Pfade führten zwischen den Schrottbergen hindurch. Einer dieser Berge bestand aus Tausenden von Schusswaffen, vermutlich Überbleibsel aus den letzten Kriegen. Es waren hauptsächlich alte automatische Gewehre, die schon lange weggeworfen oder nach Waffenstillständen eingesammelt worden waren. Selbst wenn sie nicht absichtlich unbrauchbar gemacht worden waren, konnte jetzt niemand mehr etwas damit anfangen. Sie waren jahrelang den Elementen ausgesetzt gewesen. Das Metall war verrostet, das Holz verzogen oder verfault. Sie waren voller Wasser oder unvollständig.

In der Mitte des Platzes stand, auf Rädern und Stützen, etwa einen halben Meter über dem Boden, eine Bürobaracke. Sie hatte ungefähr die Ausmaße eines großen Wohnwagens. Eine kurze Aluminiumtreppe führte zur Eingangstür. Die Baracke hatte an den Längsseiten jeweils zwei kleine Fenster. Ganz in der Nähe befanden sich zwei Toilettenhäuschen und drei Frachtcontainer.

Victor schlich vorsichtig zur Eingangstür der Baracke. Sie war abgeschlossen. Das war wenig überraschend, aber angesichts der mangelhaften Sicherheitsmaßnahmen hätte Victor sich auch nicht gewundert, wenn sie offen gewesen wäre. Das Schloss war nichts Besonderes und hielt Victors Werkzeug gerade einmal zehn Sekunden stand, dann machte es klick.

Im Inneren gab es nichts, womit Victor nicht gerechnet hatte – ein paar Schreibtische und Stühle, Telefone und Computer, dazu Aktenschränke, eine kleine Einbauküche und ein Kalender mit halb nackten Frauen und Sportwagen. Er knipste seine kleine Taschenlampe an. Auf die Linse hatte er mit Sekundenkleber ein

Stück rotes Acetat geklebt. Dadurch veränderte sich die Lichtfarbe so, dass er sich umsehen konnte, ohne dass seine Pupillen sich verkleinerten.

Die Computer waren ausgeschaltet, und er beließ es dabei. Rados wurde in den offiziellen Dokumenten der Firma nicht erwähnt, darum war auch nicht damit zu rechnen, dass sein Name auf irgendwelchen elektronischen Dokumenten oder Festplatten auftauchte. Er ging sowieso nicht davon aus, dass er hier etwas über Rados' Aufenthaltsort in Erfahrung bringen konnte, aber er wollte jede Möglichkeit nutzen, um Informationen über dessen Organisation zu sammeln. Er sah in den Schreibtischschubladen und der Handkasse nach, blätterte in Quittungen und Ordnern. Er durchsuchte die Aktenschränke, entdeckte Bestellungen und Lieferscheine, Briefe und Steuerunterlagen, aber nichts, was ihn weiterbrachte. Der Schrottplatz mit dem Schrotthandel war ein legales Gewerbe und warf Gewinn ab. Wenn er auch für illegale Aktivitäten genutzt wurde, dann wurden sie nicht dokumentiert ... zumindest nicht hier.

Er ließ den Strahl der Taschenlampe über den Kalender gleiten. Von seinen offensichtlichen Reizen einmal abgesehen, waren darauf bestimmte wichtige Daten markiert worden, indem alle möglichen Zettel und Pappschnipsel mit Heftzwecken daran befestigt worden waren. Es waren Liefer- und Bestellscheine, manche mit einem schlampig hingekritzelten *Z* versehen. Sie tauchten ungefähr im wöchentlichen Abstand auf und waren mit einer Geldsumme und einer Zeit beschriftet, immer am späten Abend, irgendwann zwischen 21 Uhr und Mitternacht.

Der nächste klemmte am morgigen Datum.

Victor knipste die Taschenlampe aus und lauschte. Er hörte kein Fahrzeug, keine näher kommenden Schritte. Trotzdem konnte er nicht riskieren, noch länger hier zu bleiben. Er hätte liebend gerne irgendwo ein kleines Abhörgerät versteckt, aber

Georg hatte ihm eben nur das Nötigste besorgen können. Also musste er sich mit dem Parabol-Mikrofon zufriedengeben.

Er schlüpfte nach draußen und schloss die Tür mithilfe seines Einbruchswerkzeugs wieder ab. Nichts deutete darauf hin, dass jemand auf dem Gelände oder auf dem Weg hierher war. Außerdem würde er das Scharren des Tores auf dem unebenen Boden hören, lange bevor er sich unsichtbar machen musste.

Er ging wieder zum Zaun.

Rados konnte sich deshalb im Untergrund versteckt halten, weil er nicht gezwungen war, sich zu zeigen. Er hatte loyale Mitarbeiter und in Zoca einen zuverlässigen Stellvertreter. Seine Geschäfte konnten ungehindert wachsen und gedeihen, und so wurde er Jahr für Jahr größer und verdiente sich dabei eine goldene Nase. Er war die Galionsfigur des Ganzen, er verlieh der Organisation seinen Namen und seinen Ruf, aber mit dem Alltagsgeschäft hatte er nichts zu tun. Das besorgten andere. Alles lief reibungslos.

Aber was, wenn es nicht mehr so reibungslos lief …?

Kapitel 16

Blässlich-gelb schob die Sonne sich über den Horizont, versteckt und verdeckt durch eine Wolkendecke, sodass sie am grauen Himmel nur schwer auszumachen war. In puncto Schönheit ein ziemlich armseliger Sonnenaufgang, aber Victor gefiel er trotzdem. Sonnenaufgänge hatten ihm schon immer gefallen. Sie machten ihm jedes Mal bewusst, dass er wieder eine Nacht überlebt hatte.

Er mochte Belgrad. Er mochte das Gefühl, das die Stadt verbreitete, diese wohlgeratene, beinahe absichtsvolle Kombination aus Kälte und Schönheit. Die Serben waren höfliche, ernsthafte Menschen und dennoch gerne bereit zu lachen. Durch die Unruhen der vergangenen Jahre war die vielfältige Geschichte des Landes jenseits seiner Grenzen fast in Vergessenheit geraten. Das Serbien der post-kommunistischen Zeitrechnung war eine junge Nation, aber seine Kultur und seine Gebräuche waren sehr viel älter und schufen eine nationale Identität, die jedem anderen Staat in nichts nachstand. Die Menschen hier besaßen gute Manieren, und das nötigte ihm Respekt ab.

Die Stadt war alt und neu, hässlich und schön zugleich – historische Stätten hockten eingezwängt zwischen kommunistischem Beton, moderne Bürogebäude überragten weiß getünchte Kirchen.

Hector hörte sich in seinem Auftrag um, und heute Abend bekam er die Chance, Rados' Ersten Offizier bei der Arbeit zu beobachten. Aber davor gab es noch jede Menge zu erledigen. Victor wollte sich möglichst viele Zugänge zu seiner Zielperson eröffnen. Bei seinen vorbereitenden Recherchen war er auf einen Klub für ehemalige Militärangehörige gestoßen. Rados war zwar kein regulärer Soldat der serbischen Armee gewesen, aber er hatte an der Seite der Streitkräfte gekämpft.

Als Victor einen breiten Boulevard überquert und den anschließenden Park hinter sich gelassen hatte, veränderte die Stadt schlagartig ihren Charakter. Jenseits des Parks schien es nur noch schmutzige Plattenbauten zu geben. Die hübschen Häuser der Altstadt mit ihren pastellfarbenen Fassaden waren jedenfalls verschwunden. Hier regierten Armut und Vernachlässigung. Und auch die Menschen veränderten sich. Das lag nicht in erster Linie an der Kleidung, obwohl die eindeutig billiger und schlechter geschnitten war. Es lag vor allem an ihren Bewegungen, die erkennbar langsamer waren. Der Alltag lastete auf ihren Schultern, und sie hatten keine Eile voranzukommen. Es lag eine Schwere in der Luft, die buchstäblich mit Händen zu greifen war.

Ein Obdachloser bettelte ihn um Kleingeld an. Mit seinem Anzug und dem Mantel stach Victor hier aus der Masse hervor. Überall sahen die Leute ihm hinterher, und es war unmöglich, sie alle gleichzeitig im Auge zu behalten.

Er richtete sich kerzengerade auf und spreizte die Schultern, um Stärke zu demonstrieren. Und auch seine Miene, die normalerweise neutral und unauffällig wirkte, wurde härter, um keinen Zweifel daran zu lassen, dass er gewillt war, diese Stärke auch einzusetzen. Er hatte keine Angst vor irgendwelchen Kriminellen, die eine vermeintlich günstige Gelegenheit beim Schopf packen wollten, aber es war besser, wenn man sich gar nicht erst in eine Auseinandersetzung mit solchen Gestalten verwickeln ließ.

Etliche Häuser sahen verlassen aus. Andere wirkten bewohnt, obwohl sie baufällig und eigentlich unbewohnbar zu sein schienen. Irgendjemand hatte eine Hauswand mit wunderschönen Graffiti verziert. Er blieb einen kurzen Augenblick lang stehen, um die wirbelnden Galaxien und leuchtenden Weltraumnebel zu betrachten.

Doch dann ging er weiter, schneller, als er eigentlich wollte, weil sich Fußgänger näherten. An eine andere Hauswand hatte jemand mit groben Strichen ein Fußballtor gemalt. Das Netz, das zwischen den schiefen Pfosten hing, hatte Löcher so groß wie ein Fußball. In der Nähe lungerte ein alter Mann in einem drei Nummern zu großen Pullover herum. Er bot Victor selbst gebrannten Slibowitz an, den Pflaumenschnaps der Einheimischen. Der Alte hatte ihn in Weinflaschen gefüllt, die zum Teil noch die Originaletiketten trugen – Pinot Noir, Rioja und mehr, in den unterschiedlichsten Sprachen. Victor kaufte ihm eine Flasche ab, weil der alte Mann ihn an jemanden erinnerte, den er einst gekannt hatte und den er sehr gerne auch heute noch gekannt hätte. Der Alte war so sehr daran gewöhnt, abgewiesen oder missachtet zu werden, dass er darauf bestand, Victor noch eine zweite Flasche in die Hand zu drücken, zum Dank für das seltene Ereignis. Victor nahm die zweite Flasche, bestand aber seinerseits darauf, dafür zu bezahlen. Als Victor schließlich weiterging, wischte der Alte sich die Tränen aus den Augen.

Der Klub lag in einer Gegend, in der es kaum Wohnhäuser gab, weil dort niemand freiwillig wohnen wollte – ein heruntergekommenes Industriegebiet, schäbig und abstoßend. Hier waren kaum Autos und noch weniger Fußgänger unterwegs. Sogar die Obdachlosen schienen einen großen Bogen um die Gegend zu machen.

Es war unvermeidlich, das wurde ihm klar, nachdem es passiert war. Es hatte sich schon lange vorher angedeutet. Er war fremd hier. Seine Kleidung, mit der er in einem städtischen Umfeld normalerweise in der Masse untertauchen konnte, ließ ihn hier aus der Masse hervorstechen. Er war ein gut gekleideter Fremder in einem üblen Teil der Stadt. Er hätte sich vorher darüber Gedanken machen und diese Situation vermeiden können – schließlich wusste er, wie so etwas funktionierte –, aber er hatte sich zu sehr auf die Gefahr konzentriert, die ihm durch echte Profis drohte. Dadurch hatte er nicht mehr an die Amateure gedacht, die sich ihm jetzt in den Weg stellten.

Es handelte sich um drei einheimische Hohlköpfe, die weder ausreichend Gespür noch Gehirnzellen hatten, um die Zeichen zu deuten, die Victors Kollegen sofort wahrgenommen hätten. Es war kalt, aber Victor hatte den Mantel aufgeknöpft und trug keine Handschuhe. Seine Hände hingen locker seitlich herab. Seine Augen waren unaufhörlich in Bewegung, und der Anzug war zwar von guter Qualität, aber insgesamt ein bisschen zu weit geschnitten.

Keiner von ihnen war wirklich muskulös oder durchtrainiert. Sie waren nicht einmal richtige Kriminelle, sondern einfach nur planlose Dumpfbacken, betrunken oder high – oder wären es zumindest gerne gewesen. Sie hielten ihn für ein leichtes Ziel, für jemanden, dem sie Angst einjagen und ihm das Portemonnaie oder das Handy abnehmen konnten, damit ihre eigene Woche ein wenig leichter zu ertragen war.

Einer zog ein Messer. »Wertsachen her, dann tun wir dir nichts.«

»Haut ab. Lauft schneller, als ihr je gelaufen seid, dann lasse ich euch in Ruhe.«

Sie blieben stehen.

Er ließ sie am Leben, aber wenn er wieder im Flugzeug saß und Belgrad hinter sich ließ, würden alle drei noch immer nur mit fremder Hilfe gehen können.

Kapitel 17

Die untergehende Sonne war klar und deutlich zu sehen und verlieh den Wolken in ihrer Nähe einen orangeroten Heiligenschein. Es sah aus, als stünden sie in Flammen. Victor hatte seinen Schatten als lang gezogene, verwackelte Linie vor sich. Der Wind blies ihm in den Nacken und wehte ihm die Haare in die Stirn.

Nachdem er die drei Einheimischen krankenhausreif geschlagen hatte, hatte er nicht mehr gewagt, den Veteranenklub aufzusuchen und dort Fragen zu stellen. Solche Dinge verbreiteten sich schnell. Er hatte zwar keine aufgeschürften Knöchel zurückbehalten – einer von vielen Gründen, weshalb er nur mit der flachen Hand zugeschlagen hatte –, aber er war ein Fremdling, und seine Fragen hätten ihn ohnehin verdächtig gemacht, auch ohne den gewaltsamen Zwischenfall in unmittelbarer Nähe.

Darum verbrachte er den Rest des Tages in seiner sicheren Unterkunft und wartete auf den Abend. Erst dann machte er sich wieder auf den Weg zum Schrottplatz. Im Vergleich zu gestern

Abend ging es dort jetzt deutlich lebhafter zu – Licht brannte, und mehrere Autos waren zu sehen.

Ein Kran, der normalerweise dazu diente, Autos und anderen Schrott hin und her zu bewegen, erwies sich als perfekter Beobachtungsposten. Victor legte sich flach auf die Führerkabine, ließ sich von der Nacht umhüllen und nahm die Bürobaracke ins Visier.

Kurz nach Mitternacht tauchte Zoca auf. Grelle Scheinwerfer bohrten sich in die Dunkelheit, weiße Lichtkegel brachen sich an den Bergen aus Schrott und Metall. Die Scheinwerfer hüpften auf und ab, als der Wagen über den schrundigen Untergrund hoppelte, verschwanden hinter einem Turm aus Autowracks, sodass nur die Lichtstrahlen sichtbar waren, bevor sie einen Augenblick später wieder auftauchten. Der Wagen fuhr auf die hell erleuchtete Bürobaracke zu, und im Licht, das aus den Fenstern nach draußen fiel, erkannte Victor, dass es sich um einen über und über mit Schlamm bedeckten Land Rover handelte.

Noch bevor der Wagen ganz zum Stehen gekommen war, ging die Barackentür auf, und zwei Männer begrüßten die Neuankömmlinge. Einer warf eine brennende Zigarette beiseite. Der Stummel verglühte auf dem nassen Untergrund.

Zoca stieg zusammen mit seinen Männern aus. Niemand öffnete ihm die Tür. Er war angezogen wie sie und benahm sich wie sie. Er war auch nicht älter als die anderen, und nichts an seinem Verhalten deutete darauf hin, dass er ihr Vorgesetzter war. Man schüttelte sich die Hand und klopfte sich auf die Schultern, aber zwanglos und organisch, ohne erkennbare Hierarchie. Wenn Victor in seinem Dossier nicht ein Foto gesehen hätte, er hätte Zoca niemals als den Boss identifizieren können.

Zoca hatte noch drei Muskelmänner mitgebracht. Jetzt betraten sie zusammen mit den beiden, die bereits hier gewesen waren, die Bürobaracke.

Auf diese Entfernung konnte Victor keine verräterischen Beulen oder Falten erkennen, die auf versteckte Waffen hindeuteten, aber es war äußerst unwahrscheinlich, dass diese Männer unbewaffnet waren. Nachdem sich die Tür der Baracke geschlossen hatte, wartete er zwei Minuten ab, dann setzte er sich in Bewegung. Es war zwar dunkel, aber er wollte nicht beim Abstieg vom Kran von jemandem gesehen werden, nur weil der sein Handy im Land Rover vergessen hatte. Also beeilte er sich und rutschte möglichst schnell die Leiter bis zum Boden hinunter. Besonders leise brauchte er nicht zu sein, da sie ihn sowieso nur hätten hören können, wenn er in unmittelbarer Nähe der Baracke gewesen wäre. Aber er hatte nicht vor, auch nur annähernd so dicht heranzugehen.

Das Parabol-Mikrofon war schon ziemlich alt und gebraucht. Da Georg von Hamburg aus operierte, nahm Victor an, dass es dort von der Polizei ausgemustert worden und anschließend von einem Beamten mit Geschäftssinn weiterverkauft worden war. Neuere Modelle waren nur halb so groß und dafür doppelt so leistungsstark, aber dieses hier reichte für Victors Bedürfnisse vollkommen aus.

Nachdem er verschiedene Blickwinkel sorgfältig überprüft hatte, entschied er sich für eine bestimmte Stelle im Schatten eines Schrotthügels. Von hier hatte er freie Sicht auf die westliche Seite der Bürobaracke. Die Tür öffnete sich zwar nach Osten, aber auf dieser Seite gab es zwei Fenster.

Victor machte es sich in der Dunkelheit bequem und holte das Mikrofon aus seinem Rucksack. Obwohl das Gerät eindeutig für heimliche Lauschangriffe konzipiert war, hatten die Hersteller es unerklärlicherweise mit weißem Plastik überzogen, das Victor mithilfe von Sprühlack in ein mattes Grau verwandelt hatte. Er steckte sich den Ohrhörer ins Ohr, schaltete das Mikrofon ein und richtete es auf das erste der beiden Fenster.

Die Membran registrierte die Schwingungen der Fensterscheibe, die durch die Geräusche im Inneren der Baracke verursacht wurden, und Victor hörte eine verzerrte Version des dort stattfindenden Gesprächs. Wie erwartet, ging es noch gar nicht um geschäftliche Dinge. Man erzählte sich einfach nur das Neueste und tauschte Anekdoten aus. Victor nutzte die Zeit, um die Einstellungen zu justieren und den Empfang zu optimieren.

Selbst in der Hand eines Experten brachte das Parabol-Mikrofon gewisse Nachteile mit sich. Abgesehen von den Empfangsschwierigkeiten durch alle möglichen Hindernisse, sorgten auch Luftdruckschwankungen, Niederschlag, Luftfeuchtigkeit, Umgebungsgeräusche und der Wind für Störungen. Und wenn zwei Leute gleichzeitig sprachen, dann waren die Worte so gut wie gar nicht mehr auseinanderzuhalten. Trotzdem war Victor sich nach zwanzig Minuten sicher, dass Rados mit keinem Wort erwähnt worden war.

Es dauerte eine geschlagene Stunde, bis Zoca endlich auf das Geschäftliche zu sprechen kam. Wieder konnte Victor nicht alles verstehen, was gesagt wurde, aber es waren vor allem fünf Worte, die ihm wichtig erschienen.

Heute Nacht. Drei Uhr. Lieferung.

Kapitel 18

Schnell wurde klar, dass die Lieferung, von der Zoca gesprochen hatte, per Schiff eintreffen sollte. Im Hafen von Belgrad wurde Fracht aus dem gesamten Schwarzmeerraum gelöscht oder weiterverschifft. Das Erste, woran Victor dachte, war ein Container voller Haschisch oder Heroin, vielleicht aus Afghanistan oder Kasachstan.

Aus den Konversationssplittern, die Victor entschlüsseln

konnte, schloss er, dass Zoca und seine Männer für die Ware verantwortlich waren. Sie machten alles in allem einen ruhigen, entspannten Eindruck, und es war keine Rede davon, dass sie zum Lagerhaus am Hafen fahren wollten. Also wurde die Lieferung wohl hier am Schrottplatz erwartet. Die Lagerhalle diente vermutlich nur als Durchgangsstation, um Lieferungen auszupacken und umzuladen. Jedenfalls hatte Victor dort nichts entdecken können, was auf einen anderen Zweck hindeutete.

Rados wurde namentlich kein einziges Mal erwähnt, aber Victor glaubte, ein paarmal das serbische Wort für Boss aufgeschnappt zu haben. Er rechnete zwar nicht damit, seinen Auftrag heute Abend schon abschließen zu können, aber immerhin bestand die Chance, dass Rados bei der Ankunft der Lieferung persönlich dabei sein wollte. Und falls das so sein sollte, würde Victor die Gelegenheit natürlich mit dem größten Vergnügen beim Schopf packen.

In militärischen Kreisen gab es ein Sprichwort: Kein Plan übersteht den ersten Feindkontakt. Victor lebte nach demselben Prinzip. Die Welt im Griff zu behalten war ein Ding der Unmöglichkeit. Entscheidend war die Fähigkeit zur Improvisation. Wer einen vorab gefassten Plan unbedingt durchziehen wollte, der erhöhte im besten Fall seine Chancen auf einen Fehlschlag. Im schlechtesten Fall ereilte ihn der Tod.

Kurz nach zwei tauchte ein weiteres Fahrzeug auf, eine Zugmaschine ohne Auflieger. Zwei Männer stiegen aus, während der dritte mit laufendem Motor hinter dem Steuer sitzen blieb. Er wollte bald wieder los. Einer seiner beiden Beifahrer betrat die Bürobaracke.

Zuerst hatte Victor den Eindruck, als wollte er mit Zoca reden, doch dann kam er mit einer Sackkarre wieder heraus, auf die der zweite Mann drei in Plastikfolie eingeschweißte Mineralwasserträger aus dem Führerhaus packte. Der erste Kerl stellte die Sackkarre neben der Bürobaracke ab, dann stiegen sie beide wieder ein.

Unterdessen waren Zoca und seine Männer nach draußen gekommen. Zocas Haare waren schlohweiß, kurz geschnitten und nach vorn gekämmt. Es ließ sich kaum feststellen, wo der Haaransatz aufhörte und wo die Haut anfing. Die Augenbrauen hingegen bildeten zwei pechschwarze Streifen. Er war schlank, besaß deutlich vorstehende Wangenknochen, ein eindrucksvolles Kinn und machte einen durchtrainierten Eindruck. Er wirkte gleichzeitig alt und jung … und bedrohlich.

Durch das Rumpeln des Lastwagenmotors wurde Victors Mikrofon zwar unbrauchbar, aber er konnte *dieses Mal nur sieben* von Zocas Lippen ablesen. Ein paar Männer zuckten mit den Schultern oder kratzten sich am Kopf, andere schienen nachzudenken. Dann fingen alle an zu rauchen, während die Zugmaschine umständlich wendete und den Schrottplatz wieder verließ.

Das dauerte so lange, bis die Zigaretten zu Ende geraucht waren und die Männer sich wieder auf den Weg ins Innere machten. Nur einer steuerte zunächst noch ein Toilettenhäuschen an.

Mit den drei Männern aus dem Lastwagen hatte Zoca also acht Mann unter seinem Kommando. Das war eine ganze Menge, selbst wenn es um eine wertvolle Lieferung ging. Nur von Rados fehlte immer noch jede Spur. Darum ging Victor davon aus, dass seine Anwesenheit bei dieser Lieferung nicht erforderlich war. Vielleicht hielt er sich grundsätzlich von der Drecksarbeit fern, vielleicht war auch Zoca sehr gut alleine in der Lage, für einen reibungslosen Ablauf zu sorgen, oder aber diese Lieferung war ohnehin nichts Außergewöhnliches und seiner Aufmerksamkeit nicht wert. Wie auch immer, angesichts der vielen Männer, die dafür eingespannt wurden, musste es sich um eine ziemlich wertvolle Ware handeln. Deren Verlust einen erheblichen Schaden zur Folge hätte. Dann *musste* Rados sich einschalten. Wenn sein Erster Offizier so viele Männer zur Verfügung hatte und trotzdem versagte, wem konnte er dann noch trauen?

Victor hörte ein leises Geräusch und drehte sich um. Er sah eine Katze unter einem Schrotthaufen hervorkriechen. Sie war mager und ihr schwarzes Fell struppig und schmutzig. Er wusste nicht viel über Katzen, aber selbst ihm war klar, dass er hier ein verwildertes Exemplar vor sich hatte. Er rechnete eigentlich damit, dass das Tier weglaufen würde, aber anscheinend war es ganz froh, ihm ein wenig um die Beine streichen zu können. Es dauerte nicht lange, bis ihm klar wurde, dass die Katze sich nach ein bisschen Aufmerksamkeit sehnte. Also ging er in die Knie und streckte ihr seinen Handrücken entgegen, damit sie sich daran reiben konnte. Jetzt fing sie an zu schnurren.

»Was macht die Jagd?«, flüsterte er, obwohl er die Antwort bereits kannte. So mager, wie sie war, konnte sie keine erfolgreiche Mäuse- oder Rattenfängerin sein. Vielleicht mochte sie auch den Geschmack nicht. Aber er konnte ihr auch nichts geben.

Jetzt zog er die Hand wieder weg. Selbst wenn das Tier keine Zeit oder kein Bedürfnis hatte, sich das Fell sauber zu lecken, wollte er es nicht auch noch mit Silikon beschmieren. Es könnte ja sein, dass es giftig war, und er wollte der Katze das Leben nicht noch schwerer machen.

Das Tier machte einen Buckel und drückte sich gegen Victors Schienbein. Im nächsten Augenblick war es wieder im Schatten verschwunden.

Gegen drei Uhr tauchte die Zugmaschine wieder auf, dieses Mal mit Auflieger. Darauf stand ein Frachtcontainer. Zoca und die anderen Männer kamen aus der Bürobaracke und nahmen den Sattelschlepper in Empfang. Victors Mikrofon gab nur undefinierbare Geräusche von sich.

Victor dachte an die vielen Männer und die Wasserflaschen, und dabei wurde ihm klar, dass sein Plan nicht funktionieren würde. Denn jetzt wusste er, welche Ware sich in dem Container befand.

Es waren keine Drogen.

Kapitel 19

Es waren Menschen. Der Frachtcontainer bot bis zu vierzig dicht gedrängt stehenden oder fünfzehn liegenden Personen Platz. Wenn dazu noch ein Minimum an Gepäck und vielleicht ein Eimer für die körperliche Notdurft untergebracht werden mussten, dann passten ungefähr acht Menschen hinein.

Victor hockte ganz in der Nähe in seinem Versteck und sah, wie sieben Frauen aus dem Container herausgeführt wurden. Geblendet vom grellen Licht der Scheinwerfer kniffen sie die Augen zusammen und hoben schützend die Hände vors Gesicht. Sie hatten während des Transports über das Schwarze Meer und die Donau womöglich mehrere Tage in völliger Dunkelheit zugebracht. Doch bis auf die empfindlichen Augen machten sie einen unversehrten und gesunden Eindruck. Sie waren alle unter dreißig, einige sahen sogar aus, als seien sie unter zwanzig. Und darüber hinaus waren sie, trotz ihres etwas zerzausten Äußeren, wunderschön. Ihre dunklen Haare und ihre olivfarbene Haut ließen vermuten, dass sie aus Armenien, Georgien oder anderen Staaten auf dem südlichen Kaukasus stammten. Die Vermutung, dass es sich um Flüchtlinge oder illegale Einwanderer handelte, lag nahe, aber Victor war klar, dass diese Frauen nicht freiwillig hier gelandet waren.

In dem Dossier über Rados hatte nichts darauf hingedeutet, dass er mit etwas anderem als den üblichen Aktivitäten des organisierten Verbrechens zu tun hatte. Das MI-6 hatte jedenfalls keine Ahnung, dass Rados ein Menschenhändler war.

Jetzt riss einer der Männer die Plastikfolie auf und verteilte Wasserflaschen an die Neuankömmlinge, allerdings ohne jeden Hauch von Freundlichkeit. Rados sorgte dafür, dass seine Ware frisch blieb. Wassermangel würde ihren Wert schmälern.

Während die Frauen die Deckel abschraubten und tranken, schritt Zoca unablässig vor ihnen auf und ab und taxierte sie. Er gab seinen Männern verschiedene Zeichen, und sie teilten die Frauen je nach Alter in zwei Zweier- und eine Dreiergruppe ein.

Die Frauen waren nervös und verängstigt, aber sie hatten keine andere Wahl, als zu gehorchen. Die Dreiergruppe, die das mittlere Alterssegment repräsentierte, konnte sich zumindest damit trösten, dass sie mehr waren als die anderen. Die beiden jüngsten Frauen – eigentlich noch Mädchen – zeigten am meisten Furcht. Aber eine der Älteren schien eher aufgebracht als verängstigt zu sein. Sie stand nicht mit gesenktem Kopf da, sondern starrte die Männer wütend an. Victor fragte sich, wieso. Sie trug auch als einzige kurze, stoppelige Haare. Und als sie eines der Mädchen trösten und beruhigen wollte, wurde sie unsanft wieder an ihren Platz zurückgestoßen.

Daraufhin versetzte sie dem Mann, der sie angefasst hatte, eine Ohrfeige. Es knallte laut, und der Kerl revanchierte sich ebenfalls mit einer Ohrfeige, sodass die Frau mit den kurzen Haaren in die Knie ging.

Die anderen Gefangenen erschraken und wurden sofort unruhig. Sie hielten den Atem an, wichen zurück und fingen an zu weinen, während sich auf den Gesichtern von Rados' Männern so etwas wie erwartungsvolle Bestürzung zeigte. Zoca näherte sich dem Mann, der die Frau geohrfeigt hatte. Dieser wusste genau, was jetzt kommen würde. Er wehrte sich nicht und wich auch nicht zurück. Zoca legte ihm die Hand in den Nacken und drückte seinen Kopf nach unten, während er gleichzeitig das Knie nach oben riss und den Mann damit im Gesicht traf.

Er sackte zu Boden und spuckte Blut.

Anschließend half Zoca der Frau auf die Beine, machte eine entschuldigende Geste … und rammte ihr die Faust in den Solarplexus. Erneut ging sie zu Boden und rang um Atem.

»Nicht. Ins. Gesicht!«, zischte Zoca seine Männer an.

Die Frauen hatte schon vorher große Angst gehabt, aber jetzt wurden sie von Panik übermannt. Zoca sprach sie an, während seine Männer sie in Schach hielten.

»Macht, was wir sagen, dann geschieht euch auch nichts«, sagte er mit leiser, fast schon sanfter Stimme. Er sprach Russisch, was in der Heimat dieser Frauen überall verbreitet war. »Wir sind nette Männer. Sanftmütig. Wir begegnen euch mit Respekt und behandeln euch wie Fürstinnen, vorausgesetzt, ihr macht das auch mit uns. Wenn ihr aber unfreundlich oder respektlos sein wollt, dann können wir das auch. Ob wir nett sind oder grausam, die Entscheidung liegt ganz bei euch. Eins solltet ihr aber wissen: Wir sind von jetzt an eure Arbeitgeber. Ihr arbeitet für uns, und wenn ihr das vernünftig macht, dann werdet ihr auch vernünftig entlohnt. Heute Nacht bleibt ihr hier. Morgen bekommt ihr dann neue Kleider, Make-up und Schmuck. Ihr könnt warm duschen und in weichen Betten schlafen. Manche von euch werden hier in Belgrad bleiben. Andere reisen in ferne, exotische Länder. Wenn ihr hart genug arbeitet, dann werdet ihr mit der Zeit eine Menge Geld verdienen, sodass ihr irgendwann wieder nach Hause zurückkehren könnt. Betrachtet das Ganze am besten als Urlaub.« Er grinste sie an, doch die lächelnde Maske konnte seine schwere, psychotische Störung nicht verbergen. »Als ein einziges, großes Abenteuer.«

Zoca machte erneut eine Handbewegung, und seine Männer fingen an, die Frauen grüppchenweise auf die drei Frachtcontainer zu verteilen.

Die Frau, die er niedergeschlagen hatte, lag immer noch um

Atem ringend und mit schmerzverzerrtem Gesicht am Boden. Er packte sie am Arm und zerrte sie auf die Beine.

Dann legte er ihr den Zeigefinger unters Kinn und blickte ihr in die Augen. »Wie schön, dich wiederzusehen, Schätzchen. Offensichtlich hast du deine Lektion beim letzten Mal nicht ordentlich gelernt. Dann muss ich dir also wohl höchstpersönlich einbläuen, wie sich eine Dame zu benehmen hat. Ich werde dir schon noch Manieren beibring…«

Sie spuckte ihm ins Gesicht.

Zoca blinzelte, doch seine Miene blieb regungslos. Er ließ zu, dass der Speichel seine Wange herab und in seine grauen Bartstoppeln lief.

Dieses Ausbleiben jeder Reaktion jagte der Frau mit den kurzen Haaren einen tödlichen Schrecken ein. Sie hatte fest damit gerechnet, wieder geschlagen zu werden. Sie hatte es gewollt, um erneut ihre trotzige Stärke beweisen zu können.

Doch Zoca sagte nur: »Ich hoffe, du hattest deinen Spaß, Schätzchen, und das meine ich wirklich ernst. Ich möchte, dass du diesen Moment von ganzem Herzen genießt. Halte ihn fest, hier drin …«, er legte zwei Finger auf die linke Seite seiner Brust, »… in deinem Herzen. Nur dann kannst du, wenn wir das nächste Mal alleine sind, wirklich beurteilen, ob es das wert war.«

Kapitel 20

Victor sah zu, wie Zocas Männer die Frauen in die drei Container brachten, die neben der Bürobaracke standen, und sie mit Vorhängeschlössern sicherten. Anschließend gingen ein paar der Männer zurück ins Büro, während die anderen noch eine Zigarette rauchten und dabei herumalberten und immer wieder gestenreich die Ohrfeige, den Faustschlag und das Spucken imitierten.

Anschließend wartete Victor. Er wartete, weil er sonst nichts anderes tun konnte. Er war hier, um die Lieferung zu sabotieren, um Rados' Organisation den einen oder anderen Knüppel zwischen die Beine zu werfen und währenddessen mehr über ihre innere Struktur zu erfahren, um seiner Zielperson immer näher zu kommen. Eine Heroin- oder Haschischlieferung hätte er vernichten können, aber sieben Frauen? Natürlich wäre er dazu in der Lage gewesen, aber bedauernswerte, weibliche Zivilisten zu töten gehörte nicht zu seinem Repertoire.

Und selbst wenn er bereit gewesen wäre, diese Grenze zu überschreiten, es wäre nicht sinnvoll gewesen. Er konnte nicht davon ausgehen, dass er die Frauen alle unbemerkt ermorden konnte. Zoca und seine Männer würden es unweigerlich mitbekommen, und dann war eine Schießerei unvermeidlich.

Nein, Victor würde Rados' Lieferung nichts antun. Aber er konnte immer noch ein wenig Chaos stiften.

Er wartete also ab, bis die Männer ihre Zigaretten zu Ende geraucht hatten und die ersten sich verabschiedeten. Drei bestiegen das Führerhaus des Sattelschleppers, während zwei andere sich zu Fuß auf den Weg zu ihrem Auto machten, das sie draußen vor dem Schrottplatz abgestellt haben mussten. Jedenfalls hörte Victor wenige Minuten später einen Motor starten.

Zoca und die anderen blieben in der Bürobaracke. Aber wie lange noch? Es war jetzt kurz vor vier Uhr morgens. Um fünf Uhr war Victor schließlich klar geworden, dass diese Männer die ganze Zeit über hier bleiben würden, was ja auch einleuchtete. Sie konnten die Gefangenen nicht unbewacht hier lassen.

Er wusste nicht, wann die Frauen weggebracht werden sollten, aber er wusste, dass ihm nur noch wenige Stunden Dunkelheit blieben.

Also wagte er sich aus der Deckung, umrundete den Schrottberg und schlich bis an den Rand des Grundstücks, wo er immer dem Maschendrahtzaun folgte. Er wollte einen Bogen um den Platz schlagen und gleichzeitig so viel Abstand wie nur möglich zu Zoca und seinen Männern halten. In der Dunkelheit war die Gefahr groß, gegen ein Metallteil zu stoßen und sich durch den Lärm zu verraten oder aber ein Stück Chrom oder Glas zu verschieben, sodass sich das schwache Umgebungslicht darin spiegeln konnte.

Als er schließlich wieder bei den Frachtcontainern und der Bürobaracke angelangt war, war weit und breit niemand zu sehen. Victor konnte ihre unbesorgten, lauten Stimmen hören. Ihre Arbeit war getan, jetzt konnten sie sich entspannen. Tabakrauch wehte zum Fenster heraus. Er hörte Gläser klirren. Es klang gemütlich und zufrieden.

Eine bessere Gelegenheit würde er nicht bekommen.

Er nutzte die Dunkelheit, huschte von Schatten zu Schatten, kroch tief geduckt über lichtbeschienene Flächen, sodass seine Kleidung schmutzig wurde und sogar den einen oder anderen Riss bekam. Die drei Frachtcontainer sahen absolut identisch aus und unterschieden sich lediglich durch den Grad der Korrosion. Er entschied sich für den mit den beiden jüngsten Frauen, weil der am weitesten vom Eingang der Bürobaracke entfernt stand. Ein dickes Vorhängeschloss sicherte die Tür – nicht das allerbeste Modell auf dem Markt, aber bei Weitem nicht das schlechteste.

Victor nahm den Haken und den Spanner aus seinem Werkzeugetui. Durch behutsames Tasten stellte er fest, dass der Haken sich bei seiner Kriechpartie ein wenig verbogen hatte, und nahm sich einen Augenblick Zeit, um ihn wieder in die richtige Form zu bringen. Das Resultat war alles andere als befriedigend: ein Haken, der nicht mehr ganz gerade und außerdem durch das Biegen weich geworden war.

Kein Licht fiel auf das Vorhängeschloss, was seine Aufgabe noch schwieriger machte. Die Taschenlampe wäre zu riskant gewesen, selbst wenn er das Licht mit seinem Körper abgeschirmt hätte, darum machte er sich in völliger Dunkelheit und so leise wie nur möglich an die Arbeit. Er wollte auch nicht, dass die Frauen im Inneren des Containers aufgeschreckt wurden und womöglich Lärm machten.

Er schob also den Spanner in das Schloss und fing an, die einzelnen Stifte mit dem Haken nach unten zu drücken, doch er hatte den erforderlichen Druck offensichtlich unterschätzt.

Der Haken brach ab.

Ein leises Knacken ertönte, und er verharrte kurz. War da im Inneren des Containers oder sonst wo eine Reaktion zu hören? Nein.

Er schob den Spanner immer wieder hin und her und schaffte es schließlich, das abgebrochene Metallstück aus dem Zylinder herauszufummeln. Zumindest ein Problem war damit gelöst.

Er ging ein paar Schritte zur Seite und entdeckte auf einem der Schrotthaufen eine verbeulte Aluminiumdose. Mit angehaltenem Atem hob er sie hoch. Ein leises, metallisches Klicken ertönte, und er blieb regungslos stehen. Keine Reaktion.

Victor schlich zurück zur Containertür, kauerte sich in den Schatten und war während der folgenden Minuten damit beschäftigt, die Dose zu verbiegen und auseinanderzureißen, bis er einen dünnen Metallstreifen herausgelöst und in die benötigte Form gebracht hatte. Dann wickelte er den Aluminiumstreifen um den Bügel des Vorhängeschlosses und schob ihn in den schmalen Spalt zwischen Bügel und Schloss, drückte ihn immer weiter hinein, bis er auf Widerstand stieß. Er drückte noch fester, und der Mechanismus ließ ein leises Kicken hören. Das Schloss war offen.

Er sah sich kurz um, um sicherzugehen, dass er immer noch

unbeobachtet war, und zog den Bügel nach oben. Begleitet von leisem Kreischen nahm er das Schloss ab.

Aus dem Inneren war nichts zu hören. Die Frauen schliefen oder hatten ihn nicht bemerkt. Aber sobald er die Tür aufmachte, würden sie reagieren. Vielleicht würden sie aus Angst vor ihren Entführern anfangen zu schreien oder versuchen, ihn anzugreifen. Und selbst wenn nicht – sobald er anfing, die Tür zu öffnen, würden die verrosteten Angeln ein höllisch lautes Kreischen von sich geben.

Er dachte an die Lastkähne auf dem Fluss und die gelegentlich ertönenden Nebelhörner. Damit ließe sich leicht jedes andere Geräusch übertönen, aber er wusste ja nicht, wann ein Kahn hier vorbeikam. Also musste er sich wohl etwas anderes überlegen.

Er hielt kurz inne und dachte nach.

Dann klopfte er so leise wie möglich an die Containertür und wartete ab.

Kurze Zeit später klopfte er noch einmal, ein wenig kräftiger, ein wenig lauter. Wartete wieder und erntete wieder keine Reaktion.

Auch ein drittes, noch lauteres Pochen brachte ihm nichts als Stille ein. Er wollte gerade einen vierten Versuch starten, da hörte er etwas. Irgendjemand hatte von innen an die Containerwand geklopft.

Da weder ein hastiges Zwiegespräch noch Gemurmel zu hören war, schloss Victor, dass nur eine der Frauen ihn bemerkt hatte.

»Ich möchte dir helfen«, flüsterte er ihr auf Russisch zu. »Aber du musst leise sein. Kein Wort. Klopf zweimal, wenn du mich verstanden hast.«

Es machte zweimal *klong*, leise zwar, aber immer noch lauter, als ihm lieb gewesen wäre.

»Gut«, fuhr Victor fort. »Verhaltet euch ganz still. Ich werde euch befreien. Ihr müsst bereit sein, wenn ich die Tür aufmache. Du musst dem anderen Mädchen alles sagen, was ich dir jetzt erkläre. Sobald die Tür offen ist, müsst ihr euch nach links wenden und so schnell wie möglich loslaufen. Da gibt es mehrere hohe Schrottberge, und dazwischen einen gewundenen Pfad, der bis zu einem Zaun führt. Über diesen Zaun müsst ihr klettern. Er hat Stacheldraht an der Spitze und ihr werdet euch schneiden. Aber ihr kommt frei. Klopf zweimal, wenn du mich verstanden hast.«

Wieder ertönten zwei Töne, leiser als beim ersten Mal, weil das Mädchen im Container jetzt genauer über ihre Lage Bescheid wusste.

»Gut«, sagte Victor. »Wenn ihr auf der anderen Seite des Zauns seid, rennt ihr weiter. Wenn ihr ein Auto seht, haltet es an. Wenn ihr ein Geschäft seht, geht hinein. Holt so schnell wie möglich Hilfe, aber kommt auf keinen Fall wieder hierher. Außerdem müsst ihr euch trennen, dann können sie euch auch nicht wieder einfangen. Wenn ich die Containertür aufmache, gibt es ein lautes Geräusch, und sie werden es hören. Darum müsst ihr so schnell wie möglich loslaufen und über den Zaum klettern. Kümmert euch nicht um den Stacheldraht. Die Schnitte werden verheilen, und ihr werdet frei sein. Aber was immer ihr tut, ihr dürft mich nicht ansehen und dürft euch nicht umsehen – rennt einfach immer weiter, ganz egal, was passiert. Und jetzt sagst du dem anderen Mädchen alles, was ich dir gerade gesagt habe, jedes einzelne Wort. Wenn du das erledigt hast, kommst du wieder an die Tür und klopfst noch zweimal. Dann weiß ich, dass ihr bereit seid.«

Er wartete. Nach zehn Sekunden war nichts zu hören. Nach zwanzig Sekunden immer noch nicht.

Doch kurz danach hörte er das bestätigende Klopfzeichen.

Er packte die Tür mit beiden Händen und wuchtete sie auf.

Kapitel 21

Er versuchte, die Containertür so leise und behutsam wie möglich zu öffnen, doch trotz all seiner Bemühungen gaben die rostigen Angeln, wie befürchtet, ein lautes Kreischen von sich. Der Lärm bohrte sich unüberhörbar in die nächtliche Stille des Schrottplatzes, unmissverständlich und alles andere als unauffällig. Selbst im Inneren der Bürobaracke, zwischen den lauten Gesprächen und Gelächter, würde man den Krach klar und deutlich wahrnehmen können.

Damit hatte Victor gerechnet. Er hatte den Frauen gesagt, sie sollten rennen.

Jetzt kam die erste nach draußen gestürzt, so schnell sie nur konnte. Der Untergrund war nass und glitschig, und sie wäre mit ihren nackten Füßen beinahe gestürzt, konnte sich jedoch gerade noch fangen. Dabei verlor sie zwar ein wenig an Schwung, doch sie tat, was Victor gesagt hatte. Sie drehte sich nicht um.

Die zweite Frau war direkt hinter ihr, kam ebenfalls hastig aus dem Container gerannt, doch dann blieb sie abrupt und ohne Vorwarnung stehen.

Sie warf einen Blick über die Schulter zurück und drehte sich zu Victor um. Er konnte nicht verhindern, dass sie sein Gesicht zu sehen bekam. An ihrem Blick erkannte er, dass sie diejenige war, die auf der anderen Seite der Tür gestanden hatte. Aus der Nähe wirkte sie noch jünger, als er gedacht hatte. Sie war ein Teenager, vielleicht noch nicht einmal achtzehn Jahre alt. Sie war dünn und abgemagert, aber erfüllt vom festen Willen zu überleben. Die Aussicht auf Freiheit trieb sie an. Ihr Gesicht war schmutzig und ihre Frisur eine zerzauste Mähne. Öl und Matsch bedeckten ihre blonden Haare, aber ihre Augen waren, trotz roter Ränder und Tränenfeuchte, blauer als alles, was er je gesehen hatte.

Sie erinnerten ihn, ohne dass er es wollte, an einen Strand, eine Brandung, ein ähnliches Paar Augen, in das er einst geblickt hatte, an nasse Haut auf nasser Haut, an gebrochene Versprechen und eine Schuld, die er niemals zurückzahlen konnte.

»Danke«, flüsterte sie und holte ihn zurück in die Gegenwart, aus der er niemals hätte fliehen dürfen, ganz egal wie kurz.

»Lauf«, sagte er zu ihr. »Beeilung.«

»Wie heißt du?«, erwiderte sie. »Ich möchte wissen, wer mir das Leben gerettet hat.«

Die andere Frau war bereits außer Sichtweite.

»Dazu ist keine Zeit«, erwiderte er. *»Lauf!«*

Sie nickte und sagte noch einmal: »Danke!«

Trotz ihrer Angst fühlte sie sich durch seine Freundlichkeit gestärkt. Sie glaubte, dass er sie aus reiner Güte befreit hatte. Als sie den Blick von ihm abwandte, schien es ihm, als ließen ihre Augen eine leuchtend blaue Spur in der Luft zurück, die sich ganz allmählich in ein dunkles Rot verwandelte.

Plötzlich schoss in hohem Bogen Blut aus ihrem Hals.

Schüsse zerrissen die Stille.

Er konnte nichts mehr sehen, weil das Blut ihm ins Gesicht spritzte und er durch den plötzlichen Lärm und das rot gefärbte Sichtfeld die Orientierung verloren hatte.

Victor brauchte die Waffe nicht zu sehen, um zu wissen, dass es sich um eine AK-47 handelte, die altehrwürdige Kalaschnikow. Der charakteristische Knall, mit dem sie ihre Hochgeschwindigkeitsgeschosse ausstieß, war ein eindeutiges Erkennungsmerkmal. Seine Instinkte, geschult und verfeinert in zahllosen Schlachten, veranlassten ihn zum Rückzug in den Schatten hinter dem Container, in Sicherheit, während glühend heiße Salven die Luft durchbohrten. Der Schütze zielte zwar auf das Mädchen mit den blauen Augen, aber eine verirrte Kugel konnte genau so tödlich sein wie ein gezielter Schuss.

Einer von Zocas Männern war aus der Bürobaracke gestürmt, um dem Lärm mit seiner vollautomatischen Waffe entgegenzutreten. Vielleicht war er sich darüber bewusst, dass er auf die fliehende Lieferung schoss, vielleicht auch nicht.

Victor landete noch vor dem Mädchen auf der Erde. Doch während er sich ganz bewusst zu Boden geworfen hatte und die Arme und Beine als Stoßdämpfer einsetzte, fiel sie mit leblosen Gliedmaßen in den Matsch.

Er wischte sich das Blut von den Augen und sah, wie sie sich in ihren letzten Zuckungen wand, ein letztes Mal verzweifelt um Atem rang, um ihr Leben kämpfte, von Verzweiflung, Todesangst und Schmerz überwältigt, während das Blut aus dem tiefen Riss in ihrem Hals hervorsprudelte.

Ihre Lippen formten zwei letzte Wörter: *Hilf mir.*

Er unternahm nichts. Er konnte nicht. Und auch, wenn er gekonnt hätte, er hätte es nicht getan. Hätte niemals riskiert, entdeckt zu werden. Er war kein Held, auch wenn sie ihn dafür gehalten hatte.

Ihre blauen Augen starrten ihn regungslos an.

Kugeln pfiffen durch die nächtliche Luft, jagten der zweiten Flüchtenden hinterher, die immer noch am Leben war und schneller rannte, als sie es sich in ihren kühnsten Träumen zugetraut hätte.

Dann hörten die Schüsse unvermittelt auf, und Victor vernahm Schreie, aus denen jedoch nicht Schmerz oder Angst sprach, sondern Wut.

Zoca beschimpfte seinen Mitarbeiter, weil er angefangen hatte zu schießen, weil er überhastet, unüberlegt und dämlich gehandelt hatte. Er verpasste dem Mann eine Ohrfeige mit dem Handrücken und richtete den ausgestreckten Zeigefinger in die Richtung, in die das zweite Mädchen geflüchtet war, befahl zwei Männern, sie zu verfolgen.

»Bringt sie zurück oder lasst euch nie wieder hier blicken«, blaffte er ihnen hinterher.

Die beiden anderen näherten sich jetzt zusammen mit Zoca Victors Versteck. Sie konnten ihn nur deshalb nicht sehen, weil der Winkel zu spitz war. Aber wenn sie sich nur ein paar Schritte seitwärts bewegten, dann war sein einziger Schutz der Schatten, in dem er lag. Sie blieben vor der Toten stehen.

Während Zoca den Leichnam umrundete, standen die beiden Männer regungslos da.

Victor war keine zwei Meter von ihm entfernt. Er blieb still liegen, ein dunkler, unregelmäßiger Schatten in einem noch größeren, dunklen, unregelmäßigen Schatten. Sie bemerkten ihn nicht.

»Scheiße!«, stieß Zoca hervor.

»Ist sie tot?«, wollte der mit der Kalaschnikow wissen, zaghaft, neugierig und ängstlich.

Das Mädchen starrte immer noch in Victors Richtung, aber sie lebte nicht mehr. Die Luft, die leise pfeifend aus ihrem Inneren entwich, warf Schaumblasen in dem Blut an ihrem Hals.

»Ist sie tot?«, wiederholte der Schütze.

Zoca riss seine Pistole hervor und rammte sie dem anderen mit einem ungestümen, wütenden Schlag in die Magengegend. Rados' Erster Offizier war schnell und kräftig.

Der Angegriffene sackte auf die Knie, schnappte keuchend und mit schmerzverzerrtem Gesicht nach Luft.

»Bist du tot?«, äffte Zoca seinen Tonfall nach.

Selbst wenn es darauf eine Antwort gegeben hätte, der Mann hätte nichts erwidern können. Er war zu sehr damit beschäftigt, Luft in seine Lungen zu bekommen.

»Nein?«, fuhr Zoca fort. »Du bist nicht tot, stimmt's? Du lebst noch. Warum lebst du noch?«

Er packte die Pistole und schlug sie dem Mann gegen die

Schläfe, genau so schnell und so brutal, wie er ihn in die Magengrube getroffen hatte.

Benommen und um Atem ringend klappte der Angegriffene zusammen. Seine Augen waren trübe und glänzend zugleich.

»Bist du tot?«, herrschte Zoca ihn noch einmal an.

Er beugte sich über den Mann, schlug immer wieder mit der Pistole auf ihn ein, trat mit dem Absatz zu, und zwischen jedem einzelnen Schlag oder Tritt stellte er ihm die gleiche, rhetorische Frage: »Bist du tot? Bist du tot? Bist du tot?«

Erst als vom Schädel seines Opfers nichts Nennenswertes mehr übrig war, hörte er damit auf. Dann gab er seine Pistole dem zweiten Mann, der sich das Ganze schweigend angesehen hatte. Die Waffe war über und über mit Blut, Knochenstückchen und Gehirnmasse verschmiert. Der Mann nahm sie wortlos und ohne eine Miene zu verziehen an sich.

Zoca keuchte vor Anstrengung und Wut. Sein Gesicht war voller Blutspritzer, die einen lebhaften Kontrast zu seiner bleichen Haut und seinen schlohweißen Haaren bildeten. Er wischte seinen Stiefel an der Jeans des Toten ab.

Schwer atmend deutete Zoca auf den Mann, den er gerade eben zu Tode geprügelt hatte. »Ich wollte bloß eine Antwort haben. Warum hat er mir keine Antwort gegeben?«

Der andere zuckte nur mit den Schultern, was eher ein Ausdruck von Gleichgültigkeit als von Unwissenheit war. Er wusste sehr wohl, dass Zoca verrückt war.

Einen Augenblick später kamen die beiden anderen Männer zurück. Sie keuchten schwer, und ihre Gesichter waren knallrot angelaufen. Rados' Truppe war alles andere als fit. Sie rauchten, tranken Alkohol und trieben keinen Sport. Einer der beiden hatte sich die zweite Fliehende über die Schulter geworfen. Sie war tot oder bewusstlos, und an ihren Armen und Beinen klebte frisches Blut.

»Was ist los mir ihr?«, zischte Zoca.

»Sie ist auf den Zaun geklettert«, erklärte der eine, während er immer noch um Atem rang. »Sie hat sich im Stacheldraht verfangen und sich geschnitten. Daher das viele Blut. Ich musste sie runterziehen, und dann musste ich ihr noch eine verpassen, damit sie die Klappe hält.«

Zoca begutachtete die Schnittwunden. Anschließend packte er sie an den Haaren, hob ihren Kopf hoch und besah sich das Gesicht.

»Du hast ihr die Nase gebrochen.«

Hastig setzte der Mann zu einer Erklärung an. »Ich musste sie schlagen, sonst hätte sie die ganze Zeit weiter gekreischt.«

»Ihre Nase ist total platt. Du hast sie komplett ruiniert.«

»Ich hatte keine Wahl«, erwiderte der Mann, jetzt sehr viel leiser als zuvor. Nervös trat er einen Schritt zurück.

Zoca, der keine Pistole zur Hand und auch keine Kraft mehr hatte, um seinen Untergebenen zu schlagen, musste sich damit zufriedengeben, seiner wahnsinnigen Wut durch ausgiebiges, irres Zähnefletschen Ausdruck zu verleihen. Aber das war nur von kurzer Dauer: Es gab jetzt Wichtigeres zu tun. Er blickte zuerst die bewusstlose junge Frau, dann die beiden Toten und schließlich den Frachtcontainer an. »Wie sind sie da rausgekommen?«

Keiner der drei Männer sagte etwas.

Zoca ging vor dem Container hin und her, den Blick zu Boden gerichtet. Währenddessen schnalzte er unablässig mit der Zunge. Das Vorhängeschloss lag in einer Pfütze, und er bückte sich und hob es auf.

»Es ist noch intakt«, sagte er und wandte sich seinen Männern zu.

Einer sagte: »Verstehe ich nicht.«

»Wie haben die das aufgemacht?«, meldete sich ein Zweiter zu Wort.

»Aufgemacht? Glaubst du etwa, sie haben das Schloss von innen aufgeschlossen?« Zoca riss die Augen auf. »Glaubst du vielleicht, sie sind mit einem Zauberschlüssel durch den Stahl gekommen?«

Der Mann gab keine Antwort.

»Helft mir mal auf die Sprünge«, setzte Zoca an. »Wer von euch hat diesen Container da abgeschlossen?«

Niemand antwortete. Die drei Männer sahen sich nur gegenseitig an.

Zoca fuhr fort: »Wahrscheinlich war beim Abschließen auch Zauberei mit im Spiel, was? Obwohl, ich denke, wir können getrost davon ausgehen, dass das Ding *überhaupt nicht* abgeschlossen war!«

Da erwiderte einer seiner Männer: »Ich glaube, er hat abgeschlossen«, und zeigte auf den Toten mit dem eingeschlagenen Schädel.

»Wie überaus praktisch«, meinte Zoca.

Er näherte sich dem toten Mädchen und kam Victor dabei bedrohlich nahe. Fast schien es, als würde er Victor direkt anstarren, doch sein Fokus war auf etwas anderes gerichtet.

Zoca breitet die Arme auf Schulterhöhe aus, spreizte die Finger und reckte sie hinaus in die Dunkelheit. An seiner rechten Hand schimmerte immer noch das feuchte Blut, auch wenn es bereits zu trocknen begonnen hatte. Er legte den Kopf in den Nacken und atmete aus, stieß dabei einen lauten, kontrollierten Schrei aus. Seine Männer blickten ihn an, aber es war ihnen deutlich anzumerken, dass sie das nicht zum ersten Mal miterlebten.

Nachdem er fertig war, blickte er wieder geradeaus und fuhr sich mit den Fingern durch die Haare, sodass eine blutrote Schmierspur in seinen weißen Strähnen zurückblieb. Das Blut wirkte wie Haargel, sodass die verklebten Strähnen senkrecht nach oben standen, während die übrigen weiterhin flach an der Kopfhaut klebten.

Seine Männer traten unruhig von einem Bein auf das andere.

»Das ist ein gravierender Rückschlag«, sagte Zoca. Sein Blick war immer noch in Victors Richtung gerichtet, doch die Worte galten seinen Männern. »Er wird nicht erfreut sein. Und wir alle werden es büßen müssen.«

Die drei übrig gebliebenen Männer wurden jetzt noch unruhiger, fühlten sich noch unwohler in ihrer Haut. Sie mochten brutale Kriminelle und ehemalige Paramilitärs sein, aber sie fürchteten Zoca, und noch mehr fürchteten sie Rados.

Zoca ging auf die beiden anderen Container zu. »Habt ihr gehört? Eine von euch ist tot. Genau das passiert, wenn ihr versucht zu fliehen. Ihr werdet sterben. Ihr werdet erschossen und umgebracht. Und wenn wir euch lebend erwischen, dann wird alles noch viel schlimmer. Lasst euch das eine Warnung sein, und stellt mich ja nicht auf die Probe.«

Er zeigte auf den Mann, der sich das bewusstlose Mädchen über die Schulter geworfen hatte. »Leg sie in den Container zurück, während ich mir überlege, wie ich das Ganze wieder in Ordnung bringen kann.« Zu den beiden anderen sagte er: »Ihr beiden macht die Sauerei hier sauber, und zwar zackig.« Auf dem Weg in die Bürobaracke blieb er noch einmal stehen und sagte, ohne sich umzudrehen: »Und sorgt dafür, dass die Tür auch wirklich abgeschlossen ist.«

Victor rührte sich nicht vom Fleck. Mit jeder Sekunde stieg das Risiko, entdeckt zu werden, aber Zocas Männer kümmerten sich nicht um ihn. Sie wussten ja nicht einmal, dass er existierte, ganz zu schweigen davon, dass er ganz in der Nähe auf der Lauer lag. Er hörte regungslos zu, wie sie sich im Flüsterton unterhielten, sich über Zoca und seinen Wahnsinn beklagten, sich fragten, wie die Frauen hatten entkommen können und wessen Schuld es war, wer von ihnen dafür würde büßen müssen und was Rados ihnen antun würde.

Sie mussten zwei Leichen und jede Menge Blut beseitigen, und dann war da noch das bewusstlose Mädchen. Während sie sie in den Container zurückschafften, brachte Victor sich geduckt in Sicherheit. Als die Containertür verriegelt war, war er jedenfalls verschwunden.

Es dauerte nicht lange, da hatten sie die beiden Toten in Plastikfolie verpackt und mit Klebeband verschnürt. Es war nicht das erste Mal, dass sie so etwas taten. Als Nächstes sammelten sie die größeren Schädelknochensplitter aus dem Schlamm und schütteten einen Sack Sand über das Blut. Dazu nahmen sie das Licht aus der Bürobaracke zu Hilfe. Nur ab und zu ließ einer eine Taschenlampe aufblitzen, um das Ergebnis ihrer Arbeit zu überprüfen.

Als sie zufrieden waren, schleppten sie die Leichen weg und betraten das Innere der Bürobaracke. Für Victor war dies das Zeichen zum endgültigen Rückzug.

Ursprünglich war er hierhergekommen, um eine Drogenlieferung zu vernichten und Rados' Organisation in Unruhe zu versetzen. Jetzt war es zwar anders gekommen, aber Rados hatte einen Mann und ein Viertel seiner Lieferung verloren. Anders als geplant und ziemlich blutig, aber das Endergebnis war für Victor vielleicht sogar noch besser als erwartet.

Der Preis dafür war ein Mädchen mit blauen Augen gewesen.

Hilf mir.

Kapitel 22

Das Schild vor der Tür besagte, dass es sich um ein berühmtes Kafana handelte, aber die Plastikstühle im Inneren vermittelten einen anderen Eindruck. Das Lokal war gut geheizt und voll mit hungrigen Serben, die sich an den schmutzigen Wänden und den billigen Möbeln nicht weiter störten. Das Essen sah appetitlich aus und wurde auf übervollen Tellern von einer grazilen Kellnerin mit scheinbar grenzenloser Energie serviert. Es duftete nach Rauchfleisch und starkem Kaffee.

Victor hatte den größten Teil des Tages geschlafen und die übrige Zeit mit dem Versuch zugebracht, jeden Gedanken an das tote Mädchen mit den blauen Augen zu verdrängen.

Hector saß alleine an einem Tisch und arbeitete sich gerade durch eine Portion Krautwickel, gefüllt mit Hackfleisch und Reis. Er bemerkte Victor erst, als dieser den Stuhl auf der anderen Seite des Tischs herauszog. Hector war vielleicht vierzig Jahre alt, sah aber zehn Jahre älter aus. Er besaß keine Fettreserven, die seine Falten ein wenig geglättet hätten, und er hatte für sein Raucherleben sowie die unausgewogene Ernährung einen hohen Preis bezahlt. Seine Augenringe waren genau so schwarz wie seine Augen.

Aufgrund des Protein- und Nährstoffmangels war sein Haar dünner geworden und teilweise ganz ausgefallen.

»Sie hat meinen Weinbrand vergessen«, sagte Hector mit einem Blick zur Kellnerin.

Victor ließ sich auf den Plastikstuhl sinken und sagte: »Unerlässlicher Bestandteil einer vollwertigen Mahlzeit.«

Ohne die Ironie in Victors Tonfall wahrzunehmen, holte Hector eine E-Zigarette aus dem Jackett, das über seiner Rückenlehne hing. Sie sah noch ziemlich neu aus, sauber und glänzend.

»Ich will eigentlich aufhören«, erläuterte Hector.

»Du wirst es nicht bereuen«, erwiderte Victor.

»Rauchst du?«

Victor schüttelte den Kopf.

»Hast du mal?«

Victor schüttelte noch einmal den Kopf und dachte an seine letzte Zigarette und das großartige, zutiefst befriedigende Gefühl, das ihn dabei erfüllt hatte.

»Woher willst du dann wissen, dass ich mich danach besser fühle?«

Victor musterte ihn von Kopf bis Fuß. »Kannst du dich denn noch schlechter fühlen als jetzt?«

Hector legte die Stirn in Falten. »Ich habe noch nie im Leben einen Tag krank gemacht.«

»Hast du denn schon einmal einen Tag gearbeitet?«

Die Falten auf Hectors Stirn wurden tiefer, doch dann fing er an zu grinsen. »Andere Leute bescheißen zählt nicht, oder?«

»Nein«, meinte Victor. »Das zählt nicht.«

Hector fummelte an dem Verdampfer herum und zog kräftig daran. Dann atmete er enttäuscht wieder aus. »Ohne das Brennen ist es einfach nicht dasselbe.«

Victor widerstand dem Drang, den Platz zu wechseln. Er wandte dem Lokal nur sehr ungern den Rücken zu, aber er wollte weder zugeben, dass er sich seiner Verwundbarkeit bewusst war, noch dass er sich überhaupt mit solchen Fragen beschäftigte. Stattdessen beobachtete er Hectors Augen, weil Hector über Victors Schulter hinweg das Lokal beobachtete. Der Mittelsmann war ein nervöser Kerl, schwach und ohne Widerstandskraft, und er stand mit skrupellosen Leuten in Kontakt. Sie tolerierten ihn, solange er ihnen nützlich war, aber insgesamt hatte er mehr Feinde als Freunde, weil es in seinem Geschäft – genau wie in Victors – keine echte Freundschaft gab. Hier gab es nur

Verbündete, und zwar genau so lange, wie beide einen Vorteil daraus ziehen konnten. Loyalität stand da in direkter Abhängigkeit vom jeweiligen persönlichen Nutzen.

»Ganz egal, wo du ihn aufbewahrst«, sagte Victor, »du solltest auf jeden Fall fünfundsiebzig Prozent davon rausnehmen und irgendwo anders verstecken.«

Hector riss seine blutunterlaufenen Augen weit auf. »Was?«

Victor betrachtete Hectors fettige, ungewaschene Haare, seine schäbigen Kleider, das Uhrenarmband aus Plastik und die alten Schuhe. »Es ist ja offensichtlich, dass du kein Geld für deine äußere Erscheinung ausgibst, aber du arbeitest auch nicht umsonst. Und da ich von dir gehört habe, musst du zumindest gelegentlich auch etwas richtig machen.«

»Und?«, gab Hector wachsam und verunsichert zugleich zurück.

»Und«, wiederholte Victor, »das bedeutet, dass du irgendwo einen Notgroschen versteckt hast, den du dir mit deinen … Bescheißereien verdient hast. Er wird immer größer und größer und wartet nur darauf, dass du ihn eines Tages abholst und dir damit diese Strandhütte auf den Fidschis kaufst und es dir gut gehen lässt.«

Hector presste die Lippen aufeinander.

»Und wenn ich das weiß, nachdem wir uns nur zweimal gesehen haben, kommen früher oder später auch noch andere darauf. Nur, dass die dann mitten in der Nacht vor deiner Haustür stehen und du sie hereinlässt, weil du glaubst, sie zu kennen. Tust du aber nicht. Du glaubst, sie mögen dich. Tun sie aber nicht. Wenn du Glück hast, schießen sie dir genau zwischen die Augen, aber wenn du Pech hast, fesseln sie dich und bearbeiten dich mit Kneifzange und Teppichmesser, nur weil du ihnen nicht verraten willst, wo deine Ersparnisse versteckt sind. Damit will ich Folgendes sagen: Du teilst deinen Vorrat in zwei Teile, einen kleineren und einen größeren. Dann musst du dich, falls tatsächlich jemand an deine Tür klopft, für deinen Traum von einer besseren Zukunft nicht in Stücke schneiden lassen. Du kannst den kleineren Teil aufgeben und dir anschließend einigermaßen unversehrt den größeren Teil abholen.«

Hector hatte schon längere Zeit nicht mehr geblinzelt. »Warum erzählst du mir das alles?«

Victor zuckte mit den Schultern. »Weiß ich selbst nicht so genau. Aber ich habe immer Mitleid mit dem Außenseiter.«

»Du willst meine Notreserve also gar nicht?«

»Nein«, erwiderte Victor. »Ich möchte wissen, ob du meinen Auftrag erledigt hast.«

Hector hätte seine Erleichterung sehr viel besser verbergen müssen, aber Victor sagte nichts. Er hatte ihm schon genügend gute Ratschläge gegeben.

»Ich habe dir ein Auto mitgebracht«, sagte Hector.

»Ausgezeichnet.«

Hector fischte einen Schlüsselbund aus seiner Tasche und ließ ihn auf den Tisch fallen. Am Abzeichen des Schlüsselanhängers erkannte Victor, dass der dazugehörige BMW mindestens zwanzig Jahre alt war.

»Er steht auf der anderen Straßenseite. Beige.«

»Meine Lieblingsfarbe. Was ist mit dem anderen Auftrag?«

»Ich habe ein paar Bemerkungen fallen lassen«, erwiderte Hector. »Nicht zu offensichtlich, aber ich habe die richtigen Leute darauf aufmerksam gemacht, dass ich jemanden kenne, der weiß, wie man Probleme löst. Aber damit du dir keine falschen Hoffnungen machst: Die Organisationen in dieser Stadt sind nicht besonders scharf auf Auswärtige.«

»Ich kann gewisse Dinge leisten, die jede Organisation liebend gerne an Auswärtige abgibt, das kannst du mir glauben.«

»Tja, interessant, dass du das sagst.« Hector blickte sich um, um sicherzugehen, dass auch niemand lauschte. Eine ziemlich sinnlose Maßnahme angesichts dessen, was alles schon besprochen worden war, aber die Informationen, die jetzt kamen, waren offensichtlich noch sensibler als das bisher Gesagte. »Sehr interessant, weil sich nämlich jemand an mich gewandt hat. Er möchte dich kennenlernen.«

»Wer ist das?«

Hector schüttelte den Kopf. »Keine Namen. Noch nicht. Du hast mich bezahlt, das stimmt, aber du bist fremd hier in der Stadt. Die Leute kennen dich nicht, aber sie kennen mich. Daran muss ich zuallererst denken.«

»Ja, ja, ich hab's kapiert. Aber ich brauche ein paar Informationen über den Kerl, der sich für mich interessiert. Ist er schon länger im Geschäft, oder will er erst noch nach oben?«

Hector leckte sich die rissigen Lippen. Er nickte. »Eindeutig von der ersten Sorte. Du kannst ihn heute Abend kennenlernen.« Er nannte Victor eine Adresse.

»Was ist das?«

»Ein Autoteilehandel. Beim Hafen.«

»Ich will mein Geld zurück«, sagte Victor.

»Was? Wieso denn das?«

»Weil du mir keine einzige wirklich brauchbare Information geliefert hast.«

»Keine Erstattung«, erwiderte Hector. »Keine Garantie.«

»Dann schnappe ich mir deinen Notgroschen«, sagte Victor. »Und zwar alles. Ich weiß, wo du wohnst.« Das stimmte nicht. »Und ich weiß, dass dein Notgroschen auch dort ist. Du hast es einfach nicht ertragen, deinen Schatz irgendwo anders zu verstecken, stimmt's? Das ist nicht klug. Wie wär's mit einem Wettrennen? Mal sehen, wer zuerst da ist? Aber so, wie du mich ansiehst, rechnest du dir da nicht allzu viele Chancen aus. Du brauchst also Unterstützung, stimmt's? Was meinst du, kannst du genügend Freunde zusammentrommeln, die bereit sind, dir zu helfen, bevor ich deinen Schatz gefunden habe und damit über alle Berge bin?«

Hector schwieg, weil er keine Ahnung hatte, was er darauf erwidern sollte.

»Allerdings muss es nicht so weit kommen«, lenkte Victor ein. »Ich bin ja kein Unmensch. Und von dir erwarte ich dasselbe. Bis jetzt hast du mir lediglich eine Adresse genannt. Das ist ein sehr teures Garnichts, es sei denn, du kannst mich davon überzeugen, dass du aufrichtig bist und es sich tatsächlich lohnt, diese Person kennenzulernen. Ich arbeite nämlich nicht für irgendwelche dahergelaufenen Straßenräuber.«

»Vertrau mir.«

»So was höre ich gar nicht gern.«

»Okay«, sagte Hector. »Ich sage dir die Wahrheit.«

Victor seufzte. »So machst du es ja nur noch schlimmer.«

»Was willst du von mir?«

»Soll ich da heute Abend alleine hingehen?«

Hector nickte. »Selbstverständlich.«

»Dann will ich, dass du mich begleitest.«

Hector blieb stumm.

»Dann kann ich dir wirklich vertrauen«, fuhr Victor fort. »Wenn du mich nicht angeschmiert hast, brauchst du dir auch keine Sorgen zu machen.«

Hector überlegte kurz, dann nickte er. »Wir treffen uns dort.«

»Nein«, widersprach Victor erneut. »Wir treffen uns hier, und zwar eine Stunde vorher. Dann fahren wir zusammen da hin.«

»Die Fahrt dauert nur zehn Minuten.«

Victor erwiderte: »Und ich komme grundsätzlich ein bisschen zu früh.«

Kapitel 23

So gerne Victor verfrüht zu einem Treffpunkt kam, so ungern ließ er sich auf ein Treffen an unbekannten Orten mit unbekannten Menschen ein. Allzu leicht geriet man dabei in einen Hinterhalt … ein unausweichliches Risiko, wenn man mit Typen wie Hector zu tun hatte, mit Kriminellen, die nur darauf aus waren, Geld zu verdienen oder sich andere Vorteile zu verschaffen. Drohungen oder Einschüchterungsversuche waren in solchen Situationen sinnlos. Wenn er gewollt hätte, dass die Hectors dieser Welt ihn mehr fürchteten als diejenigen, mit denen sie tagtäglich zu tun hatten, dann hätte er mehr über sich preisgeben müssen, als er preisgeben wollte. Aber ihnen Geld zu geben war auch ein zweischneidiges Schwert. Je mehr er davon verteilte, desto mehr machte er sich gleichzeitig zur lohnenden Zielscheibe.

Aber ohne einen Kontaktmann wie Hector war es schwierig, etwas über die Unterweltstrukturen einer Stadt zu erfahren. Es stimmte natürlich, dass Auswärtige in Kreisen des organisierten Verbrechens nicht besonders beliebt waren. Ganz abgesehen von rassistischen, regionalen oder nationalen Vorurteilen, konnte es sich bei den Unbekannten eben immer auch um verdeckte Ermittler oder Konkurrenten handeln. Victor konnte sich wochenlang in der Stadt aufhalten, konnte reden und zuhören und alles Mögliche in Erfahrung bringen, konnte Wissen anhäufen und sein Verständnis der spezifischen Gegebenheiten stetig verbessern, er würde trotzdem immer ein Außenseiter bleiben, würde immer misstrauisch beäugt werden. Diesbezüglich hatte Hector ihm etwas voraus. Außerdem hätte er sich niemals so lange an einem Ort aufhalten können. Er musste immer in Bewegung bleiben, ob er gerade einen Auftrag hatte oder nicht. Alles andere wäre glatter Selbstmord gewesen.

Victor wartete eine Stunde lang auf Hector, der zur vereinbarten Zeit eintraf. Er trug immer noch dieselben abgewetzten Kleider, die jedoch zumindest zum Teil unter einer schicken Lederjacke verschwanden. Er gab sich also durchaus Mühe, im Rahmen seiner Möglichkeiten.

Hector stand auf dem Bürgersteig vor dem Restaurant und nuckelte an seinem Verdampfer. Unruhig trat er von einem Bein auf das andere. Vielleicht hatte er Angst vor Victor, was bedeuten würde, dass er dessen Drohung wirklich ernst nahm, aber vielleicht wollte er ihn auch in einen Hinterhalt locken. Im Augenblick ließ sich jedenfalls nicht sagen, was wahrscheinlicher war.

Niemand stellte sich neben Hector, und Victor war schon lange genug hier, um sicher sein zu können, dass auch vorab keine Beobachter postiert worden waren. Darum trat er jetzt aus dem Schatten und ging die Straße entlang auf Hector zu. Wieder bemerkte dieser ihn erst, kurz bevor er bei ihm war. Hectors Erfolge als Mittelsmann mussten auf seine Kontakte zurückzuführen sein, auf seine Fähigkeit, die richtigen Leute miteinander bekannt zu machen – Käufer und Verkäufer, Dienstleister und Kunden. Aber wie man sich draußen auf der Straße zu verhalten hatte, davon hatte er keine Ahnung. Wie er sich schon so lange im kriminellen Milieu über Wasser gehalten hatte, ohne selbst Opfer zu werden, war Victor ein Rätsel.

»Du bist zu spät dran«, sagte Hector und steckte seine E-Zigarette in die Innentasche seiner Jacke.

Victor machte keine Anstalten, sich für seine scheinbare Verspätung zu rechtfertigen.

»Wo hast du geparkt?«, erkundigte sich Hector.

»Wir nehmen deinen Wagen.«

»Wieso?«

»Weil ich es sage.«

Hector nahm das achselzuckend zur Kenntnis und bedeutete Victor, ihm zu folgen. Sein Wagen war ein alter, klapperiger Schrotthaufen und stand ganz in der Nähe in einer ruhigen Nebenstraße und in einem ziemlich schrägen Winkel am Bordstein.

Hector schloss auf. »Willst du vielleicht fahren?«

Victor schüttelte den Kopf.

»Ich soll also für dich den Chauffeur spielen?«

Ohne auf Hectors Sarkasmus einzugehen, setzte sich Victor auf die Rückbank und sagte: »Losfahren!«

Hector hatte gesagt, dass die Fahrt zehn Minuten dauern würde, und er behielt recht. Sie passierten eine Verkehrsinsel in der Nähe des Hafens und fuhren anschließend eine dunkle Straße entlang, die durch eine Art Industriegebiet führte. Victor sah jedenfalls die Firmenschilder einer Lagerraumvermietung, einer Lastwagen-Vermietung und einer Lösungsmittelfabrik vorbeihuschen, bis Hector den Wagen schließlich vor einem Gebrauchtwagenhändler und dem daneben gelegenen Autoteilehandel zum Stehen brachte.

Ein niedriges Tor blockierte die Zufahrt, darum stellte Hector den Wagen auf der Straße ab. Victor sah keinen Menschen, aber im Büro des Autoteilehandels brannte Licht, das durch einen fleckigen Fensterladen nach draußen fiel.

»Wir sind da«, sagte Hector.

Victor stieg sofort aus. Es war nicht seine Art, sich mit einem potenziellen Gegner auf engem Raum aufzuhalten, ganz egal, wie schwach er auch sein mochte. Hector stemmte sich dagegen nur langsam aus dem Fahrersitz nach draußen. Er war die Anstrengung nicht gewöhnt.

Victor zog seine Five-seveN aus dem Hosenbund. Beim Anblick der Waffe schreckte Hector zurück.

»Was soll das denn werden?«

»Autoschlüssel«, sagte Victor.

Hector geriet in Panik, atmete nur noch stoßweise und übergab Victor die Schlüssel. Victor legte die Pistole in das Innenfach der Fahrertür und verriegelte den Wagen.

So dicht am Fluss, wo nur niedrige Häuser standen, wehte der Wind ihnen kalt und ausgesprochen kräftig um die Nase. Vor allem über das Letztere freute Victor sich eigentlich immer, denn es bedeutete, dass jeder Scharfschütze unter erheblich erschwerten Bedingungen versuchen musste, ihn zu erschießen. Er folgte Hector quer über den Parkplatz des Gebrauchtwagenhändlers bis zu dem Autoteilehandel, der hinter einer eher symbolischen, aus ein paar weiß gestrichenen Holzpflöcken bestehenden Barriere lag.

Davor parkten zwei Fahrzeuge, beides makellose Range Rover mit abgedunkelten Fensterscheiben.

Sechs bis acht Mann, dachte Victor.

Einer der Männer tauchte jetzt, während sie näher kamen, in einer Hintertür auf. Er musste sie durch ein Fenster oder per Überwachungskamera gesehen haben. Gehört hatte er sie jedenfalls nicht, dazu heulte der Wind viel zu laut.

Der Mann trug eine schwarze Jeans und ein blaues Jeanshemd. Er sah aus wie ein gut geschulter Schläger, und Hector verspannte sich bei seinem Anblick sofort. Der Mann im Jeanshemd sah Hector und bedachte ihn mit einem Blick, der Wiedererkennen signalisierte. Dann registrierte er Victor und setzte eine verwirrte Miene auf. Niemand sagte ein Wort, aber der Mann bedeutete Victor, er solle die Arme heben, damit er ihn abtasten konnte. Das erledigte er durchaus kompetent, fast schon professionell. Victors Pistole wäre ihm jedenfalls sofort aufgefallen. Genau deshalb war Victor unbewaffnet gekommen, obwohl er nicht wusste, was ihn erwartete. Aber er hatte nur eine einzige Pistole, und die wäre, hätte er sie eingesteckt, unwiederbringlich verloren gewesen. Jetzt war sie immerhin noch in der Nähe.

Der Kerl im Jeanshemd stieß die Tür auf und bedeutete Victor und Hector einzutreten. Victor ließ Hector den Vortritt, und sie gingen durch einen kurzen Korridor, in dem es nach Öl und Lackdämpfen roch. Anschließend gelangten sie in die Werkstatt, wo sie von drei Männern erwartet wurden.

Zwei von ihnen waren skrupellose Kriminelle, das sah Victor allein an der Art, wie sie standen – Mafiasoldaten, Muskelpakete, Vollstrecker. Sie waren als Demonstration der Stärke gedacht, und als Schutz für den Mann, den Victor hier treffen sollte. Er hoffte, bei seiner Suche nach Rados heute Abend einen entscheidenden Schritt weiterzukommen, auch wenn es gut sein konnte, dass sich das Ganze als komplette Zeitverschwendung herausstellte. Aber wer weiß? Vielleicht kannte Hector ja doch die richtigen Leute. Es war ein Risiko, aber die Chancen standen besser als beim Lotto.

Victor war davon ausgegangen, dass er am heutigen Abend mit einem besser vernetzten Mittelsmann bekannt gemacht werden sollte, vielleicht sogar mit jemandem aus der unteren Führungsebene einer mittelgroßen Organisation. Und wenn das Schicksal ihm gewogen war, dann hatte dieser Jemand wiederum Verbindungen zu Rados oder kannte zumindest einen anderen Jemand mit solchen Verbindungen. Hector schien sich in der Belgrader Unterwelt zumindest so gut auszukennen, dass er die entsprechenden Kontakte anbahnen konnte.

Zwischen den beiden Vollstreckern stand ein Mann, der Victor den Rücken zugewandt hatte. Dass er sich von insgesamt drei Muskelprotzen beschützen ließ, war ebenso vielsagend wie Hectors gebeugter Kopf und seine eingefallenen Schultern. Sie signalisierten Ehrerbietung und Furcht. Dieser Mann war weder ein Mittelsmann noch ein Unteroffizier.

Als sie näher kamen, drehte er sich um.

Und dann sagte Milan Rados: »Du bist also der Mann, der Arbeit sucht.«

Kapitel 24

Darauf war Victor nicht vorbereitet. Dass er in diesem Stadium seiner Recherchen schon direkt mit Rados in Kontakt kommen würde, hatte er sich beim besten Willen nicht vorstellen können. Dieser Mann hatte sich sechs Jahre lang allen Nachforschungen entzogen, seine Organisation hatte gerade einen herben Nackenschlag hinnehmen müssen, und bei der Abwicklung des Tagesgeschäfts musste er sich ganz auf seine Untergebenen verlassen.

Und jetzt stand seine Zielperson tatsächlich unmittelbar vor ihm. Allerdings hätte sie genauso gut einen Kilometer entfernt in einem Betonbunker sitzen können. Victor war schutzlos und von mindestens drei Bewaffneten umringt. Selbst wenn er es schaffte, sich einen Reifenheber zu schnappen und Rados mit einem gut gezielten Schlag an die Schläfe zu töten, er hätte keine realistische Überlebenschance gehabt.

Angesichts der Tatsache, dass er ein Attentäter und gleichzeitig voll und ganz der Gnade des Mannes ausgeliefert war, den er ermorden sollte, war nicht einmal sicher, dass er diese Begegnung lebend überstehen würde.

Rados sah nicht aus wie ein Gangster und auch nicht wie ein ehemaliger Partisanenführer. Er sah vielmehr aus wie ein fünfzig Jahre alter Geschäftsmann oder vielleicht Politiker. Er hatte eine durchschnittliche, unauffällige Figur und eine neutrale Haltung. Aber sein Lächeln verriet ihn, denn es war nicht echt. Es war lediglich die Imitation eines Lächelns. Rados war ein Psychopath.

Er trug einen maßgefertigten, marineblauen Anzug, dazu ein weißes Twillhemd und braune Halbschuhe. Der Anzug war perfekt geschnitten, das Futter bestand aus hellrotem Satin. Die Krawatte war aus stahlgrauer, gewebter Seide. Seine goldenen

Manschettenknöpfe hatten die Form winziger Schaufeln – vielleicht, weil er schon so viele Leichen verscharrt hatte.

Seine Augenfarbe ließ sich am besten als verwaschenes Blau beschreiben, fast so, als seien sie früher einmal sehr viel strahlender gewesen, bis die Farbe langsam aus ihnen gewichen war und nur noch eine blasse Erinnerung zurückgeblieben war. Seine glatte Haut machte ihn jünger, als die grauen Haare vermuten ließen. Seine Augenbrauen waren schmal, aber immer noch dunkel, genau wie sein Bartschatten.

Es war, als sei er im Vergleich zu dem Foto in Baniks Dossier gealtert und gleichzeitig jünger geworden. Niemand konnte zehn Jahre älter werden, ohne einen Preis dafür zu bezahlen, aber mit Reichtum konnte man sich vieles kaufen, auch gutes Aussehen und Gesundheit. Und Rados machte einen sehr gesunden Eindruck. Er sah aus wie jemand, der jeden Tag Sport trieb und sich von einem Leibkoch nahrhafte Mahlzeiten zubereiten ließ, nur unter Verwendung bester Zutaten selbstverständlich – natürlich, biologisch, unbehandelt. Er wirkte nicht eitel, aber wie jemand, der auf sich achtet. Er wusste besser als die meisten seiner Mitmenschen, wie zerbrechlich das Leben war. Oder aber er fürchtete den Tod und was danach kommen mochte.

»Weißt du, wer ich bin?«

Victor nickte. »Sie sind Milan Rados.«

»Gut«, erwiderte Rados. »Das spart uns Zeit. Aber woher weißt du das?«

»In meiner Branche weiß jeder, wer Sie sind.«

Rados versuchte, seine Freude zu verbergen, aber seine Augen fingen an zu leuchten. Psychopathen waren in aller Regel Narzissten.

»Ruhm bedeutet mir nichts«, behauptete er jetzt. »Ich jage ihm nicht nach, aber er birgt gewisse Vorteile, nehme ich an. Ich muss zum Beispiel nur selten Schlange stehen. Es sind die kleinen Dinge, die den größten Unterschied ausmachen, findest du nicht auch?«

Victor blieb stumm, weil sein erster Eindruck war, dass Rados nicht zu der Sorte von Männern gehörte, die sich mit Jasagern umgeben wollten.

»Hast du gewusst, dass du hier auf mich treffen würdest?«

»Ich hatte nicht die geringste Ahnung.«

Das war vielleicht die ehrlichste Antwort, die Victor je einem Menschen gegeben hatte.

Rados musterte Victor einen Augenblick lang gründlich, dann zeigte er auf Hector. »Was willst du denn hier?«

Hector fing an zu stottern und deutete auf Victor. »Er … äh … a-also er wollte, dass ich mitkomme.«

Die ausgewaschenen Augen blieben auf Hector gerichtet, doch die Frage galt Victor: »Schiss gehabt alleine?«

»Ich betrete nur ungern unbekanntes Terrain, ohne ein Druckmittel in der Hand zu haben.«

Rados sah ihn an. »Und du glaubst, der einzige Bruder meiner Frau sei ein solches Druckmittel?«

Jetzt war Victor zumindest klar, wie Hector es geschafft hatte, in der Belgrader Unterwelt zu überleben. Er hatte den besten Schutzengel, den man sich vorstellen konnte. Rados' Ruf war seine kugelsichere Weste.

»Nein«, entgegnete Victor. »Ich wusste ja nicht, wen ich hier treffen würde. Aber wenn das hier nicht meinen Vorstellungen entsprochen hätte, wäre er jetzt ein Teil der Verhandlungsmasse.«

Hector war etwas langsam von Begriff, aber Rados wusste sofort, was Victor damit sagen wollte.

»Und? Entspricht es deinen Vorstellungen?«, wollte der Serbe wissen.

Auch jetzt gab es keinen Grund, der Wahrheit aus dem Weg zu gehen, darum sagte Victor: »Ja.«

Rados lächelte kurz, dann befahl er Hector: »Zisch ab.«

Der Mittelsmann schien mehr als erleichtert zu sein.

Nachdem die Hintertür ins Schloss gefallen war, sagte Rados: »Du suchst Arbeit.«

»Richtig.«

»Hast du schon einmal getötet?« Rados' Frage klang beiläufig, fast bedeutungslos, wohingegen Victors Antwort von größter Bedeutung sein würde.

»Ein-, zweimal«, erwiderte Victor.

»Was bist du?«, wollte Rados wissen. »Du siehst nicht aus wie ein Knochenbrecher.«

»Ich betrachte mich am ehesten als Berater.«

»Auf welchem Fachgebiet?«

»In der Frage, ob jemand am Leben bleibt oder nicht.«

»Ich verstehe«, sagte Rados. »Kannst du mir vielleicht etwas mehr über den einen oder anderen deiner besonders aufsehenerregenden Aufträge verraten?«

»Nein.«

»Und warum nicht?«

»Weil es meine Aufgabe ist, gerade *kein* Aufsehen zu erregen.«

»Woher soll ich dann wissen, dass du etwas taugst?«

Victor sagte: »Da wird Ihnen nichts anderes übrig bleiben, als sich auf mein Wort zu verlassen.«

Rados trommelte mit den Fingerspitzen auf eine Werkbank. »Hector hat behauptet, du seist Ungar. Stimmt das?«

»Das steht in meinem Pass.«

»Ich mag die Ungarn nicht, ganz allgemein. Ich finde, sie haben einen völlig anderen Humor als wir, und sie sind unhöflich.«

»Sie müssen mich ja nicht mögen, um mich zu beschäftigen«, erwiderte Victor. »Mein Humor trägt sowieso nichts zum Gedeihen Ihrer Geschäfte bei. Und Höflichkeit bietet keinen Schutz.«

Rados wackelte mit dem Kopf, während er über Victors Antwort nachdachte. Dann sagte er: »Aber ich muss dich mögen, damit ich dich am Leben lasse.«

Victor schüttelte den Kopf. »Sie werden mich nicht töten. Sie brauchen Männer. Darum bin ich hier. Sie würden keine Bewerbungsgespräche führen, wenn Sie keine offenen Stellen zu besetzen hätten. Und da Sie Ihre Mannschaft aufstocken wollen, würden Sie bestimmt nicht mehrere Mitarbeiter opfern, nur um mich aus dem Weg zu räumen.«

Rados dachte kurz nach. »Du bist ziemlich von dir überzeugt, nicht wahr?«

»Eigentlich nicht«, lautete Victors Antwort. »Ich weiß, was ich kann. Und ich kann die Fähigkeiten anderer ziemlich gut einschätzen. Normalerweise lasse ich mir aber beides nicht anmerken.«

»Und warum jetzt, wo du mit mir sprichst?«

»Würden Sie mich eher einstellen, wenn ich mich unter Wert verkaufen würde? Ich glaube kaum. Sie suchen keine zurückhaltenden Mitarbeiter. Bescheidenheit ist in Ihrer Branche alles andere als eine Tugend.«

»Woher willst du wissen, was ich suche?«, erkundigte sich Rados.

»Sie wären nicht einmal hier, wenn Sie nicht dringend Verstärkung brauchen würden.«

Rados ließ sich Zeit. »Du hast recht. Ich brauche Männer. Normalerweise würde ich mich mit solchen Dingen gar nicht beschäftigen, aber ich habe erst kürzlich einen Rückschlag erlitten und sehe mich daher zu einigen … nun ja, sagen wir mal … internen Umstrukturierungsmaßnahmen gezwungen. Wenn ich meinen Leuten nicht einmal mehr das Tagesgeschäft anvertrauen kann, wie könnte ich ihnen dann die Reparatur des Schadens, den sie selbst angerichtet haben, überlassen?«

»Ist das eine rhetorische Frage?«

»Natürlich«, erwiderte Rados. »Aber wieso sollte ich überhaupt daran denken, jemanden zu engagieren, über den ich so gut wie gar nichts weiß, noch dazu einen Ausländer?«

»Na ja, wir sprechen miteinander. Das bedeutet doch, dass Sie trotz aller Bedenken zumindest in Erwägung ziehen, mich zu engagieren.«

Rados wischte sich einen Fussel vom Jackettaufschlag. »Oder ich warte nur auf einen weiteren Schwung meiner Männer, damit ich keine Verluste erleide, wenn ich dich töten lasse.«

»Das würde ja bedeuten, dass Sie diesen dreien hier nicht zutrauen, mich ohne großen Aufwand umzubringen, was wiederum bedeuten würde, dass Sie mich für gefährlich halten, und damit könnte ich für Sie durchaus nützlich sein.«

Rados starrte ihn an. »Bist du wirklich so durchgeknallt, wie ich glaube?«

»Ich bemühe mich, es mir nicht anmerken zu lassen«, erwiderte Victor.

Rados hielt seinem Blick stand. »Spielen wir ein Spiel, ein hypothetisches. Kein Sieger, kein Verlierer. Nur zum Spaß. Du behauptest also, ein geübter Killer zu sein. Wie würdest du vorgehen, wenn du … sagen wir mal … *mich* umbringen solltest?«

Victor sah ihn an, ohne zu blinzeln. »Mit einem Gewehr, nachdem ich Sie eine Weile beobachtet habe.«

»Dann bist du also ein guter Schütze?«

»Das Schießen habe ich schon lange vor dem Schreiben gelernt.«

»In den Kopf oder in die Brust?«

»Brust«, erwiderte Victor.

»Warum nicht in den Kopf? Du bist doch angeblich ein guter Schütze.«

»Ich bin sogar ein herausragender Schütze«, entgegnete Victor ohne jeden Anflug von Überheblichkeit. »Aber ich werde engagiert, um einen Auftrag auszuführen, und nicht, um den Angeber zu spielen. Tot ist tot.«

»Hättest du nicht die Sorge, dass ich unter meinem Jackett eine kugelsichere Weste trage?«

»Kugelsicher gibt es nicht. Selbst die modernste Schutzweste ist gegen ein großkalibriges Hochgeschwindigkeitsgeschoss machtlos.«

»Welche Waffe würdest du wählen?«

»Meine erste Wahl wäre eine Dragunov, am liebsten der chinesische Nachbau.«

Rados war erstaunt. »Wieso? Es gibt doch auch präzisere Gewehre?«

»Ich mag die sowjetischen Waffen. Ich mag ihre Zuverlässigkeit. Eine Schusswaffe kann noch so präzise sein, aber wenn sie versagt, ist sie gar nichts wert.«

»Also gut. Aber wieso überhaupt mit einem Gewehr? Sie sind nicht leicht zu transportieren und schwer zu verstecken. Wieso nicht mit einer Bombe oder einer Pistole?«

»Mit Sprengstoff arbeite ich nur im äußersten Notfall.«

»Und wieso?«

»Weil ich nur ungern Menschen töte, für die ich keinen Auftrag habe.«

»Aber die anderen tötest du gerne?«

»Es macht mir nichts aus.«

»Ulkig. Und warum nimmst du kein Messer? Das ist die einfachste Waffe überhaupt. Sehr leicht zu verstecken.«

»Ich arbeite generell nicht mit Messern«, erwiderte Victor. »Ich mache mich nur sehr ungern schmutzig. Außerdem sind Messer keine angemessene Waffe für einen Profi, sondern eher etwas für Leute, die viel zu viel Spaß an ihrer Arbeit haben. Oder keine Selbstbeherrschung.«

Rados gab einem seiner Männer ein Zeichen, und dieser holte daraufhin eine glänzende, vernickelte Beretta aus der Innentasche seines Jacketts und streckte sie Rados entgegen. »Okay, aber warum keine Pistole, so wie die hier zum Beispiel? Ich gehe davon aus, dass du nichts Grundsätzliches gegen Handfeuerwaffen einzuwenden hast, oder? Damit macht man sich nicht so schmutzig wie mit dem Messer, aber sie sind leichter zu verstecken als ein Gewehr.« Er griff nach der Waffe und richtete sie mit einer geschmeidigen Bewegung auf Victors Kopf. »Und man kann damit schneller zielen.«

Die beiden Leibwächter befanden sich außerhalb von Victors Blickfeld, aber er konnte ihre Nervosität spüren. Vielleicht befürchteten sie, dass Victor seinerseits ihren Boss angreifen könnte, vielleicht machten sie sich auch nur Gedanken darüber, wie sie seine Gehirnmasse aus ihrer Kleidung bekommen sollten.

Er blieb gelassen und erwiderte: »Mit einer Pistole müsste ich dicht in Ihrer Nähe sein. Aber Sie haben ein ganzes Team von Leibwächtern um sich, und ich bin im Moment nicht besonders lebensmüde.«

Rados schwieg einen Augenblick lang und fasste Victor über Kimme und Korn seiner Pistole hinweg ins Auge. Auf diese Entfernung konnte er ihn gar nicht verfehlen.

Das einzige Geräusch waren die scharrenden Füße der Leibwächter. Sie ahnten ebenso wenig wie Victor, was Rados als Nächstes tun oder sagen würde.

Rados streckte den Daumen aus, spannte den Hahn, und dann war die Waffe entsichert.

Kapitel 25

Fast eine Minute lang zielte Rados mit der Pistole auf Victors Gesicht, den Zeigefinger mit Druck am Abzug, wenn auch nur mit zwei anstatt der erforderlichen drei Kilogramm. Victor wusste nicht, ob der Serbe seine Entschlossenheit oder seine Geduld auf die Probe stellen wollte, aber er wusste, dass er sich beides bewahren musste.

»Welche Erfahrungen bringst du mit?«, wollte Rados wissen.

»Ich habe in den letzten Jahren in Minsk und in London gearbeitet«, erwiderte Victor.

»Für wen?«

»In Minsk für Danil Petrenko, in London für Andrej Linnekin.«

»Dieser Linnekin sagt mir nichts, aber den Namen Petrenko habe ich schon einmal gehört. König von Minsk hat er sich selber gerne genannt. Unsere Wege haben sich ein paarmal gekreuzt, bis er dann vor einigen Jahren spurlos verschwunden ist.«

»Seitdem war ich auch nicht mehr für ihn tätig.«

»Und noch früher? Du hast ja nicht von Anfang an für Kriminelle gearbeitet.«

Victor sagte: »Ich war beim Militär.«

»Das sehe ich dir an, allein an der Art, wie du stehst. Spezialeinheiten?«

Victor nickte. »Zumindest teilweise, ja.«

»Und wo genau? Spetsnaz? SEALs? GIGN? GSG-9? SAS?«

»Sie kennen sich ja bestens aus.«

Rados zuckte mit den Schultern, doch die Pistole blieb regungslos auf Victor gerichtet. »Wo?«

»Das behalte ich für mich«, erwiderte Victor.

»Soldaten werden fürs Schlachtfeld ausgebildet, aber das hier ist die Zivilisation. Zumindest ein Abbild davon. Dein Ausbildungsoffizier hat dir nicht beigebracht, wie man einen Raum beobachtet und wo man stehen muss, um meine Leibwächter immer im Auge zu behalten.«

Victor blieb stumm.

»Also …«, setzte Rados nachdenklich an. »Während deines Dienstes bei den Spezialeinheiten warst du einem Geheimdienst zugeteilt. Oder es war nach deiner Militärzeit, aber jedenfalls, bevor du dich selbstständig gemacht hast. Welches von beiden war es?«

»Vielleicht ja beides?«

»Ich möchte wissen, bei welcher Einheit du warst. Ich möchte wissen, für wen du spioniert hast.«

»Das behalte ich lieber für mich, wenn es Ihnen nichts ausmacht.«

Rados sagte: »Weil du gar kein Ungar bist?«

»Ich bin das, was in meinem Pass steht.«

»Das Witzige ist, dass ich dir das sogar abnehme. Ich glaube, du bist eine Art Chamäleon, das seine Gestalt unablässig verändert. Du bist immer der, der du gerade sein musst.«

»So etwas in der Richtung.«

Rados kam näher. »Kannst du dich überhaupt noch daran erinnern, wer du wirklich bist?«

»Ich kann mich noch daran erinnern, dass ich mich daran erinnern konnte.«

Rados grinste spöttisch und ließ die Beretta sinken. Dann legte er sie auf die Werkbank und blieb für einen Moment regungslos und stumm stehen. Er presste die Lippen aufeinander und starrte Victor mit entschlossener Miene direkt in die Augen.

»Du sprichst ganz hervorragend Serbisch. Wo hast du das gelernt?«

»Ich habe in der Vergangenheit etliche Male mit Serben zusammengearbeitet.«

Rados spitzte kurz die Lippen. »Im Krieg?«

»Das habe ich nicht gesagt.«

»Aber du streitest es auch nicht ab.«

»Ich bin sprachbegabt und lerne schnell. Schon vor meinem ersten Schultag habe ich drei Sprachen gesprochen.«

»Und welche?«

Victor gab keine Antwort.

Rados fuhr fort: »Ich soll dich also einstellen, ohne dich zu kennen.«

»Der einzige Mensch, den wir jemals wirklich kennenlernen, sind wir selbst«, erwiderte Victor. »Allen anderen machen wir etwas vor. Ich gebe es wenigstens zu.«

»Manche Schauspielereien sind leichter zu durchschauen als andere.«

Victor blieb stumm.

Rados sagte: »Ich war auch einmal im Krieg. Es mag dich überraschen, wenn du mich heute ansiehst, aber ich war ein furchterregender Kämpfer, auch wenn ich nie zu den Größten oder den Stärksten gehört habe. Doch die Macht eines Kriegers entspringt nicht seinen Muskeln, sondern seinem Geist. Der Wille zu siegen und die innere Stärke, die Angst zu überwinden, das sind unsere wichtigsten Waffen. Aber im Gegensatz zu dir, der du ein Söldner bist, habe ich für eine Sache gekämpft. Gewiss, ich habe geplündert und Ruhm und Ehre erworben, aber in die Schlacht bin ich gezogen, um mein Volk zu beschützen. Hast du jemals so etwas getan?«

»Nein«, erwiderte Victor und versuchte, seine Stimme so gleichmütig wie nur irgend möglich klingen zu lassen.

»Dann weißt du auch nichts über die Reinheit des rechtschaffenen Kampfes. Aus dem unerschütterlichen Wissen, dass du selbst rein bist und dein Gegner befleckt und schmutzig, erwächst eine unvergleichliche Stärke.«

»Gott steht auf der Seite der besten Artillerie, hat Napoleon einmal gesagt.«

Rados lachte. »Das gefällt mir. Aber Napoleon war ein Narr, der sich an seiner eigenen, vermeintlichen Unverwundbarkeit berauscht hat. Er hätte die ganze Welt beherrschen können, hätte er zumindest einen Hauch Demut im Leib gehabt.«

»Sind Sie demütig?«

Der Serbe überlegte. »Ich habe nicht das Bedürfnis, die Welt zu regieren.«

»Nur diese kleine Ecke hier?«

Rados lächelte schief, erwiderte aber nichts. Stattdessen sagte er: »Schwäche weckt in den Starken Aggressivität und in den Schwachen Mitleid.«

»Ich habe keine Ahnung, was Sie mir damit sagen wollen.«

»Das kommt noch«, versicherte Rados ihm zuversichtlich. »Das kommt noch.«

»Meine Zeit ist kostbar, Mr Rados«, sagte Victor dann. »Wenn Sie also nichts anderes vorhaben, als ein wenig zu plaudern, dann muss ich mich jetzt leider verabschieden.«

»Du kannst gehen, wenn ich es dir erlaube, aber nicht vorher.«

Victor erkannte aus den Augenwinkeln, dass die beiden Leibwächter, die im Verlauf des Gesprächs immer entspannter, fast schon gelangweilt geworden waren, sich mittlerweile aufgerichtet hatten. Sie hatten den Tonfall ihres Gebieters wahrgenommen.

Rados starrte Victor an. Victor ließ es zu.

»Also gut«, sagte der Serbe dann nach einem kurzen Augenblick. »Ich könnte tatsächlich jemanden wie dich in meiner Organisation gebrauchen. Ich bin ein Imperator, umgeben von Barbaren. Vielleicht ist es an der Zeit, die Macht auf mehrere Schultern zu verteilen.«

Victor blieb stumm.

Rados fuhr fort: »Ich würde dich natürlich zunächst einmal auf Probe einstellen.«

»Natürlich.«

»Ich werde dich testen.«

»Selbstverständlich.«

»Und wenn du den Test nicht bestehst …«

»Ich bestehe.«

Rados steckte die Hand in die Innentasche seines Jacketts. Victor zeigte keine Reaktion, weil auf der Werkbank, in unmittelbarer Nähe des Serben, eine Pistole lag. Da brauchte er nicht erst eine zweite zu ziehen. Rados ließ ein Geldscheinbündel neben die Beretta fallen.

»Das gehört dir«, sagte er. »Betrachte es als Vorschuss.«

»Dann wollen Sie mich also engagieren?«

»Ich bin bereit, dich auf Probe einzustellen, ja. Das Geld ist ein Vertrauensvorschuss. Ein Aperitif für zukünftige Festbankette – vorausgesetzt, du erweist dich als würdig. Nimm es!«

Victor trat zu der Werkbank und tat so, als würde er Rados' wachsame Blicke nicht bemerken. Er streckte die Hand nach dem Geld und der glänzenden Pistole gleich daneben aus und stellte sich vor, wie er im letzten Moment die Waffe packte und schoss. Nicht auf Rados, sondern auf seine beiden Männer. Er würde sie mit jeweils zwei schnellen Schüssen niederstrecken, zuerst den zu seiner Linken, weil er sich dazu nicht einmal umdrehen, sondern lediglich den Arm einmal quer über die Brust legen musste. Anschließend würde er den rechten Arm in weitem Bogen herumschwingen, sich in der Hüfte drehen und die Fußstellung verändern, um sich den rechten Leibwächter vorzunehmen. In dieser Reihenfolge wären sie am schnellsten tot. Für Rados konnte er sich dann Zeit lassen.

Ein Vertrauensvorschuss.

Er spürte, wie Rados ihn beobachtete, und nahm das Geld, ohne die Pistole anzurühren.

Victor wusste genau, was eine Prüfung war.

Er steckte das Geldscheinbündel in die Innentasche seines Jacketts, ohne nachzuzählen. Es mussten zwei- oder dreitausend sein. Zumindest ein nützliches Handgeld.

Rados hob die Augenbrauen, als hätte er eigentlich damit gerechnet, dass Victor zur Pistole griff. Er ließ keinerlei Erleichterung erkennen. Die Waffe war gar nicht oder nur mit Platzpatronen geladen, da war Victor sich sicher.

Rados sagte: »Ich brauche deine Telefonnummer.«

»Ich habe kein Telefon.«

»Wenn du für mich arbeitest, dann brauchst du eines.« Er zeigte auf einen seiner Leibwächter. »Gib ihm dein Telefon.«

Der Leibwächter zog widerspruchslos ein altes Handy aus seiner Hosentasche und reichte es Victor.

»Keine Smartphones«, sagte Rados. »Keine persönlichen Telefonate und keinerlei geschäftliche Dinge. Nur bestimmte Einzelheiten: Zeiten, Orte, Befehle. Nach einer Woche zerstörst du dein Handy und kaufst dir ein neues. Verstanden?«

Victor nickte. »Ich habe verstanden.«

Rados trat näher und sah Victor an. »In einer Stunde treffen wir uns in meinem Klub. Dann können wir das weitere Vorgehen besprechen.« Er nannte Victor die Adresse, und Victor prägte sie sich ein. »Ich bin schon sehr gespannt, dich in Aktion zu erleben. Mal sehen, was du draufhast.«

»Ich freue mich darauf.«

Rados nickte, was Victor als Zeichen verstand, dass er gehen konnte. Einer der Leibwächter brachte ihn bis zum Tor des Autoteilehandels.

»Verschwinde«, sagte er zum Abschied.

Victor erwiderte: »Ebenfalls sehr erfreut, deine Bekanntschaft gemacht zu haben«, und machte sich auf den Weg zu Hectors Klapperkiste, die immer noch vor dem Gebrauchtwagenhandel stand. Hector lehnte rauchend am Kofferraum.

»Was ist denn aus der E-Zigarette geworden?«, erkundigte sich Victor.

»Ich brauche jetzt richtigen Stoff«, erwiderte Hector. »Wie ist es gelaufen?«

»Ich bin heil wieder rausgekommen.«

Hector nickte. »Du verstehst doch, dass ich dir das nicht vorher sagen konnte, oder?«

»Ja«, bestätigte Victor. »Aber trotzdem, du hättest es mir sehr viel leichter machen können.«

Es war mehr als bedauerlich, dass er die Situation nicht zu seinem Vorteil hatte nutzen können, aber wenn Rados ihn tatsächlich einstellte, dann würden sich noch andere, bessere Möglichkeiten ergeben. Er konnte die wertvollen Insider-Informationen über Rados' Organisation bekommen, die er haben wollte, und würde gleichzeitig mehr über seine Zielperson erfahren, als er je zu hoffen gewagt hatte.

Hector war nervös. Er hatte zu Recht Angst vor Rados, aber jetzt hatte er auch noch Angst vor Victor. All seine Sinne waren geschärft. »Du bist doch nicht wütend auf mich, oder?«

»Ich bin nie wütend«, erwiderte Victor.

Kapitel 26

In den Räumen des Autoteilehandels war es still. Man konnte das leise Brummen eines vorbeifahrenden Fahrzeugs hören, dann ein metallisches Kratzen, als der Mann im Jeanshemd die vernickelte Beretta von der Werkbank nahm. Solange Rados nichts sagte, blieben auch seine Männer stumm, teils aus Ehrerbietung, teils aus Furcht, bis einer sich schließlich nicht mehr länger beherrschen konnte.

Der Mann im Jeanshemd sagte: »Ich mag den Kerl nicht.«

Rados legte den Kopf schief, zum Zeichen, dass er die Bemerkung gehört hatte, erwiderte aber nichts. Stattdessen dachte er nach. Überlegte.

Der Mann im Jeanshemd fuhr fort: »Er ist gefährlich.«

Dieses Mal gab Rados ihm eine Antwort. »Das kann ich nur hoffen.«

Der andere wusste genau, wann es in seinem eigenen Interesse lag zu schweigen.

»Sehen wir mal nach unseren Gästen«, sagte Rados.

Er schlenderte zu einer Tür, die in einen Korridor und dann in einen Verkaufsraum führte. Er war ungeheizt. Die einzigen Möbel waren Regale, in denen Öldosen und Sprühlack, Werkzeuge und Ersatzteile lagerten. Ein intensiver Geruch nach Motoröl übertönte den Gestank von Blut und Urin.

Vier von Rados' Männern hatten sich an die hintere Wand gekauert. Sie waren nackt und mit blauen Flecken und blutenden Wunden übersät. Einer hatte eingenässt. Ein zweiter hatte tränenüberströmte Wangen. Das waren die Männer, die den Fehlschlag auf dem Schrottplatz zu verantworten hatten.

»Es tut mir leid, dass ich euch habe warten lassen«, sagte Rados mit sanfter Stimme. Er hörte sich beinahe vernünftig an. »Ich hoffe, ihr seid mit der Unterbringung zufrieden. Oder gibt es irgendwelche Beschwerden bezüglich der Servicequalität? Wir wissen jede Rückmeldung zu schätzen.«

Niemand gab eine Antwort. Nur einer der Männer – Zoca – brachte den Mut auf, Rados in die Augen zu schauen.

»Ich habe mir überlegt, wie ich mit euch verfahren soll«, fuhr Rados fort. Er hatte die Stirn nachdenklich in Falten gelegt. »Ein Mädchen ist tot, ein zweites ruiniert. Dazu noch die Polizisten, die ich bestechen musste, damit sie die Anzeigen wegen der Schüsse unter den Tisch fallen lassen. Das ist das, was mir am meisten daran missfällt. Nicht die Tatsache, dass ich über ein Viertel der Lieferung verloren habe. Nicht euer Versagen. Sondern dass ich gezwungen war, Polizeibeamte zu bestechen. Sie bestehlen mich, und ich muss dabei tatenlos zusehen. Sie rauben mich aus, und ich muss dazu lächeln.«

»Es tut uns leid!«, heulte einer der Männer.

»Worte haben keine Bedeutung«, gab Rados zurück. »Voltaire hat einmal gesagt, dass wir Worte dazu benützen, um unsere Gedanken zu verbergen. Ich glaube, Voltaire hatte unrecht. Wir benützen Worte, wenn wir zu träge oder zu unfähig sind, um zu handeln. Wir werden durch das definiert, was wir tun, nicht durch das, was wir sagen. Deine entschuldigenden Worte wären gar nicht nötig geworden, wenn du vernünftig gehandelt hättest.«

Rados streckte die Hand aus. Der Mann im Jeanshemd reichte ihm die vernickelte Beretta, nur dass sie dieses Mal geladen war. Er betrachtete sie nachdenklich, wog sie in der Hand, während er dem Keuchen und Wimmern der Männer zuhörte.

»Weißt du, wie die römischen Generäle das Versagen ihrer Soldaten bestraft haben?«, wandte Rados sich an den Mann, der ihm die Pistole gegeben hatte.

Der Mann im Jeanshemd erwiderte: »Mit dem Tod.«

Rados seufzte. Er war enttäuscht, dass er diesen Barbaren wirklich jede Einzelheit erklären musste. »Man nannte es *Decimatio*, also Dezimierung. Die Soldaten, die vor der Schlacht geflüchtet waren, wurden in Zehnergruppen aufgeteilt. Dann wurde einer aus jeder Zehnergruppe von den anderen neun zu Tode geprügelt. Bedauerlicherweise haben wir dafür nicht genügend Leute. Wir müssen also improvisieren. Streck die Hände aus.«

Der Mann im Jeanshemd war verwirrt, tat aber, wie ihm

geheißen wurde. Rados ließ das Magazin der Beretta aus dem Schacht schnappen und schob mit dem Daumen zwölf Patronen heraus. Sie landeten in den zusammengelegten Handflächen des Mannes. Dann ließ Rados das Magazin auf den Betonfußboden fallen.

»Da«, sagte er zu den nackten Männern am gegenüberliegenden Ende des Raums. »Drei Patronen für vier Leute, und eine Pistole.« Er hielt ihnen die leere Beretta entgegen. »Ich warte draußen, bis einer von euch sie mir zurückgibt.«

Dann bedeutete Rados seinen anderen Männern, den Raum zu verlassen. Er ging als Letzter, blieb dann in der Türöffnung stehen, drehte sich um und warf Zoca die Beretta zu. Er fing sie mit beiden Händen auf.

Die anderen drei blickten Zoca angsterfüllt an. Auf Zocas Gesicht zeigte sich nichts als Verwirrung. Da er die Verantwortung für die Lieferung gehabt hatte, wog sein Versagen auch am schwersten.

»Weil du mir in die Augen gesehen hast«, erläuterte Rados und machte die Tür hinter sich zu.

Einen Augenblick lang verharrten die vier Männer regungslos und schweigend, dann stürmte Zoca los, um sich das Magazin am anderen Ende des Raums zu schnappen. Die drei anderen versuchten, ihn aufzuhalten.

Kapitel 27

Die Adresse, die Rados Victor gegeben hatte, gehörte zu einem kastenförmigen Betonblock aus der kommunistischen Ära, niedrig, lang gestreckt und heruntergekommen. Rundherum lagen Parkplätze. Grüne Vegetation hatte sich durch den Asphalt gebohrt und die einstmals glatte Oberfläche in eine Mondlandschaft voller Krater und Hügel verwandelt. Ein Maschendrahtzaun rasselte im Wind.

Victor stellte den alten BMW ab und ging quer über den Parkplatz, wobei er den Blick ununterbrochen durch die Dunkelheit schweifen ließ. Aus dem Gebäude fiel kein Licht nach draußen, sodass er ganz auf das spärliche Umgebungslicht angewiesen war. Wolken verdeckten die Sterne.

Es sah nicht aus wie ein gewöhnlicher Klub. Das Gebäude war in einem miserablen Zustand. Weder Neonschilder noch laute Bässe störten die nächtliche Stille. Keine Türsteher im Smoking und keine Schlange von Nachtschwärmern in dicken Wintermänteln. Lediglich eine Handvoll schwergewichtiger Schlägertypen lungerte vor dem Eingang herum.

Die Natur hatte mit der Rückeroberung des Landes bereits begonnen. Grashalme waren durch die Asphaltdecke gebrochen. Moose und Flechten überzogen die Hauswand. Die Erdgeschossfenster waren mit Sperrholzplatten verrammelt, die schon vor langer Zeit angefangen hatten zu verrotten. Das Haus war schnell und billig gebaut worden. Nicht einmal im nagelneuen Zustand konnten die dicken Fugen und die gesichtslosen Betonplatten mit dem rauen Kieselputz ein schöner Anblick gewesen sein.

Auf dem Parkplatz stand kein einziges Auto. Rados wollte also keine unnötige Aufmerksamkeit erregen, obwohl die Bewohner der umliegenden Häuser gemerkt haben mussten, dass auf ihren Straßen plötzlich viel mehr Autos parkten als sonst und sich unappetitliche Gestalten in diesem längst verlassenen Gebäude versammelten.

Die Männer vor dem Eingang waren eindeutig Angestellte von Rados. Ihre Uniform, bestehend aus Jeans, Lederjacken und Sportkleidung, verriet sie, dazu noch die gleichen, militärisch kurz geschorenen Haare. Lediglich die Länge der Stoppeln variierte ein wenig. Keiner dieser Männer war glatt rasiert. Hier und da blitzten goldene Halsketten oder Siegelringe auf, während sie zusammenstanden und sich unterhielten. Victor hatte eine leise Ahnung, um welche Sorte Klub es sich hier handelte.

Sie bemerkten ihn sehr viel später, als sie ihn eigentlich hätten bemerken müssen, aber andererseits … diese Männer waren Kriminelle, keine Profis. Mehrere Augenpaare verfolgten ihn, während ihnen langsam dämmerte, wer er war. Es war zu dunkel, um ihre Lippenbewegungen wirklich sicher erkennen zu können, aber er konnte sich auch so vorstellen, was sie einander zuflüsterten.

Das ist der Neue …

Niemand sprach ihn an oder machte, abgesehen von ausgiebigem Starren, irgendwelche Anstalten, ihn zu begrüßen. Er schritt durch einen Schleier aus Zigarettenrauch. Victors letzter Zug war zwar schon Jahre her, aber trotzdem ließ der Duft ihm jedes Mal das Wasser im Mund zusammenlaufen.

Die Kälte schien Rados' Männern nichts auszumachen. Sie waren daran gewöhnt, und außerdem wollten sie nicht wie Schwächlinge dastehen. Auch die härtesten Ganoven waren dem Gruppenzwang unterworfen und hatten das Bedürfnis, sich anzupassen. Der Wunsch des Menschen nach gesellschaftlicher Anerkennung war etwas, was Victor nur als Beobachter feststellen konnte. Ihm persönlich war dieses Bedürfnis fremd. Echte Einzelgänger, so wie er, waren unnatürlich.

Der Eingang wurde von zwei Männern flankiert. Sie waren nicht besonders groß, aber muskulös gebaut. Ihre Hände hatten schon viele Schläge ausgeteilt und ihre Gesichter viele eingesteckt. Sie musterten ihn demonstrativ ausgiebig von oben bis unten, so als wüssten sie nicht, wer er war. Victor blieb ruhig stehen und ließ ihnen den kleinen Augenblick des Triumphs. Sie wollten ihn einschüchtern, doch stattdessen betrachtete er sie mit gleichgültiger Miene. Normalerweise war es ihm lieber, wenn potenzielle Gegner ihn unterschätzten, aber hier konnte er durch demütige Gesten nichts gewinnen. Dann würden sie ihn nicht respektieren, und außerdem hätte es dem Mann, dessen Rolle er hier spielte – Bartha, der ungarische Auftragsmörder –, nicht ähnlich gesehen, sich von ein paar Straßengangstern einschüchtern zu lassen.

»Ich bin mit Rados verabredet«, sagte er, als klar war, dass die anderen nicht vorhatten, das Wort an ihn zu richten.

Einer zeigte mit dem Daumen nach hinten. »Treppe runter.«

Sie machten keine Anstalten, ihn zu durchsuchen, und auch das war keine wirkliche Überraschung. Kriminelle gingen nie so gründlich vor wie echte Profis. Außerdem hatten etliche dieser Leute garantiert Schusswaffen bei sich und die anderen ein Messer oder andere Nahkampfwaffen. Selbst wenn Victor unter seinem Mantel eine Maschinenpistole gehabt hätte, wären sie ihm überlegen gewesen.

Niemand rückte zur Seite, um ihm Platz zu machen. Sie wollten, dass er sich zwischen ihnen hindurchzwängen musste, wollten Widerstand leisten, damit er sich den Eintritt erarbeiten musste.

Er sagte: »Kann ich vielleicht eine Zigarette haben?«

Es gab einen kurzen Moment des Zögerns, doch Victor wusste, dass sie einwilligen würden. Eine Ablehnung hätte bedeutet, dass sie es sich nicht leisten konnten, eine Zigarette zu verschenken, oder aber, noch schlimmer, dass sie ihn ablehnten, ohne ihn zu kennen, was nur so zu deuten gewesen wäre, dass sie sich von ihm eingeschüchtert fühlten.

Der Kerl zur Linken nickte, während der auf der rechten Seite bereits nach seinem Päckchen fummelte. Er schüttelte eine Zigarette heraus, und Victor nahm sie zwischen die Finger. Der Kerl ließ sein Feuerzeug aufschnappen, und Victor nahm einen tiefen Zug, sodass die Spitze des Glimmstängels rot aufglühte, behielt den Rauch jedoch im Mund.

Dann stieß er den köstlichen Rauch wieder aus und schnipste die Zigarette in Richtung des Mannes, der sie ihm gegeben hatte.

Dieser zuckte zusammen, als die brennende Zigarette auf seine Brust prallte und anschließend zu Boden fiel. Wo sie letztendlich landete, war nicht so wichtig, aber der Kerl befürchtete, dass das Ding seinen Schoß in Brand setzen könnte, und machte einen Satz nach hinten. Dabei klopfte er sich unablässig ab, panisch bemüht, die Zigarette irgendwie zu löschen, bevor sie ihm die Eier weich kochen konnte.

Victor spazierte durch die entstandene Lücke.

Erst als er schon halb die Treppe hinunter war, merkte der Kerl, dass nichts weiter passiert war, während sein Kollege sich ausschüttete vor Lachen und sich über seine panische Angst mokierte.

Der Klub lag unter der Erdoberfläche. Victor stieg ein hallendes Treppenhaus hinab, ging durch düstere Korridore und einen weiß gekachelten Umkleideraum, vorbei an mehreren Wandduschen, bis er schließlich vor einem im Kellerboden versenkten Swimmingpool stand.

Der ganze Raum wurde von frei stehenden Halogenlampen beleuchtet. Mindestens drei Dutzend Männer lungerten um das flache Ende des leeren Pools herum. Zum einen waren da Rados' Leute, aber auch ungefähr zwanzig andere, die besser gekleidet waren und eher wie Zivilisten aussahen. Einige trugen Anzüge und hatten eigene Leibwächter dabei.

Rados ging von einem Grüppchen zum nächsten, lächelte und lachte, als würde er die Gesellschaft seiner Gäste unglaublich genießen und hätte keineswegs vor, sie auszunützen, zu betrügen oder zu bestehlen. Er sah Victor eintreten und winkte ihn zu sich.

Victor schlängelte sich durch die Menge an dem zwanzig Meter langen und zehn Meter breiten Schwimmbecken vorbei. Am tiefen Ende war es etwa zwei, am flachen etwa einen Meter tief. Es stand schon seit langer Zeit leer. Kein Chlorhauch hing in der Luft. Dafür stank es nach Körperflüssigkeiten älteren und neueren Datums: Schweiß und Blut, Urin und Fäkalien.

Das war der Duft der Gewalt, den Victor sehr gut kannte.

Rados sagte: »Willkommen in Disneyland.«

Kapitel 28

»Meine Herren«, sagte Rados, »darf ich Ihnen meinen neuesten Mitarbeiter vorstellen? Das ist Mr. Bartha.«

Im Verlauf der folgenden sechzig Sekunden stellte er Victor den Anzugträgern vor. Victor war verblüfft, wie viel Interesse sie an ihm zeigten. Vielleicht lag es daran, dass er, genau wie sie, einen Anzug trug, womit er unter Rados' Mitarbeitern sicherlich die Ausnahme war.

Nach ein paar Minuten Small Talk nahm Rados einen der Anzugträger beiseite.

»Das hier ist Mr. Dilas«, stellte Rados den Mann vor. »Eines Tages wird er Präsident von Serbien sein.«

Dilas lachte wie nach einem besonders gelungenen Witz, aber das war ein Täuschungsmanöver – er wollte tatsächlich eines Tages dieses Land regieren, und er glaubte auch, dass er das schaffen würde. »Milan sagt immer solche Sachen. Es macht ihm Spaß, mich zum Narren zu halten.«

»Das würde ich niemals wagen«, erwiderte Rados ununterbrochen lächelnd. »Denn sobald du Präsident wärst, würdest du mithilfe deiner neu gewonnenen Macht grausame Rache üben.«

Um seine Worte zu unterstreichen, spannte er seinen Bizeps an.

Dilas kicherte. »Wenn ich dann auf meinem vergoldeten Thron sitze, Milan«, versicherte er ihm grinsend, »werde ich meine Freunde bestimmt nicht vergessen.«

»Vergoldet vielleicht«, erwiderte Rados. »Allerdings wird der Thron aus den Knochen der Toten bestehen, poliert mit Blut.«

»Du bist viel zu dramatisch, Milan«, gab Dilas zurück. »Meine Hände sind rein.«

Er streckte ihnen seine rosigen, weichen Handflächen entgegen.

Rados rieb seine eigenen aneinander. »Das liegt daran, dass meine überaus schmutzig sind.«

»Ein Arrangement, das unseren jeweiligen Talenten entspricht, vergiss das nicht.«

Die flachen Hände vor der Brust zusammengepresst, so neigte Rados den Kopf. Ob es eine spielerische Geste war oder doch eher spöttisch gemeint war, ließ sich nur schwer sagen. »Ich bin Euer demütiger Diener, mein Herr.«

Dilas lächelte, als ob er das alles für einen Witz hielt, doch das kräftige Schlucken, das sich anschloss, sagte Victor, dass der Politiker nur so tat, als seien er und Rados einander ebenbürtig. Die Anzüge, das war den beiden Männern vollkommen klar, waren nur der dünne Schleier der Zivilisation, der jederzeit zerreißen konnte. Hier zählte nur eines, und das war Stärke.

»Ich bin gleich wieder da.« Mit diesen Worten ließ Rados Victor und Dilas alleine.

Dilas war für einen Politiker noch sehr jung, Mitte dreißig vielleicht, aber durch seine drallen, weichen Backen wirkte er noch jünger. Er war groß und schlank, besaß schmale Schultern und noch schmalere Hüften. Der Anzug war ein teures Stück einer Designermarke, aber von der Stange gekauft, und so war er ihm etwas zu weit und gleichzeitig ein wenig zu kurz. Er hatte zwar genug Geld, um sich einen Designeranzug leisten zu können, aber noch nicht genügend Erfahrung, um zu wissen, dass das Geld in einem maßgefertigten Anzug besser angelegt gewesen wäre.

Seine dunklen, lockigen Haare waren so kurz geschnitten, dass sie nicht in alle Richtungen vom Kopf abstanden. Er trug eine Brille mit dunklem Rand und rechteckigen Gläsern. Auch auf ihren Bügeln prangte ein Designer-Logo. Seine auf Hochglanz polierten Schuhe mit den überlangen Spitzen verliehen seinen Füßen eine clowneske Note.

»Sie sehen aber nicht aus wie einer von Rados' sonstigen Männern«, sagte Dilas zu Victor.

»Ich kenne seine sonstigen Männer nicht«, erwiderte Victor.

Dilas überlegte. »Er hat erst kürzlich ein paar verloren. Vielleicht will er den Gen-Pool ein wenig auffrischen. Gangster-Darwinismus, könnte man sagen.«

Er sprach leise, aber sehr schnell, sodass seine Worte sich fast überschlugen. Er war zwar von dem, was er sagte, überzeugt, war sich aber nicht sicher, ob es anderen genauso ging.

Jetzt gesellte Rados sich wieder zu ihnen und führte Victor, nach ein paar entschuldigenden Worten zu Dilas, ein Stück von der Menge weg, damit sie unter sich waren.

»Nun, was hältst du von meinem Klub?«, erkundigte sich Rados.

»Ich hatte eigentlich mit ein wenig Musik gerechnet. Vielleicht sogar mit ein paar Stroboskoplichtern.«

Rados grinste und wandte den Blick auf den leeren Pool. »Das hier ist mein Kolosseum. Nicht ganz so groß vielleicht wie das Original, aber dafür mit besserem Blick.«

Das leere Schwimmbecken war früher einmal weiß gewesen, aber jetzt waren die Fliesen an vielen Stellen schmutzig oder blutverschmiert. Das alte Blut hatte sich bereits braun gefärbt und blätterte an vielen Stellen ab, neuere Flecken hatten die Farbe von Rost angenommen, aber im Licht der Halogenscheinwerfer waren auch frische, glitzernde Spritzer zu sehen.

Der Pool war leer, bis auf den Sand, mit dem die flüssigen Hinterlassenschaften aufgefegt worden waren. Jetzt lag er in Form dunkler Dünen in den Ecken des Beckens und verwuchs immer mehr mit den Bodenfliesen.

»Keine Waffen«, erläuterte Rados, »und keine Schuhe. Das sind die Regeln.«

Victor nickte und hatte ein Bild vor seinem geistigen Auge, wie zwei Männer sich auf dem Boden des Swimmingpools zu Brei schlugen. Ohne Regeln, dafür mit Tiefschlägen, Bissen und Würgegriffen. Das hatte nichts mehr mit Sport zu tun.

»Ich rauche nicht und nehme keine Betäubungsmittel«, sagte Rados. »Meine Droge ist die Gewalt.«

Jetzt traf noch ein Mann ein. Victor konnte ihn zunächst wegen des Lärms und der vielen Menschen weder sehen noch hören, aber er registrierte die Reaktionen derer, die ihn sahen. Ihre Mienen wurden ernst. Ihre Stimmen gedämpft.

Es war Zoca. Er bewegte sich mit unsicheren Schritten vorwärts, beinahe schlurfend. Sein Gesicht sah grauenhaft aus. Beide Augen und der Mund waren dick geschwollen, seine linke Wange war voller blauer Flecken und eine Augenbraue genäht worden.

»Ich nehme an, er ist einer der Kämpfer«, sagte Victor.

Rados lächelte. »Er ist gestürzt.«

Zoca kam nicht näher, aber er nickte Rados zu, der sein Nicken erwiderte. Und trotz seines entstellten Gesichts sah Victor ihm an, dass er ihn selbst mit einer Mischung aus Neugier und Verachtung musterte. Dann wandte er sich ab und gesellte sich humpelnd zu ein paar anderen von Rados' Männern. Keiner gab ihm die Hand oder klopfte ihm auf die Schultern. Er sah aus, als würde ihm jede einzelne Bewegung Schmerzen bereiten, als wäre jeder Begrüßungsklaps eine unerträgliche Qual.

»Vertrauen«, sagte Victor, ohne Zoca aus den Augen zu lassen.

Rados folgte seinen Blicken. »Diejenigen, die sich meines Vertrauens als unwürdig erweisen, haben eine Tendenz … zu stürzen. Allerdings muss ich feststellen, dass das Gleichgewichtsgefühl im Anschluss an eine solche Erfahrung in den meisten Fällen eine dramatische Besserung erfährt. Danach kommt es wirklich nur noch in äußerst seltenen Ausnahmefällen vor, dass jemand nicht absolut sicher steht.«

»Und dann stürzt der Betreffende ein zweites Mal?«

»Ja«, antwortete Rados, »das ist richtig. Mit dem kleinen Unterschied, dass er dann kein zweites Mal mehr aufsteht.«

Victor blickte zu Zoca, der sich nur langsam und unter Schmerzen bewegen konnte. Seine Körpersprache war die eines gebrochenen Mannes. Nichts erinnerte mehr an den skrupellosen Kerl, der die Frauen auf dem Schrottplatz terrorisiert hatte.

»Führt ein *Sturz* denn zu Loyalität?«, erkundigte sich Victor.

»Das weiß ich nicht«, erwiderte Rados. »Ich kann nicht in die Herzen meiner Männer schauen, ich kenne nicht ihr wahres Ich. Aber ich bin fest überzeugt davon, dass wir nur durch Fehler lernen. Und dass derjenige, der nach dem ersten Fehler nichts lernt, es niemals tun wird.«

»Jeder hat doch eine zweite Chance verdient.«

»Und was ist mit dir?«, wandte Rados sich an Victor. »Wie viele zweite Chancen hast du bekommen?«

»Genügend.«

»Und wie viele zweite Chancen hast du anderen gegeben?«

Victor blieb stumm.

Rados lächelte nur und sagte dann: »Suchen wir uns einen besseren Platz. Die Kämpfe fangen bald an.«

»Wann ist ein Kampf zu Ende?«, erkundigte sich Victor.

»Wenn der Sieger entscheidet, dass sein Gegner genug hat. Normalerweise nach K. o. oder Aufgabe.«

»Gibt es auch Tote?«

»Mit ein bisschen Glück«, erwiderte Rados, und es war schwer zu sagen, ob er es ernst meinte oder nicht. »Die meisten zeigen allerdings schon vorher Gnade.«

»Aber nicht alle?«

»Nein, nicht alle«, sagte Rados.

»Wann fangen die Kämpfe an?«, wollte Victor wissen.

»Bald. Aber vorher musst du Folgendes wissen. Es gibt bestimmte Dinge, die ich hoch schätze«, erklärte Rados. »Tapferkeit, natürlich. Für einen Mann, der sich nicht im Griff hat, habe ich keine Verwendung. Intelligenz … nicht alle meine Männer sind im Besitz dieser Gabe, aber diejenigen, die sie haben, sind mir immer am nächsten. Willensstärke ist mir wichtiger als die beiden vorgenannten. Konfuzius sagt, entscheidend ist nicht der Sturz, sondern die Art, wie wir uns nach dem Sturz erheben. Aber noch wichtiger als der Wille ist die Loyalität. Ohne Loyalität sind wir nichts weiter als Barbaren. Der Homo sapiens ist nicht durch individuelle Macht zur dominierenden Spezies auf diesem Planeten geworden, sondern weil wir uns gemeinsam für das Wohl aller eingesetzt haben. Wir haben unseren Artgenossen gegenüber Loyalität bewiesen. Das Gleiche erwarte ich von meinen Männern. Ich erwarte, dass sie ihre eigenen Wünsche und Begierden zugunsten des Stammes zurückstellen. Dann, und nur dann, belohne ich sie mit mehr Geld und Frauen, als sie verkraften können, denn ich bin ein großzügiger Mann. Aber sollten sie sich als illoyal erweisen … dann verwandelt meine Großzügigkeit sich in finsteren Zorn und meine Freundlichkeit in große Grausamkeit.«

Victor meinte: »Das klingt doch sehr angemessen.«

Rados betrachtete ihn. »Du hast keine Angst vor mir, nicht wahr?«

Victor gab keine Antwort. Er wusste nicht genau, was Rados hören wollte.

Der Serbe fuhr fort. »Angst ist etwas Körperliches. Sie hat einen eigenen Geruch, und man muss kein Hund sein, um ihn zu riechen. Der Gestank der Angst hat ein beinahe süßes Aroma. Ich mag diesen Duft. Aber bei dir nehme ich nichts dergleichen wahr. Woran liegt das? Wieso kann ich deine Angst nicht riechen?«

»Das muss an meinem Rasierwasser liegen.«

Rados verzog keine Miene. »Ich habe mit dem Abschaum der Menschheit zu tun, den brutalsten und kräftigsten Vertretern unserer Spezies. Mit Männern, die sich benehmen, als könnte nichts auf der Welt ihnen Angst machen, als müsste vielmehr die Welt Angst vor ihnen haben – aber selbst bei diesen Männern kann ich die Angst riechen. Sogar wenn sie selbst zu dämlich und zu arrogant sind, um Angst zu kennen, ihre Körper sind es nicht. Die Angst ist da. Sie rinnt ihnen zu den Poren heraus. Sie können sich nicht dagegen wehren, weil ihre Körper genau spüren, wann sie dem Teufel gegenüberstehen.«

Victor sagte nichts. Er glaubte zwar nicht, dass Rados die Angst eines Menschen tatsächlich riechen konnte, aber er glaubte, dass Rados das glaubte. Ein Mensch, der Angst hatte, gab viele verschiedene Signale ab, und Victor kannte sie alle – die unruhigen Füße, das Bedürfnis, Distanz zu schaffen, eine schützende Körperhaltung, Schlucken, Schwitzen, geweitete Pupillen, gerötetes Gesicht. Rados glaubte vielleicht, dass er Angst riechen konnte, aber das war ein Irrtum. Er hatte aus seiner instinktiven Fähigkeit, die Körpersprache anderer Menschen lesen zu können, eine übernatürliche Gabe gemacht.

Victors Hände hingen entspannt an seinen Seiten. Er spannte die Finger ein klein wenig an, als ob er sie gleich zu Fäusten ballen wollte. Rados' Augen fingen an zu schimmern.

»Ah«, sagte er und holte tief Luft. »Jetzt kann ich sie riechen. Allen Anschein nach bist du also doch ein menschliches Wesen.«

»Das klingt ja fast enttäuscht.«

Rados schüttelte den Kopf. »Nein, nicht enttäuscht. Aber ich muss zugeben, dass ich ein wenig erleichtert bin. Ein Teufel in dieser Stadt ist mehr als genug.« Die Gespräche der Umstehenden wurden leiser, bis nur noch leises Murmeln zu hören war. Rados blickte auf seine Armbanduhr. »Ah, Zeit für den ersten Kampf.«

Victor hörte es an Rados' Tonfall. Er wusste, was gleich passieren würde, und dann sagte der Serbe: »Zieh die Schuhe aus.«

Victor erwiderte: »Ich werde nicht kämpfen.«

»Weil du nicht kannst oder weil du nicht willst? Für einen Mann, der seine Fäuste nicht gebrauchen kann, habe ich keine Verwendung.«

»Sie haben mich nicht als Vollstrecker und auch nicht als Entertainer engagiert.«

»Ich habe dich engagiert, damit du das bist, was ich dir sage. Und heute Abend bist du ein Gladiator.«

Victor musste sich nicht umsehen, um zu wissen, dass Rados' Männer ganz in der Nähe standen und jedes Wort, das ihr Boss sagte, genauso aufmerksam verfolgten wie seine Reaktion. Wenn er sich weigerte zu kämpfen, dann konnte er nicht damit rechnen, diesen Klub auch nur annähernd in einem Stück zu verlassen. Selbst wenn sie unbewaffnet gewesen wären, hätte er es nicht mit allen aufnehmen können. Da war es sehr viel besser, einen zumindest vorgeblich fairen Kampf gegen *einen* Gegner zu führen, als einem Dutzend gegenüberzustehen, die sich nicht einmal den Anschein der Fairness gaben.

»Nun?«, erkundigte sich Rados.

Victor öffnete die Schnürsenkel, einen nach dem anderen, und streifte die Schuhe ab.

Rados sagte: »Warum so zögerlich? Ich bin, offen gestanden, ein wenig enttäuscht.«

Als Nächstes waren die Socken an der Reihe. Victor spürte die kalten Bodenfliesen an seinen Fußsohlen und ging nicht auf Rados' Sticheleien ein.

»Gegen wen soll ich kämpfen?«, erkundigte er sich und legte sein Jackett ab.

»Das kommt darauf an, wie du das gemeint hast«, erwiderte Rados. »Existenziell betrachtet? Der wahre Gegner ist niemand anders als wir selbst. Aber körperlich wirst du gegen das Untier antreten.«

Kapitel 29

Das Untier machte seinem Namen alle Ehre. Es war ein Ungeheuer von einem Kerl, mit einem Gesicht, das schon fast nach Neandertaler aussah. Sein Schädel war wie eine dickknochige Bowlingkugel mit fliehender Stirn und wulstigen Augenbrauen. Unter seinen dicken Lippen ragte ein spitzes Kinn mit Bartstoppeln hervor. Seine Ohren sahen aus wie verschrumpelte Blumenkohlröschen. Er hatte mehr Haare auf dem Rücken als auf dem Kopf. Sein Bauch war gewaltig, aber seine Schultern waren breit und muskulös. Die Knöchel an beiden Händen wirkten wie Gebirgszüge aus knochigen Klumpen, die durch unermüdlichen Einsatz immer härter und dicker geworden waren. Sein rotes Gesicht war ein Zeichen für zu hohen Blutdruck – das menschliche Herz war einfach nicht darauf ausgelegt, Blut durch einen hundertfünfzig Kilogramm schweren Körper zu pumpen. Er schien zwar ein gutes Gleichgewichtsgefühl zu haben und mit seinen Beinen etwas anzufangen zu wissen, aber bei dieser Größe konnte er sich unmöglich wirklich schnell bewegen.

Victor sah, wie das Untier auf der anderen Seite der Menschenansammlung durch eine Tür trat, mindestens einen Kopf größer als jeder andere von Rados' Männern. Und nach ihrer Reaktion zu urteilen, schien er so etwas wie eine Berühmtheit zu sein. Die Anzugträger hingegen zeigten eine eher zurückhaltende Mischung aus Furcht und Ehrerbietung.

»Er bekommt nur die Neulinge«, sagte Rados. »Sonst will keiner gegen ihn kämpfen.«

»Das wundert mich nicht«, erwiderte Victor.

»Er gehört eigentlich gar nicht zu meiner Organisation. Er ist mehr eine Art Unterhaltungsprogramm für meine Männer und für die gut gekleideten Verbrecher, die diese Stadt aus ihren Vorstandsetagen und Schreibtischsesseln heraus regieren.«

Victor nahm das Untier nun etwas genauer in den Blick. Wenn er bis zum Beginn des Kampfes wartete, um eine Strategie zu entwerfen, dann würde es zu spät sein. Er musste jede kostbare Sekunde nutzen.

Die Stärken seines Gegners waren offensichtlich. Victor war jedoch mehr an seinen Schwächen interessiert. Beweglichkeit und Ausdauer gehörten sicherlich dazu. Das zweite war zu Beginn des Kampfes nicht von Bedeutung, würde aber immer wichtiger werden, je länger der Kampf dauerte. Die Tatsache, dass das Untier schnell ermüden würde, nützte Victor allerdings gar nichts, wenn er nicht wusste, wie er dem ersten Angriff begegnen sollte. Die fehlende Beweglichkeit, das war die wichtigste Schwäche seines Gegners. Wer eine solche Körpermasse mit sich herumschleppte, der konnte nur geradeaus Geschwindigkeit aufnehmen. Und wenn die gewaltige Masse einmal in Bewegung war, dann würde ihre Trägheit, angetrieben von den enormen Körperkräften, sich nicht mehr kontrollieren lassen. Der Kerl würde wie ein unaufhaltsamer Bulldozer vorwärts stürmen und nur sehr mühsam zu einer Richtungsänderung oder zum Anhalten zu bewegen sein.

»Ich kannte seine Mutter«, fuhr Rados fort. »Ich habe keine

Ahnung, womit sie seine Pausenbrote belegt hat, aber er ist genau so verrückt, wie er groß ist. Wenn er eines meiner Restaurants besucht, dann kommen wir an dem Abend nur mit Mühe aus den roten Zahlen.«

Victor lächelte, als seien ihm Rados' Anekdoten nicht vollkommen gleichgültig.

»Es gibt zwei Gründe, weshalb ich seinen Appetit und seinen Wahnsinn toleriere. Wie gesagt, meine Männer und meine einflussreichen Freunde finden Gefallen an seinen Kämpfen. Aber darüber hinaus haben diese Kämpfe für mich einen unschätzbaren Wert, weil ich dabei sehr viel über meine potenziellen neuen Mitarbeiter, so wie dich, erfahre. Jeder, der eine Tracht Prügel durch diese Bestie überlebt, ist für meine Organisation ein Gewinn. Vielleicht liegt er danach einen Monat lang im Krankenhaus, vielleicht muss er für den Rest seines Lebens mit einer Gehbehinderung zurechtkommen, aber ich weiß hundertprozentig, dass er von jetzt an genau das tun wird, was ich ihm sage. Wer freiwillig in diesen Ring dort steigt, dem kommt alles andere, worum ich ihn bitten könnte, wie eine Urlaubsreise vor.«

»Aber was nützt Ihnen ein gebrochener Mann?«

Rados hatte diese Frage erwartet. Seine Antwort klang flüssig und einstudiert, als hätte er sie schon jedem Rekruten gegeben, den er zum Kampf mit dem Untier gezwungen hatte. »Ich schätze mentale Tapferkeit höher ein als körperliches Geschick. Das Letztere geht vorüber. Es schrumpft im Lauf der Zeit, während deine mentale Stärke stetig zunimmt.«

Victor entgegnete: »Ich habe nicht von mir gesprochen.«

Rados kicherte.

Victor zog das Hemd aus und legte es neben sein Jackett. Er konnte sich zwar auch angezogen ziemlich gut bewegen – er trug nie Kleidung, die seine Beweglichkeit einschränkte –, aber er wollte seinem Kontrahenten auch keine unnötige Gelegenheit geben, ihn festzuhalten. Wenn es zu einem Handgemenge kam, dann war er verloren.

»Du hast ja schon die eine oder andere Auseinandersetzung mitgemacht«, sagte Rados, während er Victors Narbensammlung betrachtete.

Victor sagte nichts dazu. Die Narben sprachen für sich. Rados kannte sich gut genug aus, um zu wissen, woher sie stammten.

Das Untier hatte keine sichtbaren Gesichtsverletzungen, keine Narben über oder unter den Augen, und auch seine Nase war noch nie gebrochen gewesen. Dabei war seine Haut bestimmt nicht aus Kevlar. Der Kerl war eben einfach noch nicht hart genug oder oft genug getroffen worden. Und das konnte angesichts seiner offenkundigen Unbeweglichkeit nicht daran liegen, dass er den Schlägen seiner Gegner ausgewichen war oder sie abgeblockt hatte. Es lag vielmehr daran, dass die Kämpfe immer viel zu schnell vorbei gewesen waren. Keiner seiner bisherigen Gegner hatte seine Anfangsoffensive überstanden, weil er ihnen keine Chance gelassen hatte, einen Wirkungstreffer zu landen. Dazu war er einfach zu groß und zu stark. Die meisten wurden bei seinem Anblick vermutlich zunächst einmal passiv und griffen ihn selbst dann nicht an, wenn er ihnen die Möglichkeit dazu ließ. Und mit dieser Passivität drückten sie dem Untier das Heft des Handelns in die Hand. Gleichzeitig wuchs das Selbstvertrauen des riesigen Kerls mit jedem schnellen Erfolg. Er konnte seine Gegner mit minimalem Einsatz besiegen. Er wurde ja nicht einmal selbst getroffen, darum musste er sich auch nie Gedanken über seine Verteidigung machen. Er wusste nicht, wie es war, wenn man in die Defensive geriet. Seine massigen Fäuste konnten sich durch einen Schutzwall arbeiten, aber waren sie auch schnell genug, um einen Aufwärtshaken abzublocken?

Das Untier kam näher und starrte Victor an. Man musste ihm

nicht sagen, dass Victor sein Gegner war – er war der einzige Neue hier und außerdem der Einzige, der kein Hemd trug.

»Das ist der Ungar?«, wandte er sich an Rados.

»Der bin ich«, erwiderte Victor.

»Klein bist du nicht, aber auch nicht besonders groß.«

Das Untier besaß eine tiefe, dröhnende Stimme. Mit solch gewaltigen Lungen war flüstern vermutlich überhaupt nicht möglich.

»Wie heißt es so schön? Es kommt nicht darauf an, wie groß der Kampfhund ist, sondern darauf, wie viel Kampf im Hund steckt.«

»Ich mag Hundekämpfe.«

»Das überrascht mich nicht«, entgegnete Victor. »Die Schwachen haben oftmals Spaß am Leiden anderer.«

Das Untier hieb sich auf die mächtige Brust. Fett schwabbelte über seine Muskeln. »Ich bin nicht schwach.«

»Und wann hast du zum letzten Mal gegen einen Gegner gekämpft, der größer war als du?«

Das Untier gab keine Antwort, sondern blies die Nüstern auf und spannte die Kiefermuskulatur. Dann drehte es sich um und begann, die Menge anzuheizen, die ihren Helden anfeuerte und mit Anerkennung überschüttete. Sie klopften ihm auf die Arme und den Rücken und machten ihm jederzeit bereitwillig Platz.

»Ein bemerkenswertes Exemplar, nicht wahr?«, sagte Rados.

Victor nickte.

Die Hände des Untiers waren genau so riesig wie alles andere an ihm. Ideal, um jeden Gegner kurz und klein zu prügeln, aber weniger, um Druckpunkte zu finden und kleine, aber entscheidende Bewegungen zu machen. Fußtritte waren von diesem Koloss nicht zu erwarten, dazu war er zu kopflastig. Dass er so groß war, war vor allem durch seinen Oberkörper und den Kopf bedingt und weniger durch seine Beine. Sie waren kräftig und stabil genug, um ihn zu tragen, aber auch auf einem Bein? Eher nicht. Groß gewachsene Männer arbeiteten in der Regel nicht mit Fußtritten. Sie mussten ja ihre Reichweite nicht zusätzlich vergrößern, selbst dann nicht, wenn ihr Körperbau mehr den gängigen Proportionen entsprach als der des Untiers.

Die Anfeuerungsrufe und Jubelschreie wurden lauter. Die Zuschauer waren bereit.

»Es ist an der Zeit«, sagte Rados.

Victor kletterte in den leeren Swimmingpool hinab.

Kapitel 30

Der Boden des Swimmingpools war keineswegs so glatt und rutschig, wie er vom Rand aus wirkte. Ganz im Gegenteil. Eine dünne Sandschicht, ein Überbleibsel der Aufräumarbeiten nach dem letzten Kampf, machte ihn rau und griffig. Vermutlich war das gar keine Absicht gewesen, aber die Kämpfer würden davon profitieren. Sie würden nicht so oft ausrutschen und konnten das Gleichgewicht besser halten. Dadurch würden auch ihre Schläge härter werden, und das sorgte wiederum für mehr Spektakel. Victor machte ein paar Schritte in verschiedene Richtungen. Hier unten konnte er die Verteilung des Sands gut erkennen. An manchen Stellen war die Schicht dicker, an anderen dünner. In manchen Bereichen war es rutschiger als in anderen. In der Mitte des Pools, dort, wo die Kämpfe begannen, war es am rutschigsten. Am meisten Sand lag im flachen Teil des Beckens, während es im tieferen Teil erkennbar weniger wurde. Das leuchtete ein. Die Kämpfe fanden wohl hauptsächlich am flachen Ende des Pools statt, direkt vor den Augen der Zuschauer. Keine Regeln, hatte Rados gesagt.

Während das Untier noch das Publikum anheizte und die

Leute ihrem Helden zujubelten, schätzte Victor Entfernungen ab und ging schlurfend ein paar Schritte zurück. Er spreizte die Beine und wischte mit den Fußsohlen über den Boden, um die dünne Sandschicht beiseitezufegen.

Das Untier brüllte im Chor mit der Menge und stieß immer wieder seine gewaltigen Fäuste in die Luft, um noch mehr Stimmung zu erzeugen. Sie riefen seinen Namen.

Un-tier. Un-tier. Un-tier.

Victor schenkte dem Lärm und dem Theater keine Beachtung, sondern wischte unentwegt mit den Füßen den Boden, so lange, bis die Sohlen leise quietschend über die glatten Kacheln glitten.

Das Untier setzte sein Vorspiel fort, brüllend und schreiend, schwang die Fäuste und ließ seine Muskeln spielen. Diese Inszenierung nahm vielleicht mehr Zeit in Anspruch als ein durchschnittlicher Kampf. Sie war vermutlich ein wichtiger Bestandteil der Popularität, die der Kerl bei Rados' Männern genoss. Schließlich hatte er jeden von ihnen geschlagen. Zuerst hatten sie ihn gehasst, weil er ihre Gesichter verunstaltet und ihre Gliedmaßen gebrochen hatte, aber der Mensch war im tiefsten Inneren ein Herdentier und akzeptierte bereitwillig seinen Platz in der Hierarchie der Gruppe, sobald die Position des Alphatiers geklärt war. Hunde funktionierten genauso. Diese Männer hatten das Untier überlebt, was schon eine Leistung für sich war, und gewalttätige Männer sahen gerne bei Gewalttaten zu. Nur ... wenn die Kämpfe des Untiers immer schon nach wenigen Sekunden zu Ende waren, wurde es schnell wieder langweilig. Die Inszenierung vor dem Beginn des Kampfes sollte also für den Mangel an Spannung entschädigen – schließlich wusste jeder, wer den Pool als Sieger verlassen würde. Sie sollte die Vorfreude auf die folgende Vernichtung eines weiteren Gegners steigern.

Als das Untier so weit war, stieg es ebenfalls in den Pool. Allein das war ein Spektakel, wie der Koloss mit seinen Ausmaßen eine Leiter hinabbalancierte, die eigentlich für halb so große Menschen gedacht war. Victor war sich voll und ganz bewusst, dass Rados ihn durchdringend anstarrte, fast so, als wollte der Serbe Victors Analyse analysieren.

Sie waren am flachen Ende in den Pool beziehungsweise die Arena gestiegen. Victor stand jetzt in der Nähe des Mittelpunkts, und das Untier machte sich nach einem auffordernden Nicken von Rados auf den Weg in seine Richtung. Die Zuschauer am Beckenrand schoben sich langsam in dieselbe Richtung, um auch wirklich den besten Blick zu bekommen. Aber alle achteten darauf, Rados auf keinen Fall die Sicht zu versperren.

Das Untier konnte zwar nicht flüstern, brachte aber ein tiefes Knurren zustande. »Ich bring dich um, weil du das vorhin gesagt hast. Wenn du nachher am Boden liegst, dann höre ich erst auf, wenn dein Schädel Brei ist. Dann werden wir ja sehen, wer schwach ist und wer nicht.«

Victor lächelte. Er war zufrieden, weil es ihm gelungen war, das Untier zu reizen. Und sein Lächeln würde seinen Gegner nur noch wütender machen. Genau das wollte er.

Das Untier hatte ohnehin einen hohen Blutdruck, der durch das Adrenalin nach seiner Einpeitscher-Show noch weiter angestiegen war. Und jetzt brachte die Wut auf Victor sein Blut noch mehr zum Kochen.

Die johlenden Zuschauer kamen langsam zur Ruhe. Sie spürten, dass die Zeit gekommen war.

Victor wich zurück, genau wie das Untier auch, bis sie sich an den beiden Poolenden gegenüberstanden. Die Zuschauer wurden immer stiller, bis fast kein Laut mehr zu hören war. Victor zwinkerte dem Untier auffordernd zu, und der mächtige Kerl ging zum Angriff über.

Laut brüllend setzte er sich in Bewegung. Rados' Männer brachen schlagartig in wildes Gejohle aus, feuerten das Untier an, während es quer durch das leere Schwimmbecken auf Victor zustürmte.

Es war schneller, als Victor gedacht hatte, doch das war eher ein Vorteil. Victor wartete bis zum letzten Augenblick. Als das Untier den Kopf senkte und die Arme ausbreitete, um Victor frontal zu Boden zu rammen, wich dieser mit einer geschmeidigen und genau berechneten Bewegung zur Seite aus. Für einen Mann seiner Größe war er ziemlich schnell auf den Beinen und im Vergleich mit dem Untier der reinste Blitz.

Der menschliche Rammbock raste mit voller Kraft ins Leere und, genau wie Victor vorausgesehen hatte, ließ sich trotz aller Bemühungen nicht mehr stoppen. Das Untier versuchte zwar, abzubremsen und umzukehren – was ihm im Normalfall sogar mit einer gewissen Eleganz gelungen wäre, wären die Fliesen nicht viel zu glatt gewesen, um den Halt zu bieten, den das Untier gewohnt war.

Victor hatte sich bewusst in den tiefen Teil des Beckens gestellt, sodass die Versuche des Untiers, wieder halbwegs ins Gleichgewicht zu kommen, zusätzlich erschwert wurden. Es kam ins Stolpern, fuchtelte hilflos mit den Armen und schlug mit voller Wucht auf dem Boden des Swimmingpools auf. Die Anfeuerungsrufe der Menge verwandelten sich in entsetztes Stöhnen.

Der geneigte Beckenboden nahm dem Sturz zwar etwas von seiner Wucht, und das Untier musste nicht die gesamte Aufprallenergie absorbieren, aber trotzdem knallte es mit dem Gesicht voraus auf die Fliesen, brach sich die Nase und verlor etliche Zähne, die quer über die Bodenfliesen schlitterten.

Trotz alledem blieb das Untier bei Bewusstsein und versuchte, sich mit den Händen abzustützen und wieder auf die Beine zu kommen. Dabei tropfte Blut aus seiner gebrochenen Nase und seinem verletzten Mund. Auf den blutverschmierten Fliesen fanden seine Handflächen keinen Halt.

Trotz seiner Benommenheit war der Riesenkerl erstaunlich schnell wieder auf den Knien. Er wusste, dass sein Gegner hinter ihm stand, darum drehte er sich zuerst um, bevor er versuchte aufzustehen. Er wollte Victor nicht länger als unbedingt nötig den Rücken zukehren.

Er wurde mit der Drehung gerade rechtzeitig fertig, um Victors schemenhafte Hand auf sich zusausen zu sehen. Sie traf ihn mit der geöffneten Fläche seitlich im Gesicht. Victor hatte all seine Kraft in diesen Schlag gelegt. Ein lauter Knall schallte durch den Raum. Der Kopf des Untiers schnappte um neunzig Grad zur Seite, bis der Hals keine weitere Drehung mehr zuließ und die verbleibende Bewegungsenergie sich in seinem ohnehin benommenen Gehirn fortsetzte. Die Augen des Untiers klappten in die Höhlen, und es kippte um.

Victor verzog das Gesicht. Seine Handfläche war knallrot angelaufen und brannte wie Feuer, doch der Schmerz würde bald nachlassen, und er hatte sich bei der ganzen Angelegenheit nicht verletzt. Wenn seine Knöchel auf die Neandertalerknochen des Untiers getroffen wären, wäre die Sache weniger glimpflich ausgegangen.

Die Zuschauer verstummten.

Victor ging wieder zurück zur Leiter und kletterte aus dem Becken, während Rados' Männer ihn ungläubig beobachteten.

Rados erwartete ihn.

»Gut gemacht.« In seinem Tonfall lag nicht die Spur eines Lobs.

Victor bedankte sich trotzdem mit einem Nicken.

Rados sagte: »Ich weiß nicht, ob ich beeindruckt sein soll oder empört. Die Prüfung bestand nicht daran, ihn zu schlagen. Du solltest dich schlagen lassen, zum Beweis deiner Loyalität mir gegenüber, und als Zeichen deiner Willensstärke.«

»Keine Regeln. Das waren doch Ihre Worte.«

Rados gab keine Antwort.

Victor deutete auf das Untier, das regungslos und mit blutverschmiertem Gesicht auf dem Rücken lag. Einer von Rados' Männern kniete neben dem Fleischberg und sah nach, ob er noch lebte. Das tat er zwar, aber er würde sich jetzt lange Zeit nur von Flüssignahrung ernähren können.

»Wenn Sie mit dem Ergebnis unzufrieden sind«, sagte Victor, »dann ist es mir ein Vergnügen, mich dem Kerl noch einmal zu stellen, sobald er zu sich gekommen ist.«

Rados starrte ihn durchdringend an. Victor hatte keine Ahnung, was sich hinter diesen verwaschenen blauen Augen abspielen mochte, aber dann fing Rados an zu kichern.

»Ich glaube, so langsam fange ich an, dich zu mögen.«

»Seltsam, dass es so lange gedauert hat.«

Rados klopfte ihm auf die Schulter. »Na, komm mit, lass uns von hier verschwinden. Ich habe für heute Abend genügend Sport gehabt.«

»Wohin gehen wir?«

Rados sagte: »An ein stilles Örtchen, damit ich dich besser kennenlernen kann.«

Für einen kurzen Augenblick sah es so aus, als würden sie den Klub zu zweit verlassen, doch dann schlossen sich ein paar seiner Männer an. Da Rados keine Befehle oder Zeichen gegeben hatte, wusste Victor, dass genau das ihre Aufgabe war. Sie sollten ununterbrochen an der Seite ihres Bosses bleiben. Engmaschiger Personenschutz. Das würde eines seiner Probleme werden.

Rados setzte sich auf die Rückbank eines bereitstehenden Range Rovers, bevor er von zwei seiner Männer flankiert wurde. Victor entschied sich für den Beifahrersitz. Die anderen vier Männer nahmen das zweite Fahrzeug.

Diese Kerle waren anders als die anderen. Sie trugen zwar

die gleiche lockere Kleidung, den gleichen Schmuck, den gleichen Haarschnitt, den gleichen Stoppelbart, den gleichen Duft. Aber sie waren deutlich älter als die anderen. Victor war der Jüngste im Wagen. Die Männer, die Rados am nächsten kommen durften, waren Ende dreißig bis Anfang fünfzig. Sie waren etwas schwergewichtiger als ihre Kollegen – ein bisschen mehr Muskelmasse und ein bisschen mehr Hüftgold –, aber sie machten einen kompetenten und selbstbewussten Eindruck. Sie stammten aus Rados' Ära, aus dem Krieg. Vielleicht hatten sie nicht alle mit ihm gekämpft, aber gekämpft hatten sie. Jetzt waren sie knallharte Gangster, aber früher einmal waren sie knallharte Paramilitärs gewesen. Der stumpfe Glanz in ihren Augen wies sie als Männer aus, die getötet hatten und stolz darauf waren. Sie würden nicht zögern, erneut zu töten. Diese Männer waren Krieger. So wie Rados gesagt hatte: Männer, die ihre Menschlichkeit geopfert hatten, genau wie er selbst. Trotzdem war Rados anders, mit seinem schicken Anzug und dem vernünftigen Lebensstil, mit seiner Philosophie und seiner Intelligenz. Im Vergleich zu diesen Männern wirkte er zivilisiert – ein Imperator, beschützt von Barbaren, das waren seine Worte gewesen.

Sie mochten Victor nicht, das war klar. Ihnen missfiel die Geschwindigkeit, mit der er Aufnahme in den exklusiven innersten Kreis gefunden hatte. Sie hatten sich ihren Platz verdient. Sie hatten bewiesen, dass sie zu Rados gehörten. Victor nicht, und er fragte sich, weshalb Rados bereit war, seine loyalen Mitarbeiter zu brüskieren, indem er ihnen einen Außenstehenden vorzog. Er musste seine Männer doch gut genug kennen, um ihre Reaktion einschätzen zu können. Mit manchen arbeitete er seit zwanzig Jahren oder noch länger zusammen, da musste er doch über ihre Vorbehalte Bescheid wissen. Rados war nicht dumm. Wenn er die Unzufriedenheit seiner Männer bewusst in Kauf nahm, dann lautete die naheliegende Frage: Was versprach er sich davon?

Kapitel 31

Victor hatte schon oft Gelegenheit gehabt, das Allerheiligste gewisser ausgesprochen widerlicher Gestalten von innen zu sehen – Politiker und Guerillaführer, Mafiabosse und Waffenhändler, Diktatoren und Könige. Er hatte festgestellt, dass die Orte, an denen sie viel Zeit verbrachten, viel über ihre Persönlichkeit verrieten, genau wie bei ganz gewöhnlichen Menschen auch. Reichtum und Macht waren veränderlich und leicht zu begreifen, weil offensichtlich. Persönlichkeitsstörungen und Psychosen jedoch ließen sich verbergen. Rados' Büro war verschwenderisch eingerichtet und eine Demonstration gewaltigen Reichtums, angefangen bei dem Kristallkronleuchter bis hin zu dem riesigen Schreibtisch aus edler Roteiche mitsamt vergoldeten Intarsien. Moderne Kunst zierte die holzgetäfelten Wände. Ein kreisrunder Perserteppich lag vor dem Schreibtisch.

Rados setzte sich auf seinen Schreibtischsessel. Für Victor gab es keine Sitzgelegenheit, selbst wenn er gewollt hätte. Zwei Leibwächter nahmen links und rechts an der Wand Aufstellung. Das waren ihre üblichen Plätze, wie an den abgewetzten Stellen auf den mit dunklen Flecken übersäten Bodendielen zu erkennen war. Victor veränderte daraufhin auch seine Position, trat einen halben Schritt zurück und neigte seinen Kopf so, dass er alle beide aus den Augenwinkeln im Blick behalten konnte. So war es unmöglich, an Rados heranzukommen. Die beiden Personenschützer ließen ihn nicht aus den Augen. Sie waren aufmerksam, aber keineswegs in Alarmbereitschaft. Sie waren bewaffnet und Victor nicht.

Neben Rados' Schreibtisch, unter einem an der Wand montierten Scheinwerfer, stand eine wundervoll gearbeitete, mittelalterliche Rüstung. Die Handschuhe ruhten auf dem Heft eines ebenso alten Schwerts. Victor erkannte die charakteristischen Details der Mailänder Schule und schätzte die Entstehungszeit der Rüstung auf Anfang des 15. Jahrhunderts. Schon damals musste sie ein Vermögen gekostet haben, sodass nur ein Großgrundbesitzer oder ein niedriger Adeliger sie sich hätte leisten können. Interessant, dass Rados ausgerechnet so ein Stück besaß. Victor bewunderte die hervorragende Handwerkskunst ebenso wie den außergewöhnlichen Schutz, den sie ihrem Träger bot, aber unter ästhetischen Gesichtspunkten war diese Rüstung damals wie heute alles andere als ein Schmuckstück. Der Ritter, der sie einst in Auftrag gegeben hatte – und solche Rüstungen waren immer Maßarbeiten gewesen –, hatte sämtliche Modeströmungen ignoriert und sich für einen geschlossenen Helm entschieden, anstatt das Nachfolgemodell, nämlich den schlankeren leichteren Beckenhaubenhelm mit Visier zu wählen. Bei der Abwägung zwischen Modetrends und Sicherheit hatte er sich für Zweiteres entschieden. Absolut verständlich, keine Frage, aber trotzdem seltsam, dass Rados sich ausgerechnet eine solch hässliche Rüstung neben den Schreibtisch stellte, wenn er sich – das war offensichtlich – auch jede andere hätte leisten können.

»Was hältst du davon?«, wollte Rados wissen, als er Victors Blicke bemerkte.

»Beeindruckend«, erwiderte Victor. »Gefällt mir.«

»Kennst du dich zufällig ein bisschen mit Rüstungen aus?«

Victor schüttelte den Kopf. »Eigentlich nicht.«

Rados wirkte enttäuscht, als ob er jedes Mal, wenn er jemanden in sein Büro mitbrachte, dieselbe Antwort zu hören bekam, obwohl er sich einen Gesprächspartner wünschte, mit dem er sich über seine Vorlieben austauschen konnte. Und mit jedem Mal war die Enttäuschung schwerer zu ertragen.

»Bedauerlicherweise hat sie nicht meine Größe«, sagte Rados.

»Sonst würde ich sie überhaupt nicht mehr ablegen. Aber ich habe nicht die Schultern dafür.«

»Kann man die nicht anpassen?«

Rados reagierte auf Victors vorgebliche Unwissenheit mit einem Lächeln, in dem Mitleid und Verachtung zugleich lagen. »Selbst wenn das gute Stück dabei nicht ruiniert werden würde, der Sinn einer Rüstung ist ja gerade, dass sie maßgefertigt ist und bleibt.«

Victor nickte, als hätte er soeben etwas gelernt. »Sieht aber sehr schwerfällig aus«, sagte er, weil er das weitverbreitete Vorurteil kannte, dass solche Rüstungen schwer waren und die Beweglichkeit ihres Trägers stark beeinträchtigten.

»Ein Ritter war kein Panzer. Der Besitzer dieser Rüstung konnte von hinten auf sein Pferd aufspringen, konnte Handstand machen und Rad schlagen. Die Metallplatten sind dünner, als man glaubt, und die Gewichtsverteilung ist einfach unglaublich.«

»Das habe ich nicht gewusst«, sagte Victor, weil er es gewusst hatte.

»Dieses Stück hier ist aus Mailand, wo zu jener Zeit die besten Rüstungen überhaupt hergestellt wurden, aber es war für einen teutonischen Ritter gedacht. Er hat sie in der Schlacht von Tannenberg getragen, allerdings aufseiten der Verlierer.«

Victor fragte nicht nach. Er war nicht hier, um über Geschichte zu sprechen, auch wenn er gerne mehr über diesen Ritter erfahren hätte. Er stand nur da und schwieg desinteressiert.

Rados bekam sein Desinteresse entweder nicht mit, oder es war ihm gleichgültig.

»Damals war der Krieg noch eine ehrenvolle Angelegenheit. Man musste einem Mann gegenübertreten, um ihn zu töten, Schwert gegen Schwert. Man musste das eigene Leben riskieren, um ein anderes zu beenden.«

»Es sei denn, natürlich, man hat zur Armbrust gegriffen.«

»Die der Papst einst geächtet hat«, sagte Rados, und Victor erfuhr schon wieder etwas, was er bereits gewusst hatte. »Es galt als unfair, dass ein Bauer ohne richtige Ausbildung einen König töten konnte.«

Dann war es für eine kurze Weile still. Niemand sagte ein Wort. Victor stellte fest, dass keine Uhr an der Wand hing. Rados trug auch keine Armbanduhr. Selbst für einen Mann, der niemals auf jemanden wartete, war dies ein sehr verräterisches Signal. Rados hatte eine Phobie, er fürchtete sich vor der Zeit an sich.

»Ich besitze mehrere Rüstungen. In jedem meiner Büros eine.«

»Sie haben mehrere Büros?«

Er nickte. »Überall in der Stadt, aber auch auf dem Land. Aus Sicherheitsgründen.«

Victor nickte ebenfalls, weil diese Vorsichtsmaßnahme jetzt bereits Wirkung entfaltete. Dieses Büro hier fiel als Anschlagsort jedenfalls aus, da er nicht wissen konnte, wann Rados wieder hierherkommen würde.

Rados holte eine kleine Plastikflasche aus seiner Schreibtischschublade, drückte sich ein antibakterielles Gel in die Handfläche und verteilte es gründlich. »Ich schüttele niemandem die Hand«, sagte er dann. »Meine Frau fasse ich an. Meine Geliebten auch. Aber sonst niemanden.«

»Haben Sie Angst, dass Sie sich etwas einfangen könnten?«

»Keineswegs. Aber ich fürchte, dass sie dann merken, dass ich genauso bin wie sie. Ein Mensch, mehr nicht.«

»Und warum erzählen Sie mir das?«

»Weil ich deine menschliche Fassade durchschaue. Weil ich mir selbst eine zugelegt habe.«

Victor erwiderte nichts.

»Ich weiß alles über dich«, fuhr Rados nach einem Augenblick des Schweigens fort. »Nicht aus dem, was du sagst – oder aus dem, was du nicht sagst –, sondern aus der Art, wie du stehst, wie du deine Schultern und dein Kinn trägst, wie du die Hände hältst und die Finger geöffnet hast.«

»Was wollen Sie damit sagen?«

»Ich will es dir erklären«, setzte Rados an. »Einmal, in der Hochphase des Krieges, wurde ich mit einer kleinen Gruppe meiner treuesten Soldaten in ein Feuergefecht mit ein paar kroatischen Freischärlern verwickelt. Wir hatten nur unsere Sturmgewehre dabei, die Kroaten dagegen etliche Maschinengewehre. Sie haben uns in einem Wald bei Sarajewo in die Enge getrieben und mit ihren Maschinengewehren große Stücke aus den umliegenden Bäumen gerissen. Ununterbrochen sind Äste, Holzsplitter und zerfetzte Blätter auf uns herabgeregnet. Die Kroaten waren erfahrene Schützen und wussten genau, wie sie ihre Waffen einsetzen mussten, in kontrollierten Salven, immer abwechselnd, sodass die anderen die Möglichkeit hatten nachzuladen. Der unbarmherzige Druck ließ keine Sekunde nach. Wir dachten, wir würden niemals entkommen.«

»Und wie haben Sie es doch geschafft?«, fragte Victor, weil Rados genau diese Frage von ihm erwartete.

»Wir haben natürlich versucht, uns den Weg freizukämpfen. Etliche von uns mussten dabei ins Gras beißen. Die Maschinengewehre waren mit Kaliber-fünfzig-Patronen bestückt. Hast du schon einmal gesehen, was ein Projektil, das so groß ist wie dein Finger, mit einem Menschen anstellen kann?«

Natürlich hatte Victor das schon gesehen, aber er schüttelte den Kopf.

Rados ging nicht weiter ins Detail. »Nachdem klar war, dass wir waffen- und zahlenmäßig unterlegen waren, haben wir das einzig Mögliche getan: Wir haben uns ergeben. Die Kroaten besaßen immerhin so etwas wie Menschlichkeit und stellten das

Feuer ein, nachdem wir unsere Waffen abgelegt hatten. Sie haben uns sogar Wasser und etwas zu essen gegeben, und dazu etwas von dem teuren Weinbrand, den sie aus dem Schrank irgendeines Bürgermeisters gestohlen hatten. Sie waren letztendlich genau wie wir: Kämpfer in einem Krieg, dessen Sinn sie eigentlich gar nicht verstehen konnten. Wir alle waren Menschen, hatten Angst. Einer der Maschinengewehrschützen brach sogar in Tränen aus, als er sah, was von den Männern, die er erschossen hatte, übrig geblieben war. Er hat uns um Verzeihung angefleht.«

»Und dann haben Sie den Rest des Krieges als Kriegsgefangener erlebt?«

Rados schüttelte den Kopf. »Ich habe nicht einmal eine ganze Nacht in Gefangenschaft verbracht. Zufälligerweise wurden wir von einer serbischen Spezialeinheit entdeckt, und nach einem kurzen Feuergefecht waren wir wieder frei. Anschließend haben wir uns für die Güte der Männer, die uns gefangen genommen hatten, revanchiert, indem wir sie zu Paaren zusammengeschlossen haben. Wir haben ihnen gesagt, dass wir immer nur einen verschonen würden.«

»Sie haben sie gezwungen, gegeneinander zu kämpfen.«

Rados nickte. »Natürlich haben sie auf unseren Vorschlag zunächst zurückhaltend reagiert, bis wir zwei von ihnen mit einem ihrer eigenen Maschinengewehre erschossen haben, um klarzumachen, dass sie keine andere Wahl hatten. Wir tranken ihren Weinbrand und haben sie angefeuert, während sie sich mit bloßen Händen und den Zähnen so lange bekämpft haben, bis die eine Hälfte tot und die andere halb tot war, vollkommen erschöpft, verwundet und zutiefst erschüttert darüber, dass sie ihre Brüder getötet hatten. Dann haben wir die Überlebenden wieder in Zweiergruppen aufgeteilt. Aber sie haben sich geweigert, gegeneinander zu kämpfen. Sie wussten, dass wir sie nicht gehen lassen würden. Also haben wir sie in ein Haus gesperrt und es angezündet.«

»Und warum erzählen Sie mir das alles?«

»Weil wir vielleicht, aber nur vielleicht, die Sieger der zweiten Runde tatsächlich freigelassen hätten. Aber stattdessen haben wir sie alle umgebracht.«

»Ich glaube nicht, dass Sie auch nur einen verschont hätten, ganz egal, was Sie jetzt sagen. Sie hätten sie niemals freigelassen. Vielleicht spielt Ihr Gewissen Ihnen gelegentlich, wenn Sie an diese Episode zurückdenken, einen Streich und gaukelt Ihnen etwas vor.«

Rados lachte. »Sprichst du von mir oder von dir?«

»Ich bin nicht innerlich zerrissen. Ich habe keine Albträume. Ich bin einfach kein besonders netter Mensch.«

»Ganz genau«, erwiderte Rados. »Sieh mir in die Augen. Siehst du darin auch nur den Hauch eines Schattens? Ich schlafe wie ein Baby. Ich schrecke nie schweißgebadet mitten in der Nacht auf. Weißt du warum?«

»Ich könnte jetzt raten, aber ich glaube, das wäre sinnlos, weil Sie es mir ohnehin gleich sagen werden.«

»Es ist keineswegs sinnlos, und zwar genau deshalb, *weil* ich es dir sagen werde. Weil alles, was ich je getan habe, vollkommen gleichgültig, wie schlecht und unmenschlich es in den Augen anderer wirken mag, voll und ganz gerechtfertigt war.«

»Auch das, was Sie diesen Kroaten angetan haben?«

»Ganz besonders das, was ich diesen Kroaten angetan habe. Jeder meiner Männer hat in diesem Krieg Freunde und geliebte Menschen verloren. Wir alle haben mit angesehen, wie unsere Kameraden in Stücke geschossen wurden. Indem wir an unseren Gefangenen Rache genommen haben, konnten wir diese Grausamkeit vergessen und unser zerstörtes inneres Gleichgewicht ... nicht unsere Menschlichkeit, aber unseren inneren Frieden wiederfinden. Die Kroaten haben versucht, ihre Menschlichkeit festzuhalten, indem sie Gnade und Milde haben walten lassen, aber im Krieg gibt es keine Menschlichkeit. Wer einmal ein Leben genommen hat, ist ein Krieger. Von diesem Punkt an hat man nur die Wahl, alle Menschlichkeit über Bord zu werfen oder von ihr getötet zu werden, so, wie es den Kroaten ergangen ist. Wir jedoch haben durch die Grausamkeit den Frieden gefunden.«

»Ich verstehe immer noch nicht.«

Rados sagte: »Ich glaube, du verstehst mich sehr gut, auch wenn du den Ahnungslosen mimst. Wer einmal grausam war, wird immer grausam bleiben. Da gibt es kein Zurück. Wer einmal ein Leben genommen hat, für den ist jedes Leben wertlos geworden. Ich habe dir diese Geschichte deshalb so ausführlich erzählt, weil du verstehst. Du bist nicht innerlich zerrissen. Du hast keine Albträume.«

Victor blieb stumm.

Rados betrachtete ihn mit einem verhaltenen Lächeln. »Aber vor allem anderen gilt: Das Böse erkennt sein eigenes Spiegelbild.«

Kapitel 32

Rados' Range Rover war ein aktuelles Modell. Der mit cremefarbenem Leder ausgekleidete Innenraum roch nach Tabak. Weder die Karosserie noch die Fenster waren gepanzert oder kugelsicher, das hatte Victor bereits festgestellt. Aber Rados wurde auf Schritt und Tritt von drei Leibwächtern beschützt – den Fahrer mitgerechnet. Victor saß auf dem Beifahrersitz, wie Rados angeordnet hatte, während dieser eingezwängt auf der Rückbank zwischen seinen Leibwächtern Platz genommen hatte. Es schien ihn nicht zu stören. Der Range Rover war ziemlich breit, und die beiden Muskelprotze taten ihr Bestes, um ihm so viel Platz wie möglich zu lassen.

Er hatte nicht gesagt, wohin sie fuhren, und Victor hatte nicht gefragt. Er wusste, was von ihm erwartet wurde. Rados war kein Mann, der überflüssige Fragen tolerierte, und wer dennoch fragte, konnte nicht damit rechnen, sich sein Vertrauen zu erwerben.

Es war Nachmittag. Die Fahrt dauerte nicht lange, und niemand sagte ein Wort. Keine Musik, kein Radio. Rados' Männer wirkten weder besonders aufmerksam noch gleichgültig. Sie waren keine professionellen Personenschützer. Sie versuchten nicht aktiv, Bedrohungen von außen oder von innen zu identifizieren. Auch wenn sie nicht mit ihren Smartphones herumspielten, war ihnen die Langeweile deutlich anzusehen.

Nur Rados' Augen waren ununterbrochen in Bewegung.

Der Range Rover hielt in einer Seitenstraße eines der ärmeren Viertel Belgrads am Straßenrand an, weit entfernt vom Stadtzentrum. Hier gab es viele Kneipen und Kafanas und Geschäfte, die billige Kleidung und einheimische Produkte anboten.

Rados beugte sich zwischen den Sitzen vor und deutete durch die Windschutzscheibe. »Die Fassade meines Imperiums.«

Victor blickte auf ein Schild, auf dem Massagen angeboten wurden.

Das Innere des Massagesalons bot einen beinahe respektablen Anblick, und es war warm und feucht. Hinter dem Empfangstresen saß eine Frau mittleren Alters in weißer Klinikuniform kerzengerade auf ihrem Stuhl. Neben einer Sitzgruppe aus Ledersofas und einem Couchtisch voller Zeitungen und Zeitschriften befand sich auch ein Wasserspender. Nichts deutete darauf hin, dass es hier um etwas anderes ging als harmlose Entspannung.

Rados beachtete die Frau am Tresen genauso wenig wie sie ihn. Er ging an ihr vorbei und steuerte eine Tür mit der Aufschrift »NUR FÜR PERSONAL« an. Victor folgte ihm zusammen mit zwei seiner Männer. Der Fahrer war beim Range Rover geblieben.

Hinter der Tür führte eine Treppe hinauf in den ersten Stock. Dort sah es weitaus weniger respektabel aus. Die Wände waren blass-rosa gestrichen, die nummerierten Türen rot. Rados führte Victor einen Gang entlang in ein Foyer. Victor hörte Stöhnen und Matratzenquietschen.

Im Foyer sah er Zoca auf einer Ottomane sitzen.

Dieser rappelte sich, kaum dass er Rados gesehen hatte, auf und kam auf die Füße. Die hastigen Bewegungen schienen ihm große Schmerzen zu bereiten, auch wenn er sich alle Mühe gab, sich nichts anmerken zu lassen. Jedenfalls machte er ein ziemlich verkniffenes Gesicht. Falls Rados das bemerkt hatte, ging er nicht darauf ein. Vielleicht war es ihm auch gleichgültig.

»Wo ist die neueste Lieferung?«, herrschte er Zoca an.

Zoca klatschte in die Hände und holte sich Unterstützung in Gestalt eines jungen Mannes mit kahl rasiertem Schädel und einer ganzen Menge entzündeter Aknepickel im Gesicht. Seine Bewegungen wirkten unsicher und ausgesprochen schüchtern, wodurch er noch jünger wirkte, als er war.

Zoca sagte: »Hol sie! Aber schnell.«

Der Junge hatte genau solche Angst vor Zoca wie Zoca vor Rados, und so huschte er eingeschüchtert und unterwürfig davon. Zoca vermied jeden Augenkontakt mit seinem Boss, aber Victor registrierte, dass er ihm den einen oder anderen Blick zuwarf. Freundlich waren sie alle nicht.

Rados sagte zu Victor. »In ein paar Tagen steht ein Transport an. Ich möchte gerne, dass du die Überwachung übernimmst.«

»Welche Ware soll transportiert werden?«, erkundigte sich Victor, während er Zocas erschütterte und verärgerte Körpersprache registrierte.

»Eine höchst profitable.«

»Ich verstehe«, erwiderte Victor.

Rados ließ einen seiner Mundwinkel zucken. Es sah aus wie der Vorbote eines Lächelns, so als könnte Victor das niemals verstehen. Und das machte Victor neugierig.

»Was glaubst du, warum ich dich dabeihaben will?«

»Um mich auf die Probe zu stellen.«

Rados zuckte mit den Schultern. »Zum Teil, ja. Aber auch, weil ich mit der Zuverlässigkeit meiner Männer unzufrieden bin.«

Zoca wandte sich ab.

Victor sagte: »Was das angeht, brauchen Sie sich bei mir keine Gedanken zu machen.«

Der Serbe sah ihn lange nachdenklich an. »Solch eine Aussage hat keinerlei Bedeutung. Ich lege keinen Wert auf Worte. Wir sind das, was wir tun, und nicht das, was wir sagen.«

Victor wusste nicht, was er darauf erwidern sollte, aber das spielte auch keine Rolle, da jetzt Dilas das Foyer betrat. Er war ebenso gut gekleidet wie bei ihrer letzten Begegnung, nur dass er jetzt ziemlich erschöpft wirkte und gerötete Wangen hatte.

Rados grinste. »Müsstest du nicht eigentlich da draußen sein und unsere wunderschöne Stadt regieren?«

Dilas erwiderte ebenfalls grinsend: »Solange man von niederen Trieben beherrscht wird, kann man nicht regieren.«

»Kann ich davon ausgehen, dass die Triebe angemessen befriedigt wurden?«

»Wie immer.«

Dilas wandte sich an Victor. »Gestern Abend, die Sache mit dem Untier? Gut gemacht. Ich habe ein kleines Vermögen verdient, weil ich gegen die große Mehrheit auf dich gesetzt habe.«

»War mir ein Vergnügen«, sagte Victor.

»Ein beeindruckender Taktiker, nicht wahr?«, sagte Rados zu Dilas, der dazu nickte.

Jetzt tauchte der schüchterne Junge wieder auf und brachte vier Frauen mit. Alle vier hatte Victor bereits auf dem Schrottplatz gesehen, nur dass sie jetzt sauber waren und frische Kleider trugen.

»Jetzt kannst du einen Blick auf meine Ware werfen«, sagte Rados zu Victor. »Diese Frauen sind mehr wert als jedes Pulver oder Harz. Sie sind pures Gold.«

Victor gehorchte und sah die Frauen an, die mit gesenktem Kopf dastanden und jeden Augenkontakt mieden.

»Das ist Saisonware«, fügte Rados hinzu. »Sie wird schubweise geliefert, wie Getreide in der Erntezeit. Sobald die Saison vorüber ist, wird es wieder ruhiger. Wenn es eine gute Saison ist, dann haben wir ein gutes Jahr, und alle sind zufrieden. Aber eine schlechte Saison verdirbt einem das ganze Jahr. Verstehst du?«

»Ich denke schon.«

»Was ich damit sagen will, ist Folgendes: Der Faktor Zeit spielt die alles entscheidende Rolle. Ich habe dir bereits gesagt, dass ich einen Rückschlag erlitten habe. Ein zweiter solcher Rückschlag, vor allem so kurz nach dem ersten, hätte katastrophale Auswirkungen.«

Jetzt wurden Victor die Zusammenhänge ein wenig klarer. Rados konnte es sich im Moment nicht erlauben, auf dem üblichen Weg neue Mitarbeiter zu rekrutieren. Es war Erntesaison. Er hatte keine Zeit zu verlieren. Er brauchte Leute, und zwar schnell.

»Wieso denn Saisonware?«, erkundigte er sich bei Rados. »Frauen wachsen doch das ganze Jahr über.«

»Angebot und Nachfrage, wie bei allen Konsumgütern. Aber diese Ware kann man nicht einzeln verschicken. Sie muss in größeren Mengen transportiert werden, immer dann, wenn die Bedingungen gerade gut sind. Je mehr Lieferungen, je mehr Transporte, desto mehr Bestechungsgelder müssen bezahlt werden. Die Ausgaben steigen und damit auch das Risiko.«

»Und je größer ist der Verlust, falls etwas schiefgeht.«

»Wie gesagt: Ein Rückschlag ist mehr als genug.«

»Ich verstehe«, sagte Victor. »Was ist passiert?«

»Das ist eine sehr interessante Frage«, erwiderte Rados, ohne zu blinzeln. »Es ist schon lange her, dass ich Probleme mit einer Lieferung hatte. Also warum jetzt?«

Victor zuckte mit den Schultern. »Ich habe keine Ahnung.«

Rados legte den Kopf schief. »Das habe ich auch nicht erwartet.« Er näherte sich den Frauen. »Man nennt das die Blüte der Jugend, diese spezielle Phase, in der das Leben uns eine Schönheit verleiht, die wir nicht verdient haben, weil wir sie verschwenden und vergeuden, nur um anschließend ihren Verlust zu beklagen.«

»Also ich werde mit dem Alter immer besser«, erwiderte Victor.

Rados grinste, bevor er seinen Vortrag fortsetzte. »Man nennt es die Blüte der Jugend, weil sie trotz Erschöpfung und Furcht noch zu erkennen ist. Weil die Gene unter der Oberfläche der Angst und der Erstarrung immer noch stark und kräftig sind. Weil sie immer noch Kinder gebären können. Wir Alphatiere, die Krieger, haben ein sehr feines Gespür für diese Blüte. Unsere eigenen Gene sehnen sich danach. Wir würden sogar dafür töten.« Rados wandte sich zu ihm. »Findest du nicht auch?«

»Das ist die Natur«, erwiderte Victor.

Rados streichelte einer der jungen Frauen mit dem Handrücken die Wange. »Das hier ist kostbarer als Gold. Wertvoller als jede Droge. Gold ist ein Konsumgut. Kokain ist ein Konsumgut. Je mehr es davon gibt, desto weniger ist es wert. Kokain wird verbraucht, während Gold bestehen bleibt. Es behält seinen Wert, wenn das Kokain schon längst wieder ausgeschieden wurde. Aber Gold bewirkt gar nichts. Es ist nur wertvoll, weil wir das behaupten. Es gibt kein echtes Bedürfnis danach, und es birgt nur dann einen konkreten Nutzen, wenn wir beschließen, es haben zu wollen. Aber dieses Mädchen hier besitzt einen unmittelbaren Nutzen, ganz egal, ob wir das wollen oder nicht, weil wir es nämlich *brauchen*. Wir müssen es haben, weil unser Innerstes danach schreit. Wenn ein Mann die Wahl hat zwischen Gold und diesem Mädchen, dann wird er sich immer für das Mädchen entscheiden. Und das ist der Grund, weshalb ich dieses Geschäft betreibe.«

Victor hörte zu.

»Man nennt es die Blüte der Jugend«, wiederholte Rados. »Und Männer sind bereit, jeden Preis zu bezahlen, um ein Stück davon zu bekommen.« Er hielt inne. »Nimm sie! Sie gehört dir.«

»Ich lege mehr Wert auf den Charakter als auf die Jugend.«

»Dann hast du vielleicht einen genetischen Defekt und versuchst instinktiv, diesen Mangel zu korrigieren.«

»Vielleicht«, pflichtete Victor ihm bei.

»Such dir eine andere aus, wenn du magst. Eine mit mehr *Charakter*.«

Victor ließ den Blick über die vier Frauen gleiten und blieb dann bei der ganz rechts außen hängen, die mit den kurzen Haaren, die Zoca auf dem Schrottplatz ins Gesicht gespuckt hatte.

»Die hat Charakter, vielleicht sogar zu viel, selbst für jemanden wie dich«, sagte Rados.

»Wieso?«

»Weil sie bereits zum zweiten Mal bei uns ist.« Rados wartete, bis Victor ihn mit fragender Miene ansah, dann fuhr er fort. »Sie war schon ganz zu Beginn der Erntesaison hier. Und sie hat uns von Anfang an Schwierigkeiten bereitet, wie das gelegentlich vorkommt. Diese Exemplare werden unter Druck nicht schwächer, im Gegenteil. Sie werden stärker. Wir müssen sie immer im Blick behalten. Wir können sie beispielsweise nicht zu treuen Kunden außerhalb der Stadt schicken. Dieses spezielle Exemplar war zum Beispiel immer nur hier in Belgrad. Ich habe sie sehr gemocht. Ihre Blüte war von strahlender Schönheit. Doch dann hat sie uns verlassen. Und jetzt ist auch die Blüte verblasst, nicht wahr?«

»Sie ist geflüchtet?«

Rados nickte. »Sie ist weit gekommen, bevor wir sie geschnappt haben. Sie ist trickreich und sehr willensstark.«

»Und doch ist sie jetzt wieder hier.«

»Manche Leute haben eben einfach Pech. Manche bekommen vom Schicksal immer nur schlechte Karten in die Hand. Nun ja, sie ist wieder hier, und ihre Blüte ist vergangen. Gefällt sie dir trotzdem?«

Dieses spezielle Exemplar war immer nur hier in Belgrad.

»Ja«, sagte Victor. »Sie gefällt mir.«

Kapitel 33

Milan Rados sah dem Ungarn hinterher, als dieser mit dem Geschenk seiner Wahl verschwand. Als sie aus seinem Blickfeld verschwunden waren, winkte Rados Zocas jungen Diener und die anderen Frauen weg, sodass nur noch Dilas bei ihm war. Dann setzte er sich hinter einen Schreibtisch und genoss die Stille nach all dem Gerede, wohl wissend, dass sie nicht von Dauer sein konnte.

Wenig überraschend war es Dilas, der das kostbare Schweigen brach, es unter den Sohlen seiner Quastenslipper zerbersten ließ.

»Du kannst ihm nicht vertrauen. Und ich gehe davon aus, dass du das auch weißt.« Dilas gab lieber Feststellungen von sich, als Fragen zu stellen, weil er glaubte, dass ihm das Bedeutung verlieh.

Rados blieb stumm.

Aber Dilas ließ nicht locker. »Ehrlich, das kannst du nicht machen.«

Rados dachte an seinen Lieblingsstrand und stellte sich vor, wie seine Füße im schwarzen Sand versanken. Wenn er schon keine Ruhe haben konnte, dann doch wenigstens die süßen Erinnerungen an Zeiten gnädiger Stille.

»Hast du erledigt, worum ich dich gebeten hatte?«

Dilas nickte. »Ich habe Erkundigungen eingezogen.«

»Sprich nicht in Rätseln und gib mir eine Antwort.«

Dilas grinste selbstgefällig. Er genoss das bisschen Macht, das er über Rados hatte, glaubte, dass sein eingebildetes Gehabe berechtigt war, und wollte nicht wahrhaben, dass er sich nur deshalb so aufführen konnte, weil Rados es ihm gestattete. »Ich habe ihn überprüfen lassen. Er ist kein Polizeispitzel.«

»Bist du dir ganz sicher?«

»Ich würde niemals riskieren, mir deinen Unmut zuzuziehen.«

Rados erwiderte: »Du meinst, du würdest niemals deine eigene Haut riskieren.«

Dilas lachte. »Nun ja, ich habe wirklich sehr schöne Haut. Aber ganz egal, ob Polizeispitzel oder nicht, du kannst ihm nicht trauen. Oder?«

Er wartete auf eine Antwort, aber als er keine bekam, machte er den Mund auf, um selbst etwas zu sagen. Doch Rados war schneller. Er hatte beschlossen, sich auf Dilas' Egospielchen einzulassen, um dem Ganzen damit ein Ende zu bereiten.

»Weißt du, wem ich vertraue, mein Freund? Weißt du das? Ich vertraue keinem meiner Männer. Ich vertraue auch dir nicht. Ich traue sogar meinem eigenen Spiegelbild zu, dass es mir bei der nächsten Gelegenheit ein Messer in den Rücken sticht. Also warum sollte ich ihm vertrauen? Kannst du mir das sagen? Nein, kannst du nicht. Sag mir lieber, wie du darauf kommst, dass ich ihm vertrauen könnte? Wie kommst du darauf, dass du in der Lage sein solltest, so tief in meine Seele hineinzublicken?«

Dilas blieb die Antwort schuldig. Rados hatte ihn übertrumpft, so viel war klar, darum versuchte er es mit einem anderen Ansatz. »Du gehst ungewöhnlich offen mit ihm um.«

Rados nahm einen glänzenden roten Apfel aus einer Obstschale und fing an, ihn mit seinem Taschenmesser zu schälen. »Du scheinst eifersüchtig zu sein. Tätschle ich dir nicht oft genug das Köpfchen? Kraule ich dir nicht regelmäßig den Bauch, wenn du ein braver Junge gewesen bist?«

Dilas ging nicht auf die Provokation ein, sondern fragte weiter: »Warum hast du ihn überhaupt engagiert?«

»Wir haben in letzter Zeit mehrere Männer verloren. Wir brauchen Ersatz. Und Addition ist doch das Gegenteil von Subtraktion, oder etwa nicht?«

Rados' Taschenmesser war extrem scharf – er verpasste der Klinge jede Woche einen frischen Schliff –, und er musste sehr behutsam vorgehen, wenn er die Schale als vollständige Spirale abschälen wollte.

»Findest du es nicht auffällig, dass er zufälligerweise genau in dem Augenblick hier auftaucht, wo wir dringend Leute brauchen?«

Dilas' Blick war herausfordernd und voller Arroganz – sosehr er wollte, dass Rados mit ihm einer Meinung war, so sehr wollte er auch seine überlegene Kombinationsgabe demonstrieren. Er wollte recht haben, und zwar als Einziger! Doch Rados war vorbereitet, wie immer, und konterte Dilas' Schachzug.

»Du weißt, dass ich nicht an Zufälle glaube.«

»Was genau hast du dann vor?«

»Ich handele als Geschäftsmann. Hector hat ihn ja schon empfohlen, bevor ich zu dieser Säuberungsaktion gezwungen war, vergiss das nicht.« Rados unterbrach sich und schälte weiter den Apfel. »Wäre er erst danach zu uns gekommen, dann hätte er schon jetzt keinen Fetzen Haut mehr am Leib. Aber so denke ich, dass wir ihm bis zu einem gewissen Grad durchaus Vertrauen entgegenbringen können. Vor allem angesichts seiner Vorstellung gestern Abend.«

»Dass er das Untier besiegt hat, bedeutet nicht automatisch, dass er auch unsere Transporte beschützen kann.«

»Dass wir gerade stehen können, bedeutet nicht automatisch, dass wir aufrecht stehen können.«

Dilas legte die Stirn in Falten. »Was soll das denn heißen?«

»Das soll heißen: Hör bitte auf, mir Dinge zu sagen, die ich bereits weiß.«

Dilas hob abwehrend beide Hände. »Was du tust oder nicht tust, geht mich nichts an. Ich biete dir lediglich meinen Ratschlag an, das ist alles. Mach, was du willst.«

»Herzlichen Dank für deine Erlaubnis«, erwiderte Rados mit unverhohlenem Spott. »Hör zu, es ist ganz einfach: Wir brauchen frisches Blut. Ich weiß noch nicht, wer er ist oder was er will, aber ich vermute, dass er für uns noch sehr nützlich sein wird. Solange das jedoch nicht eindeutig bewiesen oder widerlegt ist, möchte ich ihn im Auge behalten. Das ist doch nicht so schwer zu begreifen, oder?«

Dilas schnaubte. »Wie willst du das machen? Willst du ihn Tag und Nacht an deiner Seite haben? Ihn beschatten lassen? Tolle Idee, Milan. Dafür musst du doch viel mehr Leute abstellen, als er dir ersetzen kann.«

Rados gab keine Antwort. Er schälte weiter seinen Apfel. Er ertrug Dilas' Unverschämtheiten wie einen schlechten Geruch –

in dem Wissen, dass sie vorübergingen, dass bald wieder frische Luft hereinwehen würde.

Dilas jedoch war nicht klar, dass er nur eine vorübergehende Erscheinung war. Er glaubte, er würde dieselbe frische Luft atmen wie Rados. »Der Kerl ist anders«, sagte er. »Er ist ungreifbar. Glitschig wie ein Aal. Das habe ich sofort gemerkt. Darum habe ich auch mein Geld auf ihn gesetzt. Gut möglich, dass er es merkt, wenn er beschattet wird, und Gegenmaßnahmen ergreift.«

Rados ließ den Apfel nicht aus den Augen und schüttelte den Kopf. »Das lasse ich nicht meine Leute machen. Das müsste doch eigentlich selbstverständlich sein. Wie du ganz richtig gesagt hast: Es wäre wenig sinnvoll, und er würde es mit Sicherheit mitbekommen. Daran habe ich nicht den geringsten Zweifel. Genau deshalb will ich ihn in meiner Organisation haben, vorausgesetzt, er erweist sich als loyal. Ich brauche einen Mann, der nicht einfach nur sieht, sondern auch wahrnimmt.«

»Manchmal frage ich mich, ob all diese Bücher wirklich gut für dich sind«, erwiderte Dilas kopfschüttelnd. »Und wer soll ihn dann beschatten, wenn nicht deine eigenen Leute?«

»Deine Leute natürlich, wer denn sonst?«

»Ich habe keine Leute, Milan. Ich bin kein Gangster, ich bin Politiker.«

Rados stieß ein lautes, bellendes Gelächter aus. »Gibt es da überhaupt einen Unterschied? Wir beide üben Macht aus, die wir nicht verdient haben, um Menschen zu beherrschen, die es nicht verdient haben. Zumindest mache ich mir da nichts vor. Ich bin ein ehrlicher Krimineller. Du nicht.«

»Zumindest ist Politik legal.«

»Ach ja, richtig, legal«, meinte Rados. »Diebe, die sich ihre eigenen Gesetze schreiben – die größte Ironie der Demokratie.«

Er hob den Blick, und Dilas registrierte ein vertrautes Blitzen in seinen Augen.

»Oh, nein, nein, nein«, fing er an. »Das kann nicht dein Ernst sein. Das kannst du nicht meinen. So dumm bist du nicht. Ausgeschlossen!«

Rados kniff die Augen zusammen. »Wenn ich dumm bin, wie kommt es dann, dass du von unserer Bekanntschaft so sehr profitierst?«

Blitzschnell trat Dilas den Rückzug an. »Ach, so war das doch nicht gemeint. Eine Redensart, mehr nicht. Du weißt genau, dass ich dich nicht für dumm halte, aber du kannst doch nicht allen Ernstes vorschlagen …«

»Aber natürlich! Was sollte ich denn sonst vorschlagen?«

Dilas zog die Stirn kraus. »Und was soll ich ihnen sagen?«

»Du bist ein berufsmäßiger Lügner und fragst mich, was du sagen sollst? Ts, ts, ts. Ein solcher Mangel an Vertrauen in deine geschmeidige Zunge sieht dir gar nicht ähnlich. Wo ist dein Selbstvertrauen? Wo hat es sich versteckt?« Er sah unter seinem Schreibtisch nach. »Nein, da ist es nicht.«

Dilas schnaubte.

»Du solltest nie vergessen, dass deine Freunde dieselbe Sprache sprechen wie du. Also solltest du Worte benützen, die sie verstehen können. Hier …«, Rados griff in seine Schreibtischschublade und zog ein Bündel Geldscheine hervor, „… hast du ein Wörterbuch.«

Er warf das Geld in Dilas' Richtung, doch dieser war etwas zu langsam. Das Bündel prallte gegen seine Brust, und er konnte es gerade noch auffangen, bevor es zu Boden fiel. Mit einer geübten Bewegung verstaute er es in der Innentasche seines Jacketts.

»Also gut«, sagte er dann. »Du hast gewonnen. Ich glaube, ich kenne genau den Richtigen für diese Aufgabe. Ich werde ihn bitten, einen entsprechenden Anruf zu …«

»Es muss unbedingt gewährleistet sein, dass er *die* Richtigen kennt«, fiel Rados ihm ins Wort.

»Natürlich. Sicher. Ich mache ihm eindeutig klar, dass mehr als nur eine Person erforderlich ist.«

»Je mehr, desto besser.«

»Ja«, erwiderte Dilas. »Sie werden deinen Schützling nicht aus den Augen lassen und gleichzeitig in seiner Vergangenheit herumwühlen. Ich hoffe, du bist zufrieden, dass du wieder einmal deinen Willen durchgesetzt hast.«

»Ich komme mir vor wie ein Kind an Heiligabend«, erwiderte Rados mit einem dürren Lächeln.

Dilas schnaubte erneut. »Aber egal, ob sie etwas über diesen Ungarn herausfinden oder nicht, ganz egal, ob er sich als hervorragende Verstärkung entpuppen sollte oder nicht, die Tatsache, dass du überhaupt einen Auswärtigen in deinem sorgfältig kontrollierten Reich installieren willst, ist ausgesprochen untypisch für dich.«

»Vielleicht ist es ja genau das Gegenteil. Vielleicht ist es ja gerade ganz besonders typisch.«

»Ich habe keine Ahnung, was das heißen soll.«

»Du hast niemals im Krieg gekämpft, oder?«

Dilas' Stimme wurde leiser »Das weißt du doch genau. Ich war damals noch zu jung.«

»Wenn du alt genug bist, um Steine zu werfen, dann kannst du auch kämpfen.«

Dilas blieb stumm.

»Was ich damit sagen will: Du warst noch nie in einer Schlacht. Du hast noch nie gekämpft, Mann gegen Mann. Das ist eine einzigartige Erfahrung. Wenn du einmal – oder mehrmals – getötet hast, dann ist die Welt nicht mehr dieselbe. Sie ist nicht mehr länger normal.«

»Du brauchst aber nicht noch so einen ausgemusterten Soldaten. Von der Sorte hast du ja schließlich schon einen kompletten Zug.«

»Ja, das stimmt. Wir haben alle gekämpft, und alle auf der gleichen Seite. Und doch bin ich vollkommen anders als sie. Keiner von ihnen denkt wie ich.«

»Ich verstehe«, erwiderte Dilas. »Du hast also eine verwandte Seele gefunden. Wie rührend.«

»Er interessiert mich, ja. Wir sind uns ähnlich, ja. Ich möchte mehr über ihn erfahren, ja.«

»Aber das alles reicht doch nicht, um ein solch unnötiges Risiko einzugehen.«

»Kalkuliertes Risiko«, verbesserte ihn Rados. »Ein unnötiges Risiko gehe ich niemals ein.«

Dilas erwiderte: »Das ist trotzdem keine Erklärung. Ich wüsste gerne den wahren Grund dafür, dass du das tust.«

Rados stieß den Atem aus und ließ sich gegen seine Rückenlehne sinken. »Ich auch.«

Als der Apfel geschält war, platzierte er ihn vor sich auf den Schreibtisch und drehte ihn so lange um die eigene Achse, bis er genau so lag, wie er ihn haben wollte. Die abgetrennte Schale legte er daneben, dann wischte er sein Taschenmesser ab. Er hatte keinen Hunger. Er wollte den Apfel nicht essen. Rados wollte sehen, wie er langsam oxidierte und sich bräunlich verfärbte, jetzt, wo er seine Haut nicht mehr hatte. Wo er schutzlos war.

Er wollte ihn sterben sehen.

Kapitel 34

Das Zimmer, in das Zoca sie führte, war klein und kalt. Darin standen ein Bett, ein Schrank und eine Kommode. Ansonsten gab es nur noch einen Vorhang und viele Flecken. Zoca knipste das Licht an, und die trübe, nackte Glühbirne, die einsam von der Decke baumelte, erwachte zum Leben. Er stieß die Frau durch die Tür auf das Bett, und als sie Widerstand leistete, wollte er sie schlagen. Doch Victor packte ihn am Handgelenk und hinderte ihn daran.

Zoca starrte ihn an, empört und gedemütigt und zum Kampf bereit, doch er spürte auch die enorme Kraft, mit der Victor ihm das Handgelenk zusammendrückte, und entschloss sich nachzugeben.

»Pass bloß auf, Ungar«, zischte er seinem Gegenspieler zu.

Sobald Victor merkte, dass Zoca nichts weiter unternehmen würde, ließ er los. Dieser rieb sich das Handgelenk, wo Victors Fingerspitzen unübersehbare Druckspuren hinterlassen hatten, und verließ das Zimmer.

Als seine Schritte nicht mehr zu hören waren, zog Victor die Tür ins Schloss. Er wollte den Riegel vorlegen und stellte fest, dass es keinen gab, sondern nur ein paar kleine Löcher, dort, wo der Messinghaken einst festgeschraubt gewesen war. Dann musterte er die einfache Zimmereinrichtung – Bett, Schrank, Kommode – sowie die anderen Ausstattungsgegenstände. Nichts deutete darauf hin, dass hier Abhörgeräte installiert waren.

Die Frau ließ ihn nicht aus den Augen.

Er gab sich große Mühe, dass jede seiner Bewegungen langsam und deutlich sichtbar ausfiel. Die Frau war sehr verängstigt, auch wenn sie sich alle Mühe gab, ihre Angst im Zaum zu halten. Er konnte sie auf drei Meter Entfernung atmen hören.

Dann wandte er sich ihr zu, die Arme locker an den Seiten hängend, die Hände geöffnet. Er kam nicht näher. Er wollte möglichst nahe bei der Tür und sie wollte so weit wie möglich von ihm entfernt sein.

Sie war klein und sehr schlank, aber das nur deshalb, weil sie in letzter Zeit viel Gewicht verloren hatte, das sah man ihr an. Sie besaß kräftige Schultern und Hüften. Ihre Haut und ihre Fingernägel wiesen keine Spuren von Fehlernährung auf. Jetzt, aus der Nähe, sah er, dass sie nicht älter war als fünfundzwanzig. Sie wog vielleicht fünfzig, einundfünfzig Kilogramm und war einen Meter sechzig groß. Zu Beginn dieses Albtraums hatte sie nach seiner Schätzung mindestens fünf Kilo mehr auf die Waage gebracht. Vermutlich hatte sie zeit ihres Lebens nahrhaftes Essen und eine gute Bildung genossen. Sie war kein verarmtes Bauernmädchen aus einem abgelegenen Dorf, das sich verzweifelt auf die Suche nach einem neuen Leben gemacht hatte. Nein, sie besaß einen vergleichsweise gehobenen familiären Hintergrund, hatte wahrscheinlich in einer Stadt gelebt und studiert. Wahrscheinlich hatte sie nur eine Möglichkeit gesucht, um zu reisen, unter Umständen sogar im Ausland zu studieren, und diese Neugier auf das Unbekannte war ihr zum Verhängnis geworden. Sie machte keinen naiven Eindruck, und es war bestimmt nicht einfach gewesen, sie zu entführen.

»Ich werde dir nichts tun«, sagte Victor.

Sie sagte: »Wenn du deinen Schwanz rausholst, beiße ich ihn ab.«

Er veränderte unwillkürlich seine Fußstellung, obwohl ihre Worte eher verzweifelt als aggressiv klangen. »Ich werde dir nichts tun«, wiederholte er.

Sie zeigte keinerlei Reaktion. Seine Worte ließen sie kalt. Sie hatte diesen Satz vermutlich schon öfter gehört und wusste, wie hohl er sein konnte, ganz egal, wie höflich der Sprecher wirkte oder wie weich seine Stimme klang.

»Bestimmt nicht«, betonte er. Er widerstand dem Drang, sich ihr zu nähern. Er wusste genau, was er tun musste, um möglichst wenig bedrohlich zu wirken, schließlich gehörte es für ihn zum Alltag, seiner Umgebung den harmlosen, unauffälligen Mitbürger vorzuspielen. »Ich möchte nur mit dir reden. Einverstanden?«

Sie zögerte. Sie glaubte ihm nicht. »Du willst nur reden?«

»Mehr nicht. Ich bleibe hier stehen. Du kannst dich gerne setzen, wenn du möchtest.«

Sie warf einen Blick auf das einzige Möbelstück, das zum Sitzen geeignet war – das Bett –, und schüttelte den Kopf. »Nein, ich will mich nicht setzen.«

»Ganz wie du willst«, erwiderte er. »Du muss absolut nichts tun, was du nicht möchtest.«

Er benützte zum Reden nicht nur die Stimme, sondern auch die Hände, weil alles andere unnatürlich gewirkt und sie zusätzlich verunsichert hätte. Aber er achtete darauf, nur langsame Bewegungen zu machen und die Hände nicht über Hüfthöhe zu heben.

Ihre Miene schien zu versteinern, und ihm wurde klar, dass er zu angestrengt wirkte.

»Du brauchst gar nicht so zu tun, als wärst du einer von den Netten. Keiner von euch ist nett. Bloß weil du mich nicht schlägst, bist du noch lange keiner von den Guten. Du bist hier, also bist du mit schuld daran, dass ich das alles durchmachen muss.«

Durch sein passives Verhalten hatte er Schwäche signalisiert und war so zum Ziel ihrer Aggressivität geworden. Er versuchte es mit einem anderen Ansatz.

»Und was genau musst du durchmachen?«, fragte er sie.

»Was ist das denn für eine Frage? Die Hölle! Nur dass es noch viel schlimmer ist, weil das alles nämlich tatsächlich passiert.«

»Wie bist du hierhergekommen?«

»Wieso willst du das wissen? Was willst du überhaupt von mir?«

»Ich werde dir Fragen stellen, immer eine nach der anderen. Das ist alles. Ich will dich nicht austricksen. Ich möchte nur mit dir reden, nichts sonst.«

Sie starrte ihn an und wandte sich dann ab, wenn auch nur für einen kurzen Augenblick. »Wie ich hierhergekommen bin? Ich habe einen Mann kennengelernt. Ich habe ihm vertraut. Er war ein Arschloch. Zufrieden?«

»Nicht ganz«, erwiderte er. »Aber was oder wie viel du mir erzählst, das ist allein deine Entscheidung. Woher kommst du?«

»Aus Armenien.«

Ihre dunklen Haare waren kurz und ziemlich unsymmetrisch geschnitten. Victor konnte sich gut vorstellen, dass sie sie eigenhändig abgesäbelt hatte, um sich zu tarnen oder sich weniger attraktiv zu machen. Außerdem war sie viel zu auffällig geschminkt, aber das war sicherlich nicht ihre Entscheidung gewesen. Ihre Fingernägel waren zwar frisch lackiert, aber trotzdem waren die Risse darin deutlich zu erkennen. Vielleicht hatte sie darauf herumgenagt, oder sie hatte ihre Entführer gekratzt und sich gewehrt.

Und trotz der vielen Schminke waren auch die dunklen Ringe unter ihren grünen Augen gut zu erkennen. Ihre Lippen waren schmal und rissig. Sie roch nach Parfüm und Angst.

»Sprichst du Englisch?«, fragte er.

Sie gab keine Antwort, aber er sah das kurze Blitzen ihrer Augen.

»Wenn wir Englisch miteinander reden«, sagte er auf Englisch, »dann können sie nicht verstehen, was wir sagen.«

Sie begriff, worauf er hinauswollte, und die Andeutung, dass sie versuchen könnte, ihre Peiniger in die Irre zu führen, war zumindest so verlockend, dass sie sich darauf einließ. »Okay, aber warum sollen sie uns nicht verstehen?«

»Dein Englisch klingt irgendwie amerikanisch.«

»Ich bin dort zur Highschool gegangen. War eine Art Stipendium. Warum stellst du mir diese Fragen?«

»Weil ich wissen möchte, wer du bist.«

»Wieso?« Sie schien verwirrt, doch dann kam ihr ein Gedanke, und sie starrte ihn angewidert an. »Ach so, na klar, deshalb. Du willst deine abartigen Fantasien ausleben, stimmt's? Du willst, dass ich dich mag. Ich wette, weil du sonst keinen hochkriegst. Perversling.«

»Ich kann dir helfen«, erwiderte Victor.

Sie wandte sich ab. »Selbst wenn das stimmt, ich glaube kaum, dass du mir wirklich helfen würdest.«

»Ich biete dir ein Geschäft an«, sagte er. »Du hilfst mir, und ich helfe dir. So einfach kann es sein, wenn du willst.«

Sie sah ihn an, misstrauisch, aber mit einem winzigen Hoffnungsschimmer im Blick. Ein völlig selbstloses Hilfsangebot hätte sie ihm nicht abgenommen. Aber da er deutlich gemacht hatte, dass er selbst auch profitierte, konnte sie sich zumindest ansatzweise vorstellen, dass er es wirklich ernst meinte.

»Wie meinst du das? Wie kann ich dir helfen?«

»Du warst schon einmal hier, nicht wahr?«

»Woher weißt du das?«

Victor sagte: »Du bist entkommen.«

»Und was hat es mir genützt? Als ich endlich wieder zu Hause war, haben sie schon auf mich gewartet. Ich hätte es eigentlich wissen müssen. Sie hatten meine Papiere. Sie haben genau gewusst, wohin ich gehen würde. Wie dumm muss man sein, um solch einen Fehler zu begehen?«

»Ich durfte mir eine der Frauen aussuchen, die mit dir zusammen hier angekommen sind«, fuhr Victor fort. »Aber die anderen waren alle noch nie in Belgrad und schon gar nicht hier. Im Gegensatz zu dir.«

»Was interessiert es dich, ob ich schon einmal hier gewesen bin?«

»Weil du mir alles erzählen sollst, was dir beim ersten Mal aufgefallen ist.«

Sie machte einen Schritt auf ihn zu, wagte schließlich doch zu hoffen, dass er die Wahrheit sagte und dass diese Wahrheit ihr vielleicht ebenfalls helfen konnte. »Und wieso willst du das wissen?«

Victor erwiderte: »Der ältere Mann im Anzug, der, mit dem ich gesprochen habe, weißt du, wer das ist?«

Sie nickte. »Er ist der Chef. Er heißt Rados.«

Victor sagte: »Richtig. Und ich bin hier, um ihn zu töten.«

Kapitel 35

Natürlich war es riskant, ihr das zu sagen. Aber aus seiner Sicht war das Risiko überschaubar. Sie war eine Gefangene – eine Sklavin – entführt, misshandelt, vergewaltigt. Sie hasste ihre Entführer und hatte grausame Angst vor ihnen, zu Recht. Ihm blieb nicht mehr viel Zeit mit ihr, und er musste unbedingt ihr Vertrauen gewinnen, musste ihr seine Idee schmackhaft machen, und das möglichst schnell. Er konnte sie erst dann wieder alleine lassen, wenn er sich sicher sein konnte, dass sie auf seiner Seite war. Sonst bestand die Gefahr, dass sie ihn an Rados oder seine Männer verriet, um im Gegenzug bessere Bedingungen für sich selbst herauszuschlagen. Das würde zwar nicht funktionieren, aber trotzdem konnte er sich gut vorstellen, dass sie es in all ihrer Verzweiflung versuchen würde. Deshalb musste er so überzeugend wie nur irgend möglich sein.

Sie starrte ihn lange schweigend an, sah ihm forschend in die Augen, versuchte, seine Miene zu ergründen, legte jedes seiner Worte auf die Goldwaage, suchte nach versteckten Botschaften und nach Anzeichen dafür, dass er sie austricksen oder hintergehen wollte. Er selbst sagte kein Wort, sondern ließ ihr die Zeit, die sie brauchte.

Letzten Endes fiel ihr jedoch nichts ein, was dagegen sprechen könnte, darum antwortete sie mit einem einfachen: »Warum?«

»Darauf gibt es keine wirkliche Antwort«, erwiderte er. »Bei der Frage, wer am Leben bleibt und wer stirbt, geht es in aller Regel nur darum, was wem nützt. Das ist in diesem Fall nicht anders.«

»Und wie profitierst du davon, wenn dieses Arschloch tot ist?«

»Nur indirekt, weil andere noch sehr viel mehr davon profitieren.«

Sie hatte ihn verstanden, das sah er ihr an, aber sie versuchte, es zu verbergen. Noch war er für sie nichts anderes als ein Feind, ganz egal, was er sagte. Sie war noch nicht überzeugt.

»Die anderen Frauen«, fuhr er fort, »die mit dir zusammen hierhergebracht worden sind … Erzähl mir etwas über sie.«

»Wieso?«

Er wartete ab.

»Was gibt es da zu erzählen?«, begann sie schließlich. »Sie sind jung. Es wird sie umbringen. Sie werden es nicht schaffen.«

»Du meinst, dass sie sterben werden?«

Sie scharrte mit den Füßen und meinte dann achselzuckend: »Ob sie tatsächlich sterben, weiß ich natürlich nicht, aber sie werden innerlich daran zerbrechen. Sie werden nie wieder sie selbst sein, selbst wenn sie eines Tages wieder freigelassen werden oder entkommen können, so wie ich.«

»Wie kommst du darauf?«

»Weil sie zu jung sind. Weil ihr Leben bis jetzt zu einfach war. Sie kennen keine Entbehrungen. Sie wissen nichts über die Grausamkeit dieser Welt. Sie werden nicht damit zurechtkommen.«

Victor nickte. Sie schien genau zu wissen, wovon sie sprach. Vielleicht hatte er unrecht mit seiner Vermutung, dass sie aus einem wohlhabenden Elternhaus stammte. »Aber du hast diese Grausamkeit erfahren? Abgesehen von deiner Entführung?«

Sie gab keine Antwort. Und es war klar, dass sie ihm keine geben wollte.

Er ließ ihr einen Moment Zeit, dann sagte er: »Du hast gesagt, dass die anderen zu jung sind.«

»Ja.«

»Jünger als du?«

»Ja.«

»Hübscher?«

Sie zögerte erst, dann sagte sie: »Ja, viel hübscher. Was spielt das für eine Rolle?«

»Nur insofern, als ich jede von ihnen hätte haben können«, erläuterte Victor. »Jede. Vielleicht sogar zwei. Aber ich habe mich für dich entschieden.«

Sie grinste spöttisch. »Ich scheiße auf dein Mitleid.«

»Das hat nicht das Geringste mit Mitleid zu tun. Ich bin nicht der mitleidige Typ, das kannst du mir glauben. Ich habe dich ausgesucht, damit du mir hilfst. Und im Gegenzug helfe ich dir. Wie gesagt: Es ist ganz einfach.«

Sie war immer noch misstrauisch, immer noch verwirrt. »Wie soll ich dir denn helfen? Ich bin doch völlig unbedeutend. Ein Nichts.«

»Auch das habe ich dir schon gesagt«, erwiderte Victor. »Ich will Rados töten. Aber ich weiß fast gar nichts über seine Organisation. Ich bin ganz neu hier. Und ich habe weder ausreichend Zeit noch Gelegenheit, um mir jede einzelne Information, die ich für mein Vorhaben brauche, selbst zu beschaffen. Aber du bist hier. Du bekommst vieles mit. Vielleicht erfährst du ja irgendetwas, was mir weiterhelfen könnte.«

Sie schwieg.

»Ich möchte, dass du so viel wie möglich über Rados herausfindest. Wenn er hierherkommt, dann möchte ich wissen, wann er angekommen ist und wie lange er bleibt. Ich möchte wissen, ob er noch andere Geschäfte hat und wo sie sind. Ich muss wissen, wo er von hier aus hingeht, damit ich vor ihm dort sein kann. Aber sei vorsichtig. Du darfst dich auf keinen Fall verdächtig machen.«

Sie starrte ihn mit gerunzelter Stirn an, sodass die Puderschicht tiefe Risse bekam. »Du willst ihn tatsächlich umbringen, stimmt's?«

»Aus keinem anderen Grund bin ich hier.«

»Und wenn ich dir helfe«, fuhr sie vorsichtig fort, »was tust du dann für mich? Du hast gesagt, du würdest mir helfen. Aber wie willst du das anstellen?«

»Wenn du mir hilfst, dann bringe ich dich weg von hier.«

»Wie?«

»Das weiß ich noch nicht, und wenn ich es wüsste, würde ich es dir nicht sagen. Noch nicht. Erst musst du mir helfen. Sobald ich mehr über Rados und seine Organisation weiß, überlege ich mir, wie ich dir am besten behilflich sein kann.«

»Aber du bist ganz alleine. Was kannst du da schon ausrichten?«

»Das ist eine gute Frage. Du wirst dich auf mein Wort verlassen müssen.«

»Was bist du?«

»Ein Mann, der einen Auftrag zu erfüllen hat.«

»Du bist ein Killer.«

Victor nickte.

»Wenn ich ja sage«, fuhr sie, immer noch unsicher und misstrauisch, fort, »wie soll ich dir dann trauen? Genau so bin ich schließlich hier gelandet. Weil ich einem Mann vertraut habe. Ich bin auf sein gutes Aussehen und sein freundliches Lächeln hereingefallen, seine Schmeicheleien und seinen Charme. Das war alles nur gespielt, aber ein bisschen gespielte Aufmerksamkeit ist immer noch besser, als völlig alleine zu sein, stimmt's?«

Victor blieb stumm.

»Tief im Inneren habe ich immer gewusst, dass er nur das sagt, was ich hören will, aber ich war verzweifelt. Ohne jede

Hoffnung, und das schon sehr lange. Darum wollte ich unbedingt daran glauben, dass er mir einen Ausweg bietet, eine Chance auf ein besseres Leben. Und wohin hat mich das gebracht? Wie soll ich überhaupt etwas erfahren, was dir weiterhelfen könnte?«

»Darüber mach dir keine Gedanken«, erwiderte er. »Halte einfach Augen und Ohren offen. Schon eine kleine Einzelheit, die dir vielleicht unwichtig erscheint, könnte für mich das entscheidende Puzzleteilchen sein.«

»Wenn das stimmt, was du mir erzählt hast, dann bedeutet das doch, dass du nichts weiter bist als ein Stück Scheiße, genau wie Rados. Wie kann ich dir dann überhaupt vertrauen?«

»Das kannst du nicht«, meinte Victor. »Genauso wenig, wie ich dir vertrauen kann. Aber eben darum können wir einander helfen. Wir haben beide eine Menge zu verlieren und genau darum allen Grund, den anderen zu unterstützen. Weißt du noch, was an dem Abend passiert ist, als du wieder nach Belgrad gebracht wurdest?«

Sie zögerte, als wollte sie etwas sagen, doch dann nickte sie stumm.

»Gut«, sagte Victor. »Aber bis jetzt hast du kein Wort davon erwähnt. Trotzdem weiß ich eine ganze Menge. Ich weiß, dass du Zoca ins Gesicht gespuckt hast. Ich weiß, dass sie dich mit einer anderen Frau zusammen in einen Frachtcontainer gesperrt haben. Die anderen wurden auf andere Container verteilt. Ich weiß, dass du danach Schüsse gehört hast. Und als du am nächsten Tag hierhergebracht wurdest, da hatte eine der jüngsten Frauen eine gebrochene Nase, und eine andere, die mit euch zusammen nach Belgrad gekommen ist, war gar nicht mehr da.«

»Sie wurde umgebracht. Sie hat versucht zu fliehen.«

»Ich habe ihren Container geöffnet. Ich habe ihnen gesagt, sie sollen weglaufen.«

»Warum hast du das getan?«

»Ich hatte keinen Plan. Das war reine Improvisation«, erläuterte er. »Ich wollte Sand ins Getriebe von Rados' Organisation streuen, damit er keine andere Wahl hat, als sich ins Freie zu wagen. Ich wusste nicht, wie ich sonst an ihn herankommen sollte.«

»Tja«, meinte sie leise. »Hat ja geklappt.«

Victor nickte. »Ja. Rados hat dafür gesorgt, dass Zoca eine üble Tracht Prügel bekommt und seine Männer getötet werden, zur Strafe für ihr Versagen. Und dann hat er mich als Ersatzmann engagiert.«

»So, wie du es geplant hattest.«

Er ignorierte die Bitterkeit in ihrer Stimme. »Nein, so war das niemals geplant. Ich hatte niemals vor, so dicht an Rados heranzukommen. Er hätte eigentlich gar nichts von meiner Existenz erfahren dürfen. Aber jetzt ist es eben so, und ich muss mich ständig in seiner Nähe halten, sonst bekomme ich keine Gelegenheit mehr. Ich kann es nur noch einmal sagen: Ich improvisiere.«

Sie erwiderte mit halb geschlossenen Augen: »Dann bist du also schuld an ihrem Tod. Wegen dir ist sie getötet worden.«

»Ja.« Victor stand regungslos an seinem Platz. »Es war meine Schuld.«

»Du bist also für den Tod einer Frau verantwortlich. Woher soll ich wissen, dass dir das mit mir nicht auch passiert?«

»Ich kann nichts garantieren«, erwiderte er, und seine Ehrlichkeit führte dazu, dass sie sich auf der Stelle verkrampfte. »Aber wenn du mir hilfst, dann verspreche ich dir, dass ich alles tun werde, was in meiner Macht steht, um dir ebenfalls zu helfen. Und ich gehe sehr sparsam mit Versprechen um. In der Summe liege ich immer noch im einstelligen Bereich.«

Das war die Wahrheit, und er sah, dass sie ihm glaubte. Dann schwieg sie, während sie überlegte, ob sie das Risiko tatsächlich eingehen sollte. Ob sie ihm helfen sollte. Ihre Unsicherheit lag wie ein unsichtbares Beben in der Luft.

»Du hast noch gar nicht gefragt, wie ich heiße«, sagte sie.

Sie wollte die Entscheidung noch ein wenig hinauszögern. Victor ließ sie. Es musste ihr freier Wille sein. Wenn der Plan funktionieren sollte, konnte er sie nicht zwingen, sich mit ihm zu verbünden.

»Ich habe nicht das Recht, dir eine so persönliche Frage zu stellen«, antwortete er. »Du kannst es mir sagen, sobald du dazu bereit bist.«

»Noch nicht.«

Er nickte. »Sieh es doch mal so: Du versuchst dein Glück entweder mit Zoca und Rados, oder du versuchst es mit mir.«

Auch jetzt sah er ihr die Wirkung seiner Worte unmittelbar an. Sie wandte den Blick ab. »Wenn ich hierbleibe, dann bin ich so oder so tot.«

Sie hatte eine Kämpfermentalität und den unbedingten Willen zu überleben. Das konnte er zu seinem Vorteil nutzen, aber gleichzeitig empfand er auch große Hochachtung für sie. »Hilf mir, dann kannst du nach Hause zurückkehren.«

»Wie gesagt: Sie wissen, woher ich komme. Wenn ich nach Hause gehe, dann holen sie mich dort wieder ab. Ich habe nicht vor, denselben Fehler noch einmal zu machen.«

»Ich werde Rados töten. Seine Organisation wird führerlos sein und auseinanderbrechen. Seine engsten Mitarbeiter werden sich gegenseitig die Köpfe einschlagen, dann bilden sich verschiedene Splittergruppen. Es wird ziemlich unübersichtlich werden und sehr blutig. Sie werden weder die Möglichkeit noch das Bedürfnis haben, sich um eine entlaufene Frau zu kümmern.«

»Vorausgesetzt du hast recht, ich würde sowieso nicht nach Hause zurückgehen, selbst wenn ich könnte. Ich habe kein Zuhause mehr. Nur noch die Erinnerung an einen Ort, den ich früher einmal gekannt habe.«

»Dann kannst du überall hingehen«, erwiderte er. »Die Welt ist groß.«

Sie schüttelte schon den Kopf, bevor er seinen Satz beendet hatte. Wie sollte das gehen?

Er fuhr fort: »Ich kenne eine Menge Leute. Kluge Menschen. Einflussreiche Menschen. Wenn du willst, kann ich dir eine neue Identität verschaffen. Ich besitze selbst einen ganzen Stapel davon. Du kannst ein neues Leben beginnen, irgendwo auf der Welt. Such dir ein Land aus, das du schon immer mal sehen wolltest. Dort kannst du leben. Du kannst dich einbürgern lassen und noch einmal von vorn anfangen. Du kannst alles das hier hinter dir lassen. Du bist immer noch jung, du hast das ganze Leben noch vor dir. Es wartet nur auf dich. Und ich kann dafür sorgen, dass du sicher bist, dass dir nie wieder jemand etwas antun will.«

Sie starrte ihn einen Augenblick lang an, und er empfand genau dieselbe Unsicherheit wie sie. Doch dann fing ihre Unterlippe an zu zittern, und ihre undurchschaubare Miene fiel in sich zusammen. Ihre Augen wurden feucht, und Tränen liefen ihr über die Wangen.

Sie nickte und fing an zu schluchzen.

Er wusste nicht, was er machen sollte, darum blieb er einfach stehen und sah zu, wie sie weinte.

Kapitel 36

Das nächste Treffen mit Rados fand in seinem Klub statt. Als Victor sich durch die Zuschauer schlängelte, waren die Kämpfe bereits in vollem Gang. In einer Ecke erholten sich gezeichnete Kämpfer, blutüberströmt und mit blauen Flecken übersät, und gaben sich wie beste Freunde. Ein paar andere waren noch mitten in der Vorbereitung. Der Rest der Menge hatte die Blicke auf zwei von Rados' Männern gerichtet, die in dem leeren Schwimmbecken aufeinander einprügelten. Es wurde weder getreten noch gegrapscht.

»Darauf haben sie sich am Anfang verständigt«, erläuterte Rados. »Nur Boxen. Eine Abmachung unter Ehrenmännern, zwischen Männern, die keine Ehre haben.«

»In der Schlacht gibt es ohnehin keine Ehre.«

»Vielleicht«, meinte Rados. »Aber danach.«

Victor sagte: »Sie wollten mich sprechen.«

»Nein. Ich will dich nicht sprechen. Ich will mit Leuten wie dir absolut nichts zu tun haben. Nimm es nicht persönlich.«

»Keine Sorge.«

»Aber ich *muss*. Ich bin dazu gezwungen, gewissermaßen. Der Termin für den Warentransport, den ich schon einmal erwähnt habe, ist bestätigt worden.«

»Wann?«

»Die Details erfährst du kurz vor der Abfahrt«, sagte Rados. »Morgen.«

Wenn Victor die Situation nutzen wollte, dann brauchte er mehr Zeit zur Planung und Vorbereitung. Weniger als vierundzwanzig Stunden würden dafür nicht reichen. Er nickte. Die Frage, wo die Übergabe stattfinden sollte, lag ihm auf der Zunge, aber es war klar, dass er darauf keine Antwort bekommen würde, sondern dass jede Frage nur neues Misstrauen säen würde. Der Erfolg seiner Mission hing nicht davon ab, ob er Rados' Vertrauen gewinnen konnte – das würde er ohnehin niemals schaffen –, sondern davon, ob es ihm gelang, Rados' tief sitzendes Misstrauen so einzuschläfern, dass der Serbe verletzlich war, und sei es nur für einen einzigen Augenblick.

Mehr brauchte Victor nicht.

Daher war die morgige Übergabe ein notwendiger Schritt. Dort konnte er seine Zuverlässigkeit unter Beweis stellen. Wenn

Rados mit Schwierigkeiten rechnete, würde Victor sich ebenfalls darauf einstellen. Rados schien über einen ausgezeichneten Instinkt zu verfügen, der im Kampf geschult und durch jahrelange Aktivitäten im organisierten Verbrechen geschärft worden war. Er wollte Victor nicht ohne Grund mit dabeihaben, und sicherlich nicht nur als passiven Beobachter.

Die beiden Boxer im Swimmingpool waren mittlerweile ziemlich erschöpft. Trotzdem ließen sie immer noch die Fäuste fliegen. Manche Schläge wurden abgeblockt, die meisten gingen am Ziel vorbei, aber einige trafen, bereiteten dem Gegner Schmerzen und zeigten Wirkung. Allerdings hatte keiner der beiden Männer mehr die Kraft oder die Cleverness, um daraus einen entscheidenden Vorteil zu ziehen.

Rados sah gebannt zu. »Was machst du, wenn du weder die Kraft noch das Können noch die Intelligenz hast, um zu gewinnen? Du lässt nicht locker. Du beißt dich durch. Du kaschierst deine Schwäche durch noch mehr Anstrengung. Ausreichend Regen und die Zeit bringen selbst die mächtigste Burg zum Einsturz.«

»Durchhaltevermögen ist der Schlüssel zum Sieg.«

»Liebst du das Risiko?«, wollte Rados dann wissen.

Victor dachte an die Begegnung mit Abigail im *Covent Garden Hotel*. »Manchmal.«

»Spielst du?«

»Gelegentlich. Blackjack oder Poker.«

»Kein Roulette? Keine Automaten?«

Victor schüttelte den Kopf.

»Der blinde Zufall ist also nichts für dich. Du hast es lieber, wenn du die Chancen zu deinem Vorteil beeinflussen kannst.«

»Machen das nicht alle?«

»Nicht alle wissen, wie sie das anstellen sollen. Man nennt sie, wenn ich richtig orientiert bin, Dummköpfe.«

»Aber woher weiß ein Dummkopf, dass er ein Dummkopf ist?«

Rados lächelte. »Du weichst mir immer wieder aus. Das gefällt mir. Es gefällt mir, dass du mich zwingst zu kämpfen, wenn ich etwas von dir will.«

»Und das wäre?«

Das Lächeln seines Gegenübers wurde noch breiter. »Tja, ich fürchte, du wirst ebenso dafür kämpfen müssen. Jedenfalls will ich dich morgen an meiner Seite haben, und zwar, weil ich meinen slowakischen Kunden nicht über den Weg traue. Es handelt sich um zwei Brüder, die selbst für Kriminelle ein ausgesprochen unappetitliches Gespann abgeben. Schon einzeln würde man mit keinem der beiden freiwillig seine Zeit verbringen wollen. Aber wenn sie gemeinsam auftreten, würde man am liebsten die Straßenseite wechseln, nur um nicht dieselbe Luft zu atmen wie sie. Sie sind buchstäblich der Abschaum des Abschaums.«

»Wie heißen sie?«

»Namen sind nicht wichtig. Das weißt du vermutlich besser als die meisten.«

Victor nickte. »Haben Sie schon einmal mit ihnen zu tun gehabt?«

»Ja, natürlich.«

»Und warum machen Sie sich dann jetzt Gedanken über deren Vertrauenswürdigkeit?«

»Weil wir kurzfristig denken. Wenn Sie einen Mann vor die Wahl stellen, ihm heute einen Finger abzuhacken oder morgen die ganze Hand, wird er jedes Mal das Letztere wählen. Warum?«

»Überlebenswille. Instinkt. Wir müssen kurzfristig denken, weil das Morgen ungewiss ist.«

»Hast du schon einmal etwas von der Hierarchie der Bedürfnisse gehört? Das ist ein Modell, von dessen Richtigkeit ich zutiefst überzeugt bin. Wir sind nicht für die moderne Welt geschaffen, sondern für das Leben in der Wildnis. Wir schlucken Tabletten gegen Depressionen, weil wir uns keine Gedanken mehr darüber machen müssen, wo wir etwas zu essen bekommen, wo wir Wasser finden oder wie wir Gefahren vermeiden können. Die Folge ist eine große innere Leere. Wenn wir einen beliebigen Menschen aus unserer sogenannten Zivilisation herausreißen und ihn auf einer einsamen Insel aussetzen, wie lange wird er sich noch mit seinem Übergewicht beschäftigen oder mit der Frage, was er im Ruhestand machen soll?«

»Ich weiß wirklich nicht, worauf Sie hinauswollen«, erwiderte Victor.

»Ich will darauf hinaus, dass das mein drittes Geschäft mit den Slowaken ist«, erklärte Rados. »Die beiden ersten Male waren sehr angenehm, aber falls diese Kerle nur mein Vertrauen gewinnen wollten, um mich dann umso schmerzhafter übers Ohr zu hauen, wäre jetzt der richtige Zeitpunkt dafür. Nur ein blutiger Amateur würde versuchen, mich schon beim ersten Mal zu hintergehen.«

»Und Sie sind natürlich auch beim zweiten Mal noch sehr wachsam.«

Rados nickte. »Natürlich. Aber es geht eher darum, was die andere Seite denkt. Das sind Kriminelle, darum sind sie faul, wenn nicht sogar dumm. Anstatt zu versuchen, meine Herangehensweise zu verstehen, gehen sie in ihrer Faulheit davon aus, dass ich bin wie sie. Und sie selbst würden beim dritten Mal einem Geschäftspartner vertrauen und daher unaufmerksam werden.«

»Sie dagegen holen mich als zusätzliche Sicherheitsmaßnahme mit ins Boot.«

»Fast. Du bist neu. Du warst bei den ersten Malen nicht dabei. Das wird sie verunsichern. Sie werden sich fragen, wer du bist und weshalb du dabei bist, und das bringt sie aus dem Konzept. Darüber hinaus kannst du dich als zusätzlicher Beobachter nützlich machen, denn du siehst die Dinge, bevor sie geschehen, genau wie ich. Du hast das Untier perfekt vorgeführt, hast geschafft, was niemand zuvor geschafft hat, und das alles, ohne einen Tropfen Schweiß zu vergießen. Ich bin durchaus in der Lage, diese Leistung anzuerkennen, obwohl du gegen meine Anweisung gehandelt und daher deine Loyalität in Zweifel gestellt hast. Doch ich bin bereit, dir diese Verfehlung zu verzeihen, vorausgesetzt, du hilfst mir bei den Verhandlungen mit den Slowaken, indem du ihre Leute beobachtest. Dann merkst du schnell, ob sie es ehrlich meinen oder nicht.«

»Was ist mit Ihren eigenen Leuten? Sind die dazu nicht in der Lage?«

Rados überlegte, bevor er Victor eine Antwort gab. »Meine Männer sind loyal und ohne Furcht. Sie würden jederzeit ihr Leben für mich geben, und ich vertraue ihnen dafür mein eigenes Leben an, so wie der byzantinische Kaiser sich Tag und Nacht seiner Warägergarde anvertraut hat. Doch in seine militärische Strategie waren sie nicht eingeweiht. Und auch ich kenne die Grenzen meiner Waräger.«

»Die Waräger des byzantinischen Kaisers waren Söldner. Sie waren nur loyal, solange sie bezahlt wurden.«

»Das ist richtig, ja«, stimmte Rados ihm zu. »Und Loyalität hat ihren Preis, so wie jede Ware. Aber meine Waräger sind nicht nur deshalb loyal, weil ich sie bezahle, sondern weil sie mich lieben und weil sie glauben, dass ich sie auch liebe. Sie wollen Reichtum, und den verschaffe ich ihnen, aber was sie wirklich brauchen, ist Liebe, so wie jeder Mensch. Und wo sonst sollen sie diese Liebe finden? Nur ein Untier ist in der Lage, für ein anderes Untier wahrhaftige Liebe zu empfinden.«

Victor schwieg einen Augenblick lang, dann sagte er: »Sie setzen großes Vertrauen in mich.«

Rados schüttelte den Kopf. »Mit Vertrauen hat das nichts zu tun. Ich versuche lediglich, die Chancen zu meinen Gunsten zu beeinflussen, genau wie du. Nur deshalb nehme ich dich zur Übergabe mit. Ich erhöhe meine Chancen. Du kannst dazu beitragen, dass alles gut läuft und ich unversehrt wieder nach Hause komme.«

Nicht, wenn ich es verhindern kann, dachte Victor.

Kapitel 37

Sie merkte, dass irgendetwas im Gange war. Der Lärm hatte sie aufgeweckt – laute Stimmen, Hin- und Hergerenne –, aber ihr war klar, dass sie in ihrem Zimmer bleiben musste und nicht nachsehen durfte. Wer überleben wollte, durfte nicht auffallen, durfte keinen Ärger machen.

Und doch … irgendwie musste sie an Informationen kommen. Sie musste etwas erfahren, was dem Mann nützte, der ihr helfen würde, von hier zu entkommen. Sie musste irgendetwas Entscheidendes über Rados herausfinden – wo er war, wohin er gehen wollte oder wer darüber Bescheid wusste.

Aber das war nicht so einfach, solange sie nur mit den anderen Gefangenen sprechen konnte, die fast alle noch weniger zu wissen schienen als sie selbst. Rados' Männer scheuchten sie immer nur herum – tu dies, geh dahin, mach dich fertig, geh dich waschen –, mehr nicht. Doch wann immer sie konnte, lauschte sie und merkte sich jedes Wort, das zwischen den Männern gewechselt wurde. Sie gingen davon aus, dass sie kaum Serbisch sprach, aber da unterschätzten sie sie gewaltig. Sie konnte mehr, als sie dachten. Und sie war zu allem bereit.

Als der Lärm verstummt war, duschte sie in der Gemeinschaftsdusche und zog sich wieder an. Als sie wieder in die Küche kam, war keines der anderen Mädchen in der Nähe, nur der schüchterne Junge mit der Akne.

Er war eher Hausmeister als Bewacher und für die niederen Tätigkeiten zuständig – Glühbirnen wechseln, kochen und sauber machen. Er sprach nicht viel, auch nicht mit Zoca und den anderen Männern, und erledigte seine Aufgaben ohne Murren. Mit ihr oder den anderen Frauen redete er nur, wenn es sein musste. Noch nie hatte er einen Versuch unternommen, ein paar belanglose Worte mit ihr auszutauschen

Als sie die Küche betrat, wich er ihrem Blick aus. Sie sah, dass er anders war als die anderen Männer, noch nicht so verroht. Sie verabscheute ihn deswegen nicht weniger als die anderen. Er war vielleicht noch nicht so böse wie sie, aber er wollte es werden. Doch im Augenblick besaß er noch so etwas wie einen weichen Kern, war noch schwach und unreif. Und das konnte sie nutzen.

Sie hatte eine Idee.

Sie fing an, sich einen löslichen Kaffee zu machen, und stellte einen Wasserkessel auf den Herd. Als der Kessel anfing zu pfeifen, goss sie etwas von dem kochenden Wasser in ihre Tasse und schüttete sich dabei einen Schwall auf die Hand.

»Aua«, schrie sie laut.

Sie fluchte, verzog das Gesicht und rieb sich die Hand. Dann starrte sie den roten, verbrannten Hautfleck an.

»Alles in Ordnung?«, erkundigte er sich.

»Nein. Ich habe mich verbrannt.«

»Du musst die Stelle unter kaltes Wasser halten.«

Sie stellte sich ans Spülbecken und hielt die Hand unter den kühlenden, schmerzlindernden Strahl.

»Besser?«, erkundigte er sich.

»Kaum.«

»Ich hole den Erste-Hilfe-Kasten«, sagte er.

Zufrieden trotz der Schmerzen setzte sie sich auf eines der

unbequemen Sofas, während er sich an dem Erste-Hilfe-Kasten zu schaffen machte. Dann schmierte er Salbe auf die verbrannte Stelle und verband sie anschließend. Das war zwar völlig unnötig, aber sie ließ ihn gewähren. Seine Hände zitterten.

»Danke«, sagte sie dann.

»Kein Problem«, erwiderte er achselzuckend.

Sie sah sich um. »Wieso ist eigentlich niemand mehr da? Es ist so still hier.«

Er zuckte erneut mit den Schultern. »Keine Ahnung.«

»Erzählen sie dir nicht, was sie vorhaben?«

Sie ließ ihre Stimme ganz bewusst ein klein wenig verächtlich klingen, und überrascht dazu. Sie wollte ihn in die Defensive drängen, ohne ihn zu verärgern.

»Doch. Ziemlich oft sogar«, gab er empört zurück.

»Was denn, zum Beispiel?«

Er zögerte.

»Macht nichts«, fuhr sie fort. »Mir erzählen sie ja auch nichts.«

Das machte ihn ganz offensichtlich stutzig. Er wollte ganz bestimmt nicht mit ihr auf einer Stufe stehen – auf der untersten. Er hoffte ja schließlich, eines Tages auch ein richtiger Gangster zu sein.

Nach einer kurzen Pause sagte er: »Die wickeln ein Geschäft ab. Es ist was Wichtiges.«

Sie gab sich Mühe, ihn beeindruckt anzusehen, um ihrem nächsten Satz noch mehr Wucht zu verleihen. »Und dich haben sie nicht mitgenommen?«

Er blieb stumm.

»Ist der Neue auch dabei?«, fuhr sie fort.

Er wollte etwas sagen, doch dann nickte er nur stumm und senkte beschämt den Blick.

»Wieso haben sie ihn mitgenommen, aber dich nicht?«, fragte sie.

»Ich weiß nicht«, murmelte er.

Sie sah ihm deutlich an, wie die Erkenntnis von ihm Besitz ergriff, wie ihm jetzt unmittelbar deutlich wurde, dass er in der Gruppenhierarchie ganz unten angesiedelt war. Mit hängenden Schultern stand er da, nachdem sie ihn mit ihrer Frage unsanft auf den Boden der Tatsachen geholt hatte.

»Ach so«, sagte sie. »Sie brauchen dich hier. Einer muss ja den Laden zusammenhalten.«

Er blickte auf. Die unbestechliche Logik und das damit verbundene Kompliment gaben ihm einen Schub. »Ganz genau.«

»Das ist eine wichtige Aufgabe.«

Er nickte. »Genau. Sehr wichtig. Wichtiger jedenfalls, als die neuen Mädchen zu verlegen.«

»Sie müssen großes Vertrauen zu dir haben, dass sie dir so viel Verantwortung geben.«

Er lächelte schüchtern. Jetzt hatte sie ihn fast da, wo sie ihn haben wollte. »Haben sie alle neuen Mädchen mitgenommen? Außer mir, meine ich.«

Er schüttelte den Kopf. »Nur drei.«

Sie überlegte. Bei der Ankunft auf dem Schrottplatz waren es insgesamt sieben Frauen gewesen, sie eingeschlossen. Eine war getötet worden und eine hatte eine gebrochene Nase, sodass sie nicht verkauft werden konnte. Also war immer noch ein Mädchen übrig.

»Und wo ist die letzte?«

Er zuckte mit den Schultern. Er wollte es nicht sagen. Sie wusste nicht, warum.

Dann wechselte sie das Thema, weil sie ihn auf ihrer Seite behalten wollte. »Was hältst du von dem Neuen?«

»Ich habe eigentlich gar nicht mit ihm geredet. Er ist aus Ungarn.«

»Was halten die anderen von ihm?«

Seine Augen fingen an zu schimmern, und er richtete sich auf, weil ihm etwas eingefallen war. »Sie haben ihn bloß mitgenommen, weil sie ihm nicht trauen.«

»Woher weißt du das?«

Er zuckte mit den Schultern, als sei das nichts Besonderes, als wüsste er alles. »Hat Zoca mir erzählt.«

»Was hat er denn gesagt?«

»Dass der Ungar unter Beobachtung steht.«

»Was heißt das?«

Jetzt, wo er etwas wusste, was sie nicht wusste, fühlte er sich stark und privilegiert. Und um seine Wichtigkeit unter Beweis zu stellen, fing er bereitwillig an zu reden, ohne darüber nachzudenken, weshalb sie ihn überhaupt gefragt hatte.

»Er wird beschattet. Sie wollen mehr über ihn erfahren. Und falls irgendwas mit ihm nicht stimmt, wird er umgebracht.«

»Oh«, sagte sie.

»Zoca kann ihn nicht leiden«, fügte der Junge hastig hinzu, um seine Macht noch ein wenig länger auszukosten. »Er hofft, dass er irgendwas Schlechtes über ihn rauskriegt. Er hat mir erzählt, dass ...«

Erst jetzt hielt er inne, weil ihm klar geworden war, was er da tat: Informationen über seine Chefs an eine Gefangene weitergeben. Schlagartig fiel alle Selbstgefälligkeit von ihm ab, und er wirkte ausgesprochen nervös.

Sie betrachtete demonstrativ ihre bandagierte Hand, tat so, als hätte sie gar nicht zugehört. »Danke für deine Hilfe. Es tut schon nicht mehr so weh.«

»Ist schon gut.« Er schluckte. »Du darfst niemandem sagen, was ich dir erzählt habe.«

»Wie meinst du das? Was denn?«

»Das mit dem Ungarn. Und Zoca.«

Sie lächelte unschuldig. »Du kannst mir vertrauen.«

Kapitel 38

Sie fuhren im Morgengrauen los, mit insgesamt drei Fahrzeugen: zwei Range Rover, ein Minivan. Victor saß im ersten Range Rover, wieder neben dem Fahrer auf dem Beifahrersitz, während Rados zwischen zwei Männern auf der Rückbank Platz nahm. Ob das eine Sache des Vertrauens war? Oder hing es damit zusammen, dass er neu war? Vielleicht empfanden Rados und seine Männer es nicht als Ehre, vorn zu sitzen, und hatten daher gar nicht den Wunsch. Die Frauen saßen im Minivan, der von Zoca gesteuert wurde. Rados hatte ihn degradiert und ignorierte ihn nun komplett. Aus Victors Sicht war das ein gefährlicher Fehler. Er hatte schon etliche Männer von Zocas Schlag kennengelernt, Männer, deren angeknackster Stolz sehr viel langsamer verheilte als jede körperliche Verletzung. Männer, die niemals vergaßen. Männer, die abwarteten und Pläne schmiedeten und ihre Wut so lange im Verborgenen hegten und pflegten, dass ihre Peiniger glaubten, sie sei schon längst verraucht.

Rados hatte sich zu einer Machtdemonstration entschlossen. Im zweiten Range Rover saßen noch einmal vier seiner erfahrensten Männer – seine Warägergarde. Sie waren hoch konzentriert, was für jeden Soldaten im Einsatz eine Selbstverständlichkeit war, aber außerdem waren sie aufgeputscht und nervös. Sie hatten richtige Arbeit vor sich, garniert mit einem Hauch von Gefahr, und die unverfälschte Erregung, die sie dabei empfanden, war etwas ganz und gar Einzigartiges.

Sie ließen die Stadt hinter sich und drangen tief ins Innere der Wälder Nordserbiens vor. Niemand sagte ein Wort. Das Radio blieb stumm. Als die Fahrzeugkolonne schließlich auf einem von endlosem Grün umgebenen Waldweg anhielt, stand die Sonne bereits hoch am Himmel.

Die Range Rover bremsten, und die Waräger sprangen nach draußen. Victor tat es ihnen nach, während Rados alleine auf der Rückbank sitzen blieb.

Die sieben Waräger scharten sich um das Heck des Führungsfahrzeugs und bekamen vom Fahrer Waffen ausgehändigt, Kalaschnikows und tschechische Skorpion-MPs, die er aus großen Leinentaschen hervorzog. Er schien ganz eindeutig die Rolle des Waffenmeisters zu haben. Niemand verlangte eine bestimmte Waffe, beklagte sich oder wollte womöglich sogar tauschen. Als Nächstes wurde die Munition verteilt, und die Männer stopften sich Magazine in Taschen und Gürtel.

Der Waffenmeister wandte sich an Victor und reichte ihm einen Colt, Kaliber fünfundvierzig, und ein Ersatzmagazin.

»Ich fühle mich ein bisschen benachteiligt«, sagte Victor.

Der Waffenmeister zeigte keine Reaktion.

Victor kontrollierte die Pistole. Sie war gebraucht und hatte etliche Kratzer und Beulen, doch der Mechanismus machte einen soliden Eindruck. Er ließ das Magazin herausschnappen und warf einen Blick in die Kammer und den Lauf. Die Waffe war schon eine Weile nicht mehr gereinigt worden, aber er rechnete nicht mit größeren Problemen. Colts waren einfach und effektiv. Präzision, Reichweite, Rückstoß, Kadenz und Durchschlagskraft waren allesamt wichtige Kriterien, doch die Eigenschaft, die Victor am meisten schätzte, das war die Zuverlässigkeit. Im Einsatz gab es immer wieder Situationen, wo man eine Waffe nicht regelmäßig reinigen konnte.

Die Magazine waren geladen. Das erledigte Victor normalerweise lieber selbst. Es hatte etwas Beruhigendes, ein Magazin zu laden. Die immer gleiche Handbewegung, mit der eine Patrone nach der nächsten an ihren vorgesehenen Platz geschoben wurde, machte ihm jedes Mal das Prinzip von Ursache und Wirkung und die Bedeutung einer sorgfältigen Vorbereitung bewusst. Eine

Pistole konnte versagen, ein Schuss konnte danebengehen, aber ohne Patronen war die Waffe von vornherein wertlos.

Darüber hinaus gab es aber noch einen zweiten Grund. Wenn überhaupt Probleme zu erwarten waren, dann durch das Magazin. Das erste sah beispielsweise ziemlich staubig aus. Auf dem Gehäuse sowie auf der obersten Patrone hatte sich eine dünne Staubschicht abgelagert. Vermutlich war es im geladenen Zustand aufbewahrt worden. Das konnte sich als problematisch erweisen. Die Sprungfeder wurde durch die konstante Spannung geschwächt, und das konnte dazu führen, dass die nächste Patrone nicht fest genug in die Kammer geschoben wurde und sich dadurch verklemmte.

Das Ersatzmagazin sah auch nicht anders aus. Der Waffenmeister bekam mit, wie Victor die Magazine musterte, und runzelte die Stirn.

»Ist was?«, wollte er wissen.

»Nichts.«

Die Waräger hatten ihre Waffen und Magazine nicht so gründlich untersucht wie Victor. Wenn überhaupt, dann hatten sie es bei ein paar oberflächlichen Blicken belassen. Das war zum Teil Faulheit, zum Teil mangelhafte Ausbildung, aber der wichtigste Aspekt war der, dass die Kalaschnikow eine der zuverlässigsten Automatikwaffen aller Zeiten war – ein Wunder der Technik und gleichzeitig das genaue Gegenteil. In gewisser Weise war sie ein ziemlich wahllos zusammengeschustertes Ding, schlecht verarbeitet und in puncto Präzision und Reichweite ihren Konkurrenten weit unterlegen. Doch genau diese ungenaue Verarbeitung hatte zur Folge, dass sie auch voller Matsch oder Schmutz oder Sand oder Schnee, ja sogar unter Wasser immer noch funktionierte. Manche dieser Waffen hatten einen ganzen Krieg überstanden, ohne ein einziges Mal geputzt zu werden, und auch dann immer noch tadellos funktioniert.

Er sah, wie Zoca vom Waffenmeister eine Waffe in die Hand bekam. Sein Gesicht war schon nicht mehr ganz so sehr geschwollen, nur um seine Augen war immer noch ein tiefblauer Rand, der von einer Sonnenbrille vor flüchtigen Blicken geschützt wurde. Victors Blicke waren zwar unauffällig, aber alles andere als flüchtig.

Jetzt musterte Zoca ihn durch die Gläser seiner Sonnenbrille. »Bist du irgendwie nervös?«

»Wir glauben, wir könnten einander lesen«, gab Victor zurück, »dabei projizieren wir in der Mehrzahl der Fälle nur unsere eigenen Gefühle in das Gegenüber und verwechseln Selbstwahrnehmung mit Beobachtung.«

Zoca runzelte die Stirn. »Was?«

Victor erwiderte: »Genau.«

Dann sah er, wie Rados aus dem Führungsfahrzeug stieg und ihn zu sich winkte. Victor hatte eine Waffe in der Hand und näherte sich seiner Zielperson. Dabei sagte er sich ununterbrochen, dass in seinem Rücken ehemalige Paramilitärs mit automatischen Waffen standen.

»Die Wälder hier sind üppig und grün, die Bäume hoch und kräftig. Ihre Blätter leuchten hell«, sagte Rados. »Weißt du, warum?«

Victor schüttelte den Kopf.

»Das liegt an der Erde«, erklärte ihm Rados. »Sie ist fett und voller Nährstoffe. Sie ernährt den Wald und gibt ihm Kraft. Das ist noch nicht lange so. Was glaubst du, warum enthält die Erde hier so viele Nährstoffe? Wo kommen die her?«

Wenn er jetzt immer noch den Ahnungslosen gespielt hätte, dann hätte das sehr nach Begriffsstutzigkeit ausgesehen. Entweder hätte Rados ihm die Rolle abgenommen, was unwahrscheinlich war, oder er hätte ihn als Schauspieler entlarvt. Und da keines von beiden Victor seinem Ziel näher gebracht hätte, sagte er: »Das liegt an den Leichen, die hier vergraben wurden. Die Bäume sind deshalb so kräftig, weil sie sich von verfaulten Leichnamen ernähren.«

Rados lächelte. »Richtig. Wie Dünger. Die Bäume sind durch den Krieg stärker geworden. Der Tod ist gut für das Leben. So ist es schon immer gewesen.«

Victor blieb still. Rados war mehr als ein Psychopath. Er war ein durchgeknallter Irrer. Was Victors Auftrag um ein Vielfaches schwieriger machte. Er hatte zwar eine Menge Übung darin, die Handlungen intelligenter, psychisch gesunder Menschen vorauszusehen. Doch bei denjenigen, die nicht in diese Schnittmenge fielen, war alles anders. Um ihre Handlungen vorauszusagen, war eine erhebliche Portion Glück erforderlich. Rados war ein intelligenter Mensch, darum sollte er sich zumindest teilweise berechenbar verhalten. Aber es war unmöglich einzuschätzen, wie seine psychotische Störung sich auswirken würde. Victor konnte nicht denken wie er, darum konnte er sich auch nicht vorstellen, was Rados in unterschiedlichen Situationen tun würde. Ihm eine präzise durchdachte Falle zu stellen, konnte funktionieren, konnte aber auch aus unerklärlichen Gründen schiefgehen. Victor musste seine Strategie also entsprechend anpassen. Er musste jederzeit darauf eingestellt sein, zu improvisieren und je nach Situation zu reagieren. Das war zwar etwas, was er nach Möglichkeit zu vermeiden suchte, aber manchmal hatte er eben keine andere Wahl. Bei einer gut geschützten Zielperson wie Rados war das eine ziemlich beängstigende Perspektive.

Er machte sich noch einmal bewusst, dass Rados' Unberechenbarkeit jederzeit eine unvorhersehbare Situation heraufbeschwören konnte. Das musste nicht zwangsläufig ein Nachteil sein. Vorerst jedenfalls hatte er keinen Zeitdruck. Ursprünglich hatte er ja ein bis zwei Wochen einkalkuliert, um sich eine vernünftige Ausgangsposition für sein Vorhaben zu erarbeiten. Und dieser Prozess war immer noch nicht abgeschlossen.

Rados rief Zoca zu: »Hol die Frauen!«

Eine Minute später war Zoca da. Victor erkannte drei der jungen Frauen, die auf dem Schrottplatz aus dem Lastwagen gekommen und anschließend in Container gesperrt worden waren.

»Mitkommen«, sagte Rados, und Zoca folgte ihm zusammen mit den Frauen. Victor und einer der Waräger schlossen sich ebenfalls an. Die anderen blieben bei den Fahrzeugen.

Jetzt hatte Victor also freie Sicht auf seine Zielperson. Das war durchaus verlockend, aber er unternahm nichts, vor allem, weil er nur eine Pistole mit maximal vierzehn Schuss zur Verfügung hatte – vorausgesetzt, die beiden Magazine funktionierten einwandfrei und verklemmten sich nicht.

»Du siehst nachdenklich aus«, bemerkte Rados und bewies damit wieder einmal, wie gut er Victors Stimmung erfassen konnte.

Victor nickte – er wollte sich nicht bei einer Lüge ertappen lassen, wo schon seine ganze Anwesenheit hier auf einer Lüge basierte – und hielt den Colt in die Höhe. »Ich komme mir vor, als würde ich mich mit einem Messer in eine Schießerei wagen.«

Rados grinste. »Dann mach eine Messerstecherei daraus.«

Sie drangen tiefer in den Wald vor und folgten einem Pfad, der vom Hauptweg abzweigte. Innerhalb weniger Minuten waren die Fahrzeuge nicht mehr zu sehen, und Victors Chancen wurden größer, aber er hatte immer noch zwei Männer mit Sturmgewehren im Rücken. Wahrscheinlich würde er es schaffen, sie zu überrumpeln und unschädlich zu machen, um anschließend Rados zu töten, doch dann waren da immer noch die gut ausgerüsteten Waräger, die die Schüsse hören und schnell herbeieilen würden.

Noch nicht, sagte Victor sich.

Er sah, dass Rados ihn beobachtete, und erneut sah er so aus, als könne er seine Gedanken lesen. Darum sagte Victor: »Falls diese Leute versuchen wollen, Sie übers Ohr zu hauen, dann beim dritten Mal, das haben Sie doch vorhin selbst gesagt.«

»Sehr richtig, das habe ich gesagt.«

»Aber Sie haben eine große Organisation mit vielen Leuten zur Verfügung.«

»Groß ist in diesem Fall eine sehr relative Angabe, aber sagen wir zum Spaß einfach einmal ja.«

»Warum sind wir dann nur zu viert?«

»Weil es so abgesprochen ist. Die Slowaken bringen drei Mann mit, und ich bringe drei Mann mit. Darauf haben wir uns beim ersten Mal verständigt. Und beim zweiten Mal ist es genauso abgelaufen.«

»Aber das hier ist das dritte Mal.«

Rados nickte. »Falls die anderen mehr als drei Mann dabeihaben, machen wir kehrt und fahren nach Hause. Genau dasselbe gilt im umgekehrten Fall. Sie sind nicht dumm, und ich bin es auch nicht. Aha, wenn man vom Teufel spricht ...«

Vor ihnen tauchten mehrere Gestalten aus dem Nebel auf.

Kapitel 39

Schwer hing die Feuchtigkeit in der Luft. Es duftete nach nassen Bäumen, Blättern und Unterholz, nach urwüchsiger Natur. Nicht enden wollende Nebelschwaden hüllten den Wald ein. Gelegentlich riss die Nebelwand auf, doch auch dann war nichts als grauer Himmel zu sehen.

Victor zählte vier Männer, aber welche davon Brüder sein sollten, war nicht zu erkennen. Als Rados alleine auf die vier zuging, löste sich einer der Slowaken aus der Gruppe. Er war hager und schmal von den Schultern bis zur Hüfte. Die Lücke zwischen Hals und Hemdkragen war etliche Zentimeter groß, und die Manschetten wirkten im Vergleich zu seinen schmalen Händen so riesig, dass er aussah wie ein Kind in den Kleidern eines Erwachsenen. Straff spannte sich die Haut über seine vorstehenden Backenknochen und die eingefallenen Wangen, die im Schatten des Waldes dunkel aussahen. Seine Glupschaugen traten weit aus den Höhlen hervor und huschten ununterbrochen zwischen Victor und Rados hin und her. Die Haare des Slowaken sahen seltsam unnatürlich aus. Anscheinend trug er ein viel zu offensichtliches und viel zu schlecht gemachtes Toupet oder Haarteil. Er schien ungefähr in Rados' Alter zu sein, doch während Rados kräftig und gesund wirkte, machte der Slowake einen geschwächten, kränklichen Eindruck.

Sie begrüßten einander wie alte Bekannte, lächelten, schüttelten einander die Hand, legten die Fingerspitzen auf die Oberarme des anderen, obwohl Rados gesagt hatte, dass er abgesehen von seiner Ehefrau und seiner Geliebten niemanden freiwillig anfasste. Er spielte die Rolle, die erforderlich war. Es ging nicht so weit, dass sie sich auch noch umarmten, doch ihre Zuneigung wirkte absolut echt, obwohl Victor genau wusste, dass sie es nicht war.

»Wo ist dein Bruder?«, erkundigte sich Rados.

Der Slowake kicherte. »Das ist eine lustige Geschichte.«

Die beiden beugten sich etwas dichter zueinander, redeten, lächelten, lachten. Victor gelang es nur gelegentlich, einen Halbsatz aufzuschnappen.

... hat ihn glatt abgebissen ...

... besser, aber du weißt ja, wie so was abläuft ...

... nicht einmal darüber lachen ...

Die drei Männer des Slowaken standen nur wartend herum und beobachteten das Ganze, aufmerksam, aber entspannt. In ihrem Rücken standen zwei Fahrzeuge am Wegrand, ein nagelneuer Toyota-Geländewagen und ein ziemlich ramponierter Lieferwagen.

Als sie mit dem einleitenden, unverbindlichen Geplauder fertig waren, winkte Rados Victor zu sich.

»Hier«, setzte Rados an, »das ist mein neuer Mann: Bartha, der Ungar.«

Der Slowake musterte Victor von oben bis unten, wirkte aber allem Anschein nach weder beeindruckt noch besonders interessiert an ihm. Er spielte lediglich mit, um Rados nicht vor den Kopf zu stoßen. »Hast du ihn mitgebracht, damit er trocken hinter den Ohren wird?«

»So ungefähr.«

Der Slowake sagte: »Sag mal, Bartha, der Ungar, was genau macht dich so besonders?«

»Ich kann mir gleichzeitig den Bauch reiben und auf den Kopf klopfen.«

Rados lachte, aber der Slowake verzog keine Miene. Rados gab Victor ein Zeichen, und er zog sich wieder zurück.

Der Slowake nahm den Blick von Victor. »Wie viele hast du mir heute mitgebracht?«

»Drei Stück«, erwiderte Rados.

»Das ist enttäuschend«, meinte der Slowake. »Wenn ich mich recht erinnere, dann war meine Anzahlung für fünf gedacht.«

»Das ist richtig, ursprünglich waren fünf vorgesehen, aber das Geschäft ist heute schwieriger als je zuvor. Zwei habe ich unterwegs schon verloren, und dann gibt es noch eine, mit deren Anblick ich dich jedoch lieber nicht beleidigen wollte.«

»Ich verstehe«, sagte der Slowake. »Aber ich nehme doch an, dass du mir für die beiden fehlenden Exemplare einen Ersatz mitgebracht hast?«

»Die Anzahlung wird natürlich angerechnet.«

»Das habe ich nicht gemeint. Ich habe fünf Frauen erwartet, und du bringst mir drei. Ich habe Zusagen gemacht. Ich bin Verpflichtungen für fünf eingegangen, die ich jetzt nicht mehr einhalten kann. Mit einer Entschuldigung und der Anrechnung der Anzahlung allein ist es nicht getan. Ich werde selbst Zugeständnisse machen müssen. Vielleicht fallen die ersten Verluste nicht so gewaltig aus, aber auf lange Sicht wird mich das teuer zu stehen kommen.«

»Und was schlägst du vor? Wie sollen wir verfahren?«, entgegnete Rados.

»Die Frage ist eher, wie *du* verfahren willst«, entgegnete der Slowake. »Ich persönlich finde, dass du die Kosten, die mir entstehen werden, übernehmen solltest. Ich habe fünf Mädchen versprochen und bringe nur drei mit. Also schlage ich vor, dass du die vollen Kosten für die beiden fehlenden Mädchen übernimmst und von dem Preis abziehst, den ich für die drei bezahlen muss.«

»Mit anderen Worten: Du willst nur für ein Mädchen bezahlen.«

Der Slowake nickte. »Ich bekomme ja nur sechzig Prozent der Bestellung. Also mache ich auf jeden Fall Verlust.«

»Wieder anders ausgedrückt: Du bezahlst nur zwanzig Prozent des ursprünglich vereinbarten Kaufpreises.«

»Du hast dich nicht an die Vereinbarung gehalten.« Der höfliche Tonfall des Slowaken wurde allmählich schärfer. »Du tauchst hier mit drei statt fünf Mädchen auf und kommst mir mit Ausreden, die mich nicht interessieren. Wenn ich eine Vereinbarung nicht einhalte, dann muss ich eben leiden. Allerdings … ich halte mich immer an meine Vereinbarungen. Und ich gehe davon aus, dass du das von heute an genauso handhaben wirst.«

Rados schwieg lange. Den Slowaken schien das nicht zu stören, er wartete in aller Ruhe und ohne erkennbare Nervosität auf eine Antwort. Offensichtlich war der grausame Ruf, den Rados in der Belgrader Unterwelt genoss, noch nicht bis in die Slowakei vorgedrungen.

Victor wartete ebenfalls, aber er nutzte die Zeit, um sich die Männer des Slowaken etwas genauer anzusehen. Sie wirkten irgendwie belustigt. Aus dem Augenwinkel behielt er auch seine Flanke im Blick. Der Waräger stand mit versteinerter Miene da und verfolgte das Gespräch ohne erkennbare Regung, aber Zoca war nervös.

Als Victor seine Aufmerksamkeit dann wieder den Slowaken widmete, erkannte er, dass in ihrer guten Laune eine gehörige Portion Vorfreude mitschwang, ähnlich wie bei der Menge in Rados' Kampfklub, die dem Auftritt des Untiers entgegengefiebert hatte, in der Gewissheit, dass es ihre Erwartungen erfüllen und seinem Gegner maximales Leiden zufügen würde. Die Slowaken empfanden jetzt in Bezug auf ihren Chef und seine Begegnung mit Rados etwas ganz Ähnliches.

»Also gut«, sagte Rados. »Zwanzig Prozent für drei, einverstanden.«

Der Slowake nickte zufrieden. »Sehr gut. Du bist ein Ehrenmann.«

»Geschäft ist Geschäft.«

»Und vollkommen recht«, meinte der Slowake zustimmend.

»Genau«, bestätigte Rados. »Aber du hältst dich nicht an deinen Teil der Abmachung, habe ich recht? Ich habe drei Frauen geliefert. Drei von fünf, das sind sechzig Prozent. Nicht zwanzig. Nicht einmal fünfzig. Sondern sechzig. Sechs. Null.«

Der Slowake seufzte laut und mit unverhohlenem Missfallen. »Ich bin durchaus in der Lage zu zählen, Rados. Langsam, aber sicher ermüdet mich das alles hier.«

Der Slowake mochte langsam die Lust verlieren, aber seine Männer genossen jeden einzelnen Augenblick. Sie hatten gewusst, dass Rados bei den Verhandlungen den Kürzeren ziehen würde.

»Machen wir das Geschäft nun oder nicht?«

»Wir machen es«, erwiderte Rados. »Aber ich möchte ausdrücklich betonen, dass du derjenige bist, der die Vereinbarung gebrochen hat, nicht ich. Du bist derjenige, der ehrlos handelt. Ich möchte nur sichergehen, dass dir das klar ist.«

Der Slowake grinste spöttisch. »Wenn das so ist, dann kannst du ganz beruhigt mit hundert Prozent der Ehre von hier verschwinden.«

Seine Männer grinsten auch. Einer schlug den anderen begeistert auf den Rücken, so sehr freute er sich über die Bemerkung seines Chefs.

Rados rieb sich das Kinn. »Das habe ich mir gedacht. Ich habe es von Anfang an gewusst. Ich habe von Anfang an gewusst, dass du ein Wurm bist. Also bringen wir diesen gottverdammten Handel endlich hinter uns.«

Es konnte nur eine Erklärung dafür geben, dass die Slowaken diesen Verlauf vorhergesehen hatten. Sie mussten gewusst haben, dass Rados nur mit drei statt der vereinbarten fünf Frauen hier auftauchen würde. Und das war vollkommen unmöglich ... es sei denn, ein Insider hatte es ihnen schon im Vorfeld verraten.

Das spöttische Lächeln des Slowaken wurde zu einem breiten Grinsen. »Ich mag ein Wurm sein, Rados, aber dieser Wurm füttert dich mit den Brosamen, die von seinem Tisch fallen. Und Würmer ernähren sich – das sollten wir nicht vergessen – von Schmutz.«

Victor drehte sich um und begegnete Zocas Blick.

Kapitel 40

Rados und der Slowake kehrten zu ihren jeweiligen Gruppen zurück. Rados wirkte äußerlich ruhig, doch Victor nahm die Wut, die von ihm ausging, deutlich wahr. Zoca trat von einem Fuß auf den anderen. Auch er konnte Rados' unterdrückten Zorn spüren.

Rados sagte: »In diesem Teil der Welt erzählen sich die Gangster Geschichten über mich. Sie flüstern sich zu, dass Milan Rados eine dämonische Gottheit sei, die durch die Nacht spukt. Ich bin zwar weder ein Dämon noch eine Gottheit, aber ich habe mehr Macht als alle beide zusammen, weil ich nämlich real bin und sehr reale Schmerzen zufügen kann. Aber dieser Slowake hat das vergessen. Ich muss ihn daran erinnern, wer ich bin.«

»Tun Sie's nicht«, sagte Victor.

Rados sah ihn nicht an. »Hast du gehört, was er zu mir gesagt hat?«

»Ich habe alles mit angehört«, erwiderte Victor. »Trotzdem: Tun Sie's nicht.«

»Als ich ein Kind war, da gab es vor meinem Fenster nichts zu sehen, also habe ich mir mein eigenes Panorama ausgedacht: einen majestätischen Baum, groß und mächtig, stark im Gegensatz zu meiner Schwäche, hoch im Gegensatz zu meiner Winzigkeit. Ich musste mir meine eigene Welt ausmalen. Aber jetzt *habe* ich meine eigene Welt. Und was hat er geschaffen? Er will mir etwas stehlen, was er sich selbst nicht bauen kann.«

»Tun Sie's nicht«, wiederholte Victor.

»Was soll ich nicht tun?«, wollte Rados wissen, als wüsste er nicht ganz genau, was Victor meinte.

»Das, was Sie tun wollen.«

»Und du weißt, was das ist, oder?«

Victor nickte erneut. »Sie wollen ihn töten.«

Rados schüttelte den Kopf. »Nein, ich will ihn nicht töten. Ich will ihm den Schwanz abschneiden, ihm damit den Rachen stopfen und ihn fragen, ob er nach Schmutz schmeckt. Das will ich tun. Und genau das werde ich auch tun.«

»Das wäre eine sehr schlechte Idee.«

»Wieso wäre das eine schlechte Idee? Nun sag schon, *bitte*, schließlich weißt du ja anscheinend alles. Sag mir ganz genau, wieso das, was ich tun will, eine schlechte Idee sein soll.«

Leise und schneidend stieß er diese Worte zwischen zusammengebissenen Zähnen hervor.

»Weil es eine Falle ist«, sagte Victor.

Rados erwiderte: »Nein, ist es nicht. Es ist nichts weiter als ein Raubüberfall. Er bekommt drei Mädchen für den Preis von einem. Dazu braucht er gar keine Falle.«

»Er hat Sie gereizt, und genau das hat er von Anfang an vorgehabt. Weil Sie, wenn Sie wütend sind, nicht mehr erkennen, was das ganze Theater eigentlich soll. Sobald Sie ihm die Frauen übergeben haben, wird es ungefähr viereinhalb Sekunden lang sehr laut und sehr blutig zugehen. Und anschließend wird es für uns sehr still und sehr dunkel werden.«

Rados schüttelte den Kopf. »Nein, das siehst du falsch. Er ist so dämlich, dass er glaubt, er hätte ein besonders gutes Geschäft gemacht. Er glaubt, dass ich ihn mit drei Mädchen und achtzig Prozent seines Geldes nach Hause gehen lasse. Er wird bestimmt keiner plötzlichen Eingebung folgen und über mich herfallen. Wir sind bewaffnet. Wir sind genau gleich viele Leute wie sie. Das wäre reiner Selbstmord.«

»Richtig«, erwiderte Victor. »Wenn er tatsächlich einer plötzlichen Eingebung folgen würde. Aber er hat diese Entscheidung längst getroffen, schon als er erfahren hat, dass Sie nur drei Frauen mitbringen werden. Er hat schon, bevor er überhaupt hier war, gewusst, dass Sie Ihre ursprünglichen Zusagen nicht einhalten können.«

»Wie, verdammt und zugenäht, kannst du dir da bloß …«

»Ganz sicher bin ich mir nicht«, erwiderte Victor. »Aber wenn ich recht habe, dann ist dieser Lieferwagen nicht dazu da, um fünf Frauen von hier wegzubringen. Dann ist er jetzt nicht leer, sondern mit vier oder fünf Männern besetzt, von denen jeder eine vollautomatische Waffe im Anschlag hält. Sobald die Frauen aus der Schusslinie sind, springen sie nach draußen und mähen uns alle nieder. Viereinhalb Sekunden später sind ihre Kalaschnikows leer, nachdem zweihundertvierzig bis zweihundertsiebzig Überschallkugeln die Seite gewechselt haben.«

Rados starrte ihn durchdringend an. Zoca starrte sogar noch durchdringender.

»Ich weiß nicht, wieso du ihm überhaupt zuhörst. Er ist …«, begann Zoca.

»Halt's Maul«, herrschte Rados ihn an, ohne Victor aus den Augen zu lassen. »Nehmen wir einmal an, ich würde dir zuhören. Aber auf eine bloße Vermutung hin kann ich nichts unternehmen. Ich brauche belastbare Fakten.«

»Das ist nicht weiter schwierig. Er wird mit dem Geld zurückkommen, den zwanzig Prozent, wie vereinbart. Sie müssen nichts weiter tun, als ihn zu bitten, Ihnen den Rest zu zeigen.«

Zoca sagte: »Und was soll das beweisen?«

Rados antwortete für Victor. »Es beweist, dass unser slowakischer Freund gar nicht die gesamte vereinbarte Summe mitgebracht hat. Weil er sowieso nicht vorgehabt hat, den vollen Betrag zu bezahlen. Er wusste ja, dass er nicht mehr als die zwanzig Prozent brauchen würde. Und das wäre der Beweis dafür, dass die ganzen Verhandlungen, die Preisdrückerei, nur Show waren. Ein Ablenkungsmanöver, damit ich keinen Verdacht schöpfe.«

Victor sagte: »Falls er wider Erwarten doch die ganze Summe

dabeihaben sollte, dann liege ich falsch, aber Sie haben nicht das Geringste verloren.« Er blickte Zoca an. »Stimmt's?«

Zoca zuckte mit den Schultern.

»Da kommt er«, sagte Rados.

Der Slowake näherte sich mit einer Sporttasche in der Hand. Er lächelte.

»Nichts zu verlieren«, sagte Rados und ging dem Slowaken entgegen. Gleichzeitig gab er Zoca ein Zeichen, die Frauen nach vorn zu bringen.

Als Rados auf halbem Weg wieder dem Slowaken gegenüberstand, sagte dieser: »Ich hoffe, wir können trotz dieser Meinungsverschiedenheit Freunde bleiben.«

»Selbstverständlich«, erwiderte Rados entspannt und diplomatisch – ein Chamäleon in seinem Element. »Wenn man immer gleich jedem Vorschlag zustimmen würde, dann würde man ja gar keinen Gewinn mehr machen, nicht wahr?«

»Sehr richtig«, erwiderte der Slowake und streckte Rados die Sporttasche entgegen.

»Zwanzig Prozent?«, sagte Rados fragend und nahm sie.

Der Slowake nickte. »Wie vereinbart.«

»So, wie wir es vor wenigen Minuten vereinbart haben.«

Der Slowake nickte noch einmal.

Rados warf einen Blick in die Tasche. »Aber du hast die anderen achtzig Prozent dabei, oder nicht?«

»Ja.« Die Miene des Slowaken verhärtete sich.

»Kann ich sie sehen?«

Der Slowake zögerte. »Was soll das denn, Rados?«

»Es ist doch eine ganz einfache Bitte, oder nicht? Ich will das Geld ja gar nicht haben. Geschäft ist Geschäft. Ich will es lediglich sehen.«

»Und wieso willst du es sehen?«

»Spielt das eine Rolle?«

»Das ist eine sehr ungewöhnliche Bitte, muss ich sagen«, gab der Slowake zurück. »Sie macht mich irgendwie nervös. Ich fange an, Dinge zu denken, die ich lieber gar nicht denken will.«

»Dazu gibt es überhaupt keinen Anlass«, versicherte ihm Rados. Hätte Victor es nicht besser gewusst, er hätte schwören können, dass die Beteuerungen des Serben ehrlich gemeint waren. Der Mann war ein fantastischer Lügner. »Du musst es mir ja nicht geben. Ich will es nicht anfassen. Ich will es nur sehen.«

»Ich fühle mich dabei außerordentlich unwohl.«

»Also gut«, sagte Rados. »Einigen wir uns auf einen Kompromiss. Wo ist es? Im Lieferwagen?«

Statt einer Antwort zuckte der Slowake lediglich schwach mit den Achseln.

»Also sagst du einem deiner Männer, er soll es einfach hochheben. Muss gar nicht alles sein. Du hast ja wahrscheinlich noch vier solcher Taschen mitgebracht, oder? Da hier die zwanzig Prozent drin sind. Ich meine, ich habe weder dich noch einen deiner Männer dabei beobachtet, wie er Geld umgepackt hat, und sehr viel mehr würde ja sowieso nicht reinpassen, nicht wahr?«

Der Slowake wurde sehr still.

»Ich kann es nur wiederholen«, sagte Rados. »Kein Grund zur Nervosität.«

»Na klar, wenn es dir hilft«, erwiderte der Slowake schließlich. »Ich hole das restliche Geld. Wie hört sich das an?«

»Wunderbar«, sagte Rados.

Der Slowake ging zu seinen Männern.

Rados kam zurück zu Victor, Zoca und dem einsamen Waräger.

»Es wäre besser gewesen abzuwarten, bis wir einen Plan haben«, sagte Victor. »Gleich werden sie uns zahlenmäßig überlegen sein.«

»Bis jetzt hast du immer recht gehabt. Aber wenn wir noch

länger gewartet hätten, hätten wir uns in die Karten sehen lassen. Wir hätten ihnen Zeit verschafft, um sich vorzubereiten. Vergiss nicht, ich bin genau so sehr Stratege wie du. Und jetzt habe ich ihnen das Heft des Handelns aus der Hand genommen.«

»Da wäre ich mir nicht so sicher.«

Rados folgte seinem Blick zu dem Slowaken und seinen Männern. Keiner machte Anstalten, die anderen Sporttaschen zu holen. Vielmehr standen sie im Kreis beieinander und diskutierten. »Hm. Das sieht alles andere als vielversprechend aus, oder?«

»Sie haben ihn doch vorhin gefragt, wo sein Bruder steckt, nicht wahr?«, erinnerte sich Victor. »Was hat er gesagt?«

»Er hat mir eine Geschichte erzählt von einer Stripperin, die ihm angeblich den Nippel abgebissen hat.«

»Haben Sie ihm geglaubt?«

Rados zuckte mit den Schultern. »Das klang so absurd, dass ich dachte, so etwas kann man sich gar nicht ausdenken. Aber jetzt ...«

Victor sagte: »Was wissen Sie über diesen zweiten Bruder, was uns möglicherweise weiterhelfen könnte?«

»Die beiden sind Partner«, schaltete Zoca sich ein, als wäre Victor schwer von Begriff. »Sie leiten die Geschäfte gemeinsam. Was spielt das für eine Rolle?«

»Er war Söldner im Krieg«, sagte Rados, der verstanden hatte, worauf Victor hinauswollte. Dann starrte er forschend den Nebel und die Bäume an. »Und zwar als Scharfschütze.«

Kapitel 41

Der Wald lag schweigend da. Nur das leise, beruhigende Rascheln der Blätter im Wind war zu hören. Die Slowaken in Rados' Rücken machten einen entspannten Eindruck. Sie wussten, dass sie den Vorteil auf ihrer Seite hatten.

»Mir wäre es lieber, sie hätten noch fünf Mann mehr, als den einen Heckenschützen«, sagte Victor.

»Das kann doch niemals funktionieren«, erwiderte Rados. »Sobald meine Männer die ersten Schüsse hören, machen sie sich auf den Weg. Keine zwei Minuten später sind sie hier.«

»Aber nicht, wenn der Scharfschütze einen Schalldämpfer und Unterschallmunition benützt. Wir sind mindestens dreihundert Meter entfernt. Dazwischen gibt es tausend Bäume, die den Schall absorbieren würden.«

»Und wenn er keinen Schalldämpfer benützt?«

»Dann erledigen uns die Männer aus dem Lieferwagen.«

»Viereinhalb Sekunden«, sagte Rados.

»Ganz genau«, erwiderte Victor. »Die Hilfe kommt also in jedem Fall zu spät. Wir sind auf uns alleine gestellt.«

Rados entgegnete: »Wir haben Zeit. Du hast doch selbst gesagt, dass uns nichts geschehen kann, solange die Mädchen noch in der Schusslinie sind.«

»Aber viel Zeit nicht«, gab Victor zurück. »Wenn wir zu lange warten, geben wir die Initiative wieder aus der Hand.«

Rados nickte. »Wenn du mit einem Gewehr in irgendeinem Baum da drüben hocken würdest, wie würdest du es anstellen? Wo würdest du dich verstecken?«

Victor sah sich unauffällig um. »Bei diesen Lichtverhältnissen könnte mich die Sonne nicht blenden oder sich im Objektiv spiegeln. Ich hätte also mehrere Optionen.«

Rados nickte. »Das Wichtigste ist freie Sicht, nicht wahr?«

Victor nickte ebenfalls. »Die Bäume stehen ziemlich weit auseinander, wurden aber nicht bewusst so angepflanzt. Es wird also keine geraden Sichtlinien geben.«

»Ich war nie Scharfschütze, darum werde ich mich in dieser Hinsicht ganz auf dich verlassen. Ich kann vielleicht sechzig, siebzig Meter weit sehen, bevor der Nebel zu dicht wird.«

»Er muss gar nicht so weit weg sein. Ich an seiner Stelle würde möglichst dicht in der Nähe bleiben. An manchen Stellen steht das Farnkraut fast mannshoch. Ich könnte mich in zehn Metern Entfernung verstecken, und Sie würden mich niemals entdecken. Und wenn ich zwanzig Meter weg wäre, dann könnten Sie mich nicht einmal dann sehen, wenn Sie meine genaue Position wüssten.«

»Liegt er denn nicht auf dem Bauch?«

»Nein, auf keinen Fall. Nicht bei dieser Vegetation. Er muss mobil bleiben. Er muss auf uns reagieren können. Er kann ja nicht erwarten, dass wir uns nicht von der Stelle rühren. Und wir brauchen nur einen Meter zur Seite zu rücken, schon verliert er uns aus dem Blickfeld.«

»Rechts oder links?«, wollte Rados wissen. »Fünfzig-fünfzig.«

Victor sah sich nach beiden Seiten um. Die Bäume und das Unterholz waren hier wie dort ein gleichermaßen undurchschaubares Gewirr. Hier wie dort war es flach. Keine der beiden Seiten bot einen besonderen Vor- oder Nachteil.

»Nein«, sagte er. »Keineswegs fünfzig-fünfzig. Es gibt drei Optionen, von denen zwei praktisch identisch und gleichermaßen ungeeignet sind.«

»Erklär es mir.«

»Wo sind wir?«

»In einem Wald?«, warf Zoca triefend vor Sarkasmus ein.

»Auf einem Pfad«, sagte Rados. »Er wird also auch auf dem Pfad sein, oder jedenfalls knapp daneben. Er kauert irgendwo im Farngras. Dann stehen ihm auch keine Bäume im Weg. Verdammt, wir sind tot. Obwohl, halt. Solange sein Bruder und die anderen Slowaken dort vor uns stehen, würde er wohl keinen Schuss riskieren, oder?«

»Nein«, stimmte Victor ihm zu. »Aber die wissen ja Bescheid. Sie müssen nichts weiter tun, als in ihre Fahrzeuge zu steigen.«

»Wir könnten versuchen, uns bei der Übergabe so zu postieren, dass wir immer gedeckt sind.«

»Das würde gar nichts nützen. Mir ist nämlich mittlerweile klar geworden, dass er gar nicht vor uns auf der Lauer liegt, sondern hinter uns.«

»Wie kommst du denn darauf?«

»Weil ich denke wie ein Scharfschütze. Er hat sich, während Sie mit seinem Bruder gesprochen haben, irgendwo zwischen den Bäumen versteckt und uns beobachtet. Anschließend hat er uns in aller Ruhe umkreist, bis er sich in unseren Rücken geschlichen hat. Sehen Sie nicht hin. Sie würden ihn ohnehin nicht sehen, genauso wenig wie ich. Aber er ist da, dreißig, vierzig Meter entfernt, versteckt zwischen dem Farngras. Für uns unsichtbar, aber er hat uns genau im Visier. Und das Fadenkreuz schwebt direkt über Ihrem Kopf.«

Rados reagierte sehr beherrscht, blieb ruhig und berechnend. »Würdest du danebenschießen?«

»Auf diese Entfernung?«, sagte Victor. »Nicht einmal, wenn Sie losrennen würden.«

»Was sollen wir tun?«, wollte Rados wissen. In seiner Stimme lag keine Besorgnis, keine Panik, aber eine gewisse Dringlichkeit angesichts der unmittelbar drohenden Gefahr.

»Sie setzen die Übergabe ganz normal fort«, sagte Victor. »Ich mache mich auf die Suche nach dem Heckenschützen. Für Einzelheiten ist jetzt keine Zeit.«

»Wie soll ich wissen, ob du erfolgreich warst?«

»Sobald die Männer des Slowaken einer nach dem anderen ins Gras beißen.«

»Und wenn du keinen Erfolg hast?«

»Dann werden Sie es nie erfahren.«

Zoca sagte: »Was soll das denn heißen?«

Rados erklärte es ihm stellvertretend für Victor: »Das soll

heißen, dass ich dann tot bin, bevor ich den Schuss höre. Und als Nächstes bist du an der Reihe, mein lieber Zoca.«

Zoca wusste zunächst nicht, wie er darauf reagieren sollte. Er hatte seinen Boss verraten, zweifellos mit der Absicht, in seine Fußstapfen zu treten und das Geschäft zu übernehmen, aber jetzt überlegte er, ob der Slowake ihn tatsächlich verschonen würde. Oder würde er bei der anschließenden Schießerei ebenfalls getötet werden? Vielleicht befürchtete er sogar, dass Victors Strategie Erfolg hatte und Rados am Leben bleiben würde. Schließlich traf er eine Entscheidung und bot Victor seine Kalaschnikow an.

Victor reagierte schnell und legte ihm die Hand auf den Arm ... aus der Sicht eines lauernden Scharfschützen eine zumindest einigermaßen unauffällige Geste. »Nein«, sagte er. »So gerne ich deine Waffe nehmen würde, aber wir dürfen nichts unternehmen, was die anderen misstrauisch machen könnte.«

»Initiative«, sagte Rados. »Wir können nur bestehen, wenn wir das Heft des Handelns in der Hand behalten.«

Victor nickte. »Der Slowake kommt zurück. Übergeben Sie ihm die Frauen, aber lassen Sie sich Zeit.«

»Wie lange brauchst du?«

»Jede Sekunde, die Sie mir verschaffen können, ohne dass sie unser Spiel durchschauen.«

Rados verstand. »Du bekommst so viel Zeit, wie ich irgend herausholen kann.«

»Und was soll ich machen?«, fragte Zoca.

»Du hast schon genug getan«, erwiderte Victor. »Fürs Erste spielst du mit und machst gar nichts. Und wenn die Zeit gekommen ist, dann siehst du zu, dass du nicht danebenschießt.«

»Was immer du vorhast«, wandte Rados sich an Victor. »Wird es funktionieren?«

»Wissen Sie noch, wie ich gesagt habe, dass wir das sind, was wir tun?«, lautete Victors Gegenfrage.

Rados nickte. »Ja.«

»Das hier bin ich.«

Kapitel 42

Rados und Victor gingen gemeinsam auf den Slowaken zu, bis Victor sich mit einer Handbewegung Richtung Bäume absetzte und sagte: »Ich muss mal pissen.«

»Beeil dich«, gab Rados mit genau dem richtigen Anteil Verärgerung in der Stimme zurück.

Der Slowake sagte nichts. Er reagierte nicht. Er kaufte es ihnen ab.

Victor verschwand im Unterholz und wandte sich nach rechts, weil dort die Fahrzeuge standen und er dadurch für den Slowaken und seine Männer schwieriger zu sehen sein würde. Sie würden annehmen, dass er sich nur deshalb in die Büsche schlug, um ungestört zu sein – falls sie sich überhaupt die Mühe machten, über ihn oder das, was er vorhatte, nachzudenken.

Er ging mit schnellen Schritten – ein Mann, der nichts anderes im Sinn hatte, als dem dringenden Ruf von Mutter Natur zu folgen. Nichts Ungewöhnliches. Nichts Verdächtiges. Das Farnkraut raschelte, ein Geräusch, das ihm schon immer gefallen hatte. Es war feucht und rieb über seine Kleidung. Er hatte die Hände an den Bauch gelegt, als sei er bereits dabei, seinen Gürtel zu öffnen oder den Reißverschluss aufzumachen, aber nach fünfzehn Metern hörte er mit dem Theater auf. Auf diese Entfernung konnte man vom Waldweg aus ohnehin nur noch seinen Kopf und seinen Rücken sehen. Nach zwanzig Metern änderte er die Richtung und beschleunigte seine Schritte. Er wusste, dass der Nebel ihn ab jetzt unsichtbar machte.

Wenn der Heckenschütze am Rand des Pfads, dreißig bis vierzig Meter von der Stelle entfernt, wo die Übergabe stattfinden sollte, auf der Lauer lag, musste Victor einen Kreis mit einem Durchmesser von etwa siebzig Metern beschreiben, um hinter ihm zu landen. Ohne Zeitdruck hätte er den Bogen gerne noch größer gemacht, um mehr Distanz zwischen sich und seine Zielperson zu bringen, aber Victor wusste nicht, wie lange Rados die Übergabe hinauszögern konnte.

Die Vorstellung, dass der Heckenschütze abdrückte, bevor er selbst in Position war, bereitete ihm kein Kopfzerbrechen. Wenn der Bruder des Slowaken Erfolg hatte, dann war Victors Auftrag erfüllt, ohne dass er etwas dazu tun musste. Um ihn herum lag nichts als Wald. Er konnte ohne Probleme spurlos verschwinden. Das war jedoch keine wirkliche Option.

Er konnte nicht wissen, wie gut der Heckenschütze tatsächlich war oder ob seine Waffe etwas taugte. Jeder, der ein Gewehr besaß, konnte sich als Scharfschütze ausgeben, und selbst wenn der Kerl sich im Krieg einen Namen gemacht hatte, war nicht auszuschließen, dass er seitdem einen Großteil seiner Fähigkeiten verloren hatte. Außerdem … wenn der Slowake seine Waffe genauso schlampig behandelte wie die Waräger, dann war es durchaus vorstellbar, dass sie im entscheidenden Moment versagte. Und wenn der erste Schuss sein Ziel verfehlte, konnte alles Mögliche schiefgehen. Rados' Männer würden in ihre Fahrzeuge springen und hierhergerast kommen, ein längeres Feuergefecht würde folgen, und niemand konnte vorhersagen, wer zu den Überlebenden gehören würde. Aber falls Rados dann nicht tot war, würde Victor nie wieder eine Gelegenheit bekommen.

Seine beste Option war also, den Heckenschützen zu überwältigen und sich dessen Waffe zu schnappen. So konnte er zweifelsfrei sicherstellen, dass Rados tot war. Und falls es Victor im Anschluss daran vergönnt sein sollte weiterzuleben, dann brauchte er eine Waffe, um sich mit den alarmierten Warägern auseinanderzusetzen.

Jetzt tauchte der Waldweg vor ihm auf, und Victor verlangsamte seine Schritte. In einem Wald konnte man sich unmöglich lautlos fortbewegen, aber ein Wald war auch nie still. Als er die Wegkante erreicht hatte, blickte er nach rechts und konnte die drei Frauen sowie Zoca und den einen Waräger gut erkennen. Rados und der Slowake standen ein paar Meter entfernt in der Mitte des Pfads.

Vierzig Meter von ihnen und zehn Meter von Victor entfernt befand sich der Heckenschütze.

Er kniete neben dem Pfad. Der Boden war zwar steinig und hart, aber er hatte sich entsprechend vorbereitet. Über seine Jeans hatte er harte Plastik-Knieschützer gezogen, wie sie auch von Skatern und Rollerbladern benutzt wurden. Vielleicht ein bisschen übertrieben für den Zweck, aber niemand wusste besser als Victor, dass man nie zu gut vorbereitet sein konnte.

Die Waffe des Mannes konnte er nicht sehen, aber dafür die beiden fetten Magazine, die neben ihm auf der Erde lagen. Sie passten zu der Dragunov, die er bei Georg bestellt, aber nicht bekommen hatte. Im Balkankonflikt waren russische und sowjetische Waffen weit verbreitet gewesen. Es war also nicht weiter verwunderlich, dass der Bruder des Slowaken sich für die gleiche Waffe entschieden hatte, die er auch damals benutzt hatte. Vielleicht war es sogar dieselbe.

Victor ließ die Pistole stecken. Auch mit Schalldämpfer hätte er sie nicht angefasst. Jeder Schuss hätte nur zu Chaos geführt, hätte die Bewaffneten aus dem Lieferwagen der Slowaken und zwei Minuten später Rados' Waräger auf den Plan gerufen. Victor wollte keinen einzigen Schuss abgeben, solange er nicht die Dragunov im Anschlag hatte, so viel stand fest. Mit dem ersten würde er Rados töten. Dann konnte er Zoca und den Waräger getrost dem Slowaken und seinen Männern überlassen, und wenn das erledigt war, würde Rados' Verstärkung auftauchen. Doch bis dahin wollte Victor schon längst über alle Berge sein. Und wenn die ersten anfingen, sich zu fragen, was hier überhaupt vorgefallen war, dann – so lautete der Plan – war er bereits außer Landes.

Ein Würgegriff würde reichen. Da der Heckenschütze kniete, befand er sich genau in der richtigen Höhe. Victor konnte ihm den Arm um die Kehle legen, die Hände ineinander verschränken und dann so fest zudrücken, dass der Blutdruck im Inneren seines Kopfs anstieg, bis er glaubte, sein Schädel würde jeden Moment zerplatzen.

Mehr als fünf Sekunden blieben dem Heckenschützen nicht, um sich vor dem sicheren Tod zu retten. Die Überraschung, der unglaubliche Schmerz und die mit der Atemblockade einhergehende Todesangst würden ihn mindestens drei kosten. Und zwei Sekunden würden niemals reichen, Victor so zu schwächen, dass er seinen Griff lockerte. Selbst wenn er das Unmögliche versuchte und mit seiner Dragunov einen blinden Verzweiflungsschuss abgab.

Der Heckenschütze hatte keine Chance. Nach fünf Sekunden würden seine Kräfte schwinden, nach sieben würde er bewusstlos werden und nach sechzig Sekunden nie wieder aufwachen.

Zehn Meter.

Jeder einzelne war schwieriger zurückzulegen als der vorige, jeder Schritt war lauter als der letzte, und die Gefahr, sich durch einen knackenden Zweig oder ein raschelndes Blatt zu verraten, wurde mit jeder Sekunde größer.

Aber der Heckenschütze achtete nicht auf das, was in seinem Rücken vor sich ging. Er hatte keinen Helfer. Er war allein. Seine ganze Konzentration war auf die Zielperson gerichtet, während er auf das verabredete Zeichen wartete, um abzudrücken.

Victor schlich näher. Er setzte seine Schritte so behutsam, dass sogar das Rascheln des Farnkrauts noch lauter klang. Sein Herz schlug langsam und stetig, während er den Blick auf den Nacken des Heckenschützen heftete und sich genau vor Augen führte, wo die beiden pulsierenden Halsschlagadern verliefen.

Ein Stück weiter vorn auf dem Pfad brachte Zoca dem Slowaken gerade die Frauen. Der Heckenschütze machte sich bereit. Er nahm nichts anderes mehr wahr, war jetzt so angreifbar wie nie zuvor. Victor konnte die Vibrationen seines Pulsschlags in der Luft beinahe spüren.

Victor war noch drei Meter entfernt. Er öffnete die Hände.

Und dann ging alles schief, was schiefgehen konnte.

Kapitel 43

Der Heckenschütze spürte ihn.

Vielleicht war es das Knirschen der Blätter unter Victors Fußsohlen. Vielleicht war er auch dadurch nervös geworden, dass Victor schon so lange verschwunden war. Womöglich hatte er ihn auch gerochen.

Das Warum spielte letztendlich keine Rolle, jedenfalls sah der Heckenschütze sich hastig um und reagierte sofort, als er merkte, dass tatsächlich jemand hinter ihm war. Ohne einen Hauch von Unsicherheit wechselte er von einem Knie auf das andere, während die Dragunov im Halbkreis herumschwenkte.

Die Bewegungen des Heckenschützen waren schnell und präzise. Victor hatte nicht mehr genügend Zeit, um die verbleibende Lücke zu schließen, darum riss er den Colt aus seinem Hosenbund und drückte ab.

Klick.

Sonst passierte gar nichts. Ein Blindgänger vielleicht oder eine defekte Zündkapsel. Er zog den Schlitten durch, um die Patrone auszuwerfen und die nächste in den Schacht zu schieben, und drückte erneut ab. Wieder nichts. Die Sprungfeder, die die Patrone in die Kammer drücken sollte, hatte zu lange unter Spannung gestanden und besaß nun nicht mehr genügend Energie.

Victor warf die Pistole nach seinem Gegner.

Der Heckenschütze wich blitzschnell aus, um nicht am Kopf getroffen zu werden, was zur Folge hatte, dass er mit der Dragunov nicht mehr richtig zielen konnte.

Victor stürzte sich mit aller Kraft, die er aufbieten konnte, auf ihn, und sie landeten als ineinander verkeiltes Bündel auf dem Waldweg. Victor packte das Gewehr, um es dem anderen aus der Hand zu reißen, und da er größer, stärker und schneller war, gelang es ihm auch.

Noch bevor Victor die Waffe umdrehen konnte, brüllte der Heckenschütze, der wusste, dass er nichts mehr zu verlieren hatte, laut: *»POMOC!«*

Victor sprach nicht Slowakisch, aber ein panischer Hilfeschrei klang in jeder Sprache gleich. Als der Scharfschütze in einem letzten verzweifelten Versuch das Gewehr packen wollte, schlug Victor seine Hand beiseite, rammte ihm den Lauf in den Mund und drückte ab.

Der Schädel des Mannes zerplatzte buchstäblich vor seinen Augen.

Victor riss die Dragunov an die Schulter und blickte durch das Zielfernrohr. Zischendes, dampfendes Blut bedeckte den Gewehrlauf.

Er sah durch das blutverschmierte Objektiv und betrachtete das Chaos, das sich weiter vorn jetzt entfaltete.

Die drei Frauen waren bei dem Schuss in Panik ausgebrochen und schrien laut um Hilfe.

Rados zog seine Pistole und exekutierte den Slowaken mit zwei schnellen Schüssen in den Kopf.

Zoca und der Waräger feuerten aus allen Rohren auf die drei Männer des Slowaken, die genau so verblüfft waren wie ihr Boss.

Victor nahm Rados' Oberkörper ins Visier. Einen Kopfschuss wollte er mit einem Zielfernrohr, das er nicht selbst kalibriert hatte und das zu allem Überfluss auch noch voller Blut war, nicht riskieren. Aber er drückte nicht ab, weil eine der Frauen losgerannt war und Rados sie, als sie an ihm vorbeilaufen wollte, am Arm packte.

Sie wehrte sich mit allem, was sie hatte, und vor Victors Fadenkreuz wimmelte es nur so vor Armen und Beinen, doch damit war jede Aussicht auf einen klaren Treffer zunichtegemacht.

Geh doch aus dem Weg!, dachte Victor, als könnte er das Geschehen dadurch beeinflussen.

Noch mehr Schüsse dröhnten, als fünf Bewaffnete aus dem Laderaum des slowakischen Lieferwagens sprangen.

Rados' Waräger erledigte einen von ihnen, bevor die anderen vier ihn mit einem Kugelhagel aus ihren Kalaschnikows massakrierten.

Victor, der immer noch auf dem Waldweg und damit genau in der Schusslinie kniete, spürte etliche Projektile in seiner Nähe vorbeizischen und rettete sich zwischen die Bäume, um nicht von einer verirrten Kugel getroffen zu werden. Er sah aus den Augenwinkeln, dass Zoca ebenfalls neben dem Pfad Deckung suchte, genau wie Rados, der die fliehende Frau losgelassen hatte, um sich in Sicherheit zu bringen.

Die Slowaken jagten eine Salve nach der nächsten zwischen die Bäume, schossen blindlings in die Gegend, weil sie nicht wussten, was eigentlich los war. Nur, dass ihr eigener Plan nicht funktioniert hatte.

Kein Plan übersteht den ersten Feindkontakt.

Victor beachtete sie nicht und konzentrierte sich ganz auf Rados.

Das Problem war nur, dass drei Slowaken die gleiche Idee hatten. Sie wussten, wer Rados war, wussten, dass er ihren Boss getötet hatte, und wollten entweder Rache nehmen oder befolgten weiter ihre Befehle, sei es aus Loyalität oder einfach nur, weil sie darauf konditioniert waren. Sie huschten zwischen die Bäume und hörten nicht auf zu schießen.

Rados hatte einen kleinen Vorsprung, der aber ausreichend war, um ihn vorerst am Leben zu halten, da die Slowaken nicht präzise genug schossen und die Bäume ihnen immer wieder die Sicht versperrten.

Der vierte Slowake musste auf der Jagd nach Zoca oder den fliehenden Frauen sein. Victor konnte ihn nicht sehen und hatte auch keine Zeit, nach ihm zu suchen, weil Rados' Vorsprung größer wurde.

Er war zwar älter, aber deutlich durchtrainierter und gesünder als seine Verfolger, die viel zu viel rauchten, tranken und Junkfood aßen, während er sich vernünftig ernährte und beim Kartenspielen nebenbei auf dem Laufband Kilometer abspulte. Der entscheidende Faktor jedoch war, dass er um sein Leben lief, und das setzte eine Energie frei, welche die Slowaken niemals aufbringen konnten.

Allerdings beging Rados einen Fehler, indem er nämlich eine kreisförmige Route einschlug. So hoffte er, sich bis zu den Range Rovern und seinen Männern durchschlagen zu können. Aber dadurch kamen die Slowaken wieder näher.

Victor holte schnell auf. Geschwindigkeit und Ausdauer waren für jemanden in seiner Branche die wichtigsten Voraussetzungen. Was das anging, spielte er in einer völlig anderen Liga als die Slowaken, und Rados war zwar durchtrainiert und ziemlich schnell, aber Victor hatte über zehn Jahre weniger auf dem Buckel.

Er änderte die Richtung und steuerte einen Punkt an, wo sich ihre Wege kreuzen würden, sprintete durch das Farnkraut, umkurvte Bäume und sprang über heruntergefallene Zweige.

Als er in etwa die richtige Stelle erreicht hatte, suchte er sich ein geeignetes Versteck im Unterholz. Schließlich fand er eine Stelle, wo ein Baum seine rechte Flanke abdeckte und er gleichzeitig relativ gute Sicht in die Richtung hatte, aus der Rados kommen musste.

Mit dem Ärmel wischte Victor das Blut des Heckenschützen so gut wie möglich vom Objektiv, sodass er jetzt durch einen rosafarbenen Schmierfilm blickte.

Er sah Rados durch den Schleier näher kommen, schnell und mit vielen Seitwärtsschritten, um möglichst schwer zu treffen zu sein. Seine kreisförmige Route hatte die Verfolger deutlich näher gebracht, sodass sie jetzt dicht hinter ihm waren. Genau wie Victor wollten sie ihm den Weg abschneiden. Sie waren zwar nicht gut in Form, aber zumindest einen Hauch taktisches Geschick konnte man ihnen nicht absprechen.

Victor nahm Rados' schwankenden Oberkörper ins Visier und drückte ab.

Der Rückstoß schlug ihm die Dragunov mit Wucht gegen die Schulter, und der Knall hallte laut und deutlich durch den Wald.

Daneben.

Victor atmete langsamer, verfolgte Rados mit dem Zielfernrohr und schoss noch einmal.

Wieder daneben, doch die Kugel schlug in einen Baum ein, vor dem Rados unmittelbar zuvor noch gestanden hatte.

Rados war nur noch dreißig Meter entfernt, und auch die Slowaken, die jetzt fünfzehn, zwanzig Meter hinter ihm aus dem Nebel auftauchten, waren gut zu sehen. Sie feuerten aus allen Rohren.

Eine verirrte Kugel aus einer Kalaschnikow schlug in den

Baumstamm neben Victor ein. Rindenstückchen flogen ihm ins Gesicht, und einige landeten in seinem Auge. Er blinzelte, legte noch einmal an, zielte und versuchte, durch seine Tränen und das verschmierte Blut auf der Linse sein Ziel zu fixieren.

Rados konnte Victor nicht sehen. Er kam direkt auf ihn zu, nicht ahnend, dass er dem sicheren Tod in die Arme lief.

Victor drückte ab.

Treffer.

Kapitel 44

Die Kugel schlug in Rados' linke Schulter ein, und er versank, umgeben von einem blutigen Nebelschleier, im Farngras. Es war kein tödlicher Treffer gewesen, das hatte Victor in dem Sekundenbruchteil nach dem Einschlag, bevor Rados aus seinem Sichtfeld verschwunden war, deutlich erkannt.

Er kam aus der Deckung, um sich einen besseren Winkel zu verschaffen und seinen Auftrag endgültig abzuschließen. Doch dort, wo Rados zu Boden gegangen war, fand er nur schwankendes Farngras vor. Blut schimmerte auf den hellgrünen Blättern.

Und dahinter kamen die Slowaken.

Sie hatten Rados nicht fallen sehen, aber der Mann an der Spitze bemerkte Victor und zögerte keine Sekunde. Seine Salve riss dicht neben Victor ein paar Blätter in Fetzen. Victor erwiderte das Feuer, auch wenn die Chance auf einen Treffer nur minimal war, und rannte los, weil auch die anderen ihn jetzt gesehen hatten und ihre Gewehre hoben.

Die Kalaschnikow des ersten Slowaken spuckte kurze, gelbe Feuerstöße aus. Der Schütze brüllte ununterbrochen, während er Victor hinterherjagte, auch wenn sein Kampfschrei nur zu hören war, wenn er den Finger vom Abzug nahm.

Victor rannte weiter. Im Moment hatte er nur ein einziges Ziel, nämlich möglichst viel Abstand zwischen sich und seine Verfolger zu bringen. Er hatte drei Verfolger im Schlepptau und nur eine Halbautomatik zur Verfügung, seine Gegner hingegen vollautomatische Waffen.

Er drehte sich um und erwiderte das Feuer. Da ihm die Zeit fehlte, um vernünftig zu zielen, gerieten seine Schüsse reichlich unpräzise, aber die Angreifer waren keineswegs furchtlos. Jede Kugel, auch wenn sie nur ungefähr in ihre Richtung geflogen kam, ließ sie zögern und sorgte so dafür, dass der Abstand zu Victor größer wurde.

Die lauten Schüsse dröhnten ihm in den Ohren. Das dichte Blätterdach verstärkte das Rattern der Kalaschnikows zu einem markerschütternden Orkan aus Lärm. Falls er hier lebend herauskam, würden ihm noch tagelang die Ohren klingeln. Er blieb immer in Bewegung, huschte hierhin, duckte sich dorthin, hörte die Kugeln rechts und links an sich vorbeipfeifen, durch das Unterholz zischen oder in Baumstämme einschlagen.

Ewig konnte er nicht weiterlaufen. Er hätte die Slowaken sicherlich abschütteln können, aber was dann? Rados war irgendwo da hinten, verletzt und auf sich alleine gestellt. Eine bessere Chance, um seinen Auftrag zu erfüllen, würde er nicht mehr bekommen. Wenn er zu lange zögerte, würden die Waräger sich seiner annehmen.

Da verstummten die Kalaschnikows.

Der Abstand war mittlerweile so groß geworden, dass der Nebel ihn verschluckt hatte. Victor stellte sich hinter einen Baum, damit er auf keinen Fall zu sehen war, und nahm das Zielfernrohr der Dragunov ab. Selbst wenn es vernünftig kalibriert war, war es auf kurze Distanz überflüssig.

Er atmete langsam und gleichmäßig ein und aus, um sein pochendes Herz zu beruhigen. Da bemerkte er das Blut auf seiner

Hose. Vermutlich war die Stichwunde an seinem Oberschenkel durch die Rennerei wieder aufgegangen. Er wartete ab. Auch wenn er sie nicht sehen konnte, wusste er, dass sie näher kamen. Mit schnellen Schritten stürmten sie durch das Farngras, sorglos, weil sie die Angreifer waren, voller Adrenalin, Blutrausch und Selbstüberschätzung – schließlich waren sie ihm zahlenmäßig überlegen und er das Opfer, das um sein Leben rannte.

Als sie sich seiner Position näherten, hörte er sie langsamer werden. So allmählich dämmerte ihnen, dass sie ihn eigentlich sehen müssten und dass er, wenn das nicht der Fall war, sich vielleicht ja versteckte. Sie wechselten ein paar Worte und teilten sich auf, um eine größere Fläche abzudecken.

Einer trat ungefähr dreißig Meter entfernt seitlich in sein Blickfeld. Er war zu weit entfernt, um etwas zu unternehmen, darum wartete Victor ab.

Der nächste Bewaffnete schlich dicht an ihm vorbei.

Victor wartete kurz, dann näherte er sich behutsam von hinten. Das leise Rascheln seiner Schuhsohlen wurde vom Geräusch der Schritte seines Gegners übertönt, bis er dicht genug hinter ihm war, um mit der rechten Hand den rechten Arm des Mannes zu packen und auf den Rücken zu drehen, sodass die Mündung der Kalaschnikow nach unten zeigte. Gleichzeitig drückte er ihm mit der linken Hand die Kehle zu.

Der Kerl wehrte sich und rang verzweifelt nach Luft, doch nach einem gezielten Tritt in die Kniekehlen verlor er festen Boden unter den Füßen, und der Druck auf seine Halsschlagadern wurde stärker. Er erschlaffte, lange bevor seine linke Hand zu Victors Augen vorgedrungen war.

Victor ließ nicht locker und suchte gleichzeitig die unmittelbare Umgebung nach weiteren Bedrohungen ab. Da er die rechte Hand nicht mehr brauchte, hatte er das Gewehr bereits wieder schussbereit gehoben. Er sah einen Schatten, wirbelte herum, benutzte seinen bewusstlosen Gegner als Schutzschild, als …

… der dritte Bewaffnete zwischen den Bäumen hervortrat. Victor schoss zuerst und traf den Kerl in den Hals, doch dieser drückte, noch während er zu Boden fiel, ab. Victors menschlicher Schutzschild erhielt eine ganze Salve großkalibriger Projektile in die Brust. Die Patronen waren so konstruiert, dass die Kugel kurz nach Verlassen des Laufs in eine Rotationsbewegung versetzt wurde, um nach dem Einschlag in einen menschlichen Körper den größtmöglichen Schaden anzurichten. Darum traten sie nicht auf der Rückseite wieder aus, wie es bei konventioneller Überschallmunition vermutlich der Fall gewesen wäre.

Der menschliche Schutzschild zuckte und bebte unter den zahlreichen Treffern, während seine Kalaschnikow eine vollautomatische Salve in den Boden jagte. Ursache war sein verendendes, zentrales Nervensystem, das seinen Muskeln den Befehl gab zu verkrampfen.

Victor ließ den Sterbenden los, weil der dreißig Meter entfernte Slowake jetzt ebenfalls zu schießen begann und gleichzeitig auf ihn zu rannte. Victor ließ die Dragunov fallen und packte die Kalaschnikow seines menschlichen Schutzschildes.

Er schoss aus der Hand – für eine schulmäßige Schussposition war einfach keine Zeit – und verfehlte sein Ziel, allerdings so knapp, dass der angreifende Slowake sich entschloss, in Deckung zu gehen.

Victor drückte noch einmal ab, doch die Kalaschnikow hatte nach den Muskelkrämpfen ihres Vorbesitzers nicht mehr viel Munition im Schacht. Darum suchte Victor in der Jacke des Leichnams zu seinen Füßen nach einem Ersatzmagazin. Nichts. Der Kerl musste seine Munition schon bei der Jagd auf Rados aufgebraucht haben.

Er holte das Magazin aus dem Schacht und sah, dass noch neun

Schuss übrig waren. Also stellte er den Schalter auf Einzelschuss und streckte vorsichtig den Kopf aus der Deckung. Schwankende Farngrashalme sagten ihm, dass sein Gegner seine Position verlagert hatte. Er hatte durch den Tod seiner beiden Kameraden gelernt, dass sein Gegner alles andere als ein leichtes Ziel war.

Victor konnte ihn weder sehen noch hören, aber er brauchte unbedingt mehr Munition. Darum näherte er sich vorsichtig dem Mann, den er in den Hals geschossen hatte und der jetzt zuckend am Boden lag. Er starrte Victor mit weit aufgerissenen Augen an. Obwohl er tot war, zitterten seine Lippen – vermutlich eine verspätete Reaktion des Nervensystems auf Befehle aus einer Zeit, als das Gehirn noch funktionstüchtig gewesen war.

Dann nahm Victor in seinem Rücken ein Geräusch wahr. Er sprang sofort zur Seite und tauchte im Unterholz unter. Im selben Augenblick ratterte eine Maschinenpistole los, und Kugeln durchschlugen die Luft, genau dort, wo vor Sekundenbruchteilen noch sein Kopf gewesen war.

Der vierte Angreifer – der, der sich ursprünglich an Zocas Fersen geheftet hatte – hatte seine Prioritäten geändert.

Victor jagte einen Schuss durch das Blattwerk und den Nebel hindurch, ohne zu wissen, ob die Kugel ihr Ziel getroffen hatte. Die Antwort kam in Gestalt einer Salve und des deutlich sichtbaren Mündungsfeuers. Aber die Schüsse gingen weit daneben – der andere wäre auch ohne den Nebel und die schlechte Sicht ein miserabler Schütze gewesen. Victor zielte etwas genauer und schoss noch einmal. Auch dieses Mal konnte er nicht genau sehen, ob er getroffen hatte, doch der andere zuckte und ging in die Knie. Vielleicht infolge eines Streifschusses, vielleicht auch nur aus Angst.

Aber wenn er näher heranging, um nachzusehen, riskierte er, von dem Slowaken in seinem Rücken angegriffen zu werden. Darum machte Victor sich lieber aus dem Staub. Er huschte von

Baum zu Baum und war sich jederzeit darüber im Klaren, dass seine Feinde zwar keine Funkgeräte und nur minimale strategisch-taktische Fähigkeiten besaßen, ihn aber dennoch jederzeit und ohne es zu wollen, ins Kreuzfeuer nehmen konnten.

Die eine Kalaschnikow war in regelmäßigen Abständen zu hören, doch die Kugeln zischten immer hinter ihm durch die Luft. Der Schütze war unerfahren und folgte ihm mit seinen Schüssen, anstatt etwas weiter vorauszuzielen. Dann knatterte auch die andere AK-47 los. Der zweite Gegner hatte sich entschlossen einzugreifen, sodass Victor jetzt auch wusste, wo er war.

Ohne seine Schritte zu verlangsamen, schlug Victor einen Haken. Der vierte Mann hatte ihn umgangen und kam mit jeder Sekunde näher, aber er wusste noch nicht, dass Victor zwei seiner Kameraden getötet hatte, wusste noch nicht, dass Victor jetzt der Angreifer war.

Während der zweite Schütze sein Gewehr nachlud, änderte Victor seine Position, um ihn aus dem Hinterhalt ins Visier zu nehmen. Der richtige Zeitpunkt war entscheidend. Er konnte es nicht mit beiden Gegnern gleichzeitig aufnehmen. Während er sich mit dem einen beschäftigte, musste er dem anderen unweigerlich den Rücken zukehren.

Da entdeckte er ein paar dicht beisammenstehende Bäume und zwängte sich in den schmalen Zwischenraum. Während die Kugeln der Kalaschnikows sich ganz hervorragend dazu eigneten, Fleisch und Knochen zu durchschlagen, boten die dicken Baumstämme eine undurchdringliche Deckung. Allerdings immer nur aus einer Richtung.

Der Neue tauchte jetzt aus dem Nebel auf. Er war vorsichtig und misstrauisch, aber genauso schlecht ausgebildet wie die anderen. Er schlich zwischen den Bäumen hindurch, ohne die Deckung, die sie boten, so effektiv zu nutzen wie Victor …

… der den Mann mit zwei schnellen Schüssen in die Brust

niederstreckte. Er verkrampfte sich, blieb jedoch auf beiden Beinen stehen, darum jagte Victor ihm noch eine dritte Kugel in die Stirn. Der Mann sank mit weit aufgerissenen Augen in die Knie und wurde anschließend vom Unterholz verschluckt.

Victor rollte sich bereits über die Schulter nach hinten ab und blickte in die entgegengesetzte Richtung. In diesem Augenblick streckte der letzte Gegner den Kopf aus der Deckung.

Sie drückten zeitgleich ab. Ihre Gewehre spuckten Feuer, beißende Pulverdampfwolken hingen in der Luft, Kugeln durchschnitten Blätter und rissen Rinde entzwei.

Kein Treffer.

Victor rannte los. Er hatte nur noch eine einzige Patrone übrig.

Sein Gegner verlor ihn aus den Augen und stellte das Feuer ein, allerdings nur für einen kurzen Augenblick. Er verfolgte Victor und gab dabei immer wieder kurze und sehr unpräzise Feuerstöße ab. Von eventuellen Querschlägern drohte da erheblich mehr Gefahr als von den eigentlichen Schüssen. Victor lief immer weiter, suchte keine Deckung, sondern zählte die Salven. Die AK-47 konnte theoretisch sechshundert Schuss pro Minute abgeben, also zehn pro Sekunde. Die kurzen Salven seines Verfolgers dauerten vielleicht etwas über eine Viertelsekunde, sodass er pro Salve drei, maximal vier Schuss loswurde.

Nach der siebten Salve blieb Victor stehen und drehte sich um. Sein Verfolger zog gerade das leere Magazin aus dem Schacht. Seine Augen waren vor Entsetzen weit aufgerissen, weil er – zu seiner großen Überraschung – das gefürchtete Klicken des Todes gehört hatte.

Victor kam näher. Der Mann suchte in seiner Jackentasche nach dem frischen Magazin, zog es mühsam hervor und versuchte, es in den Schacht der Waffe zu schieben. Er war bis zum Anschlag voll mit Adrenalin, sein Puls lag wahrscheinlich bei neunzig Prozent der Höchstleistung. Das bedeutete, dass die Feinmotorik stark beeinträchtigt war. Außerdem war er es nicht gewöhnt, unter Lebensgefahr nachzuladen.

Victor wartete, bis der Mann das Magazin an Ort und Stelle untergebracht und den Verschluss zugeklappt hatte. Erst dann jagte er ihm seine letzte Kugel mitten ins Gesicht. So musste er die Waffe des Toten nicht selbst nachladen.

Mit der geladenen Waffe hastete Victor durch den Wald zurück zu der Stelle, an der Rados zu Boden gegangen war.

Blut schimmerte auf Farngrasblättern, aber kein Rados weit und breit. Mit der AK im Anschlag, den Blick über den Lauf gerichtet, stapfte Victor durch den Wald, immer von Baum zu Baum, und näherte sich dem Pfad, folgte der Route, die durch abgeknickte Zweige, niedergetretene Blätter und gelegentliche Blutstropfen markiert wurde.

Er hörte etwas und sah dann, wie Rados sich an die verletzte Schulter fasste, verwundet, aber lebendig und unter dem Schutz der Waräger aus dem zweiten Range Rover, die als Reaktion auf die Schießerei hierhergeeilt waren. Zoca war auch wieder da, aber die Frauen nicht. Sie hatten das Durcheinander zur Flucht genutzt.

Victor überlegte kurz, dann ließ er die Waffe sinken. Rados' Waräger waren den Slowaken weit überlegen. Er hatte nicht vor, sich mit ihnen eine Schießerei zu liefern, nur um seinen Auftrag zu vollenden.

Er betrat den Waldweg.

»Du lebst«, sagte Rados bei seinem Anblick.

Victor nickte.

»Und die Slowaken?«, wollte Rados wissen.

Victor schüttelte den Kopf.

Rados lächelte. »Schade, dass du den, der auf mich geschossen hat, nicht am Leben gelassen hast.« Er verzog das Gesicht und nahm die Hand von der Wunde. »Ein glatter Durchschuss, aber ich würde sagen, dass Schmerz in diesem Zusammenhang ein mehr als unzulänglicher Begriff ist.«

»Es hätte sehr viel schlimmer kommen können«, sagte Victor, und konnte sich nicht von dem Gedanken lösen, dass er, wenn er knapp zehn Zentimeter tiefer gezielt hätte, einen Lungenflügel durchschlagen und mehrere Hauptschlagadern zerfetzt hätte.

»Das waren Amateure«, pflichtete Rados ihm bei. »Zum Glück.«

»Das alles hätte sehr viel angenehmer ablaufen können«, wandte Victor sich an den Waffenmeister, »wenn du mir eine funktionierende Waffe gegeben hättest.«

Rados lachte. »Nun, ich glaube, die hast du dir in jedem Fall verdient. Aber wir haben später noch genügend Zeit, um das alles vernünftig aufzuarbeiten. Jetzt müssen wir von hier verschwinden.«

Kapitel 45

London, dachte Krieger, ist längst nicht so toll wie sein Ruf. Er war kein Fan der Stadt, und das lag nicht am Wetter. Das war nämlich gar nicht so schlecht, wie manche behaupteten. Es lag auch nicht an den Menschen, die zwar eine raue Schale, aber durchaus einen weichen Kern besaßen. Nein, es war der fehlende Charakter. London war eine Stadt voller Geschichte und Kultur, eine Wiege der Zivilisation, doch ihre Identität in der Gegenwart bestand im Fehlen jedes inneren Zusammenhangs. Auf der Straße waren ein Dutzend verschiedene Sprachen zu hören. Fantastische, historische Gebäude standen im Schatten monströser Wolkenkratzer. Es war ein unglaublicher Wirrwarr aus Menschen, Kulturen und Architektur.

Krieger kam sich vor wie ein Gefangener in einem verschmutzten Spiegelkabinett.

Er war hier, um zu arbeiten, und nicht, um Sehenswürdigkeiten zu bestaunen, aber er konnte es kaum erwarten, wieder wegzukommen. Für eine saubere, professionelle Vorbereitung war es unabdingbar, dass er unablässig kreuz und quer durch die Stadt fuhr und ging, um eventuelle Beschatter aufzuspüren oder abzuschütteln, aber es kam ihm so vor, als würde er dabei durch hundert Städte kommen, und keine einzige wäre einen zweiten Besuch wert.

Seine Zielperson wohnte in einer ruhigen, baumbestandenen Straße nördlich der Themse, weit weg von den Staus der Innenstadt, wo die Luft frisch und die Menschen noch frischer waren. Dieses Viertel war schon mehr nach Kriegers Geschmack. Er konnte sich sogar vorstellen, sich in einer Gegend wie dieser zur Ruhe zu setzen, wenn er sein Gewerbe endgültig an den Nagel gehängt hatte. Und falls das Schicksal es gut mit ihm meinte, musste er darauf gar nicht mehr allzu lange warten.

Krieger saß in seinem gestohlenen Auto – ein sehr schöner Wagen aus deutscher Produktion – und wartete, bis seine Zielperson in einem automobilen Klassiker – einem MG-Coupé – in die Einfahrt einbog und neben einer zweckmäßigen Familienkutsche stehen blieb. Krieger ließ das gestohlene Auto langsam vorwärtsrollen, sodass er sich in dem Moment, wo der Mann aus seinem MG stieg, vor der Einfahrt befand.

Drei wohlüberlegte Zuckungen seines Zeigefingers, mehr war nicht nötig. Die Waffe in Kriegers Hand war eine Pistole, Kaliber zweiundzwanzig, mit einem hochwertigen Schalldämpfer. Die ersten beiden Schüsse gab er genau in dem Moment ab, als die Fahrertür des MG zuklappte, sodass das leise *Klack-klack* nicht einmal einen Hund hellhörig gemacht hätte. Dann schoss er noch einmal, nur zur Sicherheit, und ließ dabei seinen Motor kurz aufheulen. Da er im Wagen saß, sammelten sich die ausgestoßenen Patronenhülsen klickend im Fußraum.

Als er seinen Auftrag ausgeführt hatte, fuhr er heiter und gelöst weiter. Der reibungslose Ablauf linderte ein wenig das schlechte Gefühl, das ihn seit seinem Fehlschlag im Zug nach St. Petersburg hartnäckig quälte. Jetzt konnte er seine Aufmerksamkeit wieder dieser noch offenen Angelegenheit widmen.

Wir sehen uns bald wieder, hatte er zu dem Mann gesagt, der Hochwürden genannt wurde.

Und Krieger war ein Mann, der zu seinem Wort stand.

Kapitel 46

Der Arzt war jung und nicht besonders groß, sodass er sich mit Gewalt zwischen den Warägern hindurchdrängen musste, um zu Rados zu gelangen. Sie hatten einen Schutzschild um ihren Imperator gebildet, der mit schmerzverzerrtem Gesicht auf einem Untersuchungstisch lag und sich eine Mullbinde auf die Wunde drückte. Victor stand stumm und aufmerksam in einer Ecke des Behandlungszimmers.

Mit gerunzelter Stirn untersuchte der Arzt die Löcher auf beiden Seiten von Rados' Schulter.

»Ihr solltet wirklich ein bisschen vorsichtiger sein beim Spielen.«

»Ein Golfunfall«, erwiderte Rados.

»Darum ist mir Tennis deutlich lieber. Du hast Glück gehabt, Milan. Wunde säubern, ein paar Stiche, und schon bist du wieder der Alte.«

»Narben?«

»Oh ja«, meinte der Doktor. »Aber darum kümmern wir uns, sobald die Wunden verheilt sind. Zunächst einmal müssen wir das Ganze desinfizieren. Wir wollen doch nicht, dass eine hässliche bakterielle Infektion uns zusätzliche Komplikationen beschert und deinen, äh, Golfschwung ruiniert, oder?«

»Nein, das wollen wir nicht.«

»Ich bin übrigens auch kein schlechter Putter«, sagte der Arzt.

»Das glaube ich sofort.«

Der Arzt deutete auf die Waräger. »Könnten wir vielleicht ein bisschen mehr Privatsphäre bekommen?«

Rados befahl seinen Männern, draußen zu warten, und wandte sich an Victor.

»Nimm dir eine kleine Auszeit, geh dich ein bisschen erholen. Ich melde mich dann in ein paar Tagen«, sagte Rados. »Und danke. Du hast mir das Leben gerettet.«

Victor blieb stumm.

Bei Victors Ankunft saß Zoca im Foyer im ersten Stock des Massagesalons. Er spielte mit einem Feuerzeug herum, ließ es immer wieder mit Daumen und Zeigefinger aufschnappen, um die Flamme anschließend mit der Handfläche zu löschen.

Er hob nicht einmal den Blick. »Wenn ich das richtig sehe, dann willst du zu der Armenierin, stimmt's? Die mit dem trüben Blick.«

Victor nickte. »Sehr richtig.«

»Schon wieder?« Zoca tat überrascht, obwohl er mit dieser Antwort gerechnet hatte.

»Schon wieder«, bejahte Victor, als hätte er Zocas Tonfall nicht bemerkt.

»Das ist schon das zweite Mal diese Woche.«

»Als Rechenkünstler bist du unschlagbar.«

Zoca grinste. »Sie gefällt dir, was?«

»Ich korrigiere mich«, entgegnete Victor. »Als Kombinationskünstler bist du noch unschlagbarer.«

Aus dem Grinsen wurde ein Kichern, und Zoca erhob sich. »Was ist denn das Einzigartige an ihr? Hat sie vielleicht eine besonders enge Möse?«

Victor wollte sich an Zoca vorbeischieben, doch dieser versperrte ihm den Weg.

Er sagte: »Hast du dich womöglich verknallt?« Und als er keine Antwort bekam, fuhr er fort: »Du bist ein Fremder, vergiss das nicht. Du glaubst vielleicht, dass du was Besonderes bist, weil Rados mit dir spricht, aber du bist kein Serbe. Du bist gar nichts.«

»Wenn ich gar nichts bin, wieso nimmst du dir dann die Zeit, mit mir zu reden und mich zu beobachten? Wenn ich gar nichts wäre, dann würdest du das nicht tun. Dann wäre deine Zeit dir viel zu kostbar.«

Das Feuerzeug flammte auf.

»Aber mir ist vollkommen klar, was du damit sagen willst«, fuhr Victor fort. »Du hast Angst, Rados könnte herausfinden, dass du ihn verraten hast. Du hast Angst, dass ich es ihm sage. Aber das ist nicht nötig. Ich habe keine Beweise, und ohne Beweise würde er mir nicht glauben.«

Zoca blieb stumm, doch seine Mundwinkel verzogen sich zur Andeutung eines Lächelns.

»Worüber du dir aber tatsächlich Gedanken machen solltest«, fügte Victor hinzu, »ist die Frage, weshalb Rados mich überhaupt engagiert hat, kurz nachdem du so versagt hast. Ich glaube, darüber solltest du sehr ernsthaft nachdenken. Will er dich vielleicht durch mich ersetzen?«

Zoca ließ das Feuerzeug zuschnappen.

Victor klopfte an, bevor er die Tür aufmachte. Sie saß auf dem Bett und sah ihn an. In ihren Augen lagen noch weniger Hoffnung und Leben als beim letzten Mal, weil er immer noch nichts unternommen hatte, um sie hier herauszuholen.

»Ist er immer noch am Leben?«, wollte sie wissen.

Hastig zog Victor die Tür ins Schloss. »Ja«, sagte er. »Natürlich ist er noch am Leben.«

Ihre Augen waren gerötet, und die dunklen Ringe darunter waren noch dunkler geworden. Außerdem hatte sie frische blaue Flecken an den Oberarmen.

Sie wirkte wütend und traurig zugleich. »Er hat dich irgendwohin mitgenommen. Du hast gesagt, dass du in seiner Nähe sein musst, um ihn zu töten. Und du warst doch bestimmt in seiner Nähe.«

Für sie war es eine ganz einfache Gleichung: Er hatte ihr gesagt, was er brauchte, um Rados zu töten, und wenn er das bekommen hatte, dann war klar, dass Rados eigentlich tot sein müsste. Aber sie hatte die Variablen nicht berücksichtigt.

»Das ist ziemlich kompliziert«, sagte er und dachte an die Schießerei im Wald. »Solche Dinge brauchen ihre Zeit.«

Sie schüttelte den Kopf, wollte seine Worte nicht akzeptieren. »Wieso denn? Warum? Bring diese Bestie um. Worauf wartest du? Du hast doch eine Pistole, oder etwa nicht?«

»Du findest also, ich soll meine Pistole ziehen, wenn ich ihn das nächste Mal sehe, und ihm in den Kopf schießen? Peng, peng. Einfach so?«

»Ja«, beharrte sie. »Einfach so.«

Jetzt war er es, der den Kopf schüttelte. »Ich fürchte, so funktioniert das nicht. Wenn ich das tue, dann bin ich kurz danach ebenfalls tot, weil Rados' Männer mich nämlich erschießen würden.«

Sie versuchte, es zu verbergen, aber er konnte es in ihrem Blick sehen: *Na und?*

»Du hast ein klares Ziel vor Augen, und das ist etwas, was ich wirklich zu schätzen weiß«, sagte Victor, »aber du musst lernen, langfristig zu denken. Wenn ich erschossen werde, sobald Rados tot ist, wer soll dich dann hier herausbringen? Hat irgendeiner von Rados' Leuten womöglich angedeutet, dass er dir helfen würde?«

Sie senkte den Blick und starrte ihre abgenagten Fingernägel an.

»Ich habe dich aus einem bestimmten Grund um deine Hilfe gebeten«, fuhr Victor fort. »Ich muss eine Möglichkeit finden, wie ich Rados ermorden kann, ohne mich selbst dabei umzubringen. Daran arbeite ich. Er misstraut mir immer noch, und das wird sich vielleicht niemals ändern. Ich muss es also irgendwie schaffen, ihn alleine oder in einem verwundbaren Augenblick anzutreffen.«

»Er hat aber immer seine Männer dabei. Er vertraut niemandem.«

»Wenn man bedenkt, was ich mit ihm vorhabe, dann hat er auch allen Grund dazu. Mir darf er zu allerletzt vertrauen. Aber genau das ist das Problem. Genau deshalb ist er noch nicht tot.«

»Kannst du ihn nicht vergiften?«

Er hätte beinahe laut aufgestöhnt. »Hör zu, jemanden zu vergiften ist längst nicht so einfach, wie du vielleicht denkst. Ich müsste Zugang zu seinen Speisen und Getränken haben, was nicht der Fall ist, und es ist auch nicht so, dass man nach einem Bissen oder einem Schluck einfach tot umfällt. Aber viel entscheidender ist, dass ich kein Gift habe und auch nicht weiß, wie ich mir hier in Belgrad welches beschaffen könnte. Ich bin weder Chemiker noch Botaniker.«

Deprimiert und geschlagen sank sie auf das Bett.

Victor fuhr fort: »Mach dir keine Gedanken über das Wie. Das kannst du mir überlassen, das ist mein Beruf.«

»Du musst dich beeilen. Ich halte es hier nicht mehr länger aus. Ich kann nicht mehr!«

Er nickte. »Das kann ich wirklich sehr gut verstehen, aber du musst dich gedulden. Wenn man solche Dinge überstürzt angeht, dann gehen sie meistens schief. Zu große Hast führt automatisch zu Fehlern. Und Fehler führen in diesem Geschäft in der Regel zum Tod. Das würde dir nichts nützen – und mir auch nicht.«

Einen Augenblick lang saß sie stumm und mit gesenktem Kopf da, die Hände in den Schoß gelegt und noch verängstigter als zuvor, weil die Hoffnung, die in ihr aufgekeimt war, schlagartig in sich zusammengebrochen war. Victor konnte nichts dagegen tun, selbst wenn er gewusst hätte, wie. Er war nicht bereit, sein Vorgehen zu erklären, und es war nicht seine Art, Mitmenschen zu beschwichtigen. Er hätte sie natürlich anlügen können – *nur noch ein paar Tage, dann ist er tot, ich habe alles geplant* –, doch das erschien ihm unnötig grausam zu sein.

»Ich war dicht davor«, sagte er, um sie zumindest ein wenig zu beruhigen. »Aber es hat nicht geklappt. Das nächste Mal läuft es vielleicht besser, aber du musst Geduld haben.«

Sie gab keine Antwort. Für sie zählte nur eines, und das war Rados' Tod.

»Hast du vielleicht etwas Neues herausgefunden?«

»Rados traut dir nicht über den Weg«, antwortete sie.

Victor nickte. »Das weiß ich.«

»Er lässt dich beschatten.«

»Wie kommst du darauf?«

»Das hat dieser Junge mir verraten, der hier arbeitet. Zoca hat es ihm erzählt.«

Victor hatte, seitdem er in Belgrad war, keinerlei Anzeichen für eine Überwachung festgestellt. Das musste zwar nicht heißen, dass es keine gab, aber Rados' Männer fielen auf, selbst hier auf heimischem Terrain. Sie hätten es niemals geschafft, ihn unbemerkt zu beschatten.

»Okay«, sagte er. »Das ist eine nützliche Information.«

Sie zuckte mit den Schultern. Sie wollte keinen Dank, sie wollte nur seine Hilfe.

»Noch etwas?«, erkundigte er sich.

Sie schüttelte den Kopf. »Nichts.«

»Also gut«, sagte er. »Wir sind immer noch am Anfang. Halte weiterhin Augen und Ohren offen. Alles kann wichtig sein.«

»Ich weiß«, erwiderte sie. »Das hast du schon mal gesagt.«

Ihre Stimme klang enttäuscht, verärgert und verächtlich. Er konnte es ihr nicht verübeln.

»Wir haben eine Abmachung«, erinnerte er sie. Das hörte sich besser an, als zu sagen, dass er ihr nur half, weil sie ihm auch helfen sollte. »Hattest du vielleicht Gelegenheit, mit der anderen Frau zu sprechen, mit der du hierhergebracht worden bist?«

»Nein«, erwiderte sie. »Und jetzt bin ich ganz alleine hier. Sie ist nicht mehr da.«

»Wo ist sie denn?«

Ihr Achselzucken wirkte traurig, aber gleichzeitig auch schicksalsergeben. »Tot.«

»Nicht unbedingt. Die Frauen, die Rados ins Land schmuggelt, sind eine wertvolle Ware. Weißt du noch, dass er drei seiner Männer hat umbringen lassen und Zoca auch halb tot geschlagen wurde, weil sie in der Nacht, als ihr in Belgrad angekommen seid, zwei Frauen verloren haben? Einen dritten Verlust hätte er niemals zugelassen. Wenn diese Frau also nicht hier ist, dann hat er sie irgendwo anders hingebracht.«

»Wie sieht sie aus?«, wollte sie wissen. »Ich kann mich nicht mehr an sie erinnern.«

»Jung«, sagte er, obwohl sie älter gewesen war als das blonde Mädchen mit den blauen Augen.

»Sehr hübsch?«

»Das ist subjektiv«, erwiderte er. »Aber ja, das könnte man schon sagen.«

»Dann muss er wohl noch ein anderes Bordell haben. Wo die jüngsten und hübschesten sind«, erwiderte sie spöttisch.

»Ja«, stimmte Victor ihr zu. »Und ich weiß nicht, wo es ist. Vermutlich ist Rados dort auch sein eigener Kunde. Es könnte sein, dass das die einzigen Gelegenheiten sind, wo er ohne seine Wachen anzutreffen ist.«

»Vielleicht spart er die besten Mädchen ja für sich selbst auf.«

»Das glaube ich nicht«, entgegnete Victor. »Rados ist ein Mann, sicher, aber in erster Linie ist er Geschäftsmann. Er hält sich garantiert keinen privaten Harem. Das wäre reine Verschwendung. Er vermietet seine besten Frauen zu Spitzenpreisen an seine wohlhabendsten Kunden. In einer seriösen und gleichzeitig anonymen Gegend.«

Sie sah, wie der Plan langsam Gestalt annahm. »Dann musst du dafür sorgen, dass er dich mitnimmt.«

»Richtig. Aber zuerst müssen wir wissen, wo das ist.«

»Warum?«

»Damit ich mich dort auskenne und einen fertigen Plan in der Tasche habe, wenn ich von Rados eingeladen werde. Vielleicht kann ich irgendwo sogar eine Waffe verstecken. Ich möchte jedenfalls vorbereitet sein. Das ist absolut notwendig, wenn das, was ich vorhabe, funktionieren soll.«

Sie nickte, weil ihr im Großen und Ganzen durchaus klar war, was er meinte, auch wenn sie die Einzelheiten seiner Arbeit nicht wirklich begreifen konnte. Er sah ihr an, dass ihre Stimmung sich schlagartig verbessert hatte. Jetzt gab es einen Plan, der sie ihrem Ziel einen Schritt näher brachte. Jetzt hatte sie eine echte Chance, das alles hier zu überleben.

»Falls es noch so einen Laden gibt«, sagte sie, »dann finde ich ihn für dich.«

Kapitel 47

Banik wollte ein Treffen. Er hielt ein persönliches Gespräch für unumgänglich.

Es war zwar alles andere als ideal, die Vorbereitungen zu diesem Zeitpunkt zu unterbrechen, aber Victor konnte sich seine Zeit frei einteilen. Rados brauchte ihn im Moment nicht, weil er sich immer noch von seiner Schussverletzung erholte.

Er wusste nicht, was Banik von ihm wollte, aber es gab nur zwei Themen, die ein weiteres persönliches Treffen rechtfertigten. Entweder hatte es in der Rados-Sache eine Entwicklung gegeben, die nicht digital mitgeteilt werden konnte, oder Banik hatte mittlerweile mehr über die Angelegenheit, die Victors eigenen Kopf betraf, in Erfahrung gebracht. Vielleicht neue Erkenntnisse nach einer gründlichen Auswertung der Daten auf Leonard Fletchers Smartphone oder Laptop oder dadurch, dass man seine Reiseroute nachverfolgt hatte. Vielleicht hatte er auch irgendwo einen elektronischen Fingerabdruck hinterlassen, bevor Victor ihn davon überzeugt hatte, sich umzubringen.

Er flog zunächst nach Ungarn und fuhr dann mit der Bahn nach Österreich, von wo ihn ein Taxi nach Deutschland brachte. Dort setzte er sich in den nächsten Zug zurück nach Österreich, flog nach Schottland und bestieg dort einen innerbritischen Flug nach London. Alles in allem war er fast vierundzwanzig Stunden lang unterwegs, doch als er schließlich auf dem Flughafen in Stansted landete, konnte er sich ziemlich sicher sein, dass ihm niemand gefolgt war.

Die Reise hatte ihn ermüdet, aber Flughäfen machten ihn eigentlich immer sofort wieder hellwach. Er gelangte ohne Zwischenfall durch den Zoll und nahm sich ein Zimmer im zweiten Stock eines beliebigen Hotels. Nur wenige Minuten, nachdem er die Tür hinter sich abgeschlossen hatte, war er eingeschlafen.

Nach dem Aufwachen schickte er Banik eine verschlüsselte Nachricht mit einer Zeit und einem Treffpunkt. Das Wann und das Wo waren allein Victors Entscheidung. Er hatte keine Lust, sich noch einmal von Baniks Leuten beobachten zu lassen.

Ein Klub im Norden von London veranstaltete ein rumänisches Musikfestival. Victor erstand im Lauf des Tages zwei Tickets, bezahlte bar und erhielt im Gegenzug zwei Plastikbändchen, die den ganzen Tag über gültig waren. Am Nachmittag kundschaftete er den Klub und die Umgebung sorgfältig aus, um sich auf das abendliche Treffen mit Banik vorzubereiten.

Der Klub war kaum mehr als ein Saal mit einer Bühne am einen und einer Theke am anderen Ende. Die auftretenden Künstler waren gealterte Profis. Victor war viel zu früh da – das war das Standardvorgehen – und hörte eine Band, die mit viel Spaß und großem Können bei der Sache war. Allerdings hatte er den Blick nicht zur Bühne gerichtet, da er sich bei der lauten Rockmusik – die Band hatte zwei Schlagzeuger – ganz auf seine Augen verlassen musste. Das machte er zwar grundsätzlich nicht gerne, aber die Vorteile überwogen in diesem Fall die Nachteile. Die Gäste des Klubs waren fast ausschließlich Rumänen unter fünfundzwanzig. Jeder professionelle Killer wäre hier genauso aufgefallen wie Victor selbst, ganz besonders ein Deutscher mit grau melierten Haaren.

Die Band war nicht nur gut, sondern auch sehr beliebt, und so kochte die anfänglich eher gemäßigte Stimmung kurz vor der Pause regelrecht über.

Und Victor konnte die ganze erste Hälfte des Konzerts genießen, weil Banik sich nicht blicken ließ.

Der Verkehr in London war die reinste Hölle, und es konnte trotz des sehr gut ausgebauten öffentlichen Nahverkehrs Ewigkeiten dauern, bis man vom einen Ende der Stadt ans andere gelangte. Vielleicht war Victors Auftraggeber ja von U-Bahn-Streiks, nicht funktionierenden Signalen oder einem Selbstmörder aufgehalten worden.

Doch als es offensichtlich war, dass Banik nicht mehr auftauchen würde, wartete Victor ab. Er wartete ab, weil das Standardvorgehen eigentlich vorsah, so schnell wie möglich zu verschwinden. Falls das eine Falle war, dann würde er bestimmt nicht das tun, was die anderen erwarteten. Der überfüllte Musikklub war für jeden Angreifer ein denkbar ungeeigneter Ort, selbst wenn Victor die Bedrohung nicht schon früh erkannte. Wenn, dann würden sie versuchen, ihn draußen abzufangen. Sie würden auf der Straße zuschlagen, die um diese Tageszeit menschenleer war, abgesehen vielleicht von ein paar rauchenden, rumänischen Jugendlichen.

Er wartete, weil er vorbereitet war und einen sicheren Fluchtweg eingeplant hatte. Er wartete, bis die Band zu einer lange und lauthals geforderten Zugabe noch einmal auf die Bühne kam. Er wartete, bis auch die Zugabe zu Ende war und die Band zum letzten Mal die Bühne verlassen hatte. Er wartete, bis die Zuschauer in Scharen den Klub verließen, und mischte sich unter sie.

Dabei fiel er zwar auf, aber für einen Scharfschützen war diese Situation viel zu unübersichtlich, und eine Entführung wäre in dieser Menge schlicht unmöglich gewesen. Er konnte zwar keine Anzeichen für das eine oder das andere erkennen, aber trotzdem hielt er sich bis zur nächsten U-Bahn-Station im Pulk der Rumänen. Dort wartete er erneut, um eventuelle Beschatter zu identifizieren.

Obwohl ihm niemand auffiel, verbrachte er zwei Stunden in der U-Bahn, wechselte immer wieder die Züge, kehrte um, wartete auf Bahnsteigen und umkreiste diverse Bahnhöfe, bevor er nach Heathrow fuhr und den nächsten Flug ins Ausland nahm.

Er kehrte nicht in sein Hotel zurück. Er sah nicht in seinem Posteingang nach. Dieses Mal war er einen halben Tag lang mit Zügen, Flugzeugen und Taxis unterwegs, bis er schließlich nach Belgrad zurückkehrte. Natürlich war diese Rückkehr ein Risiko, aber vielleicht hatte Banik ihm ja eine Nachricht mit einer völlig harmlosen Erklärung hinterlassen. Das war jedenfalls nicht unwahrscheinlicher, als dass das Ganze eine Falle war. Victor hatte so große Fortschritte gemacht, dass er nicht bereit war, das Projekt Rados ohne guten Grund aufzugeben.

Am späten Nachmittag stieg er aus dem Flugzeug und ging durch den Terminal. Erst als er sich dem Ausgang näherte, schlug sein Gefahrenradar Alarm.

Victor mochte keine Überraschungen. Es gab nur wenige Dinge, die er noch weniger mochte. Er musste immer die Kontrolle haben. Das war notwendig, um zu überleben. Und Überraschungen waren der eindeutige Beweis dafür, dass er nicht jede Facette seiner Existenz fest im Griff behalten konnte. Er wusste natürlich, dass das unmöglich war, aber je geringer sein Einfluss war, desto größer wurde das Gefühl der Bedrohung. Er entdeckte die Frau mit dem Schild schon vom anderen Ende des Saals aus, sodass ihm ein wenig Zeit blieb, sich zu überlegen, wie er reagieren sollte.

Sie fiel auf. Ihre Haut war dunkelbraun, und ihre Gesichtszüge ließen vermuten, dass sie ursprünglich aus dem südlichen Teil Afrikas stammte. Soweit Victor sehen konnte, war sie die einzige Nichtweiße im gesamten Flughafengebäude. Die einzige größere Einwanderergruppe in Serbien waren Chinesen, und auch sie machten nur einen verschwindend geringen Anteil an der Gesamtbevölkerung aus.

Außerdem fiel sie auf, weil sie ein Schild in Bauchhöhe hielt.

Es war eine weiße Tafel im DIN-A4-Format, auf der mit dickem schwarzem Filzstift ein Name stand.

Leonard Fletcher.

Kapitel 48

Sie aß zusammen mit den anderen Frauen, die schon seit Wochen oder Monaten hier waren und nicht mit ihr sprachen, weil sie ihnen nur Scherereien einbrachte. Es gab immer eine reichhaltige Auswahl an nahrhaften Lebensmitteln, damit sie möglichst gesund blieben und gut aussahen. Der Junge mit der schlechten Haut bereitete das Essen zu, und auch wenn er kein gelernter Koch war, wusste er doch so gut Bescheid, dass er immer etwas Schmackhaftes zustande brachte. Aber sie hatte zurzeit keinen Appetit. Sie konnte sich gar nicht mehr erinnern, wann sie zum letzten Mal das Bedürfnis gespürt hatte, etwas zu essen. Sie aß nur, weil es sonst aufgefallen wäre. Und wer sich nicht an die Regeln hielt, wurde von Zoca bestraft.

Ein Tischgespräch fand nicht statt. Hier und da wurden vielleicht ein paar Worte gewechselt, aber sie kannten einander nicht, und außerdem hatten sie alle viel zu viel Angst, etwas Falsches zu sagen und Zocas Zorn auf sich zu ziehen.

Sie räumte anschließend auf, machte den Abwasch und scheuchte alle anderen weg, damit sie mit dem Jungen alleine sein konnte.

»Das war lecker«, sagte sie. »Du kochst gar nicht so schlecht.«

Er zuckte unbeholfen und schüchtern mit den Schultern.

»Wenn du willst«, fuhr sie fort, »kann ich dir irgendwann mal ein paar Tricks verraten.«

Er nickte. »Na klar.«

»Kann ich dich mal was fragen?«

»Was denn?«

»Eine ganz einfache Frage. Du machst mich eben neugierig, das ist alles.«

Er runzelte nervös und verunsichert die Stirn, wusste nicht, was er dazu sagen sollte.

»Was machst du eigentlich hier? Du wirkst so nett. So normal.«

Er zuckte abermals mit den Schultern, weil er nicht wusste, was er darauf antworten sollte.

»Und süß bist du auch.«

Er wurde rot im Gesicht. »Was?«

»Du hast mich schon verstanden. Schade, dass wir uns in der normalen Welt nie begegnet sind.«

»Wieso?«

»Du weißt genau, wieso.«

Er konnte ihr nicht in die Augen sehen und nahm sich einen Teller, den er abtrocknete.

»Du solltest dir die Haare wachsen lassen«, sagte sie. »Das steht dir besser.«

Mit zitternden Fingern stellte er den Teller in den Schrank.

»Warum arbeitest du für Rados?«, bohrte sie weiter. »Willst du etwa ein Verbrecher werden? Ein knallharter Gangster?«

Der Junge zuckte mit den Schultern. »Kann sein.«

Dann war er ein Idiot, aber das behielt sie lieber für sich. »Magst du Rados?«

»Er ist der Boss.«

»Das ist aber ein Unterschied. Keine Sorge, ich sage es niemandem weiter. Ich will bloß ein bisschen mit dir plaudern. Ist das nicht langweilig, immer bloß mit Zoca zu reden? Das kann doch keinen Spaß machen.«

Er gluckste vergnügt.

»Was ist eigentlich mit seinem Gesicht passiert? Er war ja auch vorher schon hässlich, aber jetzt …«

Er kicherte. »Rados war sauer auf ihn.«

»Wieso? Was hat er denn angestellt?«

»Er hat Mist gebaut. Rados hat deswegen eine Menge Geld verloren.«

Sie versuchte auszublenden, was diese Worte in Wahrheit zu bedeuten hatten. Sie musste sich ganz auf ihre Aufgabe konzentrieren. »Da war doch noch ein Mädchen, oder? Das sie nicht mitgenommen haben. Das haben sie in den anderen Massagesalon gebracht, stimmt's?«

Er zögerte mit einer Antwort.

»Ist doch nicht schlimm, wenn du das nicht weißt.«

Er zog die Stirn kraus. »Es gibt doch gar keinen anderen.«

Sie versetzte ihm einen spielerischen Knuff mit dem Ellbogen. »Hat Rados sie etwa für sich selbst behalten?«

»Nein, der ist doch verheiratet«, erwiderte der Junge, ganz so, als sei Rados ein ehrenwerter Bürger. »Aber ein paar Mädchen bewahrt er für seine Spezialpartys auf.«

Sie gab sich völlig unbedarft. »Ich mag Partys. Bist du da auch manchmal?«

Sie kannte die Antwort, noch bevor er den Kopf schüttelte.

»Die sind nur für seine Freunde. Ich war noch nie da.«

»Wie schade«, sagte sie mit geheucheltem Mitgefühl. »Aber du bekommst bestimmt irgendwann auch eine Einladung, so wie Zoca.«

Hastig schüttelte er wieder den Kopf. »Zoca geht da auch nicht hin. Er liefert bloß den Champagner ins Haus.« Wieder dieses Grinsen. Es machte ihm sichtlich Spaß, dass er seinen Chef ein bisschen bloßstellen konnte.

»Wie oft veranstaltet Rados denn diese Partys?«

»Keine Ahnung«, erwiderte er achselzuckend.

Mit einem Mal verspannte er sich, und sie fühlte sich unbehaglich. Bei einem Blick über ihre Schulter stellte sie fest, dass Zoca in der Tür stand. Wie lange schon? Sie hatte keine Ahnung.

»Warum stellst du ihm diese Fragen?«, sagte er zu ihr.

»Ich will einfach bloß ein bisschen reden. Sonst gibt es hier ja nichts zu tun.«

»Du solltest dich lieber um deine Arbeit kümmern.«

»Ohne Kunden?«

Zoca kam näher, und sie spannte unwillkürlich die Muskeln an, weil sie nicht wusste, was er wollte oder in welcher Stimmung er war. Er zeigte auf den Jungen. »Verschwinde.« Als er weg war, fuhr Zoca fort: »Dein neuer Freund war wieder mal bei dir, wie ich sehe.«

»Er ist nicht mein Freund.«

»Er mag dich.«

Sie schnaufte vernehmlich. »Tja, aber ich mag ihn nicht.«

»Das nehme ich dir nicht ab.«

»Das ist nicht mein Problem.«

»Ich glaube, du stellst alle diese Fragen, weil er es will.« Zoca ließ nicht locker.

Sie riss sich zusammen, so gut sie nur konnte, um keine Reaktion zu zeigen.

»Ich weiß nicht, wer er ist oder was er vorhat«, sagte Zoca. »Aber du hast es schon schwer genug. Mach es dir nicht noch schwerer. Lass dich nicht von seinem Anzug und seiner überheblichen Art hinters Licht führen. Du bist ihm total egal. Du wirst ihm schnell langweilig werden, und dann geht er zu einer anderen. Ganz egal, wie nett er dir vorkommt, er ist alles andere als nett. Er ist genau wie wir alle hier.«

»Das weiß ich«, erwiderte sie, weil es die Wahrheit war.

Kapitel 49

Ihre Haut war ein bisschen zu hell für eine Afrikanerin, also war es kein Hexenwerk, sie als afrokaribische Engländerin und damit als eine von Baniks Leuten zu identifizieren. MI-6. Eine Spionin.

Auch ohne die Fotos aus Victors Akte hatte sie garantiert eine

Beschreibung bekommen oder vielleicht sogar eine Zeichnung von ihm gesehen, doch sie schien ihn nicht zu bemerken. Für ihn war es Routine, sich in aller Öffentlichkeit unsichtbar zu machen. Weder seine Kleidung noch seine Bewegungen ließen ihn aus der Menge hervorstechen. Er verlangsamte weder seine Schritte, noch änderte er die Richtung. Vielmehr steuerte er geradewegs den Ausgang an, den Blick geradeaus gerichtet – ein Geschäftsreisender wie so viele andere um ihn herum.

Ihr Wollmantel kaschierte ihre Figur, aber ihr langer Hals und die festen Waden ließen keinen Zweifel daran, dass sie schlank und sportlich war. Eine dicke Strumpfhose schützte ihre Beine vor der Kälte, dazu trug sie einfache schwarze Halbschuhe. Dass sie keine Stiefel anhatte, sagte ihm, dass sie sehr überstürzt abgereist war. Hätte sie Zeit zum Packen gehabt, hätte sie sich passenderes Schuhwerk mitgebracht. Der Mantel, die Schuhe und die Strumpfhose waren für den Winter in Großbritannien absolut angemessen, nicht jedoch für die bittere Kälte Serbiens.

Sie stand schon lange da und wartete. Das Schild wog zwar auf keinen Fall mehr als ein paar hundert Gramm, trotzdem hatte sie es auf einen ihrer Mantelknöpfe gestützt. Sie wartete im Ankunftsbereich auf ihn, weil sie nicht gewusst hatte, mit welchem Flug er ankommen würde. Das war immerhin etwas, aber trotzdem … Es passte ihm überhaupt nicht ins Konzept, das es jemanden gab, der den Tag seiner Ankunft hier in Belgrad hatte vorhersehen können, selbst wenn der Abstecher nach London eine Art Wink mit dem Zaunpfahl gewesen war.

Warum war sie hier? Am einfachsten wäre es gewesen, sie zu fragen, aber die einfachste Option war nie die beste. Victor ging weiter und verließ den Terminal durch die Automatiktüren. Dann trat er durch den Vorhang aus heißer Luft, der aus den Luftschächten an der Decke herausgeblasen wurde, hinaus in die Eiseskälte. Seine Augen fingen an zu tränen.

Vermutlich hatte Banik eine dringende Nachricht für ihn oder wollte ihm erklären, weshalb er das Treffen in London verpasst hatte. Seit Baniks E-Mail mit der Bitte um ein persönliches Treffen hatte er keine weitere Nachricht erhalten. Andererseits hatte er seit vierundzwanzig Stunden nicht mehr in sein E-Mail-Postfach geschaut. Es war also durchaus denkbar, dass Banik versucht hatte, mit ihm Kontakt aufzunehmen, und in Panik geraten war, als Victor nicht reagiert hatte. Dann hatte er die Frau möglicherweise geschickt, um ihn abzufangen und ihm die Nachricht persönlich zu überbringen, weil sie als Einzige verfügbar oder vertrauenswürdig gewesen war. Vielleicht war sie gar nicht aufgrund der langen Wartezeit müde, sondern weil sie viel zu wenig Schlaf bekommen hatte, aber das konnte Victor nicht wissen. Letztendlich war es ohnehin egal, welchen Grund es dafür gab – ihre Anwesenheit bedeutete in jedem Fall, dass irgendetwas schiefgegangen war.

Er stand in der Kälte und im trüben Licht des Nachmittags und wartete. Länger als eine Stunde würde es vermutlich nicht dauern. Der Flugbetrieb ging zwar noch sieben bis acht Stunden weiter, aber die Frau würde nicht bis zum Schluss dort stehen bleiben. Nicht etwa, weil sie zu müde war – sie konnte sich zwischen zwei ankommenden Flügen immer wieder auch ausruhen –, sondern weil sie garantiert nicht alleine war.

Sie hatte mit Sicherheit eine Absicherung mitgebracht. Die Information war so wichtig, dass Banik sie persönlich überbracht haben wollte, und darum war es zu riskant, nur einen Kurier zu schicken. Und auch falls das Ganze eine Falle sein sollte, wäre sie niemals alleine gekommen.

Im Inneren des Flughafengebäudes war ihm niemand sonst aufgefallen, also wartete die zweite Person irgendwo draußen, saß vielleicht in einem Wagen, jederzeit bereit, die Frau wieder mitzunehmen oder ihr zu Hilfe zu kommen. Victor wusste nicht, ob diese zweite Person sich mit der Frau aus dem Terminal abwechseln würde oder ob sie sich schon abgewechselt hatten, und er wusste auch nicht, wer von beiden ihm diese wichtige Nachricht überbringen würde. Aber sicher war, dass nur der oder die Ranghöhere den Inhalt kannte.

Die Absicherung würde ihn mit Sicherheit früher oder später entdecken, und deshalb ging Victor davon aus, dass er keine volle Stunde mehr warten musste. Entweder hatte die zweite Person vom Fahrzeug aus freie Sicht auf den Haupteingang und den Taxistand, oder sie kam immer wieder zu Fuß vorbei. Aber durch den Trubel, der rings um Victor herrschte, und ohne Foto als Identifikationshilfe würde sie eine Weile brauchen, um ihn zu erkennen.

Letztendlich dauerte es eine halbe Stunde. Zwischen zwei Flügen entstand eine kleine Flaute, und die Schlange am Taxistand wurde kürzer. Die Frau aus dem Terminal kam auf ihn zu. Ihre Absicherung musste sie angerufen haben. Victor hatte sie nirgendwo entdeckt, was nur bedeuten konnte, dass sie ziemlich gut war. Oder dass er mit dem Fernglas beobachtet worden war.

Die Frau kam mit langsamen Schritten näher, sodass er genügend Zeit hatte, sie zu sehen, so als glaubte sie tatsächlich, sie könnte ihn überraschen. Victor tat, als hätte er sie erst viel später bemerkt.

Er ließ sie ziemlich nahe herankommen und wandte sich ihr dann frontal zu.

Sie war vielleicht fünfunddreißig, aber es war nur schwer zu sagen. Ihre Haut war glatt und jugendlich, aber in ihren Augen schienen die Weisheit des Alters und viel Erfahrung zu liegen. Sie war kaum geschminkt, lediglich ihre Lippen schimmerten leicht. Ihre Haare waren kurz geschnitten und mithilfe eines Haarpflegeprodukts geglättet worden. Sie trug keine Ohrringe, aber die Löcher in ihren Ohrläppchen waren noch gut zu erkennen.

»Möchten Sie meinen Ausweis sehen?«, fragte sie.

Ihre Stimme klang leise und hörte sich an, als hätte sie zu wenig getrunken.

»Wozu? Ich habe ja das Schild gesehen«, erwiderte er.

»Aber ich muss erst noch wissen, dass Sie auch wirklich der sind, der Sie sein sollen.«

Da das Treffen nicht abgesprochen war, gab es auch kein vereinbartes Kennwort, darum sagte er: »Ein West-Ham-Fan hat Sie geschickt.«

Sie wollte spontan etwas erwidern, hielt sich aber gerade noch einmal zurück. Stattdessen überlegte sie und sagte dann: »Wie viele Geschwister hat er?«

»Er ist der Älteste von sieben.«

»Okay, das reicht mir. Sie müssen mich begleiten.«

Sie ging sofort los, noch bevor er sagen konnte: »Auf keinen Fall.«

Sie verlangsamte zwar ihre Schritte, blieb aber nicht stehen. Anscheinend hielt sie es für völlig undenkbar, dass er sich weigern könnte. »Ich nehme Sie mit in die Stadt.«

»Das ist nicht nötig. Und ich steige ganz bestimmt nicht zu irgendwelchen Fremden in ein Auto.« Er unterbrach sich kurz. »Auch nicht zu so attraktiven wie Ihnen.«

Sie war tatsächlich attraktiv, wenn auch ziemlich müde und gestresst, aber er hatte diese Bemerkung nur gemacht, um sie aus dem Gleichgewicht zu bringen. Um sie herauszufordern. Er ging zwar davon aus, dass sie kein Foto von ihm gesehen hatte, aber sie wusste mehr über ihn als er über sie. Und dieses Ungleichgewicht wollte er beseitigen.

Ihre einzige Reaktion bestand im Ausbleiben jeder Reaktion, aber das war nicht das, was ihm vorgeschwebt hatte. »Sie müssen unbedingt erfahren, was ich Ihnen zu sagen habe.«

»Das können Sie mir genauso gut hier und jetzt mitteilen. Dazu müssen wir uns doch nicht erst in ein Auto setzen.«

»Es ist aber so kalt. Lassen Sie uns irgendwo hingehen, wo es warm ist und wir uns setzen können. Haben Sie Hunger? Also, ich schon. Ich habe einen Bärenhunger, das kann ich Ihnen sagen. Oder ich lade Sie auf einen Kaffee ein. Ein Bier?«

Victor erwiderte: »Jetzt reagieren Sie mit Freundlichkeit auf mein Kompliment von eben, und das finde ich gut. Sie appellieren an meine Männlichkeit und wollen mich damit ködern. Aber das ist wirklich nicht nötig. In Wirklichkeit finde ich Sie nämlich gar nicht attraktiv.«

»Okay.«

»Sie sind überstürzt nach Belgrad gereist, weil Sie mir eine Nachricht überbringen sollen. Aber es kann sich nicht um neue Dokumente handeln – Sie hatten ja gar nicht die Zeit, um irgendetwas von Bedeutung auswendig zu lernen. Und darum kann der Text gar nicht so lang sein, dass Sie die Kälte nicht mehr aushalten könnten.«

»Da liegen Sie falsch. Es ist sehr wohl etwas von Bedeutung.«

»Ist mir egal. Ich gehe jedenfalls nirgendwo hin, bis Sie mir nicht gesagt haben, was es ist.«

Sie spitzte die schimmernden Lippen und verstummte. Sie hatte gemerkt, dass er nicht nachgeben würde. »Also gut«, sagte sie schließlich. »Von mir aus. Wir haben keine Zeit zu streiten, darum sage ich es Ihnen. Sie müssen es erfahren.«

»Nur zu.«

»Banik ist tot. Er wurde ermordet.«

Kapitel 50

Das Auto der Engländerin stand ungefähr dreißig Meter vom Haupteingang des Flughafengebäudes entfernt auf einem mit massiven Schranken gesicherten Kurzzeitparkplatz jenseits der

Zufahrtsstraße. Es war ein kastenförmiger Lada, alt und billig. Kein Mietwagen, also gehörte er wohl der Botschaft oder der örtlichen MI-6-Niederlassung. Jedenfalls war es kein Privatfahrzeug. Der Kerl auf dem Fahrersitz hatte den Sitz so weit nach hinten geklappt, dass sein Kopf sich auf einer Höhe mit dem Armaturenbrett befand. Er war dick und unsportlich. Auf dem Armaturenbrett war eine Kamera mit einem langen Teleobjektiv montiert, die Victor aus der Entfernung nicht bemerkt hatte.

»Ich will die Speicherkarte haben«, sagte Victor, als die Frau die Beifahrertür öffnete und ihn mit stummer Geste bat einzusteigen.

Der Mann hinter dem Lenkrad kurbelte seine Rückenlehne ruckelnd in eine aufrechtere Stellung, sodass das ganze Auto bebte.

»Ich habe keine Bilder gemacht«, sagte er. »Ich habe nur durch das Zoom geschaut.«

Victor streckte die Hand in das Fahrzeug, blieb aber draußen stehen. »Die Speicherkarte.«

»Reg dich ab«, erwiderte der Fahrer. »Sie ist leer. Du brauchst dir keine Sorgen zu machen.«

»Dann gibt es auch keinen Grund, sie mir nicht zu geben, oder?«, erwiderte Victor.

Der Mann zögerte.

»Entweder rückst du sie freiwillig raus«, sagte Victor, »oder ich hole sie mir.«

Sein Tonfall war weder herausfordernd noch drohend, doch der Mann verstand ganz genau, wie Victor das meinte, und das passte ihm überhaupt nicht. Er starrte Victor durchdringend und herausfordernd an. So verdreht auf dem Fahrersitz eines Autos war das keine einfache Aufgabe, aber er meisterte sie, so gut er eben konnte.

»Jetzt gib ihm schon die verdammte Karte«, sagte die Frau. »Ist ja nicht so, als hättest du sie selbst bezahlt.«

Der Mann am Steuer seufzte und löste die Kamera aus ihrer Verankerung. Dann bohrte er den Fingernagel in eine Vertiefung und zog einen Plastikstreifen nach oben, um anschließend die Speicherkarte herauszuziehen und sie ungefähr in Victors Richtung zu werfen, schnell und ohne Ankündigung. Er wollte ihn überrumpeln, um wenigstens einen kleinen, persönlichen Triumph zu verbuchen.

Victor fing die Karte aus der Luft und zerbrach sie mit einer Hand.

Der Fahrer wandte sich ab. »Da war nichts drauf.«

Ob das stimmte oder nicht, spielte jetzt keine Rolle mehr, darum sah Victor auch keinen Anlass zu einem weiteren Kommentar. Wenn der Kerl so unbedingt das letzte Wort haben wollte, dann sollte er es haben. Victors Ego hatte das nicht nötig.

Er schob die zerknickte Speicherkarte in seine Hosentasche. Sie war jetzt zwar wertlos, aber er wollte sie auch nicht einfach auf die Straße werfen. So etwas war ihm noch mehr zuwider als obszöne Wörter.

»Nehmen Sie Platz«, fordert die Frau ihn auf.

»Sie zuerst.«

Sie sah ihn an, versuchte, seine Gedanken zu entschlüsseln, doch er gab nichts davon preis. Er sah, wie ihr Blick zu seiner Hosentasche glitt und welchen Schluss sie daraus zog: Hätte er vorgehabt, sie umzubringen, dann hätte er die Speicherkarte nicht zu zerknicken brauchen. Das hätte er dann anschließend in Ruhe erledigen können. Er setzte eine etwas mildere Miene auf, damit sie diesen Gedanken wieder fallen ließ und schlussfolgerte, dass der Schachzug mit der Zerstörung der Speicherkarte nur dazu dienen sollte, ihre eigene Wachsamkeit herabzusetzen, falls er sie später doch noch töten wollte.

Die Frau nickte und setzte sich auf die Rückbank des Lada. Trotz ihrer offenkundigen Erschöpfung bewegte sie sich geschmeidig und beinahe anmutig. Vermutlich hatte sie als Kind viel geturnt oder später regelmäßig Yoga gemacht.

Victor wartete, bis sie sich hinter den Fahrer geschoben hatte, dann stieg auch er in den Wagen. Wenn sie weggefahren wären, hätte er lieber auf ihrem Platz gesessen, um gegebenenfalls den Fahrer angreifen zu können, aber er war nur hier, um zu reden. Er würde sich garantiert nirgendwohin mitnehmen lassen, ganz egal, was sie vorhatten.

Der Lada war alt, und Victor sah, dass die Kindersicherung an der hinteren Tür nicht aktiviert war. Er ließ sie ins Schloss fallen.

»Ich bin Monique«, sagte die Frau. »Und das da ist Dennis.«

Victor sagte nichts.

Die Frau, die sich Monique nannte, hatte sich um neunzig Grad gedreht und sah ihn an. Er selbst saß aufrecht da, beide Füße parallel im Fußraum und den Blick über den Beifahrersitz nach vorn gerichtet, sodass er im Notfall möglichst schnell wieder aussteigen konnte. Er wollte keine Zeit damit verlieren, sich auf beengtem Raum erst richtig positionieren zu müssen. Dass er deshalb den Kopf nach links drehen musste, war ein vergleichsweise kleiner Preis für diesen Vorteil.

»Danke, dass Sie mitgekommen sind«, eröffnete Monique das Gespräch. »Danke, dass Sie so bereitwillig auf meinen Vorschlag eingegangen sind. Sie hätten mir das Leben auch sehr viel schwerer machen können.«

Kann ja noch kommen, dachte Victor.

»Wie gesagt, Banik wurde ermordet«, fuhr sie fort. »In seiner eigenen Hauseinfahrt erschossen, als er gerade aus dem Auto steigen wollte, mit einer Zweiundzwanziger. Zwei Kugeln ins Herz und eine in den Kopf, nachdem er schon am Boden lag. Niemand hat die Schüsse gehört.«

Das war für Victor keine große Überraschung. Es gab zwar keine lautlosen Schusswaffen, aber bei Unterschallmunition in Kombination mit einem hochwertigen Schalldämpfer war das Geräusch so leise, dass es, selbst wenn es jemand gehört hätte, kaum als Schuss wahrgenommen worden wäre. Und da Handfeuerwaffen in Großbritannien nicht sehr weit verbreitet waren, lag es nahe, dass die Nachbarn gar nicht auf die Idee gekommen waren, dass da jemand geschossen haben könnte. Die Londoner würden zunächst einmal an eine Fehlzündung oder einen Feuerwerkskörper denken.

»Bis jetzt klingt das nach einem professionellen Attentat, stimmt's?«, sagte die Frau.

Victor nickte. Er selbst hatte schon dieselbe Methode angewandt. Für einen kurzen Moment musste er an einen Auftrag in Paris denken, den er zunächst für reine Routine gehalten hatte, der dann aber sein ganzes Leben durcheinandergewirbelt hatte. So sehr, dass er immer noch dabei war, die Einzelteile wieder zusammenzusetzen.

»Was ist?«, fragte die Frau, als sie sah, wie seine Miene sich verfinsterte. Entweder war sie eine gute Beobachterin, oder er ließ nach.

»Keine Schmauchspuren an den Wundrändern«, sagte er, um das Thema zu wechseln.

»Sehr richtig. Weil der Täter sich gleich für den Kopfschuss entschieden hätte, wenn er aus kürzester Entfernung geschossen hätte?«

»Nicht unbedingt. Eine Zweiundzwanziger kann bei einem entsprechenden Winkel auch vom Schädel abprallen. Darum hat er zuerst das Herz genommen. Der Kopfschuss war nur als Versicherung gedacht. Es ist nie des Guten zu viel.«

»Und woher wissen Sie dann, dass keine Schmauchspuren gefunden wurden?«

»Ich habe geraten«, erwiderte Victor, und sie schien sich damit zufriedenzugeben. Seine angespannten Gesichtszüge bei der Erinnerung an jenen schicksalhaften Auftrag in Paris waren vergessen und damit auch jede Chance, ihn ein wenig besser zu verstehen.

»Es wird noch schlimmer, fürchte ich.«

Victor hob eine Augenbraue. »Wird es das nicht jedes Mal?«

»Sie wissen, weshalb ich hier bin, nicht wahr?«

Er ließ den Blick von ihr zu dem Mann am Steuer gleiten. »Zu Anfang nicht, aber jetzt schon. Das ist kein Höflichkeitsbesuch, um mich über den Tod meines Auftraggebers zu informieren. Sie untersuchen den Mord an Banik, und ich bin ein Verdächtiger.«

»Sie sind der Hauptverdächtige«, verbesserte ihn die Frau.

Kapitel 51

Alle beide starrten ihn durchdringend an. Die startenden, landenden oder über ihren Köpfen kreisenden Flugzeuge durchbrachen mit ihrem Dröhnen die Stille. Es klang anders als das gemächliche Rumpeln ankommender oder abfahrender Züge, wütender. Die Engländer waren angespannt, fürchteten eine gewaltsame Reaktion Victors, doch er saß still und ruhig auf seinem Platz. Er wollte mehr erfahren, bevor er etwas unternahm.

»Aha«, sagte er. »Natürlich bin ich das.«

»Können Sie beweisen, dass Sie in letzter Zeit nicht in London waren?«

»Ich war in London«, erwiderte er. »Und das wissen Sie auch. Ich wollte mich dort mit Banik treffen, was Sie ebenfalls wissen. Aber mehr werden Sie von mir nicht erfahren. Und ganz bestimmt liefere ich Ihnen keine Beweise für Dinge, die ich getan beziehungsweise nicht getan habe.«

»Ich habe mir schon gedacht, dass Sie etwas in dieser Richtung sagen würden.«

»Sie können mich nicht festnehmen. Wir sind hier nicht in London, sondern in Belgrad. Hier in Serbien haben Sie nichts zu melden, und selbst wenn, dann haben Sie keine Beweise, weil der Täter genau gewusst hat, was er tut. Und ich muss Ihnen ja sicherlich nicht erklären, dass Sie nicht versuchen sollten, mich festzunehmen.«

»Mir ist vollkommen klar, dass Sie das nicht waren«, erwiderte die Frau. »Ich weiß zwar nichts über Sie – nichts wirklich *Substanzielles*, meine ich –, aber ich weiß, dass Sie nicht dumm sind.«

»Mit Schmeicheleien kommt man immer ans Ziel.«

»Vielleicht habe ich das etwas ungeschickt ausgedrückt, aber Sie würden doch niemals Ihren Auftraggeber direkt vor seinem eigenen Haus erschießen, oder?«

Es gab keinen Grund, auf diesen Punkt ausführlicher einzugehen. Er ließ den Blick zwischen den beiden hin- und herwandern. »Und warum bin ich Ihr Hauptverdächtiger?«

»Dazu komme ich gleich.«

»Warum sind Sie dann hier?«

»Wie gesagt«, erwiderte die Frau, »wir wollen uns mit Ihnen über Baniks Tod unterhalten.«

»Was noch?«

Ein Augenblick der Stille folgte. Der Fahrer wich Victors Blicken aus.

Victor sagte: »Sie haben deutlich gemacht, dass Sie mich nicht für Baniks Mörder halten. Das hätten Sie mir also nicht persönlich zu sagen brauchen. Sie hätten mir nicht einmal sagen müssen, dass er tot ist, geschweige denn, dass er ermordet wurde. Sie hätten einfach abwarten können, bis ich meinen Auftrag erledigt habe, aber trotzdem sind Sie hier. Ich will wissen, warum, und zwar sofort. Mir ist durchaus klar, weshalb Sie mir die Sache mit Banik erzählt haben … und auch, dass Sie mich nicht für den Täter halten. Sie wollen Vertrauen schaffen. Sie wollen in mir ein Gefühl der Dankbarkeit hervorrufen. Sie wollen mich auf Ihrer Seite haben, wenn Sie den wahren Grund für Ihr Kommen offenlegen. Aber Ihre MI-6-Kurse in Küchenpsychologie bringen Sie bei mir nicht weiter. Also verschwenden wir nicht noch mehr Zeit. Sagen Sie mir, was los ist.«

»Wir brauchen Ihre Hilfe«, sagte die Frau jetzt.

»Natürlich. Aber ich habe immer noch nicht erfahren, worum es geht.«

Sie rieb die Handflächen aneinander. Im Inneren des Wagens war es fast so kalt wie draußen. Der Fahrer hatte den Motor nicht laufen lassen, um keine unnötige Aufmerksamkeit zu erregen, darum funktionierte auch die Heizung nicht. Er trug wärmere Kleidung, und seine natürliche Isolationsschicht war doppelt so dick wie die der Frau. Außerdem hatte er das Seitenfenster einen Spalt weit geöffnet, damit sein Atem, während er die Umgebung beobachtet hatte, nicht an der Scheibe kondensiert war. Victor spürte die Kälte, aber er war sehr gut in der Lage, auch widrigste Bedingungen zu ertragen, selbst wenn sein Stoffwechsel, bedingt durch seinen hervorragenden körperlichen Zustand, fast wie ein zusätzlicher Heizofen wirkte.

»London will nach wie vor, dass Sie Rados töten«, erläuterte die Frau. »Aber ich könnte verstehen, wenn Sie dabei ein ungutes Gefühl hätten, jetzt, wo Ihr direkter Auftraggeber gestorben ist.«

»Man stirbt nach einem Herzinfarkt oder wenn man vom Bus überfahren wird. Aber zwei Schüsse ins Herz und einer in den Kopf, das ist eine Hinrichtung.«

»Wie gesagt, ich könnte verstehen, wenn Sie aus diesem Auftrag aussteigen wollten.«

»Ich muss gar nicht mehr aussteigen«, erwiderte Victor. »Ich bin bereits raus.«

»Dann hole ich Sie hiermit wieder ins Boot.«

Er dachte an die Armenierin in Rados' Bordell und an die Abmachung, die er mit ihr hatte. *Du hilfst mir, und ich helfe dir. So einfach kann es sein, wenn du willst*, hatte er zu ihr gesagt. Und genau so hatte er es auch gemeint.

Monique registrierte seinen veränderten Gesichtsausdruck, darum sagte er: »Sie *versuchen*, mich wieder ins Boot zu holen.«

Sie stieß den Atem aus. »Okay. Ich verstehe, was Sie sagen wollen, und ich gebe Ihnen bis hierhin auch recht. Aber es gibt da immer noch etwas zu erledigen, und zwar völlig unabhängig von Baniks ... Hinrichtung. Er hat Ihnen zwar den Auftrag anvertraut, aber er hat sich das Ganze nicht ausgedacht. Er war nur ein Übermittler.«

»Es ziemt sich nicht, schlecht über die Toten zu sprechen. Sie sind gekommen, um mir eine Nachricht zu übermitteln. Und letzten Endes bin auch ich nichts weiter als ein Übermittler.«

Sie nickte beschwichtigend. »Banik hat Ihnen mit Sicherheit von Leonard Fletcher erzählt. Dass Fletcher Geheimnisse verkauft hat ... die Sache mit dem Mädchen, seine Affäre, der chinesische Geheimdienst. Ja?«

»Okay«, sagte Victor und nickte, weil er wollte, dass sie weitersprach.

»Und ich wette, er hat Ihnen sogar erzählt, dass Fletcher auch Ihre Akte weiterverkauft hat.«

So langsam bekam er eine Vorstellung davon, worauf sie hinauswollte. »Ich höre.«

Sie warf dem Fahrer einen flüchtigen Blick zu, und dieser machte einen zufriedenen Eindruck, so als sei Victors Zusage gar keine Frage mehr. Dann sagte sie: »Aber das war eine beschissene Lüge. Weil nämlich ...«

»Einfach nur Lüge reicht völlig. Von mir aus auch Unwahrheit, Falschaussage oder Hinterlist.«

Sie runzelte verwirrt die Stirn. »Ja, genau«, meinte sie dann, immer noch unsicher, was er damit genau sagen wollte. »Es war eine Lüge. Nicht Fletcher hat Ihre Akte weiterverkauft, sondern Banik.«

»Und deshalb bin ich Hauptverdächtiger für den Mord an ihm.«

Sie nickte. »Natürlich. Banik verrät Sie an den Makler namens Phoenix, setzt ein dickes Kopfgeld aus und hetzt Ihnen mehrere Attentäter auf den Hals. Sie kommen ihm auf die Schliche und bringen ihn um. Das ist logisch. Ergibt Sinn. Manche würden sogar sagen, er hat es nicht anders verdient.«

»Haben Banik und Fletcher unter einer Decke gesteckt?«

»Das wissen wir nicht. Vielleicht hat er ihn nur nachgemacht. Vielleicht haben sie auch zusammengearbeitet.«

»Sie haben sich gegenseitig umgebracht«, sagte Victor dann. »Banik hat mich losgeschickt, um Fletcher zu ermorden, aber der hatte schon jemanden damit beauftragt, Banik zu töten. Der Betreffende hat nur länger gebraucht als ich.«

»Daran habe ich auch schon gedacht«, erwiderte sie. Er sah ihr an, dass sie die Wahrheit sagte. Es war ein beruhigendes Gefühl, mit Leuten zu tun zu haben, die mehr als einen Schritt vorausdenken konnten. »Da wird also eine Prämie auf Ihren Kopf ausgesetzt, schon vor etlichen Monaten. Als Makler fungiert, wie Banik gesagt hat, ein gewisser Phoenix. Aber Banik hat versucht, diesen Tötungsauftrag zu nutzen, um sein eigenes Süppchen zu kochen. Fletcher wollte seinen Tod. Er wollte Fletchers Tod. Und damit das niemals an die Öffentlichkeit kommt, wollte er, dass Sie einem anderen Auftragskiller zum Opfer fallen, der sich die Prämie verdienen wollte. Das hätte niemand infrage gestellt. Er hat schließlich niemanden mit Ihrer Ermordung beauftragt. Er hat lediglich den richtigen Leuten ein paar sachdienliche Hinweise zugespielt, hat sich gewissermaßen … wie soll ich sagen … Ihre Popularität zunutze gemacht. Wir wissen jedenfalls sicher, dass ein anderer professioneller Attentäter in London war, als Sie sich mit Banik getroffen haben.«

Victor zeigte keine Reaktion.

»Sie haben Glück gehabt, dass Sie ihm nicht über den Weg gelaufen sind.«

»Ich glaube, ich weiß, worauf Sie hinauswollen.«

»Ich habe nichts anderes erwartet.«

»Sie wollen mir drohen«, sagte Victor.

Sie schüttelte den Kopf. Zwischen ihren Augenbrauen hatte sich eine steile Falte gebildet. »Das würde ich niemals tun. Ich bin hier, um Ihnen zu helfen.«

»Nein«, erwiderte Victor. »Sie sind hier, um mir Ihre Hilfe anzubieten. Sie wollen mir sagen, dass Sie mir bei der Lösung meines Problems behilflich sind, wenn ich den Rados-Auftrag zu Ende bringe.«

»Wir können einander gegenseitig helfen, ja.«

»Indem Sie mir zum Beispiel Informationen über die Kollegin anbieten, die mir auf den Fersen ist?«

Sie nickte. »Wir haben eine komplette Akte über sie. Sie ist hochgefährlich. Sie würden sie niemals rechtzeitig bemerken.«

»Sie können die Akte vernichten«, erwiderte Victor. »Die Dame liegt auf dem Grund der Themse, in sechs hübschen Teilen.«

Die Frau starrte ihn an, suchte nach Anzeichen für eine Lüge. »Das ist doch nicht wahr.«

»Sie haben vorhin nicht erwähnt, dass es sich um eine weibliche Kollegin handelt, oder? Werfen Sie einen Blick in die Gästeliste des *Covent Garden Hotels*. Eine Frau, auf die ihre Beschreibung passt, hat dort vor knapp zwei Wochen ein-, aber nicht wieder ausgecheckt. Stattdessen ist sie spurlos verschwunden.«

»Das prüfe ich nach, das ist Ihnen doch klar.«

»Was haben Sie sonst noch zu bieten?«, wollte Victor wissen.

»Also gut, vorausgesetzt, Sie haben mich nicht angelogen, befindet sich Ihre Akte immer noch in den Händen eines gut vernetzten Maklers, der Kasse machen möchte. Auch wenn der erste Versuch fehlgeschlagen ist – ich gratuliere herzlich –, wissen Sie so gut wie ich, dass Sie jederzeit mit dem nächsten Attentat rechnen müssen.«

Victor musste an den Deutschen mit den grau melierten Haaren im Zug nach St. Petersburg denken. Den Attentäter, der ihn ausgetrickst und ihm eine Stichwunde zugefügt hatte. Der immer noch auf freiem Fuß war. Der unterschwellige Schmerz in seinem Bein schien für einen kurzen Moment stärker zu werden. Die Wunde war noch nicht völlig verheilt. Und wieder einmal würde eine hässliche Narbe zurückbleiben.

»Je früher wir diese Akte wieder beschaffen können, desto ruhiger können Sie schlafen.«

»Woher soll ich denn wissen, dass Sie Phoenix überhaupt finden können?«

»Das ist mein täglich Brot.«

Ihre Stimme klang so überzeugt, dass Victor ihr beinahe glaubte. Sie hatte Selbstvertrauen.

»Und bis wir Phoenix gefunden haben, tun wir alles, was in unserer Macht steht, um Sie zu schützen. Also, für mich klingt das nach einem ziemlich guten Deal.«

»Den ich gar nicht nötig hätte, wenn Ihre Organisation nicht durch und durch korrupt wäre. Jeder Ihrer Mitarbeiter, mit dem ich im Lauf der letzten Jahre zu tun hatte, hat nach seinen eigenen Regeln gespielt. Damit liegen Sie im Durchschnitt noch über der CIA, und das will etwas heißen.«

»Falls es Sie irgendwie tröstet, ich bedaure Ihre Situation wirklich sehr«, sagte sie.

»Das nützt mir gar nichts.«

»Ich werde jetzt nicht sagen, dass Sie mir vertrauen können. Mir ist klar, dass so ein Satz vollkommen sinnlos wäre. Ich sage nicht, dass ich anders bin als alle anderen. Ich werde Ihre Intelligenz nicht beleidigen. Aber ich hätte Ihnen gar nicht erzählen müssen, dass Banik tot ist, oder? Ich hätte Sie einfach weitermachen lassen können, und dann hätten Sie niemals davon erfahren. Habe ich recht?«

Victor konnte nichts darauf erwidern, weil es stimmte. Ganz egal, wie man es drehte und wendete, aber dass sie ihm von Baniks Ermordung berichtet hatte, ergab nur dann einen Sinn, wenn sie es tatsächlich ehrlich mit ihm meinte.

»Also«, fuhr sie nach kurzem Schweigen fort. »Machen Sie nun weiter oder nicht?«

»Bleiben Sie in Belgrad?«, wollte Victor wissen.

»Ja, so lange, bis die Sache abgeschlossen ist. Aber hier ist Dennis zuständig. Er ist in der Botschaft tätig, also kann er Sie unterstützen. Er kennt sich in diesem Teil der Welt gut aus. Er ist mit Land und Leuten vertraut. Er kann alle möglichen Dinge erledigen. Wenn Sie Probleme haben, dann ist er Ihnen bei der Lösung behilflich.«

Victor musterte den dicken, unsportlichen Kerl, der schon wegen einer leeren Speicherkarte die Ruhe verloren hatte. »Der kann doch nicht mal seine eigenen Probleme lösen. Nein, danke.«

»Mir auch recht«, warf Dennis ein.

Die Frau zuckte mit den Schultern. »Es ist Ihre Entscheidung. Aber seien Sie versichert, falls Sie doch etwas benötigen sollten, dann bin ich für Sie da.«

»Was können Sie mir anbieten?«, fragte Victor.

»Alles«, erwiderte Monique. »Was immer Sie brauchen.«

»Was immer ich brauche?«, wiederholte Victor.

Sie nickte. »Ganz genau. Ich kann Ihnen Rückendeckung geben, Personen beschatten, Dinge transportieren oder Informationen beschaffen. Sie müssen es nur sagen.«

»Informationen beschaffen?«, wiederholte Victor. »Witzig, dass Sie das sagen, schließlich hat das SIS mich gleich zu Anfang mit falschen Informationen versorgt. Rados ist kein Drogendealer. Er handelt mit Menschen.«

Sie warf dem Kerl auf dem Fahrersitz einen Blick zu, aber dieser zuckte nur mit den Schultern.

»Woher wissen Sie das?«, wandte sie sich an Victor.

»Weil ich meine Hausaufgaben mache. Frauen sind kostbarer als Gold, um es mit Rados' eigenen Worten auszudrücken.«

Sie runzelte die Stirn. »Moment, Moment, wie war das? Mit seinen eigenen Worten? Haben Sie ihn das selbst sagen hören, oder haben Sie nur gehört, dass er das gesagt hat?«

»Das ist das, was er zu mir gesagt hat«, erwiderte Victor. »Hatte ich das nicht erwähnt? Ich arbeite für ihn.«

Sie riss die Augen auf. »Sie machen *was*?«

Kapitel 52

Sie starrte ihn eine Sekunde lang an, als würde er eine fremde Sprache sprechen, die sie nicht verstand. »Sie arbeiten für ihn? Sie haben Rados tatsächlich getroffen? Sie waren mit ihm im selben Raum? Und trotzdem ... ist er noch am Leben?«

»Rados läuft seit sechs Jahren unbehelligt herum«, erwiderte er.

»Was wollen Sie damit sagen?«

»Gar nichts. Und Sie?«

Sie schwieg.

»Er ist paranoid«, fuhr Victor fort. »Er hat mir bis jetzt noch keine Gelegenheit gegeben, ihn zu töten. Diese Dinge brauchen Zeit. Mir bleiben immer noch fünf Jahre und dreihundertfünfzig Tage, bevor Sie an mir herummäkeln dürfen, weil ich zu langsam bin.«

»Das nehme ich zur Kenntnis. Ich bin nur überrascht, das ist alles. Ich hätte nicht gedacht, dass Sie ihn so schnell finden, und schon gar nicht, dass Sie schon jetzt Teil seiner Organisation sind.«

»Ich arbeite schnell«, erwiderte Victor, »aber es ist auch nicht so, dass er sich wirklich versteckt hält. Wenn Sie gewusst hätten, wo Sie suchen müssen, dann hätten Sie ihn schon vor Jahren aufgestöbert.«

Dennis schien sich brennend für die Umgebung zu interessieren, jedenfalls würdigte er Victor keines Blickes.

»Vielleicht hätten wir Sie schon früher engagieren sollen«, meinte sie.

Victor nickte. »Ich will das Lob gar nicht für mich alleine beanspruchen. Er hat mir einen Großteil der Arbeit abgenommen, weil er neulich erst einen Frühjahrsputz veranstaltet hat und neue Mitarbeiter sucht. Ich bin sozusagen noch in der Probezeit.«

»Alles, was ich über Rados weiß, ist, dass er ein Einzelgänger ist, dass er niemals einen Fremden engagieren würde.«

»Das stimmt, aber ich glaube, er ist dabei, seine Organisation zu modernisieren. Wenn ich das richtig einschätze, dann ist ihm klar, dass seine Männer alle hart zuschlagen können, aber mit dem Nachdenken so ihre Probleme haben. Und außerdem glaube ich, dass er mich mag.«

Ihre Augenbrauen bildeten zwei perfekte Bogen. »Er mag Sie?«

Victor nickte erneut. »Er hat sich als Imperator, umgeben von Barbaren, bezeichnet und möchte als Philosoph gesehen werden, als Intellektueller. Ob seine Männer wirklich so unfähig sind, wie er glaubt, spielt keine Rolle, solange es in sein Weltbild passt. Dieses Gefühl der Überlegenheit befriedigt sein Ego, aber es hat eben auch einen Preis. Er glaubt, dass seine Gedanken sich auf einer höheren Ebene bewegen als die seiner Leute, und darum macht es ihm keinen Spaß, mit ihnen zu reden.«

»Und was genau können Sie ihm geben?«

»Ich bin in der Lage, mit ihm auf derselben Ebene zu kommunizieren. Ich habe nicht oft Gelegenheit, das, was ich denke, mit Gleichgesinnten zu besprechen, selbst wenn ich dabei ein doppeltes Spiel spiele.«

»Das klingt wirklich so, als würde er Sie mögen«, sagte Monique. »Aber darüber hinaus klingt es auch ein bisschen so – und das finde ich überaus bestürzend –, als würden Sie ihn ebenfalls mögen.«

»Er ist eine Zielperson«, sagte Victor.

»Eine Zielperson, die Sie persönlich kennengelernt haben. Wird das womöglich zum Problem? Und bevor Sie jetzt eine schnippische Bemerkung machen: Ich stelle Ihnen diese Frage, weil ich versprochen habe, Ihnen Rückendeckung zu geben.«

»Ist es für Sie ein Problem, dass Sie diesen einen gut aussehenden Mitarbeiter gerne mögen? Den mit dem freundlichen Lächeln und dem breiten Kreuz?«

»Woher wissen Sie d …«, fing sie an, bevor sie sich unterbrach.

Es war ein sorgfältig überlegter Schuss ins Blaue gewesen. Sie war Vorgesetzte von schätzungsweise zwei Dutzend Agenten. Darunter musste mindestens einer sein, den sie attraktiv fand. Sie spitzte die Lippen, als sichtbares Zeichen dafür, dass sie sich über sich selbst ärgerte, weil sie in seine Falle getappt war.

»Nicht schlecht gekontert«, sagte sie. »Ich werde Ihre Objektivität nie wieder infrage stellen.«

»Am besten stellen Sie mich überhaupt nicht infrage. Das spart uns beiden eine Menge Zeit.«

»Dann erwähne ich lieber gar nicht, dass wir Berichte über eine nächtliche Schießerei erhalten haben, auf einem Schrottplatz, der mit Milan Rados in Verbindung gebracht wird. Ich werde Sie nicht fragen, ob das irgendetwas mit Ihnen zu tun hatte.«

Sie beobachtete ihn genau, wartete auf eine Reaktion.

»Ja«, bestätigte Victor. »Das war ich. Wer sonst?«

»Die Belgrader Polizei hat Ermittlungen eingeleitet. Auch wenn Rados keine Polizeischnüffler in seinen Firmen haben will, können sie einen solchen Zwischenfall nicht einfach ignorieren. Es gibt mehrere Anwohner, die Schüsse gehört haben.«

»Schüsse sind laut.«

Sie wartete kurz ab, aber als klar war, dass er nicht mehr dazu sagen würde, fuhr sie fort: »Ich werde Sie nicht fragen, was da passiert ist.«

»Ich tue meine Arbeit. Da läuft nicht immer alles nach Plan. Wenn es so einfach wäre, Rados umzubringen, dann würden Sie mich nicht so gut dafür bezahlen, oder?«

»Noch einmal zurück zu Rados«, sagte sie. »Was können Sie mir sonst noch über ihn sagen?«

»Er ist ein Psychopath, der sich für durch und durch rational hält. Er legt großen Wert auf Intelligenz und mentale Stärke. Ich habe ihm schon zu Anfang gezeigt, dass ich beide Eigenschaften besitze, und das hat ihn für mich eingenommen.«

»Das klingt, ehrlich gesagt, ein klein wenig eingebildet.«

»Ich glaube nicht, dass ich darauf antworten werde«, entgegnete Victor.

»Tut mir leid«, sagte sie. »Fahren Sie fort.«

»Im Prinzip führt er ein einziges, langes Bewerbungsgespräch mit mir«, sagte Victor. »Er hat mich ein paarmal auf die Probe gestellt, und bis jetzt habe ich jedes Mal bestanden. Und ich hoffe, dass es so weitergeht und sein Vertrauen immer weiter wächst.«

»Das klingt ganz danach, als wollte er Ihnen den Job gerne anbieten. Als würde er tatsächlich hoffen, dass Sie sich als würdig erweisen.«

»Genau die Schlussfolgerung habe ich auch gezogen.«

Monique betrachtete ihn aufmerksam. »Und außerdem klingt es danach, als würden Sie das ernsthaft in Erwägung ziehen.«

»Das kommt darauf an.«

»Worauf?«

»Ob er mir mehr Geld anbietet als Sie.«

Sie seufzte. »Darauf falle ich ganz bestimmt nicht rein. Tun Sie, was immer Sie tun müssen, und wir halten Ihnen den Rücken frei.«

»Dann kommen Sie mir nicht in die Quere«, sagte Victor. »Alle beide nicht. Ich arbeite alleine. Sie können mir gerne den Rücken freihalten, während ich das Attentat auf Rados durchführe, aber aus sicherer Entfernung.«

Sie streckte ihm die geöffneten Handflächen entgegen. »Wie gesagt, tun Sie, was Sie für richtig halten.«

»Falls Sie mich angelogen haben, und sei es nur in einem einzigen Punkt, dann bringe ich Sie um.« Er blickte den Mann auf dem Fahrersitz an. »Und dich auch.«

Sie verkrampfte sich, und der Fahrer wurde blass.

»Ich lüge nicht«, sagte sie dann.

»Gut, ich bin dabei. Weil ich Ihnen jetzt glaube.« Er starrte sie an. »Aber was für Sie noch viel wichtiger ist, ist, dass ich Ihnen auch später noch glaube.«

Sie schluckte, hielt seinem Blick jedoch stand. »Vielleicht würde unsere Zusammenarbeit ohne diese Drohungen besser funktionieren.«

»Ich mache keine Drohungen«, erwiderte Victor. »Ich stelle Regeln auf und sorge dafür, dass Ihnen beiden klar ist, mit wem Sie es zu tun haben. Ganz egal, welche Prioritäten Sie in Ihrem Leben bislang gesetzt haben, Ihre neue Nummer eins ist ab sofort, dafür zu sorgen, dass ich Sie nicht als meine Feinde betrachte.«

Sie nahm es erstaunlich gut hin. »Für uns stellt die Zusammenarbeit mit Ihnen genauso ein Risiko dar wie umgekehrt auch. Wir können uns also zumindest auf einen einigermaßen freundlichen Umgangston verständigen.«

»Ich kann Ihnen versichern, dass Sie nur meine beste Seite zu sehen bekommen haben.«

Kapitel 53

Der Regen hatte aufgehört, und die Stadt sah aus wie nach einer Überschwemmung. Der Name Belgrad bedeutete »weiße Stadt«, aber jetzt war sie grau, die Häuser nass und dunkel. Pfützen standen auf den Bürgersteigen, und die Lücken zwischen den Pflastersteinen hatten sich in Rinnsale verwandelt. Die triefenden Bäume bogen sich unter der Last des Regenwassers.

Victor saß in einem gut geheizten Kafana und trank in langsamen, behutsamen Schlucken eine Tasse Kaffee, während er nach Beschattern Ausschau hielt und sich noch einmal durch den Kopf gehen ließ, was er von der Engländerin alles erfahren hatte – Banik war ermordet worden und hatte ihn hintergangen. So etwas kam in Victors Welt immer wieder vor, aber ein wirklicher Trost war das nicht. Er rieb sich den Oberschenkel.

An einem Tisch in seiner Nähe saß eine Frau vor einem Laptop. Sie trug einen grünen Pullover mit weißem Blumenmuster und dazu große Kopfhörer. Vor allem aber hatte sie ein dauerhaftes Lächeln auf den Lippen. Victor fragte sich unwillkürlich, warum sie wohl so glücklich war. Zu einer anderen Zeit, in einem anderen Leben, hätte er sie vielleicht angesprochen. Er wandte sich ab, bevor sie seinen Blick bemerkte.

Baniks Verrat bedeutete, dass er tatsächlich in unmittelbarer Gefahr schwebte. Aber deswegen musste er an seinem Verhalten nichts ändern. Er ging ohnehin immer davon aus, dass seine Feinde ihm dicht auf den Fersen waren. Er hielt zwar gezielt Ausschau nach dem deutschen Killer mit den grau melierten Haaren, achtete aber gleichzeitig bewusst darauf, sich nicht nur auf ihn zu konzentrieren, keinen Tunnelblick zu entwickeln. Jeder Mensch, dem er begegnete, war eine potenzielle Bedrohung, also analysierte er auch jeden Einzelnen, sogar die, die nur vielleicht überhaupt in seine Nähe kamen. Er registrierte Körpergröße, Gewicht und Körperbau, so wie normale Menschen Haar- und Augenfarbe registrierten. Er achtete auf Knochenbau, Gelenkigkeit und Körperhaltung. Aber genauso wichtig war ein Blick in die Augen, denn nur, wer den Willen hatte, seine körperlichen Fähigkeiten auch einzusetzen, konnte ihm wirklich gefährlich werden. Geschwindigkeit und Reflexe ließen sich nur schwer von außen abschätzen, ebenso wie die spezifischen Fähigkeiten der Einzelnen, aber das Äußere war ohnehin nur eines von vielen Indizien.

Der Gang eines Menschen zum Beispiel verriet ihm eine Menge. Die Länge der Schritte und das Tempo der Bewegungen ließen Rückschlüsse auf seine Beweglichkeit und Gelenkigkeit zu. Ein groß gewachsener Mann mit langen Beinen konnte vielleicht mehr Strecke machen als andere, aber wenn er nur gemächliche Schritte machte, dann war das ein Anzeichen für eine generelle Behäbigkeit, die auf mangelhafte Fitness oder steife Glieder zurückzuführen war. Und solche Dinge konnte Victor im Fall einer Auseinandersetzung zu seinem Vorteil nutzen.

Er saß am Fenster, sodass er genau sehen konnte, wer das Kafana betreten wollte. Sein Stuhl war schmal und unbequem, aber er genoss die wenigen Sonnenstrahlen, die sich durch die Wolkendecke kämpfen konnten und auf sein Gesicht fielen. Auf der engen, einspurigen Straße vor dem Fenster gab es nur wenig Verkehr, sodass das Treiben draußen relativ entspannt zu verfolgen war.

Ein Mann bog in die Straße ein und kam auf Victor zu. Er war Anfang vierzig, groß und hatte breite Schultern und Hüften. Sein fein säuberlich geschnittenes Haar hatte sich bereits gelichtet, schimmerte aber immer noch rostfarben. Sein Gesicht war gerötet, und seine blauen Augen blickten durch eine elegante Brille. Der graue Anzug war nicht teuer gewesen, saß aber gut. Seine schwarzen Oxfordschuhe waren schon älter, aber sauber poliert.

Victors Urteil lautete: kräftig, aber eingerostet. Der Mann besaß eine natürliche Stärke, weil er ausreichend Proteine und Kohlenhydrate zu sich nahm, aber er verbrachte einen Großteil seiner Zeit im Sitzen. Gut möglich, dass er ein paar wirkungsvolle Schläge ins Ziel bringen konnte, aber danach würde er erschöpft sein.

Keine Bedrohung.

Der Mann merkte nicht, dass Victor ihn ansah, merkte nicht, wie er taxiert wurde, und ging weiter.

Der nächste war deutlich jünger und kam aus der entgegengesetzten Richtung. Er hatte die blonden, gewellten Haare zurückgekämmt, sodass seine hohe Stirn und die Geheimratsecken gut zu sehen waren. Die spärlichen Bartstoppeln auf seinen Wangen und am Kinn waren erkennbar dicker und dunkler als seine Haare. Dunkle Ränder lagen um seine geröteten Augen. Er hatte ein jungenhaftes Gesicht, aber einen sehr männlichen Oberkörper. Seine Kleidung war leger und saß nicht zu eng. Victor musterte ihn noch etwas länger.

Er war durchtrainiert, hatte aber einen schlanken Hals und einen schmalen Rücken. Der junge Mann stählte regelmäßig seinen Körper, aber aus ästhetischen Gründen und nicht, um seine Kräfte zu optimieren. Er war fit und jung, aber zugleich müde und schwach. Er wirkte voller Verlangen – nach Essen, nach Wissen, nach einem Sinn –, aber mehr nicht.

Keine Bedrohung.

Der Kellner erkundigte sich, ob Victor noch einen Kaffee haben wollte, darum bezahlte er, spazierte eine Weile herum und bestieg dann einen Bus. Die Nummer oder die Strecke interessierte ihn nicht. Er wusste nicht, wohin er fuhr, und das war genau der springende Punkt. Wenn er es selbst nicht wusste, dann konnte es auch sonst niemand wissen, und somit konnte auch niemand einen Hinterhalt vorbereiten. An der nächsten Haltestelle stieg ein Mann mit Brille ein. Er war außer Atem.

Der Bus war gut gefüllt, und Victor musste stehen, genau wie der Mann mit der Brille. Victor behielt ihn aus den Augenwinkeln ununterbrochen im Blick. Womöglich war der Mann nur deshalb außer Atem, weil er Victor zu Fuß verfolgt hatte und dadurch gezwungen gewesen war, dem Bus hinterherzulaufen. Er trug eine Lederjacke und einen braunen Schal, war um die dreißig und klein, aber muskulös.

Jetzt fing der Mann an, mit seinem Handy herumzuspielen, so wie die meisten anderen auch. Im Stehen fiel es Victor leichter, die anderen Fahrgäste abzuschätzen. Und die mittlerweile allgegenwärtigen Smartphones und Tablets halfen ihm zusätzlich bei der Identifikation potenzieller Bedrohungen. In Bahnen und Bussen hielten die Menschen den Kopf gesenkt. Das war durch Zeitungen und Bücher bis zu einem gewissen Grad schon immer so gewesen, aber heutzutage begegnete man noch viel seltener einem nach oben oder geradeaus gerichteten Augenpaar. Das gefiel Victor, auch wenn er sich dadurch von der Masse abhob. Es war gar nicht so einfach, wachsam zu sein und gleichzeitig nicht so zu wirken. Genau dadurch verrieten sich die meisten Beschatter. Anonym zu bleiben, einfach nur einer unter vielen zu sein, war kein Problem, aber wenn die Zielperson einem dabei entwischte, waren alle Bemühungen umsonst.

Die perfekte Balance zwischen Anonymität und Aufmerksamkeit zu finden war so gut wie unmöglich, weil dieses Gleichgewicht nichts Statisches war. Es variierte ständig, änderte sich je nach Umständen, Situation und Umgebung, wurde von den Beschatteten und ihren Absichten ebenso beeinflusst wie von Victors eigenen Zielen. Und wie immer bei seiner Arbeit war auch hier der Kompromiss der Schlüssel zum Erfolg. Wenn er sich etwas weiter zurückzog und bewusst in Kauf nahm, nicht alles mitzubekommen, blieb er vielleicht unentdeckt, sodass es gar nicht nötig war, alles mitzubekommen. Aber wenn er ohnehin nichts zu verlieren hatte – wenn der Feind ihn bereits bemerkt hatte oder wusste, dass er sich bald sehen lassen würde –, dann war es unter Umständen besser, sich aus der Deckung zu wagen, weil die Bedrohung dadurch vielleicht leichter zu identifizieren war.

Ein Jugendlicher stopfte sich sechs Marshmallows aus einer Tüte in den Mund, darum stieg Victor an der sechsten Haltestelle aus. Er blieb so lange stehen, bis der Bus nicht mehr zu sehen war. Der Mann mit der Brille war im Bus geblieben, ohne den Blick einmal vom Display seines Smartphones zu nehmen. Auf dem Bürgersteig stand eine Frau mit einem Kinderwagen und winkte lächelnd jemandem zu, den Victor nicht sehen konnte, reckte die Hand immer höher und höher.

Er blieb in Bewegung. Er kannte sich in Belgrad nicht gut aus, sodass seine Wege und Transportmittel auch für ihn selbst einigermaßen unvorhersehbar blieben. Sein Gefahrenradar schlug ununterbrochen an. Jedes Auto, das an ihm vorbeifuhr, schien im Näherkommen langsamer zu werden. Jeder Fußgänger, der ihm entgegenkam, schien die Jacke aufgeknöpft zu haben. Hinter jedem geöffneten Fenster schien sich ein Schatten zu verbergen.

Dann sah er ihn zum zweiten Mal … den Mann mit der Brille. Klein. Muskulös. Lederjacke und brauner Schal. Das reichte, um Victor zu einem sofortigen Richtungswechsel zu veranlassen. Nicht, weil er den Mann abschütteln wollte, sondern um zu überprüfen, ob er ihm folgte.

Und genau das tat er.

Mehr brauchte Victor nicht zu wissen. Eine zweifache Begegnung konnte noch Zufall sein, aber dreimal war einmal zu viel. Victor blieb vor dem Straßenstand eines Fischhändlers stehen, der die Reste seines nächtlichen Fangs loswerden wollte, billig und nur gegen Bares. Ein paar alte Frauen zankten sich um die besten Stücke und feilschten mit dem Händler. Victor stellte sich zu ihnen und benahm sich genau wie sie, prüfte den Fisch, ohne sich von dem Gestank stören zu lassen, ließ den Blick über die alten, fleckigen, mit Schmelzwasser und Blut verschmierten Styroporkisten schweifen. Dabei nahm er die Gelegenheit wahr, die Straße zu beobachten, die sich im Schaufenster des benachbarten Blumenladens spiegelte. Aber nicht, um zu erfahren, was der Mann mit der Brille gerade machte. Er wusste auch so, dass er langsamer geworden oder ganz stehen geblieben war, und wenn er genauer nachgesehen hätte, hätte er seinem Beschatter lediglich verraten, dass er ihn entdeckt hatte.

Gemächlich überquerte er die Straße. Unter einem Baugerüst vor einem Bankgebäude hatte sich eine Menschenansammlung gebildet. Dort lag jemand der Länge nach auf den Bürgersteig, war vielleicht ohnmächtig geworden oder aus einem anderen Grund gestürzt. Manche der Umstehenden versuchten zu helfen, andere waren nur neugierig.

Victor steuerte direkt in die Menge, schob, schlängelte und

drückte sich durch die Masse an Leibern. Dadurch bekam er Gelegenheit, die Straße unauffällig in beide Richtungen abzusuchen. Der Mann mit der Brille war nirgendwo zu sehen.

Und das war ein ernsthaftes Problem.

Victor hatte nicht versucht, ihn abzuschütteln, also hatte der Mann sich absichtlich zurückgezogen. So etwas machte ein Beschatter nur, wenn die Gefahr bestand, dass er erkannt oder weil er abgelöst wurde.

Der Erste war nicht weiter schwierig zu identifizieren, weil er sein Handwerk verstand. Er trug die richtige Kleidung und benahm sich genau so, wie man sich benehmen sollte, wenn man eine Zielperson beschattet. Es war ein einfaches Ausleseverfahren. In der Nähe waren etliche Männer unterwegs, die zu Victors Feinden gehören konnten, aber er sortierte alle aus, die zu alt oder zu jung oder körperlich nicht in dem Zustand waren, den man von einem einigermaßen qualifizierten Profi erwarten musste.

Ein kräftiger Kerl Mitte vierzig wurde aussortiert, weil er sich mit dicken Fausthandschuhen gegen die Kälte schützte. Sie waren mit Sicherheit hervorragend geeignet, um seine Hände warm zu halten, aber um den Zeigefinger in den engen Abzugsbügel einer Pistole zu schieben, den Hahn zu spannen oder die Waffe zu entsichern, waren sie schlicht nicht zu gebrauchen. Ein paar Männer trugen schwere Mäntel, die nicht nur zusätzliches Gewicht bedeuteten, sondern sich auch leicht irgendwo verfangen konnten. Auch sie schieden aus, genau wie diejenigen, die ihre Jacken hoch geschlossen hatten und so zwar dem Wind weniger Angriffsfläche boten, aber gleichzeitig ihre eigene Beweglichkeit einschränkten.

Unter einer Markise stand ein Mann und trank heißen Tee oder Kaffee aus einer Thermoskanne. Aber ein Beschatter würde aufgrund der harntreibenden Wirkung niemals koffeinhaltige Getränke zu sich nehmen. Und selbst wenn der Kaffee oder Tee entkoffeiniert sein sollte, würde kein Attentäter seine Hände – seine wichtigsten Hilfsmittel, um jemanden anzugreifen oder sich zu verteidigen – durch so ein unhandliches Ding aus dem Spiel nehmen, zumal er daran ja seine DNA hinterlassen würde und eine Thermoskanne viel aufwendiger zu entsorgen war als ein gewachster Pappbecher.

Damit blieben noch zwei Männer übrig.

Der erste war groß und stämmig, der zweite eher klein und schlank. Der Körperbau des ersten war nicht ideal für einen professionellen Attentäter, der für seine Zielpersonen wie auch seine Feinde möglichst unsichtbar bleiben wollte, doch die Kraft, die aus seiner Größe resultierte, konnte sehr hilfreich sein, wenn er nicht diskret, sondern lieber aggressiv vorgehen wollte. Der zweite Mann war weniger auffällig. Er konnte daher besser in Menschenmengen oder im Schatten untertauchen. Allerdings war eine Beschattung generell immer schwieriger, je tiefer der eigene Standpunkt lag. Allein über die Größe kam Victor also mit der Identifizierung seiner Gegner nicht weiter.

Beide trugen die richtige Kleidung – gedeckte Farben, nicht zu weit geschnitten, aber trotzdem locker. Ein Angreifer hätte jedenfalls genügend Stoff zur Verfügung gehabt, um zuzugreifen und sie ernsthaft in Schwierigkeiten zu bringen.

Also keine Killer, dachte Victor und war ein wenig überrascht. Diese Männer waren nicht in Phoenix' Auftrag unterwegs. Sie wollten sich nicht die Prämie sichern, die auf Victors Kopf ausgesetzt war. Und sie waren auch kein Exekutionskommando eines seiner zahlreichen anderen Feinde.

Drei Beschatter.

Die Armenierin hatte ihn gewarnt, dass Rados ihn verfolgen ließ, aber diese Männer gehörten nicht zu Rados' Warägergarde. Und Victor glaubte auch nicht, dass der SIS sie geschickt hatte. Er hatte Moniques Worten geglaubt, also warum sollte sie ihn beschatten lassen? Obwohl, sagte er sich dann, Banik habe ich auch geglaubt. Sicher war nur, dass diese Kerle so nachlässig vorgingen, dass es garantiert keine Profis sein konnten.

Also wer waren sie?

Kapitel 54

Er musste es wissen. Es war nicht seine Art, Gefährdungen einfach zu ignorieren, und selbst wenn diese drei ihn nicht töten wollten, so war immer noch denkbar, dass sie für einen seiner Feinde arbeiteten. Was ziemlich naheliegend war, falls Victor diesem Feind schon einmal begegnet war und ihn also erkannt hätte. In diesem Fall war es weit weniger riskant, ein paar Einheimische mit der Beschattung zu beauftragen, als das selbst zu übernehmen.

Der Verkehr kam nur stockend voran, sodass Victor, auch ohne sich besonders zu beeilen, schneller war als die Autos. Er ging einfach weiter, weil er noch nicht wusste, was er als Nächstes tun sollte. Dann machte er einer kleinen Frau Platz, die ihm beladen mit Einkaufstüten entgegenkam. Sie lächelte ihn dankbar an.

Schließlich hatte er das Ende des Häuserblocks erreicht. Auf der Kreuzung staute sich der Verkehr. Eine Ampel war ausgefallen, und die Autofahrer wurden langsam ungeduldig. Niemand wollte der Nette sein, der den anderen die Vorfahrt ließ.

Victor überquerte die Straße, schob sich seitwärts zwischen zwei Taxis hindurch und sah den Mann mit der Brille wieder, etwas weiter zurück dieses Mal, während die beiden anderen zu ihm aufgeschlossen hatten und jetzt auf der anderen Straßenseite nebeneinander hergingen.

Der große Mann trug eine hüftlange, braune Lederjacke. Er hatte eine Glatze und graue Bartstoppeln. Der zweite Mann war mit einem offenen blauen Anorak bekleidet, sodass das karierte Hemd ebenfalls gut zu sehen war. Sie schlenderten nebeneinander her, ohne sich zu unterhalten oder sonst wie Kontakt aufzunehmen. Das war ungewöhnlich für zwei Männer, zumal sie genauso langsam wie Victor durch die Kälte und den Nieselregen spazierten.

Entweder war der Wechsel schon vorher abgesprochen worden, oder sie befürchteten, dass er den Mann, der zurückgefallen war, bemerkt hatte.

Einen halben Häuserblock später war klar, dass das Zweitere der Fall war. Der Große mit der Lederjacke hatte sich von dem Kleineren mit dem Anorak gelöst und alleine die Führung übernommen. Der Mann mit der Brille war ganz aus Victors Sichtfeld verschwunden. Hätte er sich umgedreht, er hätte ihn garantiert irgendwo entdeckt, aber dazu hätte es mehr gebraucht als nur ein paar verstohlene Blicke und die Spiegelbilder in den Schaufenstern der umliegenden Geschäfte.

Das Tageslicht wurde spärlicher. Scheinwerfer spiegelten sich auf der regennassen Fahrbahn. Ein alter Mann in einem stinkenden Trenchcoat bat Victor um ein bisschen Kleingeld. Victor ging weiter. Er bog um eine Ecke, überquerte die Straße und erntete dafür ein Hupkonzert, weil etliche der dahinschleichenden Autos zusätzlich bremsen mussten, um ihn durchzulassen.

In der Windschutzscheibe eines am Straßenrand parkenden Möbelwagens sah er, wie der Mann im blauen Anorak seine Schritte beschleunigte. Sie waren also durchaus bereit, ein gewisses Risiko einzugehen, um ihm auf den Fersen zu bleiben.

Da kam er an einer Reihe mit Münztelefonen vorbei, die alle unbesetzt waren. Victor mochte diese Münzfernsprecher und trauerte den Tagen hinterher, da man sie fast an jeder Ecke finden konnte. Handys waren für den Normalbürger viel praktischer, aber für ihn so gut wie nutzlos. Er entschied sich für den saubersten Telefonhörer, nahm ihn von der Gabel, warf ein paar Münzen in den Schlitz und drückte mit dem Knöchel auf irgendwelche Tasten.

Dann hielt er sich den Hörer ans Ohr und sagte das Vaterunser auf, nur damit seine Lippen etwas zu tun hatten. Gleichzeitig drehte er sich um die eigene Achse und sah sich um, so wie es viele Leute beim Telefonieren machen. Der Große mit der Lederjacke lungerte jetzt an einer Bushaltestelle herum. Der mit dem blauen Anorak band sich die Schnürsenkel. Der Brillenträger mit dem braunen Schal war immer noch relativ weit entfernt.

Sie arbeiteten mit einer klassischen Beschattungstaktik, wenn auch ziemlich stümperhaft: Sie wechselten sich immer wieder ab, damit Victor sie nicht bemerkte. Sie hatten keine Ahnung, dass das schon längst geschehen war. Das war sein Vorteil, und er hatte vor, ihn voll und ganz auszuschöpfen.

Er hängte den Telefonhörer wieder auf die Gabel und ging langsam und mit gleichmäßigen Bewegungen weiter, während er auf den richtigen Augenblick wartete. Er wollte, dass sie anfingen, sich zu langweilen. Bis jetzt hatten sie keine besondere Aufmerksamkeit erkennen lassen. Je einfacher er es ihnen machte, desto schneller würden sie ermüden.

Also steuerte er die Knez Mihailova an, eine lang gestreckte Fußgängerzone in der Belgrader Innenstadt. Sie verlief vom zentralen Platz der Republik, dem Trg Republike, bis zu der beeindruckenden Festung und dem Kalemegdan-Park. Trotz des nasskalten Wetters waren hier viele Menschen unterwegs. Er schlenderte so lange die Straße entlang, bis er auf eine dichte Menschenmenge stieß, die einem Straßenzauberer zusah. Mit gemächlichen Schritten näherte Victor sich dem Gewühl, als hätte er kein Interesse an den Tricks des Zauberkünstlers, sondern wollte sich einfach nur durch die Menge schieben. Er wollte nicht, dass seine Beschatter einen Gang höher schalteten.

Eine Menschenmenge bedeutete Anonymität. Victor wurde Teil eines sehr viel größeren Ganzen. Außenstehende Beobachter sahen nur die Masse, aber nicht ihre Einzelteile. Diese Teile waren allein dadurch, dass die Menge pausenlos in Bewegung war und die Sichtachsen sich ständig verschoben, nur schwer als Individuen zu identifizieren. Das war der Grund, weshalb er Menschenmengen mochte. Mit seiner Kleidung fiel er nirgendwo auf – gedeckte Farben, alltägliche Kleidungsstücke. Ab einer bestimmten Größe war er in jeder Gruppe so gut wie unsichtbar. Er benahm sich so unauffällig wie möglich, machte lange Schritte, um Stück für Stück in die Menge einzutauchen. Als er ziemlich genau im Mittelpunkt der Ansammlung angekommen war, blieb er stehen.

Die Beschatter würden nach einem beweglichen Ziel Ausschau halten, einem Mann, der auf derselben Route und im selben Tempo wie zuvor unterwegs war. Ihre Augen waren auf genau diese Signale programmiert. Sie würden nach jemandem in seiner Größe suchen und alle, die still standen, ignorieren. Schließlich hatten sie keine Zeit, jeden Einzelnen ins Visier zu nehmen.

Sie ignorierten Victor.

Das war einer der Gründe, warum er es lieber mit echten Profis zu tun hatte. Er wusste, wie sie vorgingen, und konnte in den meisten Situationen vorhersehen, wie sie agieren würden. Bei Amateuren war das sehr viel schwieriger. Sie neigten zu unüberlegten, impulsiven Handlungen, und man musste jederzeit mit allem rechnen. Profis dagegen besaßen eine Ausbildung und Erfahrung. Für alles, was sie taten, gab es einen Rahmen und klar festgelegte Regeln.

Der große Mann mit der Lederjacke und der kleinere mit dem blauen Anorak gingen an ihm vorbei.

Victor ließ einen Augenblick verstreichen und kehrte um, bis er den Mann mit der Brille und dem braunen Schal entdeckt hatte. Dann heftete er sich an dessen Fersen.

Sie ließen die Menschenansammlung hinter sich und gingen genau auf der Route weiter, die Victor ihnen vorgegeben hatte. So gelangten sie in eine schmale Gasse.

Sie hatten ihn aus dem Blick verloren. Es würde nicht mehr lange dauern, bis sie miteinander Kontakt aufnehmen mussten, das war klar.

Nach fünfzehn Sekunden war es so weit, was sogar Victor überraschte. Der Mann mit dem braunen Schal schien noch ungeduldiger zu sein, als er gedacht hatte.

Jedenfalls zog er seufzend ein Smartphone aus der Hosentasche. Es war genau dasselbe Gerät, mit dem er im Bus so demonstrativ herumgespielt hatte. Er entsperrte mit dem Daumen den Bildschirm.

Dann folgte ein kurzes Gespräch.

... Nein, ich auch nicht ... kann doch nicht sein ... weitersuchen ...

Als er das Gespräch beendet hatte, war Victor direkt hinter ihm.

Er tippte dem Kerl auf die linke Schulter und machte gleichzeitig einen Schritt nach rechts. Der Beschatter drehte den Kopf, ohne dass er Victor sehen konnte. Dieser legte ihm den Arm um den Hals und drückte zu, um ihn rückwärts hinter ein paar Müllcontainer zu schleifen.

Der Mann ließ sein Smartphone fallen und versuchte, Victors Arm wegzuziehen und den Druck zu mindern, doch Victor war stark und der Mann zu langsam und zu unfähig, um eine Chance zu haben.

Durch den Sauerstoffmangel sah sein Gehirn sich veranlasst, alle nicht lebensnotwendigen Funktionen herunterzufahren und Bewusstlosigkeit anzuordnen, in dem Versuch, so lange wie möglich am Leben zu bleiben.

Victor ließ den Kerl zu Boden fallen. Er war keine Bedrohung, darum gab es auch keinen Grund, ihn zu töten. Zumindest noch nicht.

Anschließend hob er das Handy auf. Das Display hatte zwar einen Sprung abbekommen, aber es funktionierte noch. Und es hatte sich noch nicht wieder in den Ruhezustand versetzt, sodass Victor es nicht erneut entsperren musste.

Er wischte mit den Knöcheln über das Glas und stellte fest, dass der Kerl sein privates Handy benutzt hatte. Zahlreiche Apps und alle möglichen Nachrichten waren darauf gespeichert. Das wunderte ihn nicht. Diese Typen waren einfach zu schlecht.

Victor ging zu den Einstellungen und sah sich bei den Standortdiensten um. Schließlich landete er in der Chronik.

Ein Kalender und eine Landkarte klappten auf. Auf der Karte waren eine rote Linie und etliche Punkte zu sehen, die zeigten, wo das Handy heute schon überall gewesen war. Victor zog die Karte mit Daumen und Zeigefinger größer und sah, wo der Mann gewesen war, bevor er mit Victors Beschattung angefangen hatte. Er prägte sich die Adresse gut ein.

Dann nahm er sich den gestrigen Tag vor. Auch da hatte er die gleiche Adresse angesteuert. Sie musste also wichtig sein.

Victor steckte das Handy zurück in die Jacke des Mannes, durchsuchte ihn und fand sein Portemonnaie. Es war ziemlich abgegriffen, enthielt aber nur Bargeld, keine Karten und auch keine Quittungen. Es war der Versuch, nicht identifizierbar zu sein … ein ziemlich halbherziger allerdings angesichts des privaten Handys.

Er fühlte den Puls seines Opfers, um sicherzugehen, dass er ihn nicht versehentlich umgebracht hatte – manchmal kam das durchaus vor –, und spürte das Pochen der Hauptschlagader. Der Mann würde unverletzt wieder aufwachen und sich höchstwahrscheinlich nicht einmal daran erinnern, dass er gewürgt worden war.

Victor blickte sich um, nur für den Fall, dass die Kumpel des Mannes nach ihm suchten, und ging weiter.

Die Adresse gehörte zu einem wunderschönen, alten Steinhaus, von einem wahren Künstler entworfen und von Kunsthandwerkern erbaut. Es sah aus wie ein prachtvolles Bürogebäude aus dem Ende des 19. Jahrhunderts, in Auftrag gegeben vielleicht von einem reichen Händler, der damit seinen geschäftlichen Erfolg demonstrieren wollte, und letztendlich verkauft von den zänkischen Erben seiner Nachfahren. Die einst üppige Innenausstattung war mit Sicherheit schon vor vielen Jahrzehnten während der kommunistischen Ära entwendet und ausgebaut worden. Wo einst stabile Eichentische, Messinglampen und persische Teppiche zu sehen gewesen waren, gab es jetzt furnierten Pressspan, fleckiges Plastik und Linoleum.

Es herrschte ein ständiges Kommen und Gehen von Leuten in blauen Uniformen und ihrer Kundschaft.

Auch ohne das Schild hätte Victor sofort gewusst, dass er vor einer Polizeiwache stand.

Kapitel 55

Polizei. Damit hatte er nicht gerechnet. Von dem Vorfall auf dem Schrottplatz und Möchtegernräubern, die er krankenhausreif geschlagen hatte, einmal abgesehen, hatte er sich in Belgrad sehr zurückgehalten. Er war sich sicher, dass er auf keinen Fall genügend Indizien für seine kriminellen Aktivitäten hinterlassen hatte, um die Behörden auf sich aufmerksam zu machen. Und das bedeutete nichts anderes, als dass Rados seine Beziehungen hatte spielen lassen.

Keine große Überraschung, aber nichtsdestotrotz eine unerwartete Entwicklung. Er hätte auch ohne die Warnung der Armenierin gewusst, dass Rados ihm, dem Neuling und Außenseiter, nicht über den Weg traute, aber dass er ihm Polizeispitzel auf den Hals schicken würde, damit hatte er nicht gerechnet.

Seit wann?

Sicher nicht erst seit der Sache mit den Slowaken. Rados glaubte, dass Victor ihm das Leben gerettet hatte. Das war glaubhaft, schließlich gab es keinen Grund, warum er Victor etwas vorspielen sollte. Die Polizisten mussten also schon vorher auf ihn angesetzt worden sein, noch bevor Victor seine Loyalität unter Beweis gestellt hatte.

Die drei Beschatter hatte er zwar vor der Sache mit den Slowaken nie gesehen, aber er konnte ja auch von anderen beschattet worden sein. Vielleicht war er ihnen bei der Ausreise aufgefallen, oder sie hatten ihn nach der Landung in Belgrad bei seinem Gespräch mit der Engländerin beobachtet. Womöglich war er auch durch seine umfangreichen Gegenmaßnahmen bis jetzt von einer Beschattung verschont geblieben. Er wusste es nicht.

Auf einer langen, kreisförmigen Route per Taxi, Bus und zu Fuß gelangte Victor zurück zur Wohnung. Die Gegend war um diese Zeit praktisch menschenleer. Nur wenige Fenster waren noch erhellt, und manchmal lag zwischen zwei vorbeifahrenden Autos mehr als eine Minute. Die wenigen Fußgänger machten es einerseits leichter, eventuelle Spitzel zu identifizieren, aber gleichzeitig fiel auch er selbst mehr auf – leichtes Spiel für einen Scharfschützen auf einem der Dächer oder hinter einem dunklen Fenster.

Aber es fiel kein Schuss, und es gab auch keine weiteren Anzeichen für irgendwelche Polizisten oder Auftragskiller. Natürlich konnte er sich unmöglich sicher sein, und genau deshalb verließ er sich nicht ausschließlich auf seine Wahrnehmung. Der Standort, die falsche Identität und seine Maßnahmen gegen Beschatter, das alles zusammen bildete einen vielschichtigen Schutzschild.

Trotzdem war es möglich, ihn zu finden, das hatten der Deutsche im Zug und Abigail im Hotel bewiesen. Aber alle beide hatten sich offenbaren müssen, um ihn zu stellen.

Er blickte auf seine Armbanduhr und wartete in einer schmalen Gasse am hinteren Ende seines Häuserblocks auf den richtigen Zeitpunkt. Es dauerte lange, schließlich war es schon spät, aber er war das Warten gewöhnt und hatte seine Hausaufgaben gemacht. Trotzdem langweilte er sich kein bisschen. Er war ja in jeder einzelnen Sekunde damit beschäftigt, jede Bewegung, jedes Geräusch, jeden Duft, einfach alles zu registrieren, was ihn vor einem näher kommenden Angreifer warnen könnte.

Als der richtige Zeitpunkt gekommen war, machte er sich auf den Weg und umrundete den Häuserblock, bis er an einer Straßenecke angelangt war, von wo er seinen Hauseingang im Schein der Natriumdampf-Straßenlaterne gut erkennen konnte. Die stabile Haustür versprach viel Sicherheit, war gleichzeitig aber auch ein Nadelöhr. Falls einer oder mehrere seiner Feinde ihn aufgestöbert hatten und wussten, wo er wohnte, dann hatten sie sich womöglich hier irgendwo auf die Lauer gelegt.

So unauffällig wie nur möglich suchte er das gegenüberliegende Gebäude ab – die Fenster und das Dach boten freie Sicht auf seine Haustür. Obwohl er keine offenen Fenster oder ungewöhnlichen Schatten sah, wartete er weiter. Er wollte sich nicht auf seine Wahrnehmung verlassen.

Er brauchte nicht noch einmal auf die Uhr zu sehen, um die Zeit im Auge zu behalten, und war überrascht, dass der Bus Verspätung hatte. Um diese Uhrzeit herrschte kaum noch Verkehr, also gab es dafür eigentlich keinen Grund. Vielleicht hatte ja ein betrunkener Fahrgast ohne Fahrschein für die Verzögerung gesorgt.

Er hörte ihn, bevor er ihn sah, drehte sich um und schätzte die Geschwindigkeit ab – vielleicht fünfzig bis fünfundfünfzig Stundenkilometer. Keine anderen Autos, keine Ampeln und noch gut vierhundert Meter, für die er keine halbe Minute mehr brauchen würde. Allerdings würde er vor Erreichen seines Ziels langsamer werden, also musste Victor rund zehn Sekunden dazuzählen. Er selbst hatte noch fünfzig Meter zurückzulegen. Wenn er schnelle Schritte machte, ohne dabei auffällig zu wirken, brachte er es auf etwa sechs Stundenkilometer. Victor zählte bis fünfzehn und setzte sich dann in Bewegung.

Als er fünf Meter von der Eingangstreppe seines Hauses entfernt war, blieb der Bus an der Bushaltestelle stehen und schirmte ihn vor potenziellen Scharfschützen im oder auf dem Haus gegenüber ab. Er schloss die Haustür auf, als die Türen des Busses sich zischend öffneten. Ein Mann stieg aus.

Er war jung, um die zwanzig vielleicht, und sah so aus, als hätte er irgendwelche Drogen genommen. Seine Haare waren strähnig und seine Kleider abgetragen. Er hatte einen Kopfhörer auf und zündete sich, noch bevor die Türen des Busses sich geschlossen hatten, eine Selbstgedrehte an. Keine Bedrohung.

Victor betrat das Haus, blieb den Rest der Nacht über wach und schlief beim ersten Morgengrauen ein.

Das Handy weckte ihn auf. Er las die Nachricht.

Im Klub. Sofort.

Die Kämpfe waren bereits in vollem Gang. Rados' Männer, denen Victor vor dem Eingang oder auf dem Weg ins Innere begegnete, benahmen sich völlig normal. Nichts deutete darauf hin, dass sich die Stimmung ihm gegenüber grundsätzlich geändert haben könnte. Entweder war sein Eindruck richtig, oder sie hatten mehr schauspielerisches Talent, als er ihnen zutraute.

Rados trug einen schicken Anzug mit Hemd und Krawatte. Er wirkte frisch und ausgeruht und trug den Arm nicht mehr in der Schlinge. Alles in allem machte er einen kerngesunden Eindruck.

»Mein Held«, begrüßte er Victor, begleitet von einem warmen Lächeln.

»Wie geht es Ihrem Arm?«, erwiderte Victor.

»Ich werde eine hässliche Narbe zurückbehalten, aber davon abgesehen ist alles gut. Es tut nicht einmal mehr besonders weh. Mein Arzt – du hast ihn kennengelernt, nicht wahr? – ist ein gläubiger Mensch. Er behauptet, dass ich mehrere Schutzengel haben muss. Zum Totlachen, nicht wahr? Und eine grandiose Fehleinschätzung. Falls ich überhaupt von jemandem beschützt werde, dann vom Prinzen der Finsternis persönlich.«

»Ich bin fast bereit, das zu glauben«, entgegnete Victor.

Rados lächelte. »Wie ich höre, verbringst du viel Zeit bei der Armenierin.«

Victor nickte. »Ich war zweimal bei ihr, ja.«

»Du magst sie also?«

»Das könnte man sagen.«

»Wie interessant.«

»Ich weiß Vertrautheit zu schätzen«, gab Victor zurück.

»Das merke ich mir«, erwiderte Rados. »Es ist schon seltsam, findest du nicht? Warum gefällt uns das, was uns gefällt?«

»Wie meinen Sie das?«

»Wir mögen Süßes. Wir mögen Fleisch. Wir mögen Fett. Warum?«

»Das ist nicht weiter schwierig. Unser Körper braucht Kohlenhydrate und Eiweiß und Fette. Unsere Geschmacksnerven reagieren auf diese Nährstoffe, damit wir sie essen und dadurch am Leben bleiben.«

Rados hatte mit dieser Antwort gerechnet. »Und wie ist es mit Wasser? Das brauchen wir mehr als alles andere, genau so nötig wie Luft. Ohne zu essen, können wir wochenlang überleben, aber ohne Wasser nur wenige Tage. Wasser müsste doch eigentlich geradezu paradiesisch schmecken. Also warum tut es das nicht?«

»Weil Wasser konkurrenzlos ist. Wir hatten nie eine andere Wahl. Entweder wir trinken es, oder wir sterben.«

»Also schmeckt uns das, was wir brauchen, nicht unbedingt. Manchmal wissen wir nicht, was gut für uns ist. Manchmal ist es das Beste, wenn wir gar keine Wahl haben.«

»Sagen Sie das auch zu Ihren Leuten, damit sie Sie nicht infrage stellen?«, fragte Victor.

»Du durchschaust mich wirklich wie sonst kaum jemand.« Rados lachte. »Was hast du später noch vor?«

»Ich habe keine Pläne.«

»Sehr gut. Ich würde dich heute Abend nämlich gerne zu einer ganz besonderen Veranstaltung einladen.«

»Was für eine Veranstaltung denn?«

»Ein Treffen mit Gleichgesinnten. So etwas arrangiere ich hin und wieder für besonders geschätzte Geschäftspartner.«

»Ich fühle mich geehrt.«

»Du hast dir einen Platz am Hof des Königs verdient, dort, wo Schätze aller Art auf dich warten.«

»Das hört sich ausgezeichnet an«, sagte Victor.

»Das habe ich mir gedacht. Zieh dir etwas Anständiges an.«

Kapitel 56

Als Victor ihr Zimmer betrat, lag sie auf dem Bett, und zwar auf der Decke, halb nackt und nur mit dem einen Höschen bekleidet, das ihr zur Verfügung gestellt wurde. Sie hatte die Augen fest geschlossen, und ihr verkniffenes Gesicht war schweißnass. Sie hörte ihn nicht eintreten, doch ihr Unterbewusstsein registrierte seine Anwesenheit, und sie schreckte auf, ganz einfach, weil sie immer Angst hatte, wenn jemand ihr Zimmer betrat. Aber auch nachdem sie ihn erkannt hatte, ließ sie sich nicht wieder auf das Bett zurücksinken, sondern blickte ihn erwartungsvoll an.

Er registrierte die frischen blauen Flecken, dieses Mal an ihren Beinen, sofort. Sie stammten von Fingern, die viel fester zugepackt hatten, als es notwendig gewesen wäre.

»Wir haben keine Zeit mehr«, sagte Victor zu ihr. »Du hattest recht, Rados lässt mich tatsächlich bespitzeln, aber nicht von seinen eigenen Leuten, sondern von der Polizei. Es kann gut sein, dass sie noch nichts Entscheidendes mitbekommen haben, aber wenn sie mich schon beschatten, dann werden sie früher oder später auch meine Identität überprüfen, und das bedeutet, sie werden unweigerlich dahinterkommen, dass ich nicht der bin, der ich zu sein behaupte. Ich muss schnell handeln, sonst bekomme ich vielleicht nie wieder eine Chance. Hast du inzwischen herausgefunden, wo dieses zweite Bordell sein könnte?«

»Rados hat gar kein zweites Bordell«, erwiderte sie. »Er bewahrt die besten Frauen für Partys auf.«

»Was für Partys?«

»Für seine Freunde«, fuhr sie fort. »In einem seiner Häuser.«

»Ich glaube, ich habe gerade eben eine Einladung zu so einer Party bekommen, für heute Abend. Rados hat mir erzählt, dass er regelmäßig Feiern für besonders wichtige Geschäftspartner abhält. Die Frauen sind vermutlich dazu da, seine Gäste zu unterhalten und die Stimmung zu lockern, damit ihre Bereitschaft steigt, ihm den einen oder anderen Gefallen zu erweisen.«

»Wie schön für dich«, sagte sie und wischte sich ein paar feuchte Haarsträhnen aus dem Gesicht. »Er mag dich wohl.«

Er verriet ihr nicht, dass Rados glaubte, er habe ihm das Leben gerettet. Stattdessen sagte er: »Das hilft mir aber nichts. Ich weiß weder, wo das Haus ist, noch, was mich auf dieser Party erwartet. Und Rados wird so gut bewacht, dass ich mich dort auf keinen Fall blind und unbewaffnet hineinwagen kann.«

»Zoca ist jedenfalls nicht da«, sagte sie.

»Weil er so demoliert aussieht.«

Sie schüttelte den Kopf. »Er wird zu diesen Partys nie eingeladen.«

»Nie?«

»Genau«, bestätigte sie. »Und wenn er nicht dabei ist, dann sind die anderen Schlägertypen auch nicht dabei.«

Sie ging zum Schrank.

Er dachte an Zoca und die Waräger: knallharte Kriminelle und Paramilitärs. Rados' Barbaren. Er würde nicht wollen, dass sie auf seiner Party herumstanden und Aufmerksamkeit auf sich zogen. Das hätte das Wohlbefinden seiner wohlhabenden Gäste gestört.

»Ja«, stimmte er zu. »Das klingt einleuchtend. Aber ich weiß immer noch nicht, wie ich da eine Waffe hineinschmuggeln soll.«

»Du vielleicht nicht«, sagte sie und machte den Schrank auf. »Aber ich.«

Darin hing ein schwarzes Abendkleid in durchsichtiger Schutzfolie, frisch aus der Reinigung.

»Du bist auch da?«

»Das Kleid haben sie mir vorhin gebracht. Aber ich habe erst jetzt begriffen, wozu. Welchen anderen Grund könnte es geben? Ich soll mit dabei sein, und zwar für dich. Weil sie glauben, dass du mich magst.«

Er musste an das Gespräch mit Rados von vorhin denken. *Ich weiß Vertrautheit zu schätzen … Das merke ich mir.*

»Hast du eine Pistole?«, wollte sie wissen, und er nickte. »Mich werden sie nicht durchsuchen. Ich bin eine Gefangene. Ein Nichts. Sie werden nicht einen Gedanken daran verschwenden, dass ich eine Waffe haben könnte.«

Er zögerte.

»Du hast selbst gesagt, dass die Zeit knapp wird«, fuhr sie

fort. »Heute Abend, das ist die Gelegenheit, Rados zu töten. Ich kann deine Pistole auf die Party schmuggeln, und dann gebe ich sie dir, sobald du auch drin bist.«

Es war ein einfacher Plan, der durchaus etwas für sich hatte. Und da ihm nichts Besseres einfiel, zog er seine Five-seveN aus dem Hosenbund. Sie schreckte zusammen. Der Anblick der Pistole, obwohl sie ja damit gerechnet hatte, machte ihr Angst.

Er ließ das Magazin herausschnappen und steckte es ein.

»Was machst du da?«

»Das Magazin kann ich selber reinschmuggeln«, erwiderte er.

»Aber wieso?«

Er gab ihr keine Antwort.

»Du willst mir keine geladene Waffe anvertrauen?«

Er schüttelte den Kopf. »Die Versuchung wäre womöglich zu groß, und ich könnte es dir nicht einmal verübeln. Aber Rados' Männer haben auch Pistolen, darum würde das Ganze nicht gut ausgehen.«

»Vielleicht ist es mir mittlerweile sowieso egal, ob ich sterbe.«

»Genau das meine ich.«

»Du willst nicht, dass sie mich mit deiner Pistole in der Hand erschießen, stimmt's?«

»Genau. Denn das würde weder dir noch mir etwas nützen. Ich töte Rados im Verlauf der Party, dann bringe ich uns beide da raus.«

»Sicher?«

Sie wollte eine Versicherung. Sie wollte Garantien. Er konnte ihr weder das eine noch das andere geben. Sie erkannte das und ließ den Kopf sinken. Jedes Fünkchen Hoffnung, das er ihr womöglich gegeben hatte, war bereits wieder erloschen.

»Ich glaube, du hattest gerade einen Albtraum, als ich ins Zimmer gekommen bin«, sagte er, um das Thema zu wechseln.

Sie ging zunächst nicht darauf ein. Doch dann wurde ihr mit einem Mal ihr halb nacktes, ungepflegtes Äußeres bewusst. Sie zog die Knie an die Brust und fuhr sich mit den Fingern durch die Haare. Er wandte demonstrativ den Blick ab.

»Als ich das erste Mal hier war, haben mir die Albträume nichts ausgemacht. Dann habe ich ja wenigstens geschlafen. Und kein Traum konnte so schrecklich sein wie die Wirklichkeit.« Sie hob den Kopf und blickte ihn an. »Ich habe mich noch gar nicht bedankt dafür, dass du mich nicht nach meinem Namen gefragt hast.« Sie brachte zwar kein Lächeln zustande, aber wenigstens machte sie für einen Augenblick ein etwas weniger schmerzverzerrtes Gesicht. »Danke dafür, dass du mir ein winziges Stück Privatsphäre gelassen hast. Mein Name ist das Einzige, was ich ganz für mich alleine habe.«

»Ich weiß genau, wie du dich fühlst.«

»Ich will kein Mitleid«, erwiderte sie, weil sie ihn missverstanden hatte. »Ich will dein Mitgefühl nicht haben, und ich brauche es auch nicht.«

Victor blieb stumm, nickte aber. Das erschien ihm höflich.

»Vielleicht verrate ich dir meinen Namen, wenn du mich hier rausbringst.«

»Das bleibt ganz dir überlassen«, sagte er.

Das Schweigen hielt eine ganze Weile an. Sie musterte die Pistole von allen Seiten, fast so, als hätte sie so ein Ding noch nie aus der Nähe gesehen. Hatte sie ja vielleicht auch nicht.

»Was passiert, wenn die Polizei etwas über dich herausfindet?«, wollte sie dann wissen. »Wenn sie es Rados sagen?«

Das war eine gute Frage. Er überlegte, aber sie konnte nicht warten.

»Er wird dich umbringen, stimmt's? Und falls er es nur versucht und du ihm entkommst, dann wirst du mich auch nicht mehr befreien, oder?«

Victor blieb stumm.

»Du musst mir auch die Munition geben«, sagte sie daraufhin.

»Nein.«

»Gib her.«

»Wir halten uns an den Plan«, sagte Victor. »Du kümmerst dich um deine Aufgabe und ich mich um meine.«

»Ich glaube dir kein Wort. Ich will hier raus, und zwar jetzt. *Sofort.*«

»Das ist ausgeschlossen. Du musst dich bis heute Abend gedulden.«

»Du bist ein dreckiger Lügner. Ich sehe dich nie wieder, stimmt's? Sobald du zur Tür rausgehst, ist alles vorbei, hab ich recht?«

»Ich habe einen Auftrag zu erledigen, und das werde ich auch tun. Wenn du mir dabei hilfst, bist du anschließend frei.«

Sie schüttelte den Kopf. »Ich glaube dir kein Wort. Wenn du mich nicht von hier wegbringst, dann verrate ich alles, was du vorhast. Ich schreie, so laut ich kann, und dann musst du dir deine Pistole zurückholen und uns beide hier rausbringen, sonst sage ich ihnen alles, was du mir gesagt hast. Ich sage ihnen, dass du Rados umbring…«

Im nächsten Augenblick stieß er sie gegen die Wand, legte ihr die Hand auf die Kehle und drückte zu. Das ging so blitzschnell, dass sie seinen starren Blick voller Entsetzen und Todesangst erwiderte.

»Es ist wirklich nicht besonders schlau, mir zu drohen«, sagte Victor. »Denn was du ganz bestimmt nicht willst, ist, dass ich das Gefühl habe, unser kleines Arrangement sei das Risiko nicht wert.«

Sie sagte gar nichts.

»Wir haben eine Vereinbarung, und an die halte ich mich. Ich bringe dich hier raus. Darauf gebe ich dir mein Wort. Aber erst, nachdem ich meinen Auftrag erledigt habe. Wir machen das auf meine Art und Weise, und ich kann dir nur raten, dich an die Abmachung zu halten und keine Spielchen mit mir zu spielen. Mir nicht zu drohen. Nicht zu einem Problem zu werden, das ich nicht gebrauchen kann. Dann wäre ich nämlich dein schlimmster Feind, schlimmer als Rados und seine Schläger. Also sei nicht dumm und nimm mein Angebot an. Einen anderen Verbündeten als mich wirst du nicht bekommen.«

Wieder blieb sie stumm, aber ihre Blicke sagten alles, und das deutlicher, als Worte es vermocht hätten: Wut, Angst, Hass, Hilflosigkeit, aber auch Verstehen und Akzeptieren.

»Versteck die Waffe gut und mach keine Dummheiten«, befahl er, »dann wird Rados heute Nacht noch sterben, und du bekommst dein Leben zurück. Du brauchst nichts weiter zu tun, als abzuwarten. Schaffst du das?«

Sie nickte.

Er nahm die Hand von ihrer Kehle und sah die roten Striemen, die seine Finger und der Daumen hinterlassen hatten, so deutlich, dass sogar die Falten und Linien seiner Haut zu erkennen waren. Erst jetzt wurde ihm klar, dass sie nicht geantwortet hatte, weil sie gar nicht dazu in der Lage gewesen war.

»Ich wollte nicht so fest zudrücken.«

»Wolltest du wohl.« Ihre Stimme klang leise, aber voller Zorn. »Und du kannst mir nicht drohen. Womit willst du mir drohen? Willst du mir wehtun? Mich umbringen? Ich hab's dir schon mal gesagt: Wenn ich hierbleibe, dann bin ich so oder so tot. Würdest du mich noch übler behandeln als dieser Abschaum hier?«

»Und ich habe es dir auch schon gesagt: Du bist eine Kämpferin. Du würdest niemals aufgeben, also tu nicht so, als hättest du nichts zu verlieren. Solange du lebst, gibt es auch eine Chance. So bist du schon einmal entkommen. Deshalb riskierst du alles, um mir zu helfen. Du hast denselben Überlebensinstinkt wie ich. Du wirst kämpfen bis zum letzten Atemzug.«

»Also gut«, gab sie zu. »Ich will nicht sterben. Schon gar nicht hier. Nicht so. Aber du bluffst auch. Du kannst mir überhaupt nichts tun. Weil du nämlich sonst Rados' Vertrauen verspielen würdest. Auch wenn mein Leben ihm nichts bedeutet, würde er niemals einem Typen vertrauen, der so skrupellos sein kann. Wir sind hier im Zentrum von Belgrad. Hier im Haus sind Kunden und draußen auf der Straße jede Menge Leute. Er will auf keinen Fall, dass da Schüsse zu hören sind. Und eine Leiche in einem seiner Geschäfte kann er auch nicht gebrauchen.«

Sie hatte natürlich recht, aber das ließ er sich nicht anmerken, obwohl jedes Leugnen zwecklos gewesen wäre. »Nehmen wir mal an, du hättest recht. Trotzdem übersiehst du das Wesentliche.«

Sie zögerte keine Sekunde. Sie wusste, dass sie im Vorteil war. »Und das wäre?«

Er streckte den Zeigefinger aus. »Das da ist die Tür.«

»Stimmt«, erwiderte sie.

»Und ich kann jederzeit hindurchgehen und nie wieder hier auftauchen.«

Sie presste die Lippen aufeinander.

»Für mich ist das hier ein Job, mehr nicht«, fuhr er fort. »Wenn ich Rados nicht umbringe, werde ich nicht bezahlt. Dann würde mir zwar eine Menge Geld durch die Lappen gehen, aber mehr auch nicht. Ich warte einfach auf den nächsten Auftrag. Gehe Ski fahren. Lese viel.«

Sie wandte sich ab.

»Habe ich mich klar genug ausgedrückt?«

»Ja«, lautete ihre Antwort. »Da brauchst du dir keine Sorgen zu machen.«

»Ich mache mir nie Sorgen.«

»Ich verstehe ganz genau, was du mir sagen willst. Ich habe gar keine andere Wahl, als das zu machen, was du von mir willst. Ich werde nicht nur von Rados gefangen gehalten, sondern auch von dir.«

»So kann man es sehen.«

Sie trat auf ihn zu. »Ich hoffe, du fühlst dich gut dabei. Ich hoffe, du fühlst dich mächtig. Und? Ist es so?«

Victor gab keine Antwort.

Kapitel 57

Victor war schon vor der verabredeten Zeit vor Ort – Standardverfahren. So war es ihm im Normalfall auch am liebsten. Er kam lieber zu früh, weil er die Probleme lieber auf sich zukommen sah, als mitten hineinzuplatzen. Und er rechnete mit Problemen, weil die englische SIS-Beamtin ihn sprechen wollte. Das konnte nichts anderes bedeuten als schlechte Neuigkeiten.

Sie war noch nicht da, und er war froh darüber. Es gefiel ihm grundsätzlich nicht, wenn die anderen vor ihm da waren. Er mochte keine Leute, die genauso dachten wie er.

Aber sie hatte jemanden vorgeschickt.

Der Beobachter sah eigentlich genauso aus wie alle anderen Kneipenbesucher auch – schicker Büroanzug, das Jackett abgelegt, die Krawatte gelockert, den oberen Hemdknopf geöffnet als äußeres Zeichen für die Freiheit und Entspannung, die er empfand. Er hatte einen Ellbogen auf den Tresen gestützt, ermattet nach einem langen Tag im Büro. Er schwitzte, und seine Haare waren ziemlich zerzaust, weil er sie fortwährend mit den Fingern nach hinten strich. Er nippte an einem großen Bier. Sein Glas war drei viertel voll. Alkohol und Arbeit waren in der Regel keine gute Kombination, aber in diesem Fall diente es seiner Tarnung. Ein volles Glas oder ein nichtalkoholisches Getränk wäre viel auffälliger gewesen. Die Kleidung, sein Verhalten und das Bier machten klar, dass er ein Profi war. Er fügte sich perfekt in seine Umgebung ein. Hätte Victor nicht mit solchen Schwierigkeiten gerechnet, er hätte ihn vielleicht sogar übersehen.

Der Beschatter arbeitete allein, aber er war nicht allein. Vielmehr plauderte und flirtete er mit einer Rothaarigen im Nadelstreifenanzug. Das war riskant. Durch das Gespräch zog er automatisch Aufmerksamkeit auf sich. Außerdem musste er dafür auch ein Mindestmaß an Konzentration aufbringen, die ihm dann bei seiner eigentlichen Aufgabe fehlte. Aber das alles schien er locker zu meistern. Er hatte die Rothaarige so positioniert, dass er sie anschauen und gleichzeitig aus den Augenwinkeln Victor beobachten konnte.

Sein Hemd hatte ihn verraten. Er hatte das Jackett über einen Barhocker gehängt, weil es in der Kneipe sehr warm war. Und sein Hemd war nicht zerknittert. Er war richtig gekleidet, benahm sich richtig, tat das Richtige, aber nach einem ganzen Tag im Büro hätte sein Hemd eigentlich jede Menge Knitterfalten aufweisen müssen. Stattdessen war es frisch und viel zu gut gebügelt. Entweder hatte er es erst vor Kurzem überhaupt angezogen, oder er hatte den Tag als Beschatter zu Fuß verbracht und nicht in einem Schreibtischstuhl über einen Tisch gebeugt.

Hervorragend, aber nicht perfekt.

Es wunderte ihn nicht, dass das SIS Verstärkung geschickt hatte. Auch wenn Monique überzeugt war, dass Victor mit Baniks Ermordung nichts zu tun hatte, für ihre Chefs galt das noch lange nicht. Der zusätzliche Beschatter war also vermutlich von oben angeordnet worden, ganz egal, ob mit oder ohne ihre Zustimmung. Victor ließ sich nicht gern beobachten, aber im Augenblick war das eher ärgerlich als ein echtes Hindernis, darum war er bereit, es auf sich beruhen zu lassen.

Monique entdeckte ihn in einer ruhigen Ecke. Es gab keine anderen Gäste in Hörweite.

Auch von ihrem Fahrer – Dennis – war weit und breit nichts zu sehen. Vielleicht hatten sie im Vorfeld entschieden, dass es besser war, wenn er nicht mitkam. Vielleicht war es sogar Moniques Idee gewesen. *Ich glaube, es wäre das Beste, wenn ich mit ihm alleine spreche … Keine Sorge, ich nehme mir als Verstärkung noch einen Beschatter mit.*

Sie trug zivile Kleidung, Jeans und ein Sweatshirt. Die Stiefel mit den hohen Absätzen machten sie noch größer. Sie sah auch sehr viel erholter aus als bei ihrer letzten Begegnung am Flughafen. Ihre glatte Haut wirkte im Licht der Kneipenscheinwerfer wie poliert.

»Danke, dass Sie zu diesem Treffen bereit waren«, sagte sie. »Ich weiß, es war sehr kurzfristig.«

»Es ist nicht nötig, dass Sie sich bedanken. Es ist auch nicht nötig, dass wir irgendwelche belanglosen Nettigkeiten austauschen. Kommen Sie zur Sache. Ich bin in Zeitdruck, und dass wir uns überhaupt hier treffen, ist schon ein Risiko.«

Sie ging weder auf seine unhöflichen Worte noch auf seinen scharfen Tonfall ein, sondern machte eine Geste. »Setzen Sie sich, bitte.«

»Warum bin ich hier?«, wollte Victor wissen, während er einen Hocker so platzierte, dass er optimale Sicht hatte.

»Ich halte Ihnen den Rücken frei«, sagte Monique, »und das mache ich wirklich ganz hervorragend.«

»Ich hoffe, Sie haben sich beim vielen Schulterklopfen nicht den Arm ausgerenkt.«

»Ich war früher eine gute Turnerin«, erwiderte sie, »aber es gibt wirklich gute Gründe für mein Eigenlob, das kann ich Ihnen versichern.«

»Ich warte.«

»Es hat sich herausgestellt, dass Fletcher und Banik ein einträgliches Nebengeschäft betrieben haben, indem sie unsere Firmenmitarbeiter für persönliche Dinge eingespannt haben«, begann sie. »Und außerdem hat sich herausgestellt, dass diese Nebengeschäfte in der Regel mit ein und demselben Attentäter getätigt wurden.«

»Das war nicht zufällig vielleicht ein Deutscher?«

»Oh, doch. Sein Name lautet Krieger. Banik hat Sie mit der Beseitigung von Fletcher beauftragt, aber da hatte Fletcher schon Krieger den Auftrag gegeben, Banik auszulöschen.«

Also hatte Krieger Victor vorgezogen, weil das Honorar größer gewesen wäre, und sich erst nach dem gescheiterten Versuch im Zug nach St. Petersburg um Banik gekümmert.

»Und warum erzählen Sie mir das?«, wollte er wissen.

»Weil Sie ein Problem bekommen werden«, erwiderte sie. »Und zwar ein sehr ernsthaftes, das ich jedoch vorausgesehen habe. Eine von Kriegers falschen Identitäten ist gestern in Belgrad aufgetaucht.«

»Na großartig«, sagte Victor. »Das heißt also, er weiß, womit ich momentan beschäftigt bin.«

»Ich fürchte, es sieht alles danach aus.«

»Sie haben doch gesagt, dass Banik in seiner Einfahrt erschossen wurde, bei seiner Ankunft, ohne vorher verhört zu werden. Wie kann er diese Information dann an Krieger weitergegeben haben?«

»Hat er gar nicht«, meinte Monique. »Das war Fletcher. Banik hat Ihnen wohl doch die Wahrheit gesagt. Mag sein, dass er Sie auf Fletcher angesetzt hat, weil es zu seinem eigenen Vorteil war, aber ansonsten war er aufrichtig mit Ihnen.«

Wobei ich Sie auch als Freund betrachte, hatte Banik zu Victor gesagt.

»Glücklicherweise gibt es eine ganz einfache Lösung für dieses Chaos«, fuhr sie fort. »Sie können Belgrad verlassen, ein für alle Mal. Krieger weiß, wo Sie jetzt sind, aber nicht, wo Sie anschließend sein werden.«

»Und was wird aus dem Auftrag? Was wird aus Rados?«

»Vergessen Sie Rados. Vergessen Sie den Auftrag. Alles vorbei. Im Licht dieser Sache mit Krieger hat London den Stecker gezogen. Mein Arbeitgeber hat bereits jetzt zwei leitende Agenten in einer internen Auseinandersetzung verloren. Er will nicht noch mehr Blutvergießen, auch wenn es sich nur um einen freien Mitarbeiter handelt.«

Er sagte kein Wort.

»Sie sind also mit sofortiger Wirkung von Ihrem Auftrag entbunden«, sagte sie. »Nehmen Sie den nächsten Flug. Ich kann, falls Sie das wünschen, zusätzlichen Schutz arrangieren. Aber wenn Sie alleine fliegen wollen, dann steht Ihnen das selbstverständlich frei.«

Er dachte an den Beschatter in der Kneipe. Er war zu seinem Schutz ebenso da wie zu Moniques.

»London übernimmt die volle Verantwortung für den Abbruch und entschuldigt sich hiermit in aller Form, auch dafür, dass Fletchers Handlungen Ihr Leben in Gefahr gebracht haben. Als Entschädigung bekommen Sie das volle Honorar für den Rados-Auftrag. Schließlich sollen Sie keinen Schaden erleiden, nur weil Dinge geschehen sind, die Sie nicht beeinflussen konnten. Man hofft, dass diese Geste Ihre Verärgerung ein wenig abmildern kann.«

Er hörte ihren Tonfall und konnte sich gut vorstellen, wie sie mit ihren Vorgesetzten um dieses Honorar gerungen hatte, weil sie sich noch genau an seine Worte auf der Rückbank des Lada erinnern konnte.

»Ist alles in Ordnung?«, wollte sie dann wissen. »Sie haben schon lange nichts mehr gesagt.«

Er nickte und musste daran denken, wie knapp Rados dort im Wald mit dem Leben davongekommen war und dass alles, was er seither unternommen hatte, nun vergeblich war.

Ich bringe dich hier raus. Darauf gebe ich dir mein Wort.

»Danke für das Angebot mit dem Bewacher«, sagte Victor, »aber ich mache mich alleine auf den Weg, und zwar wann ich es für richtig halte.«

Sie nickte. »Das habe ich mir natürlich gedacht, aber Sie können es sich jederzeit anders überlegen. Sie brauchen es mich nur wissen lassen.«

»Bei unserem ersten Treffen haben Sie gesagt, dass Sie alles tun würden, um mich zu unterstützen, dass Sie mir Hilfe in jeder Form zur Verfügung stellen würden.«

»Das stimmt.«

»Steht dieses Angebot noch, obwohl der Auftrag abgeblasen wurde?«

Sie dachte einen Augenblick lang darüber nach. »Solange Sie in Belgrad sind, steht das Angebot. Aber sobald Sie die Stadt verlassen haben, wird es schwierig werden.«

»Aber solange ich hier bin, geht das SIS noch davon aus, dass ich in seinem Auftrag handle?«

Sie nickte. »Richtig.«

»Dann möchte ich Sie um zwei Dinge bitten: erstens einen Evakuierungstransport, aber nicht für mich, sondern für eine Zivilistin, eine Armenierin ohne Papiere. Sie bringen sie an einen sicheren Ort und von dort außer Landes, nach Großbritannien beispielsweise, falls sich das einrichten lässt, oder in ein anderes EU-Land, wo Sie ihr eine sichere Existenz garantieren können.«

»Wieso denn das? Wer ist sie?«

»Und zweitens: Stellen Sie keine Fragen. Sobald ich hier weggehe, müssen Sie bereit sein. Ich kann Sie jederzeit anrufen, und dann müssen Sie unverzüglich reagieren. Holen Sie Verstärkung.

Stellen Sie ein Team zusammen, das die Frau abholen und in Sicherheit bringen kann. Schnappen Sie sich den Kerl an der Bar und alle anderen, die Sie zur Verfügung haben. Sorgen Sie dafür, dass alle bewaffnet sind, und lassen Sie unter keinen Umständen zu, dass die Belgrader Polizei von der Sache Wind bekommt. Mehr kann ich Ihnen nicht sagen, weil ich selbst noch gar nicht mehr weiß. Aber ich muss wissen, dass Sie bereit sind.«

»Okay«, erwiderte sie. »Ich schätze mal, das kann ich machen, auch wenn ich nicht verstehe, warum. Und das sage ich nur, weil es Ihnen helfen würde, wenn ich wüsste, worum es geht. Ich muss mir dafür eine Genehmigung holen.«

»London will doch, dass ich nicht mehr sauer bin, weil Fletcher mein Leben in Gefahr gebracht hat, oder?«

Sie nickte. »Das ist richtig. Es tut uns wirklich sehr, sehr leid.«

Victor erhob sich. »Das ist der Preis für meine Vergebung.«

Kapitel 58

Krieger mochte Belgrad. In mancher Hinsicht war es genauso belanglos wie jede andere Stadt auf der Welt – die Jungen spielten mit ihren Smartphones, Pärchen lächelten sich über eine Tasse Kaffee hinweg an, alte Männer saßen alleine vor ihrem Bier –, aber er mochte die Kälte und die Architektur. Und am meisten mochte er den Wind, der zwischen den Häusern hindurchfegte und pfiff, den Wind, der in dieser Stadt weniger wehte als vielmehr brauste, der unter schrillem Jaulen durch die schmalen Straßen und Gassen jagte und in den Boulevards und Parks ein wenig dunkler, dumpfer wurde. Es war ein trauriger Klang, nachdenklich und voller Wehmut.

Wäre er ein emotionaler Mensch gewesen, er hätte vielleicht sogar ein paar Tränen vergossen.

Er wusste, dass seine Zielperson ihm ein kleines Stück voraus war. Seine Informationen waren detailliert und umfassend und sehr nützlich gewesen, aber Krieger hatte nicht vor, ein zweites Mal überhastet zu handeln. Diese Lektion hatte er im Zug nach St. Petersburg gelernt. Niemand war unfehlbar, aber wenn Fehler gemacht wurden, mussten sie erkannt und bewusst analysiert werden. Nur dann waren sie mehr als ein Versagen, nur dann ließen sie sich in wertvolle Erfahrung ummünzen.

Das Leben bestand aus einer unendlichen Folge von Lektionen. Eine Prüfung folgte auf die nächste. Krieger war froh, dass er stetig dazulernte.

Und der Mann, den er im Visier hatte?

Es war schwierig, ihn zu stellen, und noch schwieriger, ihn zu töten. Krieger schüttelte den Kopf. Verharmlosung war der falsche Weg. Seine Zielperson war nicht *schwierig*. Ein Kopfschuss aus großer Entfernung bei starkem Wind, das war schwierig. Krieger hatte geblutet. Er schalt sich selbst einen Idioten. Es war dumm, einen Gegner zu unterschätzen. Das hatte er aus diesem ersten Fehler gelernt. Den würde er nicht ein zweites Mal begehen.

Krieger wusste nicht genau, wo er die Zielperson suchen sollte, aber das war auch nicht nötig. Genau wie im Zug nach St. Petersburg brauchte er ja nichts anderes zu tun, als die Zielperson seiner Zielperson aufzuspüren. Krieger hatte dasselbe Dossier vorliegen und hatte sich sorgfältig überlegt, wie seine Zielperson vermutlich vorgehen würde. Dabei war er zu eindeutigen Schlüssen gekommen.

Krieger hatte bereits einige Zeit in der Stadt verbracht und Erkundigungen über Milan Rados eingeholt, so wie seine Zielperson das vermutlich auch getan hatte. Krieger hatte mit Drogendealern und Prostituierten gesprochen, mit Obdachlosen und korrupten Polizisten, und jedes Gespräch hatte sein Wissen erweitert und ihn seinem Ziel ein Stückchen näher gebracht.

Er erfuhr, dass viele von Rados wussten, aber nur wenige mit ihm engeren Kontakt gehabt hatten als eine unsanfte Begegnung mit seinem Ersten Offizier, Zoca. Krieger suchte die Lagerhalle im Hafen und den Schrottplatz am Flussufer auf. Er erfuhr von den angeblichen Schüssen dort und konnte seine Zielperson schon beinahe riechen. Krieger war dicht dran.

Die nützlichste Information erhielt er von einem freundlichen, einbeinigen Alten, den er in einem Veteranenklub in einer ziemlich heruntergekommenen Gegend kennengelernt hatte. Nicht weit entfernt waren drei einheimische Drogensüchtige krankenhausreif geschlagen worden, und zwar, so hieß es, von einem einzigen Mann. Der betrunkene Einbeinige im Klub erzählte Krieger, dass Rados alle die, die im serbischen Militär gedient hatten, großzügig unterstützte, manchmal mit Geld oder Nahrungsmitteln, manchmal auch mit anderen, genauso lebensnotwendigen Dingen.

Krieger stieß eine Tür auf und näherte sich schüchtern, mit gesenktem Blick und eingefallenen Schultern, der Frau am Tresen. Sie fragte ihn, wie sie ihm behilflich sein konnte, und musste bei seiner Antwort den Eindruck bekommen, dass er nervös und unsicher war.

Aber er wollte das volle Programm. Geld sei kein Problem. Er hantierte mit einem Portemonnaie voller Geldscheine herum.

Daraufhin wurde er in den ersten Stock mit seinen pinkfarbenen Fluren und roten Zimmertüren geführt. Ein Junge mit Akne deutete auf ein Sofa. Krieger wartete, bis ein Mann mit weißen Haaren und einem blauen Auge eintrat und ihn misstrauisch musterte.

»Das ist mein erstes Mal«, sagte Krieger und setzte sein unschuldigstes Lächeln auf.

Kapitel 59

Victor steuerte ohne Umwege den Massagesalon an. Dieses Mal verzichtete er darauf, eventuelle Verfolger aufzuspüren – dafür war keine Zeit. Falls er immer noch von der Polizei beschattet wurde, wusste sie ohnehin, wohin er aller Wahrscheinlichkeit nach gehen würde. Und falls der deutsche Attentäter – Krieger – ihn irgendwie ausfindig gemacht hatte, musste er so schnell wie möglich die Armenierin befreien und aus der Stadt verschwinden.

Er parkte in der Nähe und ging mit schnellen Schritten durch die Gasse, die auf den kleinen Hof vor dem Hintereingang des Massagesalons führte. Falls in diesem Moment hinter einem umliegenden Fenster jemand mit einem Präzisionsgewehr lauerte, musste er eben auf seine Schnelligkeit vertrauen.

Es war seine eigene Schuld, dass sie ihn in die Zange nehmen konnten. Er war viel zu sehr auf sein Ziel und die Bedrohung durch Krieger konzentriert. Darum durchschaute er ihr Vorhaben erst, als es zu spät war.

Sie warteten vor dem Massagesalon auf ihn – Zoca und vier seiner Männer. Scheinbar hingen sie einfach nur vor dem Hinterausgang herum, rauchten und schlugen die Zeit tot. Zoca wirkte ausgesprochen gleichgültig, ganz im Gegensatz zu seinen Leuten. Sie waren aufgedreht, konnten ihre Anspannung nicht verbergen.

Aber Victor stand mitten zwischen ihnen, bevor er es merkte.

»Na, hast du's eilig, zu deiner Frau zu kommen?«, fragte Zoca.

»Was soll das denn heißen?«, gab Victor zurück.

Zoca zuckte mit den Schultern. »Wieso? Wir stehen doch hier bloß rum.«

»Und wartet auf mich«, vollendete Victor seinen Satz.

»Wie kommst du drauf, dass du so was Besonderes bist? Wer bist du überhaupt, verfluchte Scheiße noch mal?«

»Ich bin der einzige Grund dafür, dass du lebendig aus diesem Wald herausgekommen bist.«

Zoca starrte ihm mit einem vor Hass triefenden Lächeln an. »Dafür gehört dir mein ewiger Dank. Komm, ich lade dich auf ein Bier ein.«

»Ich verzichte.«

»Ich bestehe darauf«, meinte Zoca. »Lass uns Freunde werden. Du kannst deine Herzdame auch später noch besuchen. Sie wartet auf dich. Ist ja nicht so, als könnte sie einfach verschwinden, oder?«

»Ich habe schon jetzt zu viele Freunde. Außerdem weiß ich, wie du deine Freunde behandelst.«

Zocas Lächeln erlosch. »Du hast es ihm gesagt, stimmt's?«

»Das von deinem Deal mit den Slowaken? Nein. Wie gesagt, er würde dir eher glauben als mir. Das ist uns doch beiden klar.«

»Und dank dir wird er es nie erfahren, stimmt's? Ich müsste dir eigentlich zwei Bier ausgeben.«

»Ich habe keinen Durst.«

»Na komm schon«, bat Zoca. »Du bist mein Ehrengast.«

»Und warum habe ich dann das Gefühl, nicht willkommen zu sein?«

Zoca wies mit dem Kinn in eine Richtung. »Bitte. Fahren wir ein Stückchen.«

»Ich möchte lieber zu Fuß gehen.«

»Du hast gar keine andere Wahl.«

»Ich dachte, dieses Thema wollten wir nicht ansprechen«, erwiderte Victor.

»Ich habe keine Lust mehr auf dieses Spielchen«, sagte Zoca. »Entweder du steigst jetzt ein, oder wir knallen dich gleich hier ab.«

Sie zeigten ihm ihre Waffen.

»Weiß Rados darüber Bescheid?«

Zoca lächelte. »Glaubst du, er würde dir das Leben retten? Du bedeutest ihm gar nichts. Weißt du, was du bist? Du bist sein neues Schoßhündchen. Du bist niedlich und süß und bringst ihn zum Lächeln, aber du bist für ihn nicht mehr als ein Haustier. Es wird nicht lange dauern, bis du ihn langweilst.«

»Die Antwort lautet also *nein*«, sagte Victor.

»Er wird es erfahren«, gab Zoca zurück. »Wenn der richtige Zeitpunkt gekommen ist, wenn du mir gesagt hast, wer du wirklich bist, wird auch er es erfahren. Dann wird er es wissen wollen, und ich kann mir seiner ewigen Dankbarkeit sicher sein.«

Zocas Männer kamen näher. Einer von ihnen zog die Hand unter seinem langen Sakko hervor. Darin lag eine abgesägte Schrotflinte. Die anderen hatten Pistolen. Damit war er also von insgesamt fünf Bewaffneten umringt. Er konnte sie unmöglich alle töten, bevor nicht wenigstens einer ein paar Schüsse abfeuern konnte. Und auf diese Entfernung würden nicht einmal blutige Amateure danebenschießen.

Victor hatte ein geladenes Magazin in der Tasche, aber keine Waffe. Die war oben bei der Armenierin.

»Schnappt ihn euch«, sagte Zoca.

Zwei der vier kamen näher. Victor musterte die beiden und beschloss, den Kerl zu seiner Linken anzugreifen. Er war kleiner und schwächer als sein Partner. Er würde ihn niederschlagen und dann hinter den Mann zu seiner Rechten treten, sodass die beiden anderen keine freie Schussbahn hatten. Sobald er den größeren Mann kampfunfähig gemacht und zum menschlichen Schutzschild umfunktioniert hatte, würde er sich dessen Waffe greifen und die beiden anderen erschießen.

Aber dann ließ er doch zu, dass die beiden Männer ihn an den Armen packten, weil sie nämlich mittlerweile ihre Waffen eingesteckt hatten. Sein Plan hätte nicht mehr funktioniert. Er konnte seine Zeit nicht damit verschwenden, die Waffe eines der beiden zu ziehen und schussbereit zu machen, weil die anderen dann schon längst reagiert hätten.

Also musste er auf eine andere Gelegenheit warten.

»Los geht's«, sagte Zoca.

Er machte eine Bewegung mit seiner Pistole, und die beiden, die Victor festhielten, brachten ihn weg. Beide hatten sie ihn fest gepackt, der eine am Unterarm, der andere am Oberarm.

Zoca und die beiden anderen kamen hinterher. Für Victor hätte es keine ungünstigere Position geben können. Wenn die drei anderen vor ihm gewesen wären, hätte er vielleicht eine Sekunde Spielraum gehabt, bevor sie auf die Geräusche in ihrem Rücken reagiert und sich umgedreht hätten. Aber von hinten hatten sie jede seiner Bewegungen genau im Blick. Was allerdings nichts mit taktischen Erwägungen zu tun hatte.

Die gesamte Aktion war meilenweit von jeder taktischen Erwägung entfernt. Dazu waren die Männer viel zu aufgekratzt. Victor war klar, dass sie mehr im Sinn hatten, als ihn einfach zu erschießen. Da war etwas deutlich Spektakuläreres geplant, und das war ein Fehler. Solange fünf Schusswaffen auf ihn gerichtet waren, konnte er nicht viel unternehmen, und darum bedeutete jede Veränderung eine gewaltige Verbesserung zu seinen Gunsten.

Er ließ sich also zu Zocas Land Rover bringen und auf die Rückbank schieben. Dann setzten sich zwei von Zocas Männern rechts und links neben ihn. Zoca übernahm das Steuer, während sein dritter Mann auf dem Beifahrersitz Platz nahm. Der vierte blieb beim Massagesalon und winkte ihnen spöttisch grinsend hinterher.

Als der Land Rover vom Hinterhof auf die Gasse bog, bemerkte Victor hinter einem der Fenster des Massagesalons eine Silhouette. Einen Mann.

»Wo bringt ihr mich hin?«, wollte er wissen.

Zoca grinste und entblößte dabei fast jeden seiner gelblichen Zähne. »Dorthin, wo der Spaß regiert.«

»Und wieso habe ich das Gefühl, als würde ich dort überhaupt keinen Spaß haben?«

Sie fuhren zum Schrottplatz, das war Victor schon nach wenigen Minuten klar. Er saß schweigend da und spielte den Unwissenden, Passiven. Hätten sie ihn direkt hinter den Fahrersitz gesetzt, hätte er etwas probiert, aber eingezwängt zwischen den beiden Muskelbergen wäre jeder Versuch sofort zum Scheitern verurteilt gewesen.

Er malte sich aus, wie er die beiden Männer neben sich mit Ellbogenschlägen und Kopfstößen außer Gefecht setzte, doch noch während er mit dem ersten beschäftigt gewesen wäre, hätte der zweite reagiert. Die beengte Sitzposition hätte Victors Bewegungsfreiheit zwangsläufig stark eingeschränkt. Die Waräger waren zwar keine Profis, aber sie waren harte, entschlossene Burschen.

Der Land Rover würde mit quietschenden Bremsen anhalten, und Zoca und der dritte Serbe würden sich in den Kampf einmischen. Mit Glück hätte Victor bis dahin den zweiten Mann auf der Rückbank erledigt, doch dann wäre er wehrlos gewesen, und Zoca hätte ihn erschossen.

Er musste abwarten. Je länger er nichts unternahm, desto ungefährlicher würde er in ihren Augen wirken.

Und dann, wenn die Zeit gekommen war, würde er sie allesamt töten.

»Keine Sorge«, sagte Zoca, als sie den Schrottplatz erreicht hatten. »Ich möchte lediglich dein wahres Ich kennenlernen.«

»Das wirst du«, versicherte ihm Victor.

Kapitel 60

Sie wusste so gut wie gar nichts über Waffen, aber trotzdem war ihr klar, dass die Pistole ohne Munition ein nutzloses Ding war. Deshalb hatte er ihr das Magazin nicht überlassen. Weil er fürchtete, dass sie sonst nicht bis zur Party gewartet hätte. Weil er fürchtete, dass sie sich bei der erstbesten Gelegenheit auf ihre Entführer gestürzt hätte, getötet worden wäre und ihm damit jede Chance geraubt hätte, Rados zu ermorden.

Er hatte recht.

Der verzweifelte Teil ihrer Seele wollte es dennoch versuchen, wollte die Waffe auf die Arschlöcher richten, die sie hier festhielten, wollte sich an ihrer Angst weiden, während sie an ihnen vorbei nach draußen stolzierte. Doch der kühlere Teil wusste, dass sie sich nicht lange täuschen lassen würden. Es war immer noch das Beste, abzuwarten und sich darauf zu verlassen, dass er sich an die Abmachung hielt. Dass er sie hier wegbrachte, nachdem Rados tot war.

Aber sie traute ihm nicht. Sie traute niemandem. Nicht mehr.

Warum sollte ein Mann wie er, der kein bisschen anders war als ihre Entführer, zu seinem Wort stehen? Sobald er die Pistole hatte, sobald er Rados getötet hatte, gab es für ihn doch gar keinen Grund mehr, ihr zu helfen. Er würde keine Verwendung für sie haben. Er konnte einfach die Flucht antreten und sie zurücklassen.

Sie hatte eine Idee.

Er brauchte die Pistole. Sie brauchte die Munition.

Auf der Party musste er sich die Waffe bei ihr abholen, damit er seinen Auftrag erfüllen konnte. Aber sie musste sie ihm ja nicht geben.

Gib mir die Pistole, würde er zu ihr sagen.

Nein, würde sie antworten. *Zuerst gibst du mir die Munition und bringst mich hier weg, dann kannst du beides haben und Rados umbringen.*

Der Mann am Fenster hatte ihr den Rücken zugekehrt. Er redete nicht viel. Er hatte bis jetzt nicht einmal versucht, sie anzufassen, hatte sie mit ihren Gedanken alleine gelassen.

»Geht es dir nicht gut?«, erkundigte sie sich, weil sie wusste, wie man einen fürsorglichen Eindruck machte, und gelernt hatte, dass man dann auch besser behandelt wurde.

Sie hatte ihr Bestes getan, hatte gelächelt, war höflich und aufmerksam gewesen. *Mach keine Dummheiten*, hatte er zu ihr gesagt. Sie musste nur noch bis zum Abend, bis zu der Party ausharren. Ein paar Stunden, mehr nicht. Das würde sie schaffen.

Der Mann sagte: »Darf ich dir bitte eine Frage stellen?«

»Natürlich«, erwiderte sie. Reden war ihr lieber als alles andere.

»Wer ist der Mann mit den weißen Haaren?«

»Das ist Zoca. Er ist für den Massagesalon verantwortlich. So eine Art Manager, würde ich sagen.«

»Danke«, erwiderte er. »Das habe ich mir gedacht. Weißt du auch, wer der Mann im Anzug ist? Der Außenseiter? Er hat dunkle Haare und Augen. Ist ein bisschen größer als ich, aber ein bisschen schlanker.«

Sie hörte die Frage und verspannte sich sofort. Er spürte es und konnte es an ihrer Reaktion in der Fensterscheibe erkennen. Er drehte sich zu ihr um, sodass sie sein freundliches Gesicht und seine grau melierten Haare sehen konnte. Ein Deutscher, schloss sie aus seinem Akzent.

»Du kennst ihn«, sagte er.

Keine Frage, sondern eine Feststellung. Er wusste es. Ohne den konkreten Grund dafür benennen zu können, hatte sie irgendwie das Bedürfnis, es abzustreiten.

»Aha«, fuhr der Deutsche fort. »Du kennst ihn sogar ziemlich gut. Weißt du zufällig, wie er heißt?«

Sie schüttelte den Kopf. »Ich weiß nur, dass er für den Mann arbeitet, dem der Salon gehört. Zocas Boss.«

Der Deutsche wirkte überrascht und ein bisschen beeindruckt. »Das ist ja sehr interessant. Unerwartet, aber bei näherem Hinsehen ein durch und durch logisches Vorgehen. Seit wann arbeitet er schon für Rados?«

Woher wusste er über Rados Bescheid? Wer war dieser Deutsche? Ihr Unbehagen wuchs mit jeder Sekunde.

»Noch nicht lange«, erwiderte sie. »Eine Woche vielleicht.«

»Aber Zoca und er kommen nicht besonders gut miteinander aus, nach allem, was ich beobachtet habe.«

Sie zuckte mit den Schultern. »Das weiß ich nicht. Ich arbeite ja nur hier.«

Man hatte ihnen gesagt, sie sollten es Arbeit nennen. Die Kunden wurden abgeschreckt, wenn man die Wahrheit beim Namen nannte.

»Das sehe ich«, meinte der Deutsche. »Aber ich sehe auch, dass du überraschend gut informiert bist.«

Sie blieb stumm, hatte Angst, dass sie durch jedes Abstreiten erst recht preisgab, was sie zu verleugnen suchte.

»Keine Angst«, beruhigte der Deutsche mit sanfter Stimme. »Ich bringe dich bestimmt nicht in Schwierigkeiten. Ich bin ein alter Freund des Mannes im Anzug.«

Sie glaubte ihm nicht, versuchte jedoch, sich nichts anmerken zu lassen.

Er sah es ihr an und verbesserte sich sofort. »Na ja, alter Freund ist vielleicht nicht der richtige Ausdruck. Sagen wir mal, wir sind uns in geschäftlichen Zusammenhängen schon öfter begegnet. Kollegen, gewissermaßen. Es wäre jedenfalls nett, sich mal wieder zusammenzusetzen und über die alten Zeiten zu plaudern. Was meinst du, wo könnte er mit diesem Zoca zusammen hingefahren sein?«

»Woher soll ich das wissen?«

»Die bessere Frage wäre, woher weißt du überhaupt irgendetwas?«

Sie gab keine Antwort.

»Falls dir das weiterhilft, ich glaube, dass Zoca deinem Freund etwas antun will.«

Ihre Augen wurden groß, noch bevor sie es verhindern konnte. Sie versuchte, sich zusammenzureißen, aber ihre Freiheit – ihr Leben – drohte ihr zu entgleiten. Der Deutsche schien mit seinen Blicken ihre Angst in sich aufzusaugen und machte einen zufriedenen Eindruck.

»Es ist mir gleichgültig, welche Beziehung du zu ihm hast. Es ist mir gleichgültig, was du tun musstest, um hier zu überleben, und niemand wird je erfahren, was du mir erzählst. Vielleicht kann ich dir sogar helfen, vorausgesetzt, du hilfst mir auch.«

»Wie denn helfen? Was verlangst du von mir?«

»Ich brauche Informationen. Ich weiß zwar schon eine ganze Menge, aber vielleicht kannst du mir helfen, diese Informationen zu verarbeiten.« Er sah ihr ihre Verwirrung an und fügte hinzu: »Du kannst mir Zeit sparen.«

»Wie denn?«

Er neigte den Kopf zur Seite. »Du bist doch eine kluge Frau. Ich glaube, du weißt genau, was ich meine.«

So war es auch. »Und was bekomme ich als Gegenleistung?«

»Das hängt von der Qualität der Informationen ab, die du mir zur Verfügung stellst«, lautete die Antwort des Deutschen. »Aber wenn ich dadurch die Gelegenheit auf ein *Plauderstündchen* mit meinem Bekannten bekomme, werde ich mich dafür großzügig revanchieren.«

»Wie großzügig?«

Der Deutsche streckte ihr die offene Handfläche entgegen. »Weißt du, was ich hier in der Hand halte?«

Sie schüttelte den Kopf. »Gar nichts.«

Der Deutsche schüttelte ebenfalls den Kopf. »Nein, das siehst du falsch. Ich habe hier alles, was du dir ersehnst. Sieh doch, wie mühelos ich es halten kann. Sieh doch, wie leicht du es dir nehmen kannst.«

Sie sah hin. »Du weißt doch gar nicht, was ich will.«

»Ich weiß genau, was du willst«, erwiderte er. »Du willst den Kopf in den Nacken legen und blauen Himmel sehen. Du willst irgendwo eine Tasse Kaffee trinken gehen.«

Sie kämpfte dagegen an, doch es war vergeblich. Ihre Augen füllten sich mit Tränen.

Der Deutsche fuhr fort: »Ich glaube, der Mann, hinter dem ich her bin, weiß das auch. Ich glaube, er hat dir dasselbe Angebot unterbreitet. Aber er hat sein Versprechen nicht gehalten. Worauf wartet er noch? Ist es wirklich nötig, dich so lange auf die Folter zu spannen?«

Sie hatte eine Abmachung mit dem anderen Mann, aber die Bedingung war, dass er Rados tötete. Die Bedingung war, dass er Zoca überlebte. Der Deutsche machte ihr dasselbe Angebot, wollte aber nur Informationen haben. Sie konnte die Druckstellen an ihrem Hals immer noch deutlich spüren.

Sie legte ihre Hand auf die des Deutschen.

»Du hast die richtige Entscheidung getroffen«, sagte er. »Sobald ich hier fertig bin, gehen wir Kaffee trinken.«

Er legte seine zweite Hand auf ihre, ein Handschlag, der ihren Verrat besiegelte. Ihr Magen krampfte sich zusammen, doch sie sah den Deutschen an, ohne zu blinzeln.

»Also«, sagte er. »Rados besitzt eine Lagerhalle im Hafen und einen Schrottplatz, nicht wahr?«

»Von einer Lagerhalle weiß ich nichts, ich schwöre.«

»Ich glaube dir. Aber über den Schrottplatz weißt du etwas?«

Sie nickte. »Ja. Ich war da. Da ist es ganz schrecklich. Sie haben uns dort hingebracht und uns über Nacht in Frachtcontainer gesteckt.«

»Das ist ja furchtbar«, sagte er. »Und wer hatte das Kommando, als ihr dort wart?«

»Zoca.«

Der Deutsche lächelte. »Genau das hatte ich gehofft.«

Kapitel 61

Der Land Rover kam vor der Bürobaracke in der Mitte des Schrottplatzes zum Stehen, nicht weit von den drei Schiffscontainern entfernt. Zoca und der Waräger auf dem Beifahrersitz stiegen zuerst aus und zogen ihre Schusswaffen. Sie waren zwar keine Profis, aber dumm waren sie auch nicht. Sie wussten nicht, wer Victor war, aber sie wussten, dass er gefährlich war. Die beiden, die ihn flankiert hatten, stiegen ebenfalls aus und zogen ihre Pistolen.

Niemand befahl ihm auszusteigen, also blieb er regungslos sitzen.

»Worauf wartest du?«, herrschte Zoca ihn an.

»Auf das Zauberwort natürlich.«

Zoca machte eine Geste mit seiner Pistole. »Das ist nicht mein Auto. Notfalls versaue ich den Innenraum.«

Victor rührte sich erst, als Zoca den Hahn spannte. Er kam mit neutraler Miene aus dem Wagen gerutscht, aber innerlich freute er sich, dass er einen Nerv getroffen hatte. Jede emotionale Reaktion hatte ihre Auswirkung auf das rationale Denken und bedeutete einen kleinen Vorteil für Victor. Solange Zoca wütend auf Victor war, hatte er keine Angst mehr vor ihm.

»Belgrad mag Rados gehören«, sagte Zoca jetzt, »aber das hier ist mein Königreich.«

Victor blickte sich um, um die schmutzigen Berge aus verrostetem Metall zu betrachten. »Wie überaus passend.«

»Hier bist du gar nichts«, fuhr Zoca unbeeindruckt fort. »Hier bist du meiner Gnade ausgeliefert.«

»Du bist kein Freund der leisen Töne, stimmt's?«

Zoca spannte die Kiefermuskulatur an und gab einem seiner Männer ein Zeichen. Dieser rammte Victor daraufhin seinen Pistolenkolben in die Magengrube.

Victor ließ sich auf die Knie sinken und rang keuchend nach Luft. Er hatte den Schlag kommen sehen – hatte ihn sich gewünscht – und hatte sich schon vor dem Aufprall leicht nach vorn gebeugt. Es tat zwar weh, aber der Schmerz war auszuhalten, und falls dem Mann, der ihn geschlagen hatte, aufgefallen war, dass der Treffer eigentlich gar nicht so kräftig gewesen war … er würde es Zoca garantiert nicht unter die Nase binden.

»Kann ja sein, dass Rados deine flinke Zunge zu schätzen weiß«, zischte Zoca, »aber ich muss sie dir möglicherweise entfernen.«

Victor blieb im kalten Schlamm auf den Knien, bis er wieder auf die Beine gehoben wurde. Er machte sich schwer, sodass der Mann, der ihn hochhievte, richtig arbeiten musste. Auch ohne überflüssige Pfunde brachte Victor knapp zweiundachtzig Kilogramm Muskelmasse und Knochen auf die Waage. Anschließend war der Kerl jedenfalls knallrot im Gesicht und hielt sich den Rücken. Aber natürlich beklagte er sich nicht. Er wollte schließlich nicht als Schwächling dastehen.

Aber jetzt war er ein klein wenig erschöpft.

Einer schloss die Bürobaracke auf und stieß die Tür auf. Zoca deutete mit der Pistolenmündung auf die Türöffnung. Victor machte keinerlei Anstalten, sich vom Fleck zu rühren.

»Geh rein«, knurrte Zoca.

Victor ließ sich Zeit, stieg die wenigen Stufen hinauf und trat durch die Tür. Die Innenbeleuchtung war ausgeschaltet, und die Jalousien waren heruntergelassen. Sie ließen ihn vorgehen, weil sie nicht ahnten, mit wem sie es zu tun hatten.

Sie kamen hinterher und standen plötzlich dicht aneinandergedrängt im Eingangsbereich, weil Victor kurz hinter der Tür stehen geblieben war. Er drehte sich um. Zoca machte die Tür zu und starrte ihn wütend an.

»Setz dich hin oder ich brech dir auf der Stelle die Beine.«

Victor nahm einen Bürostuhl, packte die Lehne mit beiden Händen und schwang den Stuhl wie eine Keule gegen den Kopf des Warägers, der ihm am nächsten stand. Es war viel zu eng, als dass der Kerl dem heranrauschenden Stuhl hätte ausweichen können.

Es war nur ein billiger Plastikstuhl, kein Holz, kein Metall, aber er erfüllte seinen Zweck und traf den Waräger im Gesicht. Dieser taumelte rückwärts auf die anderen, bevor er benommen und blutend zu Boden ging. Durch die Enge waren auch die Gewehre nicht zu gebrauchen – zu viele Kameraden in der Nähe, zu groß das Risiko, den Falschen zu treffen.

Einer machte es Victor nach und benutzte seine Kalaschnikow als Keule. Victor wehrte die Attacke mit dem Stuhl ab und schlug dem Angreifer die Waffe aus der Hand.

Er hörte, wie sie gegen eine Wand prallte und außerhalb seines Blickfelds auf dem Fußboden landete. Aber er konnte den anderen schlecht den Rücken zuwenden, um nachzusehen, wo genau.

Sein Gegenüber griff nach dem Stuhl und wollte ihn Victor mit Gewalt aus der Hand reißen. Aber Victor ließ einfach los. Der Angreifer war so verdattert, dass er die Schläge, mit denen Victor ihn traktierte, wehrlos über sich ergehen ließ. Er fing an zu bluten und taumelte rückwärts.

Schon kam der nächste von Zocas Männern angestürmt, und Victor musste heftige Treffer an den Unterarmen und Schultern einstecken. Jeder Schlag bewirkte einen stechenden Schmerz, aber mehr nicht.

Da er sich mit mehr als einem Gegner auseinandersetzen musste, sah er den Ellbogen nicht und wurde rückwärts gegen die Containerwand mit dem Fenster geschleudert. Noch während er mit dem Rücken die Aluminiumjalousie zerquetschte, riss er beide Arme als Deckung nach oben, sodass die folgenden Schläge wirkungslos daran verpufften.

Frustriert packte der Serbe Victor am Jackett und zog ihn dichter zu sich heran. Er wollte ihn in den Schwitzkasten nehmen, doch damit hatte er Victor ein unbewegliches Ziel geliefert: seine Hand.

Victor packte sie und drehte sie im Uhrzeigersinn so weit herum, dass dem Kerl keine andere Wahl blieb, als loszulassen und den Arm nach hinten zu strecken. Als es so weit war, rammte Victor seinen Unterarm mit voller Wucht auf den nach oben zeigenden Ellbogen, und das Gelenk brach.

Das laute Knacken ging im Geschrei des Serben unter.

Victor ließ los und schlug dem nächststehenden Mann seinen Handballen ins Gesicht. Das Nasenbein hielt der Belastung nicht stand.

Der Mann stöhnte. Blut schoss aus seinen Nasenlöchern, er taumelte vorwärts gegen das Fenster und wollte sich an der Jalousie festhalten, die sich daraufhin in einen Schauer aus Plastik und Aluminium verwandelte. Glassplitter regneten zu Boden.

Helles Sonnenlicht strömte in den dunklen Container und blendete Zoca, als dieser gerade schießen wollte. Er kniff die Augen zusammen, drückte ab und jagte eine Kugel in die Wand.

Victor schnappte sich eine Scherbe aus der zerbrochenen Fensterscheibe und schleuderte sie in Zocas Richtung.

Sie traf Zoca im Gesicht. Dieser schrie auf und ließ die Pistole fallen, um seine Wunden zu befühlen.

Der Kerl mit der gebrochenen Nase griff ebenfalls nach einer spitzen Scherbe und wollte damit auf Victor losgehen. Victor packte jedoch mit der einen Hand das Handgelenk des Angreifers und mit der anderen dessen Kragen. Dann brachte er ihn mit einem kräftigen Ruck aus dem Gleichgewicht, stieß ihn rückwärts gegen die Wand mit dem zerbrochenen Fenster. Noch mehr Glas splitterte. Victors Gegner war stark und zu allem entschlossen. Er hielt die Scherbe trotz Victors eisernen Griffs fest umklammert. Darum rammte Victor die Faust des Mannes durch eine bereits geborstene Fensterscheibe.

Seine Hand wurde in Fetzen gerissen, und er fing laut an zu brüllen. Victor drückte die Hand mit Wucht nach unten, mitten hinein in die spitzen Scherben, bis sie durch das viele Blut so glitschig geworden war, dass der Angreifer die Glasscherbe loslassen musste.

Victor zog ihn dichter zu sich heran, verpasste seiner ohnehin gebrochenen Nase einen Kopfstoß und stieß ihn dann, während er noch benommen war, mit dem Hals in die spitzen Glasscherben, die aus dem Fensterrahmen nach oben ragten.

Der Kerl mit dem gebrochenen Arm lag auf dem Fußboden und wand sich stöhnend hin und her. Victor trat ihm einmal kräftig auf die Kehle, um ihn endgültig unschädlich zu machen. Dann wandte er sich Zoca und dem verbliebenen Waräger zu.

Zoca blutete aus den Schnittwunden, die die Glasscherbe gerissen hatte, aber er konnte immer noch etwas sehen. In der Faust hielt er ein Jagdmesser, und zwar so, dass die Klinge nach unten ragte. Das war nicht Victors bevorzugte Messerhaltung – man hatte dadurch weniger Reichweite und weniger Angriffsvarianten zur Verfügung –, aber manchen Kämpfern war es lieber so. Sie hielten die Waffe in Hüfthöhe, um die Klinge dann im

Bogen hochzureißen und dabei die Hauptschlagadern, die in den Oberschenkeln, in der Lendengegend, im Hals und unter den Armen verliefen, zu verletzen.

Der Waräger zu seiner Rechten hatte keine Waffe und baute sich in Kampfhaltung vor ihm auf – linker Fuß im Winkel von zehn Grad nach vorn, die Hände in Kopfhöhe. Die Fäuste waren nicht fest, sondern relativ locker geballt. Er wollte nicht zuschlagen, sondern Victor packen.

Aber die beiden gingen nicht einfach blindlings auf Victor los, so wie die anderen. Sie hatten nicht vor, denselben Fehler zu begehen.

Zoca hatte nur ein paar oberflächliche Schnittwunden erlitten. Victor hatte gesehen, wie schnell und brutal er agierte, und wusste, dass er ein gefährlicher Gegner war. Auch der andere sah aus wie ein fähiger Kämpfer. Keiner von beiden zeigte Anzeichen von Adrenalinüberflutung. Sie waren vorsichtig, hatten aber keine Angst. Es war nicht das erste Mal, dass sie einen Kampf Mann gegen Mann bestritten. Aber hatten sie jemals schon Seite an Seite gekämpft? Wenn nicht, dann war das für Victor ein Vorteil. Denn ihm würde niemand in die Quere kommen.

Sie hatten nicht, das wurde in dem Moment klar, als Zoca einen Schritt nach vorn machte und sich damit zwischen Victor und den anderen stellte. Das war sein erster Fehler, denn es bedeutete, dass der zweite Mann Victor nicht gleichzeitig angreifen konnte, weil ein manngroßes Hindernis ihm die Sicht und den Weg versperrte.

Ihr hättet beide von der Seite kommen müssen, behielt Victor für sich. Ihr hättet mich in die Zange nehmen müssen.

Zoca schnellte nach vorn, den linken Arm schützend ausgestreckt, während der rechte wie vorausgesehen nach oben schwang. Er hatte es auf Victors Halsschlagader abgesehen.

Victor wich einen Schritt zurück, und die Klinge sauste vor

seiner Nase durch die Luft. Er machte keine Anstalten, die Messerhand zu ergreifen. Vor einer Sekunde hatte er noch keine Ahnung gehabt, wie gut Zoca mit dem Messer umgehen konnte. Aber jetzt wusste er alles, was er wissen musste.

Zoca griff erneut an. Dieses Mal zielte er auf Victors Leistengegend, und als Victor ihm auswich, stürmte er weiter und riss das Messer herum, um mit einem Rückhandstoß Victors Unterbauch in Höhe des Nabels aufzuschlitzen. Seine Absicht war klar: Er wollte, dass Victors Eingeweide aus der Bauchhöhle quollen.

Victor tänzelte zur Seite, aber als das Messer an ihm vorbeigesaust war und Zoca die zweite Attacke starten wollte, sprang er mit gefalteten Händen, um seine innen liegenden Arterien zu schützen, ein Stück nach vorn und rammte die Unterarme mit voller Wucht gegen Zocas Handgelenk.

Mit beiden Händen hatte Victor deutlich mehr Kraft als Zoca mit einer. Darum verzog dieser, als harte Knochen auf nur von einer dünnen Hautschicht geschützte Sehnen trafen, das Gesicht zu einer schmerzverzerrten Grimasse. Victor packte ihn am Handgelenk und am Trizeps, drehte den Arm und setzte einen schmerzhaften Hebelgriff an. Victor drückte zu, wollte auch ihm das Ellbogengelenk brechen, aber Zoca reagierte schnell und ging in die Knie, um den Druck zu reduzieren.

Also rammte Victor ihm das Knie in den Unterleib und riss ihm, während er zu Boden sackte, das Messer aus der Hand.

Der zweite Angreifer kam bereits auf ihn zu gestürmt, aber als er merkte, dass Victor jetzt das Messer hatte, war es bereits zu spät.

Victor stach ihm die Klinge in die Brust, zwischen der vierten und fünften Rippe auf der linken Seite des Brustkorbs.

Der Mann blieb stehen, aber Victor ließ das Messer trotzdem los und wandte sich ab. Er wusste, dass sein Gegner nur noch wenige Augenblicke zu leben hatte, so lange eben, bis das Gehirn gemerkt hatte, dass etliche Zentimeter kalter Stahl in seinem Herzen steckten.

Mittlerweile hatte Zoca sich von dem Tiefschlag so weit erholt, dass er sich wieder aufrappeln konnte. Dann sah er, dass er als Einziger übrig geblieben war, und versuchte zu fliehen. Dabei stolperte er über die Toten auf dem Fußboden und schlug der Länge nach hin.

In diesem Moment brach der Kerl mit dem Messer in der Brust zusammen und fiel auf Zoca, bevor der wieder auf den Beinen war.

Victor kauerte sich neben Zoca, der vor Angst wimmerte, weil er sich nicht rühren konnte. Jetzt, wo er die Kontrolle über die Situation verloren hatte, hatte ihn aller Mut verlassen.

»Bitte«, flehte Zoca. »Ich gebe dir alles!«

»Ich will nur eines«, sagte Victor und drückte Zoca die Kehle zu.

Kapitel 62

Victor ließ sich ein wenig Zeit, um wieder zu Atem zu kommen, dann stieß er die Tür der Bürobaracke auf und trat in den kühlen Regen hinaus.

Sein Blick fiel auf die Schrottberge und den Kran jenseits der freien Fläche vor der Bürobaracke, deren Umrisse er so gut kannte, dass ihm die Unregelmäßigkeit auf dem Dach der Kranführerkabine sofort ins Auge sprang – ein Mann, auf dem Bauch liegend ... Krieger. Praktisch im selben Augenblick fiel der Schuss.

Als das Mündungsfeuer aufblitzte, warf Victor sich rückwärts durch die Tür.

Es waren zwar nur hundert Meter, aber trotzdem brauchte die Kugel drei Zehntelsekunden, um die Distanz zu überbrücken. Und bis dahin hatte Victor seinen Kopf schon aus der Schussbahn gebracht.

Das Projektil durchschlug einen Schreibtisch und bohrte sich dann in den Fußboden.

Ein Überschallknall war nicht zu hören, weil der Schütze Unterschallmunition verwendete, aber der Schalldämpfer konnte nur einen Teil der superheißen Gase aus dem Lauf daran hindern, hörbar nach draußen zu dringen. Daher kam rund eine Drittelsekunde nach dem Lichtblitz auch ein deutlich hörbarer Mündungsknall bei Victor an.

Victor krabbelte über die Körper der Toten hinweg zurück ins Innere der Bürobaracke. Er hielt den Kopf so tief wie möglich, da die Tür weit offen stand und sein Gegner vom Dach des Krans freie Sicht hatte.

Noch ein Schuss. Die Kugel traf Zoca und ließ den Toten erbeben. Blutiger Nebel hing in der Luft.

Victor schnappte sich eine Kalaschnikow und erwiderte das Feuer, wobei er die Leichen als Deckung benutzte. Er hatte zwar kein Zielfernrohr, aber dafür eine vollautomatische Waffe, und sein Gegner keine Deckung.

Er sah, wie die Kugeln den Kran trafen und Funken schlugen. Krieger rutschte rückwärts, bis er ganz von der stabilen Stahlkonstruktion verdeckt wurde. Jetzt konnte Victor ihn nicht mehr sehen, aber dafür konnte auch Krieger ihn nicht mehr sehen.

Victor sprang auf und zog den Toten, der immer noch im Fenster hing, herunter. Dabei fiel auch der größte Teil der verbliebenen Fensterscheiben zu Boden. Victor warf das Sturmgewehr nach draußen und zwängte sich dann hinterher.

Er ließ sich in den Schlamm vor der Baracke fallen, schnappte sich das Gewehr und rannte über den freien Platz.

Kugeln wirbelten den Matsch vor seinen Füßen auf, doch er schaffte es tatsächlich, sich hinter einem undurchdringlichen

Berg aus Altmetall in Deckung zu bringen. Er hatte jetzt zwar eine Kalaschnikow, aber keine Ersatzmunition. Da er vier Dreiersalven Richtung Kran geschickt hatte, waren noch achtzehn Schuss übrig.

Er kauerte sich tief auf den Boden. Schlamm verschmierte seine Hose, und Regen durchdrang seine Jacke. Nachdem er mehrfach Winkel abgeschätzt und Sichtfelder eingegrenzt hatte, kam er zu dem Schluss, dass sein Gegner ihn vom Kran aus nicht sehen konnte. Er würde also herunterklettern müssen, um Victor nicht ganz aus dem Blick zu verlieren, während Victor selbst die Schrotthügel als Deckung benutzen konnte, um schließlich ganz zu verschwinden.

Wenn der Attentäter seinen Auftrag erfolgreich zu Ende bringen wollte, musste er Victor am Boden stellen.

Krieger war zum selben Schluss gekommen und hatte mit dem Abstieg begonnen, sobald ihm klar geworden war, dass seine Zielperson ausreichend Deckung finden würde. Der stählerne Kran war durch den Regen glitschig geworden, aber Krieger war stark und trittsicher. Er erreichte den Boden und nahm das Zielfernrohr seines Sturmgewehrs ab. Für den Nahkampf waren ihm Kimme und Korn lieber.

Den Mantel ließ er ebenfalls zu Boden gleiten, weil er sich gegen einen so schnellen Gegner möglichst ungehindert bewegen können musste. Eigentlich hatte er vorgehabt, der Zielperson ein 5,56 x 45-Millimeter-Projektil in den Schädel zu jagen, doch der Typ besaß wirklich messerscharfe Instinkte. Als Krieger abgedrückt hatte, hatte er den Kopf bereits zurückgezogen.

Also genau wie im Zug wieder ein nicht ganz ausreichender Versuch. Krieger wusste sehr wohl, wann er vom Schicksal ungerecht behandelt wurde.

Also beschloss er, sein Schicksal selbst in die Hand zu nehmen.

Victor bewegte sich langsam und immer dicht an der Deckung entlang. Nur wenn er eine offene Fläche zu überqueren hatte, beschleunigte er seine Schritte. Er hatte nicht vor, zum Ausgang zu laufen und blind darauf zu vertrauen, dass er vor dem Attentäter dort ankam. Zumal der Regen den Untergrund in einen sumpfigen Morast verwandelt hatte, der bei jedem Schritt ein lautes Schmatzen von sich gab und keine schnellen Bewegungen zuließ. Er blinzelte sich das Wasser aus den Augen und atmete etwas schneller, während die Kälte ihm unter die Haut kroch und sein Körper sich mühte, warm zu bleiben. Die Luft war eisig und feucht. Bei jedem Atemzug stiegen Dampfwolken auf. Er kämpfte sich weiter Richtung Ausgang. Theoretisch hätte er auch über den Zaun klettern können, aber das war keine realistische Möglichkeit. Wenn er sich dabei beeilt hätte, wäre Krieger durch den entstehenden Lärm garantiert schnell auf ihn aufmerksam geworden. Und wenn er es leise und behutsam versucht hätte, hätte sein Gegner nur noch mehr Zeit gehabt, um ihn wehrlos einfach abzuknallen.

Entweder der Hauptausgang oder gar nichts.

Das wusste Krieger auch. Er näherte sich dem Ausgang und malte sich aus, wie seine Zielperson genau dasselbe machte. Krieger hatte den kürzeren Weg, darum konnte er auch als Erster dort sein, konnte sich in aller Ruhe auf die Lauer legen und seine lästige Beute in einen Hinterhalt locken. Kein Wunder, dass das Kopfgeld für diesen Kerl so hoch war. Krieger konnte sich gerade noch vorstellen, dass das Schicksal sich bei der Begegnung im Zug nach St. Petersburg eingemischt und ihm den ihm zustehenden Erfolg geraubt hatte, so wie Zeus und Hades den Helden der Antike ihre Siege verwehrt hatten. Aber zweimal den Kürzeren zu ziehen, das wäre ihm mehr als bösartig vorgekommen.

Der Regen fiel mittlerweile wie ein Sturzbach vom Himmel.

Die Tropfen funkelten und glitzerten in der Dämmerung. Kriegers Haare und Kleidung wurden von der erbarmungslosen, eiskalten Sintflut vollkommen durchnässt. Er bekam eine Gänsehaut. Sein Atem ging schneller, und er fing an zu zittern, während sein Körper versuchte, die Kerntemperatur stabil zu halten. Seine Sicht war durch den Regen stark eingeschränkt, und das Prasseln der Tropfen auf den tonnenschweren Schrottbergen übertönte jedes andere Geräusch.

Da sah er, wie eine Gestalt durch den Regenschleier huschte. Krieger ging geduckt weiter, ohne sich groß zu bemühen, seine Schritte zu dämpfen. Das erledigte der Regen für ihn. An der Ecke eines Schrottbergs blieb er stehen, die linke Schulter an die Klimaanlage eines verrosteten Autos gedrückt, und wartete darauf, dass die Gestalt sich erneut sehen ließ.

Dann war es so weit. Krieger eröffnete das Feuer.

Victor sprintete über den Schrottplatz, hielt sich immer in der Nähe der Schrottberge. Er rannte, so schnell es der sumpfige Morast zuließ, schlug Haken nach rechts und nach links, um seinem Gegner die Arbeit möglichst schwer zu machen, während die Kugeln an ihm vorbeizischten und -pfiffen und dann dumpf oder klirrend in die Schrottberge einschlugen. Durch seinen Zickzackkurs war die Gefahr auszurutschen natürlich sehr groß, aber obwohl er mehr als einmal ins Schlittern kam, blieb er immer auf den Füßen. Ein Sturz hätte bedeutet, dass er unbeweglich war, wenn auch nur kurz. Und ein unbewegliches Ziel war ein totes Ziel.

Er warf sich hinter den Haufen mit den zerlegten, unbrauchbaren Feuerwaffen, schlitterte durch den Matsch, kam schnell und beherrscht wieder auf die Füße und nutzte die Deckung, um das Feuer zu erwidern.

Die Kalaschnikow bellte. Mit jedem glühend heißen Gasausstoß ruckte der Lauf ein Stückchen höher. Messinghülsen klatschen in den Schlamm, während er versuchte, den Weg seines Gegners durch den fallenden Regen mit Blicken zu verfolgen.

Die Schüsse brachen ab.

Victor behielt seine Position bei. Er hatte nicht gesehen, was er getroffen hatte. Die Feuerpause konnte Folge eines tödlichen Treffers oder eines Kratzers am Ohr sein. Aber Victor würde seine Deckung nicht aufgeben, um nachzusehen.

Ein Schrei im Regen konnte ihn weder vom einen noch vom anderen überzeugen. Er wartete also weiter und starrte über den Lauf seiner AK-47 hinweg.

Die Zielperson nahm Krieger die kleine Schauspieleinlage nicht ab. Nicht weiter überraschend, aber das Ganze wäre erheblich einfacher geworden, wenn der Kerl zu ihm gekommen wäre, anstatt umgekehrt. Schauspielerei war noch nie Kriegers Stärke gewesen.

Er erhob sich und verzog das Gesicht.

Das Glück war eindeutig aufseiten der Zielperson. Eine Kugel hatte Kriegers Flanke angekratzt.

Krieger nahm einen Finger zuhilfe, um zum zweiten Mal, seitdem er denken konnte, sein eigenes Blut zu schmecken.

Der Schock und der Schmerz fielen urplötzlich über ihn her, und er geriet ins Schwanken, musste sich auf ein Knie stützen. Er blieb in Deckung, um sich die Wunde zu betrachten. In der Haut über seinem linken Musculus obliquus externus abdominis, dem linken, äußeren, schrägen Bauchmuskel, klaffte ein kleiner, waagerechter Schnitt. Der Muskel darunter war unversehrt, doch aus der Wunde sickerte Blut.

Die kleine Schramme stellte keine Gefahr dar. Der Blutverlust hielt sich in Grenzen, und die Wunde würde schon bald verkrusten. Er brauchte sich vorerst nicht darum zu kümmern. Es blutete auch nicht so stark, dass die Zielperson einer richtigen Spur hätte folgen können.

Es war nicht das erste Mal, dass dieser Gegner ihm eine Verletzung zufügte, und er wusste, dass es auch nicht das letzte Mal gewesen war, darum biss er die Zähne zusammen, erhob sich und schoss.

Genau darauf hatte seine Zielperson gewartet. Kugeln schlugen dicht neben seinem Kopf ein. Krieger gab einen Schuss ab und duckte sich, um ein frisches Magazin in den Schacht zu schieben.

Eine Salve landete ratternd in einem Metallhaufen in der Nähe – ein blinder Schuss, reine Verschwendung in der Hoffnung auf einen Zufallstreffer. Aber dieses Mal hatte der Kerl nicht so viel Glück.

Krieger kam noch einmal hoch und drückte ab, aber nur kurz, sodass er weder zielen noch selbst ins Visier genommen werden konnte, dann ließ er sich wieder fallen.

Doch er erreichte damit den gewünschten Effekt, als die nächste Salve über seinen Kopf hinwegzischte. Die Zielperson hatte tatsächlich geglaubt, dass Krieger eine Schießerei anzetteln wollte. Es war ein fairer Tausch der verschwendeten Kugeln – seine eine gegen drei oder vier seines Gegners.

Krieger war gut vorbereitet. In seiner Kampfweste steckten etliche Ersatzmagazine, aber soweit er beobachtet hatte, war die Zielperson ohne Nachschub aus der Bürobaracke gestürmt.

Wohl dem, der gut vorbereitet war.

Victor hatte nur noch wenige Schuss übrig. Er konnte nicht davon ausgehen, dass er mit einem halben Dutzend Patronen ein längeres Feuergefecht gewinnen konnte, auch wenn er dazu nur einen einzigen vernünftigen Treffer brauchte. Er musste also weiter.

Deshalb ging er das Risiko ein und hastete Richtung Ausgang. Vor ihm gabelte sich der Weg und führte links und rechts um einen riesigen Hügel aus Waschmaschinen und Wäschetrocknern, Spülmaschinen und Mikrowellenherden herum. Victor nahm den linken Pfad, lief geduckt immer dicht an den verschrotteten Haushaltsgeräten entlang.

Er huschte durch den Regen und den Schlamm, wandte sich hierhin und dorthin, stellte sich vor, wie der Attentäter sich in seinem Rücken aus der Deckung wagte und ihn sah.

Der erste Schuss kam früher als erwartet – dieser Deutsche war ein Mann ohne Furcht –, aber Victor lief weiter, ohne Deckung zu suchen, weil er dadurch nur schon wieder festgesessen hätte. Schnelligkeit und Distanz, das war in diesem Fall die beste Verteidigung. Hinter ihm machte es regelmäßig *pling* und *klong,* wenn wieder eine Kugel irgendwo einschlug.

Er hatte Mühe, sich auf den Beinen zu halten, so tief sanken seine Füße mittlerweile in den Matsch ein, während der Dauerregen den Boden immer morastiger werden ließ.

Erneut gabelte sich der Weg, und er entschied sich für die längere Strecke, weil die nächste Ecke nicht nur Schutz versprach, sondern auch eine Schussposition bot, von der er den Ausgang und die freie Fläche davor überblicken konnte.

Die Zielperson hatte den Kampf aufgegeben und flüchtete, aber das hätte Krieger auch gemacht, wenn er so deutlich unterlegen gewesen wäre. Er lief seinem Gegner mit schnellen Schritten nach, weil dieser um sein Leben rannte. Bei jeder Gelegenheit jagte er ihm eine Kugel hinterher – er hatte noch mehr als genug Munition dabei –, aber er konnte nicht stehen bleiben, um etwas genauer zu zielen, weil er seiner Beute nicht noch mehr Vorsprung lassen wollte. Die Wege waren hier zu verwinkelt, und ständig versperrte einem irgendein Schrotthaufen die Sicht.

Er lud im Laufen nach, umrundete einen Hügel aus aufeinandergeschichteten Autowracks, rechnete damit, die Zielperson von hinten zu sehen, auf dem Weg zum Ausgang, doch stattdessen war der Kerl stehen geblieben und wartete mit angelegtem Gewehr auf Kriegers Erscheinen.

Eine Falle!

Die nicht funktionierte, weil Krieger, der viel zu schnell und viel zu wild um die Ecke gebogen war, ausrutschte.

Die Kalaschnikow ratterte los, ohne dass Krieger getroffen wurde, aber als er dann im Schlamm landete und seine eigene Waffe aus den Händen gleiten ließ, machte er sich bereit zu sterben. Allerdings fiel kein einziger Schuss mehr, und er sah, dass die Zielperson keine Munition mehr hatte. Stattdessen warf der Kerl seine AK-47 beiseite und kam geradewegs auf ihn zu gerannt.

Kapitel 63

Es war nur eine kurze Strecke, aber ihm kam es vor, als würde er dafür eine Ewigkeit benötigen. Victor kämpfte sich durch den Schlamm und den eiskalten Regen und sah gleichzeitig, wie Krieger sich aufrappelte, schnell wieder auf die Knie und dann auf die Füße kam, wie er herumwirbelte und seine Reservepistole, ein kleines, kompaktes Ding, aus dem Hosenbund zog …

Als die Pistolenmündung in seine Richtung schwenkte, packte Victor den Lauf mit der linken Hand und riss ihn scharf nach oben, sodass Kriegers Hand nach hinten gebogen wurde.

Durch den enormen Druck auf das Handgelenk war Krieger gezwungen, die Waffe fallen zu lassen, doch dann war Victor den anschließenden, blitzschnellen Schlägen in den Unterleib und ins Gesicht wehrlos ausgeliefert. Er schaffte es einfach nicht, die

Waffe umzudrehen und zu schießen, bis Krieger sie ihm schließlich mit einem Rückhandschlag aus den Fingern schlug.

Er hörte sie klatschend im Schlamm landen.

Victor wich ein wenig zurück, um die Wirkung der Schläge zu verdauen, sich zu sammeln und sich auf die nächste Attacke einzustellen. Doch Krieger setzte nicht nach. Er nutzte die Unterbrechung, um seine Kampfweste abzustreifen. Er wollte Victor so wenig wie möglich Angriffsmöglichkeiten bieten.

So standen sie sich in wenigen Metern Abstand gegenüber und starrten einander über den schlammigen Untergrund hinweg an.

»Die Situation kommt mir irgendwie bekannt vor«, sagte Victor.

Krieger nickte. »Das geht mir ganz genauso. Geschichte hat, wie wir gerade selbst erleben dürfen, eine Tendenz zur Wiederholung.«

»Und wer nicht daraus lernt, ist dazu verdammt, dieselben Fehler immer wieder zu machen.«

»Ich kenne das Zitat.«

»Also sollten wir versuchen dazuzulernen«, meinte Victor.

»Das Ganze wäre für uns beide sehr viel weniger schmerzhaft geworden, wenn du dich von diesen Serben hättest umbringen lassen.«

»Wie sagt der Dichter? ›Geh nicht gelassen in die dunkle Nacht.‹ Und daran halte ich mich.«

Krieger schob sich lächelnd näher. »Ich weiß eine gewisse Hartnäckigkeit durchaus zu schätzen.«

Er war jetzt dicht bei Victor und warf sich mit voller Wucht auf ihn. Sie landeten gemeinsam auf der Motorhaube eines verrosteten Autos.

Von dort rutschten sie fest aneinandergekrallt in den Schlamm. Victor lag zwar unten, doch der Untergrund war so schlüpfrig, dass er sich unter Krieger hervorarbeiten konnte, bevor dieser es schaffte, seinen Vorteil auszunutzen. In Sekundenbruchteilen waren beide Männer wieder auf den Füßen. Krieger attackierte sofort mit einem Aufwärtshaken, den Victor gerade noch mit dem linken Unterarm abblocken konnte.

Doch der Haken war nur eine Finte gewesen, gefolgt von einem Tritt, den Victor nicht kommen sah. Allerdings traf der Deutsche nicht Victors Knie, sondern seinen Oberschenkel, unweit der noch nicht verheilten Stichwunde. Der brüllende Schmerz ließ Victor ein Stück zurückweichen.

Krieger attackierte weiter. Victor hatte damit gerechnet und trat einen Schritt zur Seite, sodass der Angreifer an ihm vorbeirauschte und gegen eine Wand aus Metall prallte.

Blut verschmierte den verzinkten Stahl und wurde durch den erbarmungslosen Regen wieder abgewaschen.

Der Deutsche drehte sich wütend um. Auf seiner Stirn klaffte eine schartige Risswunde und färbte seine Haare rot. Sein Blick wirkte ein wenig glasig – er war durch den Aufprall benommen –, doch Victors schmerzender Oberschenkel hinderte ihn daran, die Situation auszunutzen. Ihm war klar, dass er an Schnellkraft eingebüßt hatte.

»Du willst einfach nicht aufgeben, stimmt's?«, sagte Victor.

»Darum geht es doch nicht. Es geht darum, ob man an sich selbst glaubt oder nicht.«

»Bin ich das alles wirklich wert?«

Krieger fasste sich an die Stirn. »Das ist doch gar nichts. Das ist eine Aufwärmübung.«

Sie belauerten einander, umkreisten sich, waren vorsichtiger bei ihren Attacken und achteten mehr auf eine stabile Verteidigung, wollten sich auf keinen Fall eine Blöße geben. Victor zitterte in dem eiskalten Regen, trotz des Adrenalins, das durch seine Adern pulsierte. Kriegers Haut war bleich, fast schneeweiß geworden. Sie keuchten und stießen dichte Dampfwolken aus.

»Niemand zwingt uns, das zu tun«, sagte Victor.

»Aber wir werden dafür bezahlt.«

»Du wirst nur bezahlt, wenn du mich tötest«, erwiderte Victor. »Und ich bekomme gar nichts, ganz egal, wie es ausgeht.«

»Das ist der Preis dafür, dass du schon so oft bezahlt worden bist, der unausweichliche Schlussakkord deines Lebens. Es war absehbar, dass es so enden würde.«

»Das ist mir schon lange klar«, gestand Victor. »Und dir bestimmt auch.«

Krieger senkte zustimmend das Kinn. »Wir werden mit Gold bezahlt, aber wir müssen die Schuld mit Blut begleichen.«

»Wenn man es so ausdrückt, klingt es nicht nach einem besonders guten Geschäft, oder?«

»Nun ja, wer seine Seele einmal verkauft hat, der kann nicht mehr nachverhandeln.«

Er hörte Abigails Stimme in seinem Kopf: *Zumal wir ja immer noch die Möglichkeit hätten zu verhandeln.*

Krieger machte eine auffordernde Geste, also griff Victor nach einem Stein und schleuderte ihn seinem Gegner entgegen. Dieser wich zwar mühelos aus, doch Victor nutzte den Augenblick der Ablenkung schonungslos aus, um ihn mit einem Hagel aus Schlägen zu überziehen – die Fäuste zum Oberkörper, die Ellbogen an den Kopf.

Einer seiner Schläge fand den Weg durch die Deckung des Deutschen.

Blut tropfte auf den Boden, vermischte sich mit dem Regen, doch Krieger war ebenso ausdauernd wie stark. Er schlang die Arme um Victors Hüften und drückte ihn nach hinten.

Victor geriet ins Straucheln, tat alles, um den Sturz zu verhindern, doch der Boden war glitschig, und Krieger, laut brüllend vor Entschlossenheit und Wut, riss ihn von den Beinen.

Der tiefe Schlamm federte die Wucht des Aufpralls ab, anderenfalls hätte der Sturz Victor zumindest benommen gemacht. Jetzt schlang er die Beine um Kriegers Hüfte, packte den rechten Arm seines Gegners und setzte einen Hebelgriff an.

Krieger konnte sich jedoch aus Victors Griff befreien und versuchte aufzustehen. Allerdings war Victors Beinklammer so fest, dass er sein Gewicht ebenfalls nach oben stemmen musste.

Kriegers Gesicht wurde leuchtend rot vor Anstrengung, und der Schlamm machte einen sicheren Stand unmöglich. Victor erkannte seinen Vorteil, schlang Krieger den Arm um den Hals und zog ihn nach unten, brachte ihn aus dem Gleichgewicht. Wieder landete Victor auf dem Rücken, doch der Schwung sorgte dafür, dass Krieger über seinen Kopf hinwegsegelte.

Er überschlug sich und landete ebenfalls auf dem Rücken im Schlamm.

Sein Fehler war, dass er sich auf den Bauch drehte, um sich wieder nach oben zu stemmen. Dabei wandte er seinem Gegner den Rücken zu, während Victor bereits wieder aufstand und daher vor Krieger wieder in der Senkrechten war.

Er legte beide Hände auf Kriegers Hinterkopf und drückte ihn mit aller Kraft, die er aufbringen konnte, tief in den Schlamm.

Krieger versuchte, sich zu wehren. Er war stärker als Victor, aber da seine Knie unter seinem Oberkörper eingeklemmt waren, konnte er seine Kraft nicht optimal nutzen. Victor war also über seinem Gegner und presste dessen Nase und Mund tief in den Matsch, sodass er keine Luft bekam und von Sekunde zu Sekunde schwächer wurde.

Er spürte die Kräfte des Deutschen schwinden … bis Kriegers einer Arm plötzlich jeden Widerstand aufgab. Kriegers Gesicht sank noch tiefer in den Schlamm, und Victor hätte um ein Haar das Gleichgewicht verloren. Er blickte nach rechts und links, falls dort irgendwo etwas lag, wonach sein Gegner vielleicht greifen könnte – so wie das Messer im Zug –, aber er sah nichts.

Also behielt er seine Position bei, war voll und ganz darauf konzentriert, seinen Gegner zu ersticken. Erst als er Finger an seinem Oberschenkel spürte, wurde ihm klar, was der andere vorhatte.

Kriegers Daumen fand die Stelle, wo das Messer in Victors Oberschenkel eingedrungen war, und er drückte zu, bis die Wunde unter dem Druck aufplatzte. Dann presste er den Daumen in Victors Fleisch.

Victor brüllte auf. Der Schmerz war noch überwältigender als bei dem Messerstich, der die Wunde überhaupt erst verursacht hatte.

Instinktiv packte er Kriegers Hand und riss sie weg. Dann brach er ihm das Handgelenk. Erst jetzt wich er ein Stück zurück, vollkommen überwältigt vom Schmerz.

Schwankend stand er da, schon halb bewusstlos, und dann fing der Boden unter seinen Füßen an zu schwanken.

Victor stürzte in den Schlamm, und finstere Schwärze kroch von den Rändern her in sein Sichtfeld. Ohnmächtig zu werden würde das Ende aller Schmerzen bedeuten, süßes Glück würde ihn umfangen. Aber er würde auch nie wieder aufwachen. Also kämpfte er dagegen an.

Durch den Nebelschleier vor den Augen sah er, wie Krieger aufstand. Aber er stürzte sich nicht auf Victor, sondern taumelte zu der Stelle, wo sein Gewehr im Schlamm lag.

Victor krabbelte zu der Pistole.

Gleichzeitig gelangten sie zu den Waffen, drehten sich um und standen einander gegenüber.

Kapitel 64

Dunkle Regenwolken verdeckten die untergehende Sonne. Das Licht war gerade noch ausreichend, dass Victor Kriegers halb geschlossene, starre Augen sehen konnte. Der Deutsche war ein Wrack, verletzt und blutüberströmt, vollkommen durchnässt von Schweiß und Regen und voller Schlamm. Die grau melierten Haare klebten an seinem Schädel. Seine Bartstoppeln waren völlig verdreckt, seine Kleidung nass, voller Flecken und zerfetzt. Nur sein Blick war unverändert. In seinen Augen lag nach wie vor dieselbe erbarmungslose Intensität, die Victor schon damals im Zug bei ihm festgestellt hatte. Da hatte Victor ihn zu Boden gedrückt und gewürgt. Der Deutsche hatte den sicheren Tod vor Augen gehabt ... und Victor ein stumpfes Messer in den Oberschenkel gerammt, hatte im Angesicht des Todes eine Möglichkeit gefunden zu überleben.

Und dasselbe war gerade eben wieder passiert. Der Schmerz war so übermächtig, dass Victor sich am liebsten übergeben hätte.

Der Deutsche hielt das Gewehr nur mit der rechten Hand fest, weil sein linker Arm nicht mehr zu gebrauchen war und leblos an seiner Seite herabhing. Die Faust war von hellem Blut überzogen, das in regelmäßigem Rhythmus auf den Boden tropfte, weil der gebrochene Knochen die Haut durchstoßen hatte. Der Regen wusch ihm den Schlamm vom Gesicht, sodass zahlreiche dunkle Striemen darauf zurückblieben. Seine Brust hob und senkte sich im Rhythmus schwerer Atemzüge. Doch die Hand, die das Gewehr hielt, zitterte nicht, und der ausgestreckte Arm wirkte kräftig und vollkommen ruhig.

Seine Miene war neutral – keine Wut, kein Kampf gegen die Schmerzen –, aber sein Blick berechnend.

»Du solltest vielleicht wissen, dass die Armenierin mir geholfen hat, dich zu finden«, sagte Krieger.

»Sie hat das Richtige getan«, erwiderte Victor. »Sie ist eine Kämpferin. Sie hat sich für das bessere Angebot entschieden.«

»Schön, dass du das so siehst, aber ganz egal, wie eure Abmachung war, du hättest sie nicht so lange warten lassen dürfen. Das war unnötig. Das war grausam.«

»Kann sein«, erwiderte Victor. »Aber sobald ich hier wegkomme, schaffe ich sie dort raus.«

»*Falls* du hier wegkommst«, verbesserte ihn Krieger. »Es hat ja seinen Grund, dass du noch nicht abgedrückt hast.«

»Und welcher wäre das?«

Victor hielt seine Pistole ebenfalls ruhig in der Hand, die Mündung genau auf die Körpermitte seines Gegners gerichtet, weil die kurzläufige Waffe selbst auf diese Entfernung eine Abweichung von rund fünf Zentimetern hatte. Und er war, genau wie Krieger, erschöpft und verletzt. Er musste damit rechnen, ein wenig ungenau zu zielen. Angenommen, er hätte einen Kopfschuss versucht, dann bedeuteten fünf Zentimeter Abweichung plus seine eigene Ungenauigkeit, dass die Kugel ebenso gut ins Ziel treffen wie an Kriegers Ohr vorbeisausen konnte.

»Und du hast nicht abgedrückt, weil ein einhändiger Gewehrschuss immer eine unsichere Sache ist«, gab Victor zurück.

Der Deutsche nickte. »Wir brauchen beide einen perfekten Schuss. Wir müssen den Gegner sofort töten, damit er nicht zurückschießen kann.«

Victor nickte ebenfalls. Seine Waffe wog selbst mit vollem Magazin deutlich weniger als ein Kilogramm. Kriegers Gewehr war erheblich schwerer. Victor sah, dass er bereits anfing zu zittern, nur schwach zwar, aber wahrnehmbar. Krieger hatte nur eine Hand zur Verfügung, musste aber mindestens das dreifache Gewicht stemmen wie Victor mit zweien.

»Ich kenne die Statistik«, sagte der Deutsche. »Zwei von drei Schussverletzten überleben.«

»Genau«, erwiderte Victor.

»Aber vielleicht haben die meisten Schützen Angst oder können nicht besonders gut mit ihrer Waffe umgehen. Wohingegen ich ein exzellenter Schütze bin.«

»Genau wie ich.«

Krieger sagte: »Ich habe keine Angst.«

Victor entgegnete: »Ich auch nicht.«

»Du bist verletzt«, meinte der Deutsche.

»Du auch.«

Dann schwiegen sie für einen Moment.

»Wir sind also beide hervorragende Schützen, wir sind müde und verletzt«, sagte Krieger. »Und wir sind etliche Meter voneinander entfernt. Es wird von Sekunde zu Sekunde dunkler. Die Chancen auf einen tödlichen Schuss gehen mittlerweile gegen null. Höchstwahrscheinlich werden wir uns, sobald einer anfängt zu schießen, gegenseitig umbringen.«

Victor beobachtete das zitternde Gewehr in der Hand seines Gegenübers. »Ich sehe das genauso wie du. Uns ist beiden klar, wie das Spiel funktioniert. Aber wir müssen es nicht auf die Spitze treiben. Es gibt schließlich noch eine andere Möglichkeit.«

»Was schlägst du vor?« Krieger benutzte exakt dieselben Worte wie im Zug nach St. Petersburg.

»Ganz einfach«, erwiderte Victor. »Wir lassen die Waffen sinken.«

»Und dann?«

»Dann verschwinden wir, aber dieses Mal für immer. Wir verlassen Belgrad noch heute Abend. Du versuchst nicht noch einmal, deinen Auftrag zu erfüllen, und ich lasse dich auch in Ruhe. Ich glaube, wir haben mittlerweile eingesehen, dass diese Begegnungen schlecht für unsere Gesundheit sind.«

Krieger zuckte mit den Schultern und grinste. Dagegen ließ sich nichts sagen.

Victor fuhr fort: »Ich will leben. Und du bestimmt auch. Letztendlich ist das hier doch nur ein Job, und dafür lohnt es sich nicht zu sterben, oder? Ich kann nichts gewinnen, wenn ich dich töte, aber beim Versuch kann ich alles verlieren. Du bist da in der besseren Position. Du kannst tatsächlich etwas gewinnen, aber ganz egal, wie hoch die Prämie, die auf meinen Kopf ausgesetzt ist, auch sein mag, sie ist das Risiko nicht wert. Schließlich könnte sie dich das Leben kosten.«

Kriegers Gewehrlauf zitterte jetzt stärker, aber selbst Victor spürte die Anstrengung, während er gegen den unbarmherzigen Schmerz in seinem Oberschenkel ankämpfte.

Der Deutsche nickte. »Du machst deine Sache gut, aber mich musst du nicht überzeugen. Ich habe mir schon nach unserer ersten Begegnung im Zug geschworen, dass ich es noch ein einziges Mal versuchen würde, mehr nicht. Ich lerne meine Lektionen. Ich weiß, wann ich aufgeben muss. Du hast es ganz richtig gesagt: Es ist nur ein Job. Wir sind Profis. Nur Amateure sind bereit, für ein Honorar zu sterben. Aber wir sind noch mehr als Profis, wir sind Gentlemen, das haben wir in Russland bewiesen. Wie heißt es so schön? Arbeiten, um zu leben, nicht leben, um zu arbeiten. Das hier ist rein geschäftlich. Es ist nichts Persönliches. Wir sind Killer, aber das ist längst nicht alles. Wir können einander auch als Menschen begegnen, oder etwa nicht?«

»Ja, genau«, bestätigte Victor. »Das können wir.«

Dann ließ er seine Waffe sinken, Zentimeter um Zentimeter, langsam und sehr bewusst. Den Blick hatte er ununterbrochen nicht auf Kriegers Augen oder die Waffe gerichtet, sondern auf den Zeigefinger, der sich um den Abzug krümmte, so lange, bis seine Pistole neben seinem Oberschenkel hing und in den kalten Matsch zeigte.

Krieger hielt sein zitterndes Gewehr unverändert auf Victor gerichtet. Seine Schmerzen wurden stärker, und er verzog das Gesicht. »Glaubst du an die Macht des Schicksals?«

Victor schüttelte den Kopf. »Wir sind für unser Schicksal selbst verantwortlich.«

»Das sehe ich anders. Ich glaube, dass unser Leben vorherbestimmt ist. Es ist zu komplex, zu perfekt, um einfach nur blinder Zufall zu sein. Es folgt einem unabänderlichen Plan – Anfang, Mitte und Ende –, aber warum? Die einzig mögliche Erklärung lautet: Es ist genauso gewollt. Geburt, Leben und Tod, fein säuberlich getrennt und aufeinander folgend. Durch die Hand des Universums geschaffen, wenn du so willst. Uns wird eine Existenz in drei Akten geschenkt, von denen wir aber nur den mittleren begreifen können. Auf unsere Geburt haben wir keinen Einfluss, und doch glauben wir, obwohl wir über den ersten Akt keine Kontrolle haben, dass wir den zweiten und dritten, unser Leben und unseren Tod, selbst bestimmen können. Aber das können wir nicht, und das ist auch richtig so. Wir halten uns für Blitz oder Donner, dabei sind wir nichts weiter als Regentropfen in einem Orkan. Wir vergessen, dass unser Leben genauso vorherbestimmt ist wie der Zeitpunkt unseres Todes.« Der Deutsche hielt inne. »Und für dich und mich ist jetzt nicht die Zeit zu sterben.«

Er hielt das Gewehr noch einen Moment lang auf Victor gerichtet, aber nur, weil es ein erhebender Augenblick war – die überraschende Entdeckung der Menschlichkeit zwischen zwei Todfeinden, die einander noch vor wenigen Minuten nach dem Leben getrachtet hatten.

Er ließ die Waffe sinken, so wie Victor es mit der Pistole gemacht hatte, und dann ließ er sie ganz zu Boden fallen, zum Zeichen seines Vertrauens, der Gemeinsamkeit. Und trotz seiner Schmerzen lächelte er – nicht länger ein Feind im Angesicht des

Feindes, nicht einmal mehr Profi und Profi, sondern Bruder und Bruder.

Victor schoss ihn zweimal in die Brust.

Er riss die Hand nach oben, drückte einmal ab, als der Arm noch unterwegs war, und einen Sekundenbruchteil später, als er die volle Streckung erreicht hatte, ein zweites Mal. *Peng. Peng.*

Ein Kopfschuss kam nicht infrage, aus den bereits erwähnten Gründen. Die erste Kugel traf Kriegers Brustbein, die zweite schlug ein paar Zentimeter höher und etwas weiter links ein. Kriegers Rückgrat blieb unverletzt. Hätte er das Gewehr noch in der Hand gehabt, dann hätte er zurückschießen können. Aber er hatte kein Gewehr mehr.

Schmerz und Verblüffung zeigten sich auf dem Gesicht des Deutschen. Er taumelte einen Schritt zurück, schaffte es aber irgendwie, stehen zu bleiben, eine letzte, trotzige Willensanstrengung, geschmiedet im Feuer der Empörung, angefacht durch Victors Verrat.

»Zur Hälfte hast du recht«, pflichtete Victor ihm bei.

Dann schoss er ein drittes Mal. Die Kugel bohrte sich in Kriegers Stirn, und der tote Deutsche fiel mit dem Gesicht voran in den Matsch.

Kapitel 65

Sie war eine Kämpferin, hatte der Mann im Anzug gesagt. Sie würde alles tun, um zu überleben. Und genau das hatte sie getan. Er hatte sich bereit erklärt, ihr zu helfen, damit er Rados umbringen konnte, mehr nicht. Sie hatte getan, was sie tun musste, und hatte dem Deutschen von dem Schrottplatz erzählt. Der Deutsche hatte ihr nicht wehgetan, hatte sie nicht bedroht, also warum quälte sie jetzt das schlechte Gewissen?

Sie wusste genau, warum. Sie hatten eine Abmachung gehabt, und sie hatte sich nicht daran gehalten. Ein Augenblick der Schwäche vielleicht, oder doch eher der Stärke? Denn jetzt gab es plötzlich zwei Menschen, die ihr helfen wollten. Sie hatte keine Ahnung, was dort auf dem Schrottplatz passieren würde – sie wollte es gar nicht wissen –, aber es spielte keine Rolle, welcher von beiden zurückkam, um sie aus dieser Hölle zu befreien.

Letztendlich war sie doch allen gleichgültig, darum waren auch ihr alle anderen gleichgültig.

Sie musste auf alle Eventualitäten vorbereitet sein, darum ließ sie die Pistole nicht aus den Augen. Sie kam ihr ziemlich futuristisch vor, leichter als erwartet und völlig nutzlos.

Eine Stimme in ihr bedauerte, was sie getan hatte, aber sie hatte keine Wahl gehabt. Sie konnte sich auf niemanden verlassen. Er hatte schließlich eindeutig klargemacht, dass er ihr nur half, damit sie ihm auch helfen konnte. Sie war ihm also gar nichts schuldig.

Ein höfliches Klopfen an der Tür unterbrach ihre Gedanken.

Ihr blieb kaum Zeit, um die Pistole unter das Bett zu schieben, da betrat der Politiker, dieser Dilas, das Zimmer. Er lächelte, weil er sehr gute Laune hatte. Sie erwiderte sein Lächeln, weil sie gelernt hatte, das zu tun. Er schien sich jedes Mal zu freuen, wenn er sie sah, benahm sich immer freundlich, aber er war kein bisschen anders als alle anderen, und sie hasste ihn so sehr, wie ein Mensch überhaupt hassen konnte.

»Wie geht es dir?«, erkundigte er sich, und seine gespielte Anteilnahme fachte ihren Hass nur noch mehr an.

»Tut mir leid«, erwiderte sie. »Aber ich muss mich für die Party fertig machen.«

»Alles nur zu Ehren dieses Ungarn. Ich frage mich wirklich, was das soll.«

Sie zuckte mit den Schultern. »Ich weiß auch nicht. Ich glaube, er hat mich gern.«

»Aber warum sollte er dich gernhaben?«

Sie wusste nicht, was sie darauf erwidern sollte. Ihre Unentschlossenheit schien ihm zu missfallen.

Er setzte sich auf das Bett. »Was machst du mit ihm, was du mit mir nicht machst?«

»Nichts«, erwiderte sie hastig.

Er nickte, als würde er ihre Antwort akzeptieren, aber seine unruhigen Finger verrieten seine Unzufriedenheit. »Er ist größer als ich. Und stärker. Ist es das? Liegt es daran?«

Sie setzte sich neben ihn und legte ihm die Hand auf das Bein. Sosehr es sie anekelte, ihn zu berühren, aber sie wusste, dass es sein musste. Sie spürte, wie zerbrechlich sein Ego war und wie gewaltig sein Zorn. Ein Vulkan war auch nichts weiter als ein Hügel, so lange, bis er ausbrach.

»Rados wird ihn töten«, sagte Dilas.

Sie verkrampfte sich, und er spürte es. Es gefiel ihm.

»Rados traut ihm nicht über den Weg. Er ist neugierig, mehr nicht. Er will wissen, wer er wirklich ist und was er wirklich hier will. Hat er dir vielleicht irgendetwas über sich erzählt?«

»Nein«, lautete ihre Antwort. »Er erzählt mir gar nichts.«

Dilas sah sie an, suchte in ihren Augen nach der Spur, der Andeutung einer Unwahrheit. Es kostete sie jedes verfügbare Körnchen Willenskraft, nicht zu blinzeln. Endlich wandte er sich ab, und sie konnte sich wieder ein wenig entspannen.

»Wenn du die Wahl hättest«, setzte Dilas an, »wen würdest du lieber zu der Party begleiten? Ihn oder mich?«

»Ich habe keine Wahl.«

»Aber natürlich hast du das«, beharrte er. Entweder hatte er keine Ahnung, wie die Realität aussah, oder er war ein hoffnungsloser Gefangener seiner eigenen Fantasie.

Sie wollte ihm nicht antworten. Wenn sie sich für ihn entschied, dann machte er womöglich seinen Einfluss bei Rados geltend, und sie kam nie mehr von hier weg. Aber wenn sie nicht so antwortete, wie er es gerne wollte, dann tat er ihr womöglich etwas an.

»Dich.« Es war die einzig mögliche Antwort.

»Das glaube ich dir nicht. Das sagst du nur, weil ich es hören will.«

Er schien eher traurig als verärgert zu sein. Unwillkürlich empfand sie so etwas wie Bedauern für ihn, weil er sich so wertlos fühlte, genau wie sie auch.

»Ich will dein Mitleid nicht«, sagte er, als er ihren Gesichtsausdruck sah. Seine Stimme wurde lauter, und sie erschrak. »Wage es ja nicht.«

»Okay«, erwiderte sie.

Er stand auf und trat ans Fenster, riss den Vorhang zur Seite und lehnte sich mit der Stirn gegen die Scheibe. Seine Fäuste hingen zu beiden Seiten herab. Sein Atem kondensierte auf dem Glas.

»Als du damals weggelaufen bist, da hast du mir richtig gefehlt«, fing er an. Es klang beinahe zärtlich, aber es schwang noch etwas anderes in seiner Stimme mit. »Ich bin froh, dass du zurückgekommen bist.«

Sie erhob sich ebenfalls. »Ich muss mich jetzt für die Party fertig machen.«

Er seufzte mit geschlossenen Augen und nickte. »Okay, dann pack deine Sachen zusammen.«

»Jetzt schon? Ich dachte, wir gehen erst später?«

»Du kannst dich auch dort fertig machen. Es lohnt sich bestimmt, etwas früher da zu sein. Dann kann ich dir das Anwesen zeigen. Es ist wirklich wunderschön.«

Er hatte sich mit dem Rücken zum Fenster gestellt und wartete. Beobachtete sie.

Die Pistole lag unter dem Bett, zwischen Matratze und Lattenrost. Solange er dort stand, konnte sie sie unmöglich herausholen. Aber sie brauchte sie. Falls nämlich der Mann im Anzug derjenige war, der vom Schrottplatz zurückkehrte, dann musste sie sie ihm geben, damit er ihr zur Flucht verhalf. Immer vorausgesetzt, er hielt sein Versprechen.

Sie überlegte blitzschnell und ging dann zur Tür.

»Hast du gehört?«, sagte Dilas. »Wir fahren jetzt los, also pack deine Sachen zusammen.«

»Das habe ich gehört. Aber ich brauche meine Haarbürste aus dem Badezimmer. Oder willst du, dass ich die ganze Zeit so zerzaust aussehe?«

»Ich hole sie dir. Du packst in der Zwischenzeit die restlichen Sachen.«

»Wie du willst«, entgegnete sie achselzuckend.

Sie wartete, bis Dilas das Zimmer verlassen hatte, schlich auf Zehenspitzen zur Tür und lauschte seinen leiser werdenden Schritten. Dann holte sie die Pistole aus dem Versteck. Sie wickelte sie in ein Paar Seidenstrümpfe und steckte sie in ihrer Tasche.

Dilas kam wieder und sagte: »Im Badezimmer liegt gar keine Haarbürste.«

»Sie war *doch* hier.« Sie streckte ihm eine kleine Reisetasche entgegen. »Ich bin so weit.«

Er seufzte, als hätte er sich mit alledem eine schwere Bürde aufgehalst, und forderte sie mit einer Handbewegung auf, vorauszugehen. Sie packte die Tasche mit festem Griff. Ihr war klar, dass ein einziger Blick ins Innere genügen würde, um die Pistole zu entdecken, und dass sie kurz danach tot sein würde.

Sie war die einzige Frau aus dem Massagesalon, die zu der Party eingeladen war. Dilas brachte sie zu einem Auto draußen auf der Straße und befahl ihr, sich auf den Beifahrersitz zu setzen.

»Gib mir die Tasche«, sagte er dann.

Sie zögerte, war hin und her gerissen zwischen dem instinktiven Bedürfnis, ihre Tasche mit Zähnen und Klauen zu verteidigen, und der Gewissheit, dass sie damit nur Verdacht erregen würde. Mit klopfendem Herzen gab sie Dilas das wertvolle Stück, und dieser warf es achtlos in den Kofferraum.

»Anschnallen«, sagte er dann.

Sie gehorchte, spielte die Rolle der passiven Gefangenen, ließ sich nicht anmerken, dass sie wild entschlossen war zu fliehen, koste es, was es wolle.

Kapitel 66

Victor nahm Zocas Land Rover, um zu seiner Wohnung zu kommen. Dort holte er seinen Notfallrucksack aus dem Keller. Wieder im Wagen erneuerte er den Verband um die erneut aufgeplatzte Wunde an seinem Oberschenkel, machte sich sauber, so gut es eben ging, und zog sich um. Eine Viertelstunde später war er fast so weit, um sich in die Öffentlichkeit wagen zu können.

Er hätte Krieger gerne noch befragt, um mehr über Phoenix und die auf ihn ausgesetzte Kopfprämie zu erfahren, aber der Deutsche war zu gefährlich gewesen, um ihn länger als nötig am Leben zu lassen. Krieger hatte den Preis dafür bezahlt, dass er Victor nicht bei erster Gelegenheit beseitigt hatte. Jetzt hatte Victor in Belgrad nur noch eine letzte Sache zu erledigen.

Zoca war nicht im Massagesalon, da er tot auf dem Schrottplatz lag, zusammen mit etlichen seiner Männer, aber dafür hielt der unbeholfene junge Mann mit den Aknepickeln die Stellung. Er sprang sofort auf, als er Victor sah. Er hatte nicht damit gerechnet, ihn noch einmal wiederzusehen.

»Du rührst dich nicht von der Stelle«, sagte Victor. »Und kein Atemzug, bis ich wieder da bin.«

Der Junge blieb stumm.

Victor ließ ihn stehen und betrat den pinkfarbenen Flur. Er drückte die Klinke nach unten und sagte: »Es ist Zeit.«

Sie war nicht da.

Als Victor wieder nach draußen kam, blickte der Junge ihn mit fest aufeinandergepressten Lippen und dunkelblauem Gesicht an. Er hatte tatsächlich das Atmen eingestellt.

»Wo ist sie?«

Er stieß eine Lunge voller Kohlendioxid aus, keuchte und röchelte.

Victor ging auf ihn zu.

»Auf der Party«, brachte der Junge mühsam hervor und taumelte genauso schnell rückwärts, wie Victor näher kam. »Sie ist ... schon weg.«

»Okay«, sagte Victor und nickte. »Entspann dich.«

Eine Schweißschicht bedeckte das Gesicht des Jungen.

»Für wen arbeitest du?«, wollte Victor wissen. »Für Zoca oder Rados?«

»Für Rados natürlich.«

»Dann setz dich hin.«

Der Junge konnte sich gar nicht schnell genug auf das Sofa plumpsen lassen.

»Diese Party«, setzte Victor an. »Erzähl mir alles, was du darüber weißt.«

Rados' Haus war praktisch ein Schloss. Es stand in einem riesigen Park, umgeben von Wäldern, am Ende einer etwa anderthalb Kilometer langen, privaten Zufahrtsstraße. Sie wurde von perfekt gepflegten Rasenflächen und Beeten voller üppig blühender Winterblumen im Licht zahlreicher, im Erdboden versenkter Scheinwerfer gesäumt. Auch die klassizistische Fassade wurde von Scheinwerfern angestrahlt, deren Licht sich in den polierten Karosserien der Limousinen und Sportwagen vor dem

Eingang spiegelte. Weit und breit waren keine Range Rover zu sehen, und abgesehen von den beiden Türstehern im Smoking auch keine Waräger.

Sie waren jung, hatten aber die harten Mienen ehemaliger Militärs aufgesetzt. Private Wachmänner, präsentabel und professionell.

Einer streckte Victor die Handfläche entgegen. »Name?«

»Der Ungar«, erwiderte Victor. »Bartha.«

Die Hand wurde gesenkt, und der Mann nickte. Der andere trat einen Schritt nach vorn und tastete Victor ab. Dieser hob die Arme. Der Mann suchte nach Schusswaffen, daher kümmerte er sich nicht um Victors Unterarme und entdeckte dadurch weder das Magazin der Five-seveN, das unter seinem linken, noch den Schalldämpfer, der unter seinem rechten Handgelenk klebte.

»Sauber«, sagte der Mann.

Der andere meinte: »Ich wünsche Ihnen einen angenehmen Abend.«

»Genau darum bin ich hier.«

Das Innere des Hauses war genauso beeindruckend wie der Außenbereich – ein riesiges, mit Marmorfliesen und -statuen prachtvoll ausgestattetes Foyer sowie ein glitzernder Kronleuchter so groß wie ein Kleinwagen, der von einer mit kunstvollen Fresken verzierten Decke hing.

Leise Klaviermusik war zu hören, und Victor schlenderte in Richtung der Klänge und betrat einen Konzertsaal, in dem acht Männer in schicken Anzügen von jungen Frauen bewirtet wurden, die sich mit der Grazie von Laufsteg-Models bewegten. Sie trugen Designerkleider und waren sehr sorgfältig zurechtgemacht. Jede Einzelne war ein sinnlicher Traum, ebenso schön wie elegant. Die Armenierin war nicht unter ihnen.

Victor kannte keine der Frauen, aber der junge Politiker, Dilas, war ebenfalls da und winkte ihn zu sich.

»Sie hätten sich auch ein bisschen schicker machen können«, sagte Dilas und musterte ihn von Kopf bis Fuß.

»Ich habe einen langen Tag hinter mir.«

»Tja, dann ist das hier die perfekte Gelegenheit zur Entspannung.«

Victor nickte. »Wo sind denn Zoca und die anderen Waräger?«

Dilas lachte. »Ist das Ihr Ernst? Glauben Sie wirklich, dass Rados seine Barbaren hierherbringen würde? Oh, nein. Diese Partys veranstaltet er für seine Freunde. Die Crème de la Crème der Belgrader Oberschicht.«

Das hieß also, dass es tatsächlich nur die beiden privaten Wachmänner gab. Bewaffnet und gut ausgebildet, aber alles andere als eine Übermacht. »Wo steckt eigentlich unser Gastgeber?«

Dilas nippte an seinem Champagner. »Rados? Der hat sich davongeschlichen, um ein paar Schmerztabletten einzuwerfen. Er mimt zwar den Tapferen, aber er leidet sehr. Ich kann mir gar nicht vorstellen, was es bedeutet, angeschossen zu werden.«

»Es ist nicht angenehm«, versicherte ihm Victor.

»Ich glaube, ich gehe mal eine Zigarette rauchen«, sagte Dilas. »Kommen Sie mit?«

»Später«, erwiderte Victor. »Wenn Sie mich bitte entschuldigen.«

Dilas hatte den Blick auf eine der Frauen gerichtet. »Na klar.«

Victor verließ den Ballsaal und machte sich auf die Suche nach Rados.

Kapitel 67

Rados war im Salon. Wie das übrige Haus war auch er geschmackvoll und elegant eingerichtet, üppig und zurückhaltend zugleich, mit Holzfußböden und dezenten Tapeten. Die Messinglampen schimmerten nur schwach. Rados saß im Sessel vor einem offenen Kamin. Er ließ einen Weinbrandschwenker unter seiner Nase kreisen. In der Nähe befand sich ein Tischchen, darauf ein Silbertablett mit einem Kristall-Dekanter. Neben dem Tablett waren eine Schale mit leuchtenden Äpfeln und ein aufgeschlagenes, gebundenes Buch zu sehen.

»Da ist ja mein Held«, sagte Rados und lächelte. Er erhob sich, um Victor zu begrüßen. Genau wie seine Gäste hatte auch Rados Abendgarderobe gewählt – einen schwarzen Anzug, weißes Hemd und weiße Krawatte. Den linken Arm trug er immer noch in einer Schlinge, die jedoch aus schwarzer Seide war.

»Schade, dass du dich nicht auch ein wenig schick gemacht hast«, sagte er.

»Es tut mir leid«, entgegnete Victor. »Aber um ein Haar hätte ich es gar nicht mehr geschafft.«

»Das klingt so, als würde sich dahinter eine interessante Geschichte verbergen, aber ich finde, wir sollten die Atmosphäre nicht unnötig belasten. Leidvolle Anekdoten bewahren wir uns am besten auf, bis die Glut erlischt. Jedenfalls bin ich froh, dass du da bist. Ich hätte dir ein Fernbleiben übel genommen, aber auch für dich wäre es sehr schade gewesen, das hier zu verpassen, jetzt, wo du dir einen Platz in meinem innersten Kreis erworben hast. Hier wird dir erst wirklich bewusst werden, warum es so herrlich ist, am Leben zu sein.«

Victor musste an die Frauen und an Rados' Gäste denken, die mit Sicherheit allesamt mächtig oder einflussreich waren. Rados hatte ihn eingeladen, um Teil dieser Gruppe zu sein, und Victor musste weiter die Rolle des Eingeladenen spielen. Er wusste noch nicht, wo die Armenierin sich aufhielt oder wie er sie am besten von hier wegbringen konnte. Er musste geduldig sein. Er durfte seine Rolle nicht aufgeben.

»Wie geht es Ihrer Schulter?«, erkundigte er sich.

Rados deutete auf den Weinbrand. »Ich nehme regelmäßig meine Medizin.«

»Was lesen Sie da?«

Rados stellte das Glas ab und nahm das Buch in die Hand. »Marcus Aurelius.«

»Sagten Sie nicht, Sie hätten kein Bedürfnis, die Welt zu regieren?«

»Wenn wir von einem römischen Kaiser nichts über die Gefahren der Schwäche lernen können, von wem dann?«

»Schwäche?«

Rados sagte: »Rom ist nicht etwa wegen der Barbaren vor seinen Toren gefallen, sondern aufgrund seiner inneren Schwäche. Die Römer haben erobert, versklavt und deshalb geherrscht. Sie hätten weiter herrschen sollen, doch stattdessen fingen sie an zu regieren. Damit haben sie den Samen für ihre spätere Auslöschung gelegt. Letztendlich hatte die ganze Welt darunter zu leiden. Der menschliche Fortschritt kam nicht nur zum Stillstand, sondern wurde zurückgeworfen. Europa hat tausend Jahre gebraucht, bis es all die vergessenen Tugenden wiederentdeckt hat. Ein ganzes Jahrtausend ging verloren, nur weil die Römer … nett geworden sind. Wo könnten wir heute sein, wenn die Römer auf die Mauern ihrer Väter gebaut hätten, anstatt sie einzureißen? Daraus sollten wir unsere Lehren ziehen.«

»Kein Reich dieser Welt hatte je Bestand«, erwiderte Victor. »Die Menschen sind nicht bereit, sich fremden Herrschern zu beugen. Nach einer Weile fangen sie an, sich zu wehren, ob nun mit kriegerischen oder diplomatischen Mitteln. In jedem Fall leisten sie Widerstand. Sie geben nicht auf. Das hat die Geschichte uns unzählige Male gelehrt. Rom wäre so oder so gefallen, Schwäche hin oder her.«

»Aber nicht so schnell«, beharrte Rados. »Und die Zivilisation hätte überlebt.«

»Vielleicht noch ein kleines bisschen länger.«

»Zivilisation«, wiederholte Rados, aber dieses Mal klang es, als wollte er sich das Wort auf der Zunge zergehen lassen, als wollte er es schmecken. Nachdem er es lange genug durchgekaut hatte, verzog er das Gesicht, als sei der Geschmack unangenehm. »Hat es das jemals gegeben? Wird es das jemals geben?«

»Das hört sich an wie eine rhetorische Frage.«

Rados schüttelte den Kopf. »Nein, keineswegs. Es interessiert mich wirklich, und ich kenne keine Antwort darauf.«

»Die Antwort kann ich auch nicht geben.«

»Natürlich nicht«, meinte Rados zustimmend. »Das kann niemand. Aber vielleicht ist die Frage in diesem Fall ja wichtiger als die Antwort. Das Streben nach Wissen ist nur dann möglich, wenn man verstanden hat, dass das Ziel unerreichbar ist.«

»Wir bauen weiter an der Sandburg, die unsere Vorfahren einst begonnen haben, Körnchen für Körnchen.«

Rados lächelte und runzelte gleichzeitig die Stirn. »Das gefällt mir. Wirklich. Einerseits zu akzeptieren, dass wir nicht wirklich begreifen können, was wir erreicht haben, und gleichzeitig Trost in der Gewissheit zu finden, dass wir den Mörtel anrühren können, ohne von den Steinen auch nur das Geringste zu verstehen.«

»Mir gefällt meine Formulierung besser«, entgegnete Victor achselzuckend.

Rados lächelte. »Es kommt nicht oft vor, dass mir Humor begegnet, aber wie du auf dem Drahtseil der Arroganz entlangbalancierst, das ist wirklich sehr amüsant anzusehen.«

»Und das ganz ohne Netz.«

Rados kehrte kichernd zu seinem Sessel zurück und bedeutete Victor, sich auf einen Stuhl am Feuer zu setzen.

Dieser folgte der Anweisung, hielt die freundliche Fassade aufrecht und überlegte sich gleichzeitig, was er tun würde, wenn die beiden Wachmänner hereingestürzt kämen. Er spürte Rados' wachsamen Blick auf sich ruhen und sagte, um ihn abzulenken: »Ich habe eine Frage, wenn Sie gestatten.«

»Natürlich.«

»Warum haben Sie mich engagiert? Und damit meine ich den wirklichen Grund. Jedenfalls nicht, weil Sie für Ihre – wie war die Formulierung doch gleich? – internen Umstrukturierungsmaßnahmen zusätzliche Kräfte gebraucht hätten. Für die Sache mit den Slowaken hatten Sie jedenfalls mehr als genug Männer zur Verfügung.«

»Dir entgeht wirklich gar nichts, stimmt's? Und natürlich hast du recht. Dafür hätte ich keinen zusätzlichen Mann gebraucht. Zunächst war es nur ein willkommener Vorwand, um jemanden von außen ins Boot zu holen. Ich wollte, dass meine Männer diese Entscheidung zumindest ansatzweise nachvollziehen können. Aber in Wirklichkeit habe ich einen Fremden gebraucht, um etwas zu erledigen, was ich von meinen Leuten nicht verlangen kann.«

»Und das wäre?«

»Zoca zu töten. Er war schon immer ein Unsicherheitsfaktor, und meine Geduld mit ihm war schon zu Ende, bevor er mich an diese Slowaken verraten hat.« Er hielt kurz inne. »Wie ich sehe, hattest du dir das auch schon zusammengereimt.«

»Ich hatte keine Beweise.«

»Das spielt keine Rolle«, erwiderte Rados. »Es ist schließlich nicht deine Aufgabe, meine Männer im Zaum zu halten. Zoca ist ein Relikt aus einer anderen Zeit. Meine Branche muss, wie jede andere auch, mit der Zeit gehen, aber Zoca wird sich niemals ändern. Anpassungsfähigkeit ist vielleicht die wichtigste Eigenschaft, die wir haben können. Und du, Mr. Chamäleon, weißt das besser als die meisten anderen.«

»Sie haben gesagt ›zunächst‹.«

Er nickte. »Richtig, zunächst. Zunächst, weil ich dich eigentlich anschließend töten lassen wollte. Aber das war damals. Das war, bevor du bewiesen hast, dass ich mich nicht in dir getäuscht habe. Schon bei unserer ersten Begegnung habe ich in dir etwas entdeckt, was ich noch nie zuvor bei einem anderen Menschen entdeckt habe.«

»Und das wäre?«

»Mich.«

»Ich fasse das als Kompliment auf«, sagte Victor.

»Es ist das größte Kompliment, das ich zu vergeben habe.«

»Wie war das noch mit der Arroganz?«

Rados nickte. »Touché. Also dann, ich wäre dir dankbar, wenn du Zoca so schnell wie möglich beseitigen könntest.«

»Das habe ich vorhin schon erledigt«, gestand Victor. »Auf dem Schrottplatz. Ein paar von seinen Männern sind ebenfalls tot. Ich würde sagen, es war ein Akt der Selbstverteidigung, aber ich konnte ihn sowieso nicht besonders gut leiden.«

Rados starrte ihn ungläubig an, bis ihm klar wurde, dass das kein Witz gewesen war. Er lachte. »Nicht zu fassen. Und ein weiterer Beweis dafür, dass es richtig war, dich zu engagieren. Du hast dir deinen Platz hier zehnfach verdient. Es tut mir leid, dass ich dir nichts zu trinken angeboten habe. Darf ich?«

»Selbstverständlich.«

Rados stand auf und füllte zwei Weinbrandschwenker. Es dauerte zwar ziemlich lange, weil er nur eine Hand benützen konnte, aber Victor bot ihm keine Hilfe an – Rados hätte das nicht gewollt. Dann reichte er Victor ein Glas.

»Worauf trinken wir?«

»Auf die Schatten«, erwiderte Rados.

»Ich verstehe nicht.«

Rados schnupperte an seinem Glas. »Ein Schriftsteller hat einmal gesagt, dass wir immer die Sonne anschauen sollen, um die Schatten im Rücken zu haben. Das sehe ich anders. Lass dir von der Sonne den Rücken bescheinen. Wende dich den Schatten zu, damit sie dich kommen sehen. Zeig ihnen, dass du keine Angst vor ihnen hast, dass du die Dunkelheit bist, die das Licht abschirmt. Und dann sieh zu, wie sie vor dir weglaufen.«

Sie stießen an.

»Auf die Schatten«, sagte Victor.

Gleichzeitig nahmen sie einen Schluck.

Rados stand dicht bei ihm, von den stets präsenten Warägern war keine Spur zu sehen, und die einzigen beiden Wachmänner waren auch nicht in der Nähe, weil Rados ihm jetzt vertraute. Das war die Gelegenheit, auf die Victor hingearbeitet hatte. Endlich war er mit ihm allein. Er konnte Rados jetzt ohne Schwierigkeiten töten – ihn erwürgen oder ihm das Genick brechen – und anschließend unbehelligt das Haus verlassen. Rados hatte nur einen gesunden Arm. Es würde ganz einfach werden. Problemlos.

Aber Victor ließ es sein.

Kapitel 68

Dafür gab es zwei Gründe, und einer war genauso wichtig wie der andere. Zum einen waren da praktische Erwägungen. Victor hatte eine Vereinbarung mit der Armenierin getroffen, und daran würde er sich halten. Er wusste zwar noch nicht, wo im Haus sie sich aufhielt – oder ob sie überhaupt hier im Haus war –, aber sie ausfindig zu machen und dann noch eine Fluchtmöglichkeit zu improvisieren, während Rados' Leichnam nur darauf wartete, entdeckt zu werden, war keine Option.

Der zweite Grund war der, dass London seinen Auftrag annulliert hatte. Rados war keine Zielperson mehr. Er war nur ein Mensch, wenn auch einer der abstoßendsten, denen Victor je begegnet war. Aber Victor war sich voll und ganz darüber im Klaren, dass er kein Recht hatte, über andere den moralischen Stab zu brechen.

Er tötete diejenigen, für deren Tod er bezahlt wurde, und die, die er töten musste, aber da Rados zu keiner der beiden Kategorien zählte, würde er dieses Gespräch überleben.

»Du siehst mich irgendwie anders an«, sagte Rados.

»Sie sehen mich auch irgendwie anders an.«

»Irgendetwas hat sich zwischen uns verändert, und ich wüsste gerne, was.«

»Vielleicht haben wir einander erst jetzt wirklich kennengelernt.«

Rados überlegte. »Das könnte sein.«

»Oder«, fuhr Victor fort, »es liegt daran, dass wir beschlossen haben, den jeweils anderen am Leben zu lassen.«

Rados kicherte. »Tja, also das hört sich sehr viel wahrscheinlicher an. Und da wir diese bedeutsame Barriere nunmehr hinter uns gelassen haben, können wir echte Freunde werden, anstatt nur freundlich zu sein.«

»Ich hatte noch nie einen echten Freund«, sagte Victor.

»Noch nie?«

»Vielleicht einen oder zwei, die ich dafür gehalten habe, aber kann man mit jemandem befreundet sein, der einen nicht wirklich kennt?«

Rados schüttelte den Kopf. »Genau deshalb können wir wahre Freunde sein. Und zum Zeichen meiner Freundschaft darfst du dir eine der Frauen aussuchen, irgendeine. Du kannst sie sogar behalten, wenn du willst.«

»Behalten?«

Rados lächelte. »Ja, genau, du kannst sie behalten, weil du nicht nur mein Freund bist, sondern mir auch das Leben gerettet hast. Glaubst du etwa, ich wüsste das nicht zu schätzen? Glaubst du nicht, dass ich solch einen Dienst angemessen belohnen würde?«

»Das habe ich nicht gemeint. Was bedeutet das, dass ich eine der Frauen behalten darf?«

»Das bedeutet, dass du eines der Mädchen, das du besonders gerne magst, ganz für dich alleine haben kannst. Zum exklusiven Gebrauch. Du kannst sie natürlich auch verkaufen. Oder mit ihr zusammenleben. Von mir aus kannst du sie sogar deiner Mutter vorstellen.« Rados lächelte.

Victor lächelte ebenfalls. Dann brauchte er nicht einmal die hereingeschmuggelte Pistole, brauchte sich nicht einmal um die beiden Wachmänner zu kümmern. Es gab keinen Grund, Gewalt anzuwenden. Er konnte das Haus durch die Vordertür verlassen, zusammen mit ihr, und niemand würde etwas dagegen haben. Ganz im Gegenteil.

»Ich weiß nicht, was ich sagen soll«, war alles, was er herausbrachte.

»Worte haben keinerlei Bedeutung«, erwiderte Rados. »Das wissen wir beide. Vergiss nicht, wir werden durch unsere Taten definiert, nicht durch unsere Worte. Such dir eines der Mädchen aus. Sie gehört dir.«

»Das ist unglaublich großzügig«, sagte Victor. »Vielen Dank.«

Rados schüttelte den Kopf. »Ich will deinen Dank nicht. Das ist mein Geschenk. Das ist mein Dank. Das bin ich.«

Victor nickte zum Zeichen seines Einverständnisses. »Die Frauen hier sind alle wunderschön, aber vielleicht habe ich mich im Vorfeld nicht klar genug ausgedrückt. Ich bin ein Mann, der Vertrautheit zu schätzen weiß. Ich hoffe, Sie fühlen sich dadurch nicht gekränkt.«

Rados nahm einen Apfel aus der Obstschale und klappte sein Taschenmesser auf, um ihn zu schälen. Er konnte den Apfel mit der linken Hand festhalten, wenn auch unter Schmerzen. Etwas Undurchschaubares lag in seinem Blick. »Ich nehme an, du sprichst von dieser Armenierin, Eva«, sagte er schließlich.

Eva.

»Ja«, sagte Victor. »Die meine ich.«

Rados schälte weiter mit kleinen, ungeschickten Bewegungen seinen Apfel. »Sie kann bedauerlicherweise heute Abend nicht unter uns sein. Aber Vertrautheit hin oder her, ich bin mir sicher, dass eines dieser himmlischen Geschöpfe da draußen all deinen Bedürfnissen gerecht werden kann.«

»Was soll das heißen, dass sie – Eva – heute Abend nicht unter uns sein kann?«

»Ich weiß, dass du um sie gebeten hast, aber ich fürchte, ich muss dich enttäuschen. Ich habe natürlich versucht, sie hierherzubringen, ganz nach deinem Wunsch, und ich habe alles getan, was ich konnte.« Er unterbrach sich und seufzte. »Sieh mal, wir hätten wissen müssen, wie unzuverlässig sie ist. Schließlich ist sie uns schon einmal entwischt. Aber ich habe nicht vorhergesehen, wie unberechenbar sie sein kann.«

»Was wollen Sie mir damit sagen?«

»Mein Freund, Mr. Dilas, springt mit Frauen gelegentlich sehr grob um, auch wenn man es ihm nicht ansieht, und sie hat sehr unangemessen darauf reagiert«, erwiderte er. »Es kam zum Streit.«

»Und wo ist sie jetzt?«

Rados seufzte und legte das Taschenmesser zusammen mit dem Apfel neben den Dekanter. »Welche Rolle spielt das schon?

Sie wäre ohnehin nichts für dich gewesen, auch wenn sie sich tadellos benommen hätte. Ihre Schönheit war verblüht. Jammerschade, aber so etwas kommt vor. Du kannst dich mit einer anderen vertraut machen.«

»Wo ist sie?«, wiederholte Victor und konnte nicht verhindern, dass seine Stimme mit einem Mal hart klang.

Rados machte eine vage Handbewegung. »Sie hat uns verlassen, um der Umwelt zu dienen.«

»Wo?«

»Sie sorgt dafür, dass unsere Wälder auch weiterhin schön grün bleiben.«

Victor war nie ruhiger gewesen.

»Schlechtes Benehmen kann man bis zu einem gewissen Punkt tolerieren«, fuhr Rados fort. »Aber sobald man selbst Opfer dieses schlechten Benehmens wird, wird Toleranz zur Schwäche. Und das ist etwas, was man auf keinen Fall tolerieren darf. Ich bin schließlich kein Marcus Aurelius.« Rados erhob sich, ging zu einer Kommode in der Nähe der Feuerstelle und zog eine Schublade auf. »Soll ich dir etwas Merkwürdiges erzählen? Sie hatte eine Pistole dabei.« Er holte Victors Five-seveN heraus. »Ziemlich beeindruckende Waffe, stimmt's? Zum Glück war sie nicht geladen. Sie hat damit herumgefuchtelt, bevor sie überwältigt wurde. Sie hat sogar behauptet, dass du sie ihr gegeben hast. Hättest du dort im Wald nicht dein eigenes Leben aufs Spiel gesetzt, um meines zu retten, dann hätte ich ihr geglaubt, aber die Leute würden ja einfach alles behaupten, nur um den Kopf aus der Schlinge zu ziehen, richtig? Das weißt du mit Sicherheit besser als die allermeisten. Die einzige Erklärung, die ich habe, ist, dass sie die Pistole einem ihrer Kunden gestohlen hat. Ich überlege schon die ganze Zeit, wer das gewesen sein könnte. Es ist schon ein seltsames Rätsel, nicht wahr?«

Er legte die Five-seveN neben den Dekanter.

Victor starrte sie an. Vor seinem geistigen Auge blitzte ein Bild auf, wie Eva voller Verzweiflung die Pistole gezogen hatte, wohl wissend, dass sie nicht geladen war, aber trotzdem in der Hoffnung, dass die Drohung ausreichte. Dabei hatte sie genau gewusst, dass sie verloren war.

Rados betrachtete ihn. »Es tut mir leid, dass dir das so zu Herzen geht. Mir war nicht klar, wie sehr du sie gemocht hast. Aber du wirst sie bald wieder vergessen haben. Seien wir doch mal ehrlich – letztendlich hast du sie auch nur benutzt.«

Ich kann dafür sorgen, dass dir nie wieder jemand etwas antun will.

Rados sagte: »Du siehst aus, als könntest du noch einen Drink vertragen.«

Er nahm Victors Glas und schenkte ihm ein, genauso mühsam wie beim ersten Mal.

Victor stellte sich neben ihn. »Wir sind aus demselben Holz geschnitzt, nicht wahr?«

Rados stutzte ein wenig, als er Victors Tonfall registrierte, aber er nickte. Dann legte er Victor die unverletzte Hand auf die Schulter. »Darum verstehen wir uns ja so gut.«

Victor nickte auch. Dann nahm er Rados' Taschenmesser vom Silbertablett und stach ihm die Klinge in den Unterleib, rammte sie tief in sein Fleisch, so weit, bis es nicht mehr weiter ging.

Die Klinge war kurz, aber rasiermesserscharf. Sie durchtrennte den Dünndarm und zerfetzte die Bauchschlagader. Victor drehte das Messer herum und riss es wieder heraus.

Keuchend sank Rados auf die Knie, gelähmt vom Schock und vom Schmerz. Mit der unverletzten Hand packte er Victors Jackett, versuchte vergeblich, sich aufzurichten. Victor ging ebenfalls in die Knie, bis Rados sich nicht mehr länger halten konnte und auf den Rücken fiel. Innerhalb von Sekunden wurden sein weißes Hemd und seine Krawatte dunkelrot. Ein klagendes Seufzen drang über seine Lippen.

Victor kniete sich neben ihn. »Ich habe nicht ins Herz gestochen, weil ich wollte, dass du weißt, dass du sterben wirst. Ich will, dass du deinen Tod spürst.«

Rados' Kopf kippte nach hinten. Sein Gesicht war schneeweiß geworden. Seine Augen waren geschlossen.

»Nein«, sagte Victor. »Du sollst noch nicht sterben. Mach die Augen auf. Sieh mich an! Sieh mich an!«

Rados gehorchte mit flatternden Lidern. Sein Tod stand unmittelbar bevor, aber er war immer noch bei Bewusstsein.

»Gut«, sagte Victor. »Jetzt ist mein Gesicht das Letzte, was du in deinem Leben sehen wirst.«

Zum letzten Mal schloss Rados die Augen. Victor erhob sich und entfernte sich von der stetig größer werdenden Blutlache. Er nahm die Five-seveN, die Rados neben den Dekanter gelegt hatte, lud sie mit dem Magazin, das an seinem einen Handgelenk geklebt hatte, und schraubte anschließend den Schalldämpfer vom anderen Handgelenk auf den Lauf.

Dilas stand alleine draußen auf der Terrasse und rauchte genießerisch eine Zigarette, während er die mondbeschienenen Berge in der Ferne betrachtete. Er hörte Victors Schritte auf den Pflastersteinen und drehte sich um, lächelnd, weil er sich wohlfühlte und sich über Gesellschaft freute. Doch als er sah, mit welcher Miene Victor aus den Schatten näher kam, zog er die Stirn kraus und fragte: »Was schaust du so grimmig?«

Victor schoss ihm fünf Mal in die Brust.

Kapitel 69

Die laute Musik und die vielen Menschen, die trotzdem versuchten, sich zu unterhalten, sorgten für einen hohen Lärmpegel. Das schummerige Halbdunkel schmeichelte den Gesichtern und schuf Atmosphäre, allerdings nur, weil etliche Lampen ausgefallen waren. Doch die Gäste der Bar, überwiegend Männer, schienen sich nicht daran zu stören. Sie standen alleine oder in kleinen Grüppchen herum. Die wenigen Frauen waren alle in Begleitung hier, mit Ausnahme der beiden Kellnerinnen. Sie sahen beide so aus, als seien sie schon viel zu lange für viel zu wenig Geld auf den Beinen. Jedes Mal, wenn sie einen Gast bedienten, lächelten sie, aber Victor, im Gegensatz zu den anderen, konnte genau erkennen, was sich hinter diesem Lächeln verbarg.

Die Sonne schien, und es war einer dieser seltenen Tage, wo London im hellen Winterlicht erstrahlte. Die Fußgänger gingen nicht ganz so schnell, und die Autofahrer drückten nicht ganz so häufig auf die Hupe wie sonst. Die Menschen waren freundlicher, und man bekam weniger Stirnfalten und mehr lächelnde Gesichter zu sehen.

Das Lokal war ein Mittelding zwischen Bar und Kneipe. Victor wusste nicht, wie der Unterschied genau definiert war, und es war ihm auch gleichgültig, aber in einer Bar bestellte er grundsätzlich nichts zu essen und in einer Kneipe grundsätzlich keinen Cocktail. Alles andere konnten die Puristen unter sich ausmachen.

Er trank regelmäßig, um daran gewöhnt zu bleiben. In seiner Branche war eine hohe Alkoholtoleranz eine Grundvoraussetzung. Ein einzelner Mann in einer Bar, der eine Limonade nach der anderen trank, erregte automatisch Aufmerksamkeit. Einer, der an einem Bier nippte, nicht.

Er ließ sich Zeit auf seinem Weg vom Eingang bis zum Tresen und hatte dadurch ausreichend Gelegenheit, das Lokal und seine Gäste gründlich zu mustern. Viele Bars hatten hinter dem Tresen einen großen Spiegel. Weshalb Leute, die Alkohol ausschenkten, der Meinung waren, dass ihre Gäste das Bedürfnis hatten, sich selbst in betrunkenem Zustand zu betrachten, war Victor schon immer ein Rätsel gewesen. Aber hier gab es keinen solchen Spiegel. Vielleicht wurde das Lokal dadurch zur Kneipe.

»Danke, dass Sie gekommen sind«, sagte Monique.

Sie saß in einer lauten Ecke, direkt unter einer Lautsprecherbox, damit niemand sie belauschen konnte.

»Ich kann gut verstehen, dass Ihnen das nicht leichtgefallen ist, nach allem, was Sie durch unser Verschulden durchmachen mussten.«

Er setzte sich im rechten Winkel zu ihr auf einen Hocker, um dem Rest des Lokals nicht den Rücken zuzukehren. Dieses Mal waren keine anderen Beschatter zu ihrer oder seiner Sicherheit dabei. Sie trug einen gut geschnittenen Anzug und eine schmalrandige Brille, sodass sie wie zwei Arbeitskollegen wirkten, die für eine Weile dem Büro entkommen wollten.

»Als ich nichts mehr von Ihnen gehört habe, dachte ich, Sie seien tot oder endgültig von der Bildfläche verschwunden«, fuhr sie fort. »Ich war die ganze Nacht mit einem kompletten Team in Bereitschaft und habe auf eine Nachricht von Ihnen gewartet.«

»Nur deshalb habe ich Ihnen den Gefallen getan und bin hierhergekommen.«

Er verkniff sich die Bemerkung, dass er seine Schulden immer zurückzahlte.

»Es wird Sie nicht weiter überraschen, dass Rados in jener Nacht in einem seiner Häuser ermordet wurde. Anscheinend hatte er mehrere einflussreiche serbische Bürger zu Gast, aber zur allseits großen Verblüffung hat niemand etwas von der Tat mitbekommen. Die Ermittlungen finden unter einem enormen Druck vonseiten der Politik statt, die den Fall am liebsten als tragisch schiefgelaufenen Einbruch zu den Akten legen möchte. Damit die besagten einflussreichen Bürger keine unangenehmen Fragen zu beantworten haben, wie zum Beispiel, was sie dort eigentlich zu suchen hatten. Und das bedeutet, dass niemand nach einem Attentäter im Auftrag der britischen Regierung herumschnüffeln wird.«

»Was wollen Sie von mir?«, fragte Victor.

»London möchte Ihnen für einen erfolgreich ausgeführten Auftrag danken. Sie haben sich zwar der Anweisung widersetzt, um Ihrer eigenen Sicherheit willen sofort abzureisen, aber niemand will sich darüber beklagen, dass Sie den Auftrag trotzdem ausgeführt haben. Und da die Frage nach der Verantwortung für die Tat so geschmeidig in andere Richtungen abgelenkt werden konnte, sind Ihre Aktien in unseren geheiligten Hallen noch weiter gestiegen. Genau so jemand wie Sie – ein Mann, der erledigt, was zu erledigen ist – hat uns gefehlt.«

»Ihr Dank ist überflüssig, aber das ist auch nicht der einzige Grund, weshalb Sie hier sind, nicht wahr?«

Sie nickte. »Ich wollte Sie noch aus zwei anderen Gründen sprechen. Der erste ist, dass London Ihre Dienste gerne auf einer regelmäßigeren Basis in Anspruch nehmen würde. Dabei ist uns sehr wohl klar, dass Sie durch die Zusammenarbeit mit Banik einem gewissen Risiko ausgesetzt waren. Deshalb werden wir alles unternehmen, was in unserer Macht steht, um Ihnen den Rücken freizuhalten und Sie mit aktuellen Informationen über Ihre Gegner zu versorgen. Darüber hinaus sind wir bereit, Ihr Honorar um einen nennenswerten Betrag zu erhöhen. Sollten Sie unser Angebot annehmen, hätte ich einen weiteren Auftrag für Sie, für den Sie genau der Richtige wären. Dieses Mal wissen wir ganz genau, wo die Zielperson sich aufhält. Die Grundlage ist geschaffen. Sie müssten nur noch … nun ja … abdrücken. Kann ich meinen Vorgesetzten ausrichten, dass Sie es sich überlegen wollen?«

Er musste an das Gespräch mit Leonard Fletcher im Zug nach St. Petersburg denken.

»Nein.«

Sie zeigte keine Reaktion. »Das habe ich meinen Chefs schon

prophezeit, auch wenn ich etwas anderes gehofft habe. Ich glaube, wir könnten einander gegenseitig noch sehr nützlich sein.«

Victor blieb stumm.

»London ist es gleichgültig, weshalb Sie sich den Anweisungen widersetzt haben, aber mich würde es wirklich interessieren. Zumal etliche von Rados' Männern, darunter auch sein Erster Offizier, am selben Tag ermordet worden sind, zusammen mit einem nicht identifizierten Deutschen. Ich kann mir natürlich denken, weshalb Sie Grund hatten, den Letztgenannten zu töten, aber das erklärt nicht, wieso Sie auch Rados umgebracht haben, obwohl Sie das nicht mussten, oder weshalb Sie ein Evakuierungsteam angefordert haben.«

Er warf einen Blick zur Tür. »Ich hoffe, Sie haben einen Schirm dabei. Ich glaube, das Wetter wird bald umschlagen.«

»Also gut«, meinte sie. »Sie möchten Ihre Gründe nicht preisgeben – das würde ich an Ihrer Stelle auch nicht wollen –, aber Sie können sicherlich verstehen, dass ich Sie das fragen musste.«

»Sie haben von zwei Gründen gesprochen.«

»Der zweite Grund ist so etwas wie ein Abschiedsgeschenk. Mit dem ich Sie hoffentlich davon überzeugen kann, mich eines Tages anzurufen.«

»Das bezweifle ich zwar, aber versuchen Sie's ruhig.«

»Ich bin mir sicher, dass Sie es sich denken können, nach allem, was ich gesagt habe. Na ja, vor allem nach allem, was ich nicht gesagt habe.«

Er überlegte kurz, dann hatte er verstanden.

Sie weihte ihn in die Einzelheiten ein.

Als sie fertig war, sagte er: »Danke.«

Es war ein Wort, das er nur selten aussprach und noch seltener wirklich ernst meinte.

Monique entging das nicht. »Danken Sie mir, indem Sie nicht vergessen, wer Ihre Freunde sind.«

Sie streckte ihm ihre Visitenkarte entgegen.

Er nahm sie.

Kapitel 70

Die Styroporplatten an der Zimmerdecke bildeten ein Schachbrettmuster. Sie klebten seit dreißig Jahren dort, und das sah man ihnen auch an. Einstmals weiß und sauber erinnerten sie jetzt, rissig und vergilbt, wie sie waren, viel eher an eine Wüstenlandschaft. Genau dafür hatte er sie auch während der ersten Nacht gehalten, als er immer wieder aus der Bewusstlosigkeit heraus- und wieder hineingeglitten war, als sein Herz nur stockend und ruckelnd seinen Dienst versehen hatte. Aber es hatte durchgehalten. Eine Nacht auf Messers Schneide war zu einem Wochenende der Ungewissheit geworden, dann zu einem Morgen der Hoffnung und schließlich zu einem Nachmittag der Erleichterung. Er hatte es geschafft.

Er hatte überlebt.

Ein Wunder, hatte er noch halb bewusstlos den Arzt sagen hören. Zuerst hatte er seine prekäre Situation gar nicht begriffen, hatte nicht gewusst, was er hier eigentlich sollte. Die ersten Erinnerungen waren nur schemenhaft zurückgekommen, unsortiert und ohne Sinn. Als sein Blutdruck sich dann stetig normalisiert hatte und sein Gehirn mit ausreichend Sauerstoff versorgt wurde, hatte sich auch der Wirrwarr aus Geräuschen und Visionen langsam zu einem klaren Bild geordnet.

Und als er verstanden hatte, als er Bescheid wusste, da kamen der Schmerz und kurz darauf die Beruhigungsmittel, weil seine Schreie und sein Stöhnen den anderen Patienten Angst gemacht hatten. Zudem drohten durch seine vielen wilden Bewegungen die zahlreichen Nähte wieder aufzuplatzen. Er hatte noch mehr Medikamente bekommen. Oh süßes, süßes Vergessen.

Aber jetzt war er zum ersten Mal wieder wach und klar.

Das Leben war rissig und gelblich, weil er nichts anderes als die Styroporplatten an der Decke sah. Er konnte seinen festgeschnallten Kopf nicht bewegen, und daher war sein Blick starr geradeaus gerichtet und sein Sichtfeld sehr stark eingeschränkt. Er war zu schwach, um sich aufzusetzen, also konnte er nichts anderes tun, als ununterbrochen auf diese Deckenplatten zu starren.

Bis jetzt hatte er noch keinen Besuch bekommen, da heute der erste Tag war, an dem er wirklich wach war und nicht mehr, zu seiner eigenen Sicherheit, unter starken Beruhigungsmitteln stand. Die letzten Stunden hatte er zum Nachdenken genutzt. Er musste sich schließlich eine Geschichte überlegen, wie er hier im Krankenhaus gelandet war. Bei dem Gedanken an die treuen, braven Polizeibeamten, die sich zu ihm ans Bett setzen und ihn befragen würden, wurde ihm richtiggehend schwindelig. Tapferkeit war nicht seine stärkste Eigenschaft.

Doch bis dahin begleitete ihn das Geräusch des Fernsehers, der den ganzen Tag lang synchronisierte, US-amerikanische Sitcoms zeigte – wie jeden Tag, seitdem die Amerikaner ihre Bomben auf Serbien abgeworfen hatten.

Wenigstens hatte er die bestmögliche Pflege. Die Krankenschwestern und Ärzte wussten, dass er ein bedeutender Mann war, einflussreich und gut vernetzt, und dass sie sich keinen Fehler erlauben durften. Vielleicht hätte er die erste, grauenhafte Nacht und die anschließenden Tage ohne diese Extraportion Aufmerksamkeit gar nicht überlebt. Das war ein furchterregender Gedanke. Das Leben, dachte er, ist wie eine Blume: wunderschön und sehr empfindlich zugleich.

Dilas schluckte, und sein Herzmonitor zeigte einen sprunghaften Anstieg des Pulsschlags und des Blutdrucks an. Es war nicht leicht, angesichts der drohenden Konsequenzen die Ruhe zu bewahren. Er würde sich erklären müssen, würde seine Verbindung zu Rados und dessen verbrecherischer Organisation irgendwie begründen müssen. *Was genau hatten Sie im Haus eines gesuchten Gesetzesbrechers zu suchen?* Aber das war nur seine erste Reaktion, weil er sich noch gut an diesen Abend in der Villa erinnern konnte – die Mädchen, den ungarischen Killer, die Schüsse, den Augenblick des Schmerzes und dann das Nichts.

Rados war tot, das hatte Dilas bereits mitbekommen. Der Ungar hatte die gesamte Organisation zerstört, zersplittert, in ihre Einzelteile aufgelöst.

Aber Dilas hatte das alles überlebt. Seine Freude war übermächtig.

Er hörte, wie seine Tür geöffnet wurde, und sah am Rand seines Gesichtsfelds verschwommen einen Pfleger ins Zimmer kommen und zum Herzmonitor huschen. Der Anstieg von Puls und Blutdruck hatte einen Alarm ausgelöst.

»Geht es Ihnen gut?«, fragte er Dilas.

Dilas spürte die Blicke des Krankenpflegers, auch wenn er ihn selbst nicht sehen konnte. Er nickte und atmete, und sein Herzschlag beruhigte sich langsam wieder.

Der Pfleger machte sich an dem Gerät zu schaffen und sagte: »Versuchen Sie, sich nicht aufzuregen.«

»Okay. Ich werd's versuchen.«

Er verlagerte seine Position ein wenig und verzog dabei das Gesicht.

»Haben Sie Schmerzen?«, erkundigte sich der Pfleger.

Natürlich hatte er Schmerzen! Dilas nickte. »Ein wenig.«

»Ich kann Ihnen etwas dagegen geben, wenn Sie wollen.«

»Danke.«

Die Kanüle in Dilas' Arm war mit einem Beutel Kochsalzlösung verbunden. Der Pfleger löste den Schlauch und sagte: »Wir brauchen Sie ja nicht noch einmal zu piksen. Sie haben bestimmt schon mehr als genug Schmerzen leiden müssen.«

Dilas nickte nur. Ihm stand der Sinn nicht nach sinnlosem Geplapper. Er wollte nichts als ein paar Schmerzmittel und ein bisschen mehr Zeit, um sich eine Strategie zurechtzulegen.

»Was ist denn eigentlich passiert?«, wollte er wissen. »Ich kann mich an gar nichts mehr erinnern.«

Er war ein außergewöhnlich guter Lügner, das wusste er. Er versuchte, den Kopf ein wenig zu drehen und den Pfleger anzuschauen, aber die Nackenstütze ließ es nicht zu. Es blieb dabei: Er konnte nur diese dämlichen Deckenplatten sehen.

»Man hat auf Sie geschossen«, erwiderte der Pfleger. »Fünf Mal, genau in die Brust. Sie haben sehr großes Glück gehabt.«

»Im Augenblick kommt es mir aber, ehrlich gesagt, nicht so vor. Wieso bin ich überhaupt noch am Leben? War das wirklich ein Wunder?«

Die Stimme des Pflegers klang besänftigend. Dilas stellte sich dazu einen herablassenden Gesichtsausdruck vor. »Eher nicht. Sie haben vielmehr eine sehr seltene physiologische Anomalie, eine sogenannte Dextrokardie. Das bedeutet, dass Ihr Herz sich in der rechten Seite Ihrer Brust befindet und nicht, wie üblich, in der linken. Und das hat Ihnen das Leben gerettet.« Der Pfleger zog die Spritze wieder heraus. »So, das hätten wir.«

»Ich verstehe«, sagte Dilas und versuchte vergeblich, einen Blick auf seine bandagierte Brust zu werfen. »Und die Kugeln sind alle draußen? Ist keine mehr drin? Ich werde doch wieder ganz gesund, oder?«

Nachdem er die Infusionslösung wieder an die Kanüle angeschlossen hatte, sagte der Pfleger: »Die Kugeln wurden bei der Operation alle entfernt. Abgesehen von den Gewebeschäden und dem Blutverlust besitzen Sie eine bemerkenswert gute Konstitution. Eine Dextrokardie ist angeboren, aber abgesehen davon sind Sie ein kerngesunder Mann. Bis auf die Schusswunden, natürlich.«

Du hast niemals im Krieg gekämpft, oder?, so hatte Rados ihn verspottet. Das stimmte, und gleichzeitig verriet dieser Satz auch eine tiefere Wahrheit: Dilas war schwach und feige. Er war ein schneller Denker mit einer flinken Zunge, aber die Männlichkeitsattribute, die ihn für bestimmte Bevölkerungsschichten attraktiv machten, hatten ihm immer gefehlt. Bis jetzt.

Er hatte fünf Schüsse in die Brust überlebt. Ein Wunder.

Wählt Dilas. Stimmt für die Unverwundbarkeit.

Dilas riss sich zusammen, um nicht zu sehr zu lächeln, und sagte: »Und was ist mit meinem Kopf los? Wieso stecke ich in diesem Ding?«

»Sie haben sich beim Sturz auf das Pflaster zwei Wirbel gebrochen. Ihr Rückgrat ist nicht verletzt, da können Sie unbesorgt sein. Die Stütze sorgt lediglich dafür, dass die Knochen ungehindert zusammenwachsen können. Rein körperlich werden Sie wieder ganz gesund werden. Aber Sie haben eine Menge zu verarbeiten. Versuchen Sie, ein wenig zu schlafen. Nach dem Aufwachen werden Sie sich sehr viel besser fühlen.«

»Gut. Könnten Sie bitte den Fernseher ausschalten?«, bat Dilas.

»Natürlich«, erwiderte der Pfleger, und einen Augenblick später breitete sich eine wundervoll angenehme Stille im Zimmer aus. Er legte die Fernbedienung neben Dilas' Hand auf das Bett. »Falls Sie ihn wieder einschalten möchten. Einfach hochheben und die obere rechte Taste drücken.«

»Danke«, erwiderte Dilas. Er war gerührt von diesem einfachen Akt des Mitgefühls.

»Ich schaue später noch mal herein«, sagte der Pfleger dann und ging hinaus.

Dilas lag einen Augenblick lang still und schweigend da. Er

war müde, wollte aber nicht schlafen – er war auch viel zu aufgekratzt dazu. Also tat er, was der Pfleger ihm geraten hatte, hob die Fernbedienung, suchte mit dem Daumen die rechte obere Taste und schaltete den Fernseher wieder ein.

Dilas war glücklich.

Selbst angeschossen, bettlägerig und von Schmerzen geplagt war er noch in der Lage, die richtigen Fäden zu ziehen. Das war etwas, was Rados nie gekonnt hatte, und das hatte ihn das Leben gekostet. Er hatte den Fehler begangen und diesem Ungarn vertraut, wer immer der Kerl sein mochte. Dilas hatte diesem Fremden keine Sekunde lang über den Weg getraut, und er nahm sich fest vor, die wahre Identität dieses Typen herauszufinden. Es gab Politiker, die ihm etwas schuldig waren, Polizisten, die er bestochen hatte, und viele andere Figuren, die Rados in seinem Namen unter Druck gesetzt hatte. Würden die Letzteren jetzt, wo Rados von der Bildfläche verschwunden war, ihm immer noch helfen? Selbstverständlich nicht. Aber dann würden sie dafür büßen, weil die vielen führungslosen Barbaren eine neue Aufgabe brauchten, einen neuen Imperator, den sie beschützen konnten – einen Imperator, der härter und zäher war als sie, ja, sogar als Rados.

Jeder Wunsch, den Dilas hegte, würde sich jetzt erfüllen. Er wollte Macht, er wollte Respekt, er wollte Furcht verbreiten.

Und er wollte Rache. Er wollte den Tod des Ungarn. Er würde alles in seiner bald schon recht erheblichen Macht Stehende tun, um dafür zu sorgen. Die Rache war sein.

Dilas grinste gerade über einen Satz aus der Sitcom, als seine Zimmertür erneut leise geöffnet wurde.

Ein Schatten erschien am Rand seines Sichtfelds. Ein Mann. Nicht der Pfleger. Jemand anderes.

Behutsame Schritte näherten sich seinem Bett.

Der Schatten blieb stehen, bevor Dilas ihn genauer erkennen konnte, und eine Männerstimme fragte: »Wie fühlen Sie sich?«

Die Stimme war leise, der Akzent kaum zu bestimmen.

Verärgert durch die neuerliche Störung antwortete Dilas mit einem knappen: »Gut.«

Der Mann – ein Arzt, nach dem weißen Kittel zu urteilen, den Dilas erkennen konnte – ging am Bett vorbei und trat vor die Herzüberwachung.

Er wandte Dilas den Rücken zu und sagte: »Sie haben sehr viel Glück gehabt.«

»Ja«, erwiderte Dilas selbstgefällig. »Ich schätze, ich habe einen Schutzengel.«

»Ja«, meinte der Mann. »Einen Schutzengel.«

Der weiße Kittel schwebte an Dilas vorbei, und der Mann stellte sich ans Kopfende, wo Dilas ihn nicht sehen konnte. Er hörte das Rascheln, als er einen Blick in seine Krankenakte warf.

Der Doktor sagte: »Ich gebe Ihnen noch etwas gegen die Schmerzen.«

»Ich habe gerade eben schon eine Spritze bekommen.«

Der Assistenzarzt sagte nichts.

Dilas hörte, wie die Akte wieder in die Tasche am Kopfende des Betts gesteckt wurde, und spürte, wie der Doktor dort verharrte – ein verschwommener, weißer Schatten am äußersten Rand seines Blickfelds. Dilas fühlte sich unwohl. Plötzlich jagte ihm ein grässlicher Gedanke durch den Kopf. Sein Herz schlug schneller, doch nachdem der Doktor das Zimmer wieder verlassen hatte, tat er das Ganze als einen Anfall von Feigheit ab.

Trotzdem beschloss er, um Polizeischutz zu bitten. Solange dieses Arschloch noch frei da draußen rumlief, war es am besten, kein Risiko einzugehen. Zumindest, bis er das Kommando über Rados' Schlägerbande übernommen hatte. Und danach über das ganze Land. Er lächelte und malte sich eine glorreiche Zukunft aus.

Wählt Dilas. Stimmt für die Unverwundbarkeit.

Der Assistenzarzt war neu und nicht der Selbstsicherste, aber er kannte die Vorschriften. Darum ging er nach draußen, um nachzusehen, wer dem Patienten ein Schmerzmittel verabreicht hatte, ohne das Krankenblatt zu aktualisieren. Aber von den Pflegern und Krankenschwestern wollte es niemand gewesen sein, und er glaubte ihnen, weil sie ehrliche und hart arbeitende Menschen waren. Vermutlich hatte der Patient alles nur geträumt. Das war nichts Ungewöhnliches. Die starken Beruhigungsmittel konnten die Grenze zwischen Fantasie und Wirklichkeit durchaus verschwimmen lassen. Schließlich experimentierte der Assistenzarzt öfter selbst mit den bewusstseinsverändernden Medikamenten, die gelegentlich in der Krankenhaus-Apotheke »verloren« gingen.

Als der Doktor schließlich wiederkam, um Dilas ein richtiges Schmerzmittel zu geben, war er bereits tot. Plötzlicher Herzstillstand. Er hatte sich tapfer gewehrt, würden die Menschen später sagen, aber es war nicht weiter verwunderlich, dass er seinen außerordentlich schweren Verletzungen letzten Endes doch erlegen war.

Vielleicht hätte er noch gerettet werden können, wenn seine Herzüberwachung beim Ausbleiben des Pulsschlags Alarm ausgelöst hätte. Eine interne Untersuchung ergab, dass ein technischer Defekt vorgelegen hatte. Unerwartet und unerklärlich, aber so etwas passierte eben gelegentlich.

Man konnte niemandem die Schuld daran geben.

Tom Wood,

der eigentlich Tom Hinshelwood heißt, ist freischaffender Bildeditor und Drehbuchautor. Er wurde in Staffordshire, England, geboren und lebt mittlerweile in London. Sein Debütroman »Codename Tesseract« wurde von Kritik wie Lesern sofort begeistert gefeiert. Mit Victor, dem brillanten Auftragskiller, hat Tom Wood in diesem Roman eine Figur geschaffen, die so faszinierend ist wie nur wenige Protagonisten in der Spannungsliteratur.
Mittlerweile liegt mit »Cold Killing« bereits der sechste Action-Thriller mit dem so eiskalten wie faszinierenden Victor vor. Zusätzlich gibt es eine in Berlin spielende Kurzgeschichte mit dem Titel »Victor«, die als E-Original erhältlich ist.
Tom Wood lebt und arbeitet heute in London. Mehr zum Autor und seinen Büchern finden Sie unter www.tomwoodbooks.com

Die Victor-Romane von Tom Wood in chronologischer Reihenfolge:

Codename Tesseract. Thriller
Zero Option. Thriller
Blood Target. Thriller
Kill Shot. Thriller
Dark Day. Thriller
Cold Killing. Thriller

Alle Romane von Tom Wood sind auch als E-Book erhältlich.

Nur als E-Original lieferbar:

Victor. Thriller (Kurzgeschichte)

GOLDMANN
Lesen erleben